KB095048

바람처럼 구름처럼

in

유럽

바람처럼 구름처럼 in 유럽

Like wind, like cloud in Europe

서준희 글·사진

좋은땅

Contents

독일 Germany

벨기에 Belgium

룩셈부르크 Luxembourg

프랑스 France

모나코 Monaco

스위스 Switzerland

이탈리아 Italy

슬로베니아 Slovenia

크로아티아 Croatia

헝가리 Hungary

에스토니아 Estonia

라트비아 Latvia

리투아니아 Lithuania

폴란드 Poland

오스트리아 Austria

체코 Czech

여행을 꿈꾸는 사람들에게

혼자 떠나라.

동행을 해서 얻는 것보다는 그로 인해서 잃는 것이 더 많다.

그를 위해서, 또 나를 위해서 혼자 떠나라.

누구에게도 얽매이지 않는 진정한 자유를 맛볼 것이다.

혼자 떠나는 것을 두려워하지 마라.

지구 반대편에서는 새로운 친구들이 당신을 기다리고 있으니.

사람들과의 소통이 있었던 여행은 오래도록 더 생생하게 기억된다.

현지인이든 여행자든, 그들과 소통하라.

사교적인 사람은 그렇지 않은 사람보다 더 많은 것을 얻을 수가 있다.

아는 만큼 보인다고 한다.

알면 알수록 여행지에 대한 욕심이 생긴다.

그로 인해 여행의 속도는 빨라진다.

여유로운 여행을 원한다면 차라리 아무것도 모른 채 떠나는 것도 나쁘지 않다.

나 홀로 여행을 할 때마다 수많은 판단과 결정을 해야 하는 순간들을 만나게 된다.

뭘 먹을지, 어디로 갈지, 버스를 탈지, 기차를 탈지, 어디에서 잠을 자야 할지.

준비가 덜 된 여행일수록 그러한 고민들을 더욱 많이 했던 것 같다.

시간이 흐르고 나면 그러한 고민들이 얼마나 행복한 것이었는지를 깨닫게 되곤 한다.

여행은 불편한 것투성이다.
남의 집에서 자는 것만큼 불편한 건 없다.
그럼에도 불구하고 여행을 하는 것은 '여행'이기 때문이다.
돌아갈 집이 있다는 것은 얼마나 행복한가!

"거기는 꼭 가 봐야 해!" "그건 꼭 먹어 봐야 해!"라는 여행 선배의 말은 무시해도 좋다.
유명 관광지를 방문해야만 한다는 강박관념에 사로잡혀서, 자신이 원하지 않는 장소를 방문하며 소비하는 시간은 정말 아깝다.
"유럽 여행을 계획 중인데 어느 나라를 갈까요?" "어느 도시를 방문하면 좋을까요?"라는 질문만큼 어리석은 질문이 없다.
자신이 무엇에 관심이 있는지, 무엇을 보고 싶은지를 먼저 생각해 보고, 거기에 맞는 일정을 짜자.
다른 사람이 좋아한 여행이 아닌, 자신이 진정으로 좋아하는 여행을 하자.

낯선 음식을 먹어 보는 것도 모험이다.
김치는 돌아와서 실컷 먹자.

나 홀로 여행을 제대로 한 사람은 그렇지 않은 사람과는 조금이라도 다르다. 아니, 달라야 한다.
세상을 보는 시야가 넓어지고 합리적인 사고를 하게 된다.
여행은 예측 불가인지라 순간적인 판단을 빠르게 하도록 훈련시키기도 한다.
여행, 특히 고행 같은 여행을 하면, 작은 일에 아웅다웅하던 것들이 참으로 쓸데없는 일이었단 것을 알게 된다. 비록 그 약발이 영원히 지속되는 것은 아니지만.

버리지 않고서는 떠날 수가 없다.

내가 꼭 있어야 된다고 생각하던 나의 세상은 내가 없어도 잘만 돌아가더라.

"인생 뭐 있어!" 이 한마디면 세상에 못할 게 없다.

늦기 전에 떠나라!

서준희

포르투갈

Portugal

첫 번째 히치하이킹은 신트라에서

긴긴 비행 후, 드디어 리스본*Lisboa* 공항에 도착했다. 리스본은 이미 어둠이 내리고도 한참이나 지난 시간이었다. 5월 말, 밤공기가 차가웠다. 폼발Pombal 광장에 위치한 작은 호텔에 짐을 풀면서 나의 행복한 고생길의 한 페이지가 열리고 있었다. 정말 간만에 누워 보는 듯한 안락한 침대에 누워서 잠을 청했다.

다음날, 리스본 근교부터 돌아보기로 하고 기차를 타고 신트라*Sintra*로 향했다. 신트라는 아름다운 궁전과 울창한 숲이 있는 동화 속의 도시로 알려져 있기에 포르투갈을 여행하는 사람들에게는 필수적인 관광 코스가 될 만큼 포르투갈의 유명 관광지이다.

신트라 역에 내려서 다시 버스를 타고 페나*palacio da Pena* 궁으로 출발했다. 꼬불꼬불한 산길을 오르니 신트라 산 위에 우뚝 선 페나 궁이 나타났다.

고딕, 마누엘, 르네상스 등이 혼합된 건축 양식으로 된 궁, 페나는 유네스코 세계 문화유산에 등록된 곳이며 포르투갈의 7대 불가사의 중 하나이다. 세월이 흐름에 따라 궁전 외벽의 붉은색과 노란색이 희미해져서 점점 회색으로 변하자 20세기가 끝날 무렵 다시 칠을 해서 원래의 색채로 복원했다. 우아하거나 세련되거나 웅장한 여느 유럽의 궁과는 달리 노랗고 빨간 페나 궁은 마치 동화 속에 나올 듯한 귀여운 모습이었다.

페나 궁에는 작은 기둥으로 둘러싸인 작고 동그란 전망대가 군데군데 있어서 궁을 다 오르지 않고도 아래로의 전망이 가능했다.

궁전 벽으로 난 계단을 요리조리 돌아서 올라가니 시원한 풍경이 펼쳐지고 있었다. 하늘이 무척 아름다운 날이었다. 날씨가 좋은 날에는 리스본도 보인다고 하지만 어디가 리스본인지 알 수가 없었다. 한동안 아무 생각 없이 눈 아래에 펼쳐진 풍경에 빠져 있었다.

페나 궁을 내려와서 다시 신트라 역까지 가는 버스를 타러 가다가 막대기에 보따리를 묶어서 메고 가는 귀여운 프랑스 아저씨를 만났다. 작은 키에 단봇짐을 멘 그 모습이 얼마나 재미있던지 나는 그를 보자마자 바로 웃음이 터져 나왔다. 그의 부인은 그런 모습의 남편이 조금 창피한 것 같았지만 아저씨는 전혀 개의치 않았다. 그는 모습만 재미있는 게 아니었다. 약간의 영어를 섞은 보디랭귀지만으로도 사람을 웃기는 탁월한 재주를 가지고 있었다.

그들과 헤어지고 다시 숲길을 걷다가 그만 길을 잃어버렸다. 페나 공원은 이끼로 덮인 바위, 커다란 나무와 이름 모를 식물들로 빽빽했다. 좁은 오솔길과 미로 같은 숲길이 있는 공원은 내게는 마치 정글 같은 곳이었다. 지도를 봐도 통 알 수가 없어서 왔던 길을 다시 올라가기를 서너 번 반복했다. 길을 찾으려고 노력을 할수록 방향 감각은 더 꼬이고 있었다. 난감해하고 있던 중, 마침 지나가는 공원 관리인 트럭이 보였다. 어색했지만 난생처음으로 히치하이킹을 해서야 겨우 버스 정류장까지 갈 수가 있었다. 정글 같은 숲에서 꺼내 준 관리인이 너무나 고마운지라 한국에서 가져간 열쇠 고리 하나를 건네며 '꼬레아'에서 왔노라 생색을 냈다.

신트라 역에서 다시 호카 곶*Cabo da Roca*으로 향했다. 유럽 대륙의 서쪽 땅 끝인 호카 곶은 대서양에 인접한 절벽에 위치한 곳이며 16세기에는 외적으로부터 리스본을 방어하는 중요한 요새 역할을 한 곳이다.

절벽 끝 즈음에 빨간 등대가 서 있었고 그 절벽 아래에는 높은 파도가 넘실거리고 있었다. 깎아지른 절벽은 바다로부터 높이가 약 150미터인지라 그 당시에는 최적의 요새였을 것이다. 끝이 보이지 않는 수평선 너머로 보이는 것은 하늘

페나 궁

밖에 없었지만 아마도 그 끝에는 아메리카 대륙이 있을 것이다.

포르투갈의 서사 시인인 루이스 드 카몽이스는 이곳을 '땅이 끝나고, 바다가 시작되는 곳'이라고 표현했다. 카몽이스의 글이 적힌 기념탑은 파도가 넘실대는 짙푸른 대서양을 바라보고 있었다.

호카 곶의 관광 안내소를 겸한 사무실에서는 서쪽 땅 끝을 방문한 기념으로 증명서를 발급해 주고 있었지만 하늘도 멋지고 눈앞에 펼쳐진 드넓은 대서양에 취해서였는지 증명서 생각은 까맣게 잊고 있었다.

리스본으로 돌아오던 길에 해변 도시인 카스카이스*Cascais*라는 마을에 들렀다. 카스카이스는 리스본에서 서쪽으로 약 30킬로미터 떨어진 해안 마을이자 포르투갈에서 가장 부유한 마을 중 하나이다. 19세기 말과 20세기 초에는 포르투갈의 왕가를 위한 리조트로 명성을 얻은 곳이며 요즘은 현지인은 물론이고 외국 관광객에게도 인기가 있는 휴양지이다.

버스에서 내려서 얼마간을 걸으니 가게들이 아기자기하게 이어진 예쁜 골목길이 나타났다. 해안으로 주욱 이어져 있는 카스카이스의 골목길에는 포르투갈 특유의 파도 무늬 모자이크의 돌이 깔려 있었다. 그 골목길에는 화가가 앉아서 그림을 그리거나, 빨간 트럭을 세워 두고 옷을 팔고 있는 아주머니도 있었다.

부자 마을답게 바다에는 부자들의 요트들이 떠 있었으나 수영을 하는 사람들은 보이지 않았다. 해변에는 배고픈 새들이 먹이를 구걸하기 위해서 가난한 여행자에게 날아들고 있었다.

* 리스본-신트라: 40분 by 기차
* 신트라-페냐: 15분 by 버스(434번)
* 신트라-호카 곶: 40분 by 버스(403번)
* 호카 곶-카스카이스: 25분 by 버스(403번)
* 카스카이스-리스본: 40분 by 기차
* 호카 곶에서는 방문 증명서 받기

노란 트램의 유혹

포르투갈의 수도인 리스본은 대서양의 가장자리에 자리 잡은, 세계에서 가장 오래된 도시 중 하나이다. 5세기부터 게르만 부족들에 의해 통치되었으며, 8세기에는 이슬람에 의해 점령되었고, 1147년에는 알폰소 1세가 도시를 정복하였다. 이후 리스본은 포르투갈의 주요 정치, 경제 및 문화의 중심지가 되었다. 포르투갈은 역사상 가장 화려했다는 15세기의 대항해 시대에는 동방 무역의 가장 중요한 국가였다. 하지만 지배층의 분열과 60년간의 스페인의 지배로 인해 포르투갈이 지배했던 많은 식민지들을 서유럽 강국에게 빼겨 버렸다. 그로 인해 15세기의 그 화려했던 포르투갈의 영광은 끝이 나고, 현재는 유럽에서 그다지 영향력 없는 국가에 머물고 말았다.

여러 외세의 침입이나 지배로 인해서 골목길 속에서 다양한 문화 흔적을 찾아볼 수 있다는 것은 여행자들에게는 상당히 즐거운 일이다. 이슬람의 점령이 있었던 리스본에서는 이슬람 문화의 흔적을 도시 곳곳에서 발견할 수가 있었다.

1755년에는 불행하게도 역사상 가장 치명적인 지진 중 하나인 리스본 대지진이 발생했다. 지진과 함께 화재와 쓰나미는 리스본과 그 인접 지역을 거의 완전히 파괴했다. 대지진의 참화에서 살아남은 알파마*Alfama* 지역은 그 뒤에 건설된 신도시 쪽으로 귀족들이 빠져나가면서 초라한 모습으로 변했다.

자동차가 들어갈 수 있는 길이 얼마 안 되는 알파마 지역의 좁은 골목길은 마치 미로와도 같았다. 리스본에서 트램 다음으로 내 관심이 집중된 곳이 바로 그 낡고 정겨운 골목길이었다. 골목길을 좋아하는 사람에게는 숱한 세월의 아픔까

지 지니고 있는 리스본의 골목길이야말로 최고의 매력적인 곳이라고 단언한다. 나의 여행 중, 가장 아름다운 골목길은 바로 리스본에 있었다.

내가 포르투갈의 수도, 리스본에 간 이유는 골동품 같은 노란 트램 때문이었다고 해도 과언이 아니다. 어느 날 누군가의 사진 속에서 본 28번 노란 트램은 나를 리스본으로 오라고 손짓했다.

신트라를 다녀온 그날 저녁, 호시우*Rossio* 광장의 어느 식당에서 그릴에 구운 대구 구이로 대충 저녁 식사를 한 뒤에 드디어 나를 유혹했던 그 노란 트램을 담아보기로 했다.

포인트 물색을 하며 언덕길을 한참이나 걸어 올랐다. 앙증맞은 트램들이 좁은 길을 아주 가끔 지나가고 있었다. 언덕 길가에 자리를 잡고 있으려니 그 나라 사진 동호회로 보이는 한 무리의 사람들이 건너편의 카페에서 나왔다. 그들은 내가 서 있는 곳에서 조금 떨어진 곳에 저마다 삼각대를 펴고 자리를 잡기 시작했다. 역시 내가 서 있는 곳이 제대로 된 포인트가 맞는 것 같았다.

카메라 세팅을 마치고, 언덕 아래에서 올라오는 트램을 기다리기만 하면 되는 것이었다. 하지만 느긋한 이 나라에서는 트램의 운행 시간이 규칙적이지 않다는 것이 함정이었다. 걸어서 간 만큼의 시간을 또 기다려야 했다. 해가 넘어가니 춥기도 하고, 매직 아워도 다 끝나 가고 있었다. 이미 밤 10시가 다 된 시간이었다. 마음이 조급해지기 시작했다.

포기하고 싶어질 때쯤, 언덕 아래에서 올라오는 불빛이 있었다. 드디어 기다리고 기다리던 노란색의 28번 트램이 올라오고 있었다. 금세 내 눈앞으로 다가오다가 사라질 트램이었기에 순간 당황을 했었나 보다. 많은 셔터질을 했으나 그다지 좋은 결과물을 얻지 못한 것 같았다. 여유로운 시간과 삼각대의 필요성을 절실히 느꼈던 순간이었다. 욕심대로라면 밤새 또 기다려서 만족스러운 결과물을 얻고 싶었지만 지금 트램을 놓치면 숙소에 갈 일이 걱정인지라 아쉽지만 급하게 트램에 올라야 했다.

트램의 내부는 클래식한 목재로 된 것이 참으로 인상적이었다. 작은 트램은 좁고 꼬불꼬불한 내리막길을 거칠게 내려가기 시작했다. 피곤한 몸은 이리 쏠리고 저리 쏠리고 있었다. 내 몸 하나 가누질 못하니 사진은 물 건너가 버렸다. 쿵광대는 트램에 몸을 맡기곤 함께 흔들릴 수밖에 없었다. 트램의 창문 바로 밖으로 닿을 듯 말듯, 이슬람 문양의 타일 벽이 아슬아슬하게 스쳐 지나가고 있었다.

다음날 아침, 다시 리스본 시내로 나갔다. 이번에는 빨간 트램이 오고 있었다. 초점을 맞추고 셔터를 누름과 동시에 "HI~!" 하며 어느 서양인 남자가 렌즈 속으로 뛰어들어 왔다. 그는 마치 처음부터 그 자리에서 포즈를 잡고 있었던 것처럼 한 치의 흔들림도 없이 프레임 속에 완벽하게 들어와 있었다.

여행 중에는 렌즈 속으로 뛰어드는 서양인들을 가끔 만나곤 한다. 리스본은 물론이고, 스페인, 세비아의 골목길과 그라나다의 알람브라에서도 그랬고, 독일의 뷔르츠부르크에서도 그랬다. 우리나라에서는 상상도 못할 일이지만 사교적이며 유머와 장난을 좋아하는 그들이기에 가능한 일일 것이다. 또한 여행이라는 것은 사람을 들뜨게 하고 너그럽게 만드는지라, 남의 사진을 방해하며 장난을 치는 사람도, 또 그것을 당하는 사람도 유쾌할 수가 있는 것 같았다.

리베르다데*Ave. da Liberdade* 거리를 걷다가 어느 성당 앞에 이르렀을 때였다. 무슨 일인지 많은 사람들이 모여서 뭔가를 구경하고 있었고 성당의 2층 창문에서 어느 할머니가 꽃가루를 뿌리고 있었다. 사람들은 그 아래에 모여서 그것을 구경하며 할머니의 꽃비를 맞고 있었다. 아마도 은총을 나누는 모습인 것 같았다. 무슨 의식인지 잘은 모르지만 나도 그 아래에 서서 꽃비의 은총을 받았다.

바이샤*Baixa* 지구에서 배회하던 나는 바이로 알토*Bairro Alto* 지구에 가 보기로 했다. 바이로 알토 지구에 가는 가장 편한 방법은 리스본의 명물인 산타주스타 엘리베이터*Elevador de Santa Justa*로 이동하는 것이다. 산타주스타 엘리베이터는 리베르다데 거리 옆에 위치한 엘리베이터로 관광용이기도 하지만 리스본의 저지대인 동쪽과 고지대인 서쪽 지구, 즉 바이샤 지구와 바이로 알토 지구를 연결해 주는 현지인의 이동수단이기도 하다.

산타주스타 엘리베이터 입구에는 사람들의 줄이 무척이나 길었지만 그곳으로 쉽게 가기 위해서는 줄을 서서라도 타는 것이 나을 것 같았다. 엘리베이터로 짧은 이동 후에 도착한 곳은 전망대였다.

전망대에 올라서니 리스본 시내가 시원하게 내려다 보였다. 전망대에서 북쪽을 바라보니 멀리 호시우 광장이 보였다. 바이샤 지구의 중심 광장인 호시우 광장은 리스본 시의 '배꼽'에 해당하는 곳으로 리베르다데 대로와 바이샤 지구에 맞닿아 있었다.

전망대에서 나오니 바로 젊은이들의 거리인 바이로 알토지구로 연결이 되었다. 바이로 알토 지구의 거리를 걷다가 도착한 곳은 카몽이스*Praça Luís de Camões* 광장이었다. 카몽이스 광장은 시인 카몽이스의 동상이 서 있는 곳이며 다양한 퍼포먼스를 보기 위해서 많은 사람들이 모여드는 곳이다. 우리나라로 치면 대학로 정도랄까.

광장에서는 어느 남성이 자신이 그린 그림을 카메라로 찍는 퍼포먼스를 하고 있었다. 특별할 것 없는 퍼포먼스임에도 사람들이 둘러서서 구경을 하고 있었다. 주변에서는 콜라 회사 직원이 사람들에게 홍보용 콜라를 나눠 주고 있었다. 내 손에도 어느새 콜라 한 캔이 들려 있었다.

알다시피 유럽은 식당에서 물을 사 먹어야 한다. 유럽에서는 물 값이 맥주 한 잔 값과 비슷하거나 더 비싼 곳도 있다. 참으로 이상한 것이, 맥주를 사 먹는 것은 아깝지 않은데 물 값을 낸다는 것은 그렇게나 아까울 수가 없다는 것이다. 그러니 콜라 한 캔도 감사하게 받아서 물 대신 마셨다.

이날, 햇살이 참으로 강했다. 유럽에서 가장 햇볕을 많이 쬘 수 있는 나라로 손꼽힌다는 포르투갈, 그 속에 내가 있었다. 광장 옆 건물 계단 위에 올라가서 길거리를 찍느라 한참을 서 있었더니 이마부터 콧잔등까지 금세 빨갛게 타 버렸다. 주정뱅이 아저씨 얼굴이 되어 버렸다. 이 나라에서는 선 블록 크림도 도무지 효과가 없는 듯했다.

바이샤 지구로 돌아오는 길거리에서 만난 바이올리니스트를 보니 반가운 마음이 들었다. 포르투갈의 길거리에서는 바이올리니스트보다는 아코디어니스트들을 더 많이 볼 수 있었기 때문이다.

반가운 마음에 우선 그의 바구니에 연주비부터 챙겨 넣었다. 지친 다리도 쉴 겸 건물의 벽에 비스듬히 기대섰다. 한낮의 공기를 가르는 아저씨의 바이올린 연주로 길거리의 온갖 소음과 사람들의 말소리는 점점 희미해져 갔다. 이대로 계속 음악만 듣고 있으면 참 좋겠다는 생각을 하며 바이올린 연주에 푹 빠져 있었다.

정신을 차려 보니 이 아저씨 너무 열심이었다. 괜스레 미안해서 인사를 하고 걸음을 옮기자마자 음악이 뚝 끊어지는 게 아닌가. 헝가리 무곡부터 에닐곱 곡을 메들리로 뽑아댔으니 지쳤던가 보다. 본전보다 더 챙겼던 것 같아 미안한 마음이 가득해졌다.

리스본 시내 관광을 마치고 이른 저녁 식사를 위해 호시우 광장에 인접한 먹자골목에 갔다. 메뉴 선택을 할 때엔 늘 많은 시간을 필요로 했다. 복잡한 그 나라 언어로 된 메뉴판을 보면 굶어 죽기 딱이지만 관광객을 위한 조잡한 사진과 함께 영어 메뉴판도 있으니 그나마 다행이었다.

리스본은 항구 도시인지라 식당마다 생선 요리들이 눈에 많이 띄었다. 식당이 밀집한 골목길마다 종업원들이 가게 앞에 나와서 호객 행위를 하고 있었다. 처음에는 다소 불편하기도 했지만 사람들이 착하다는 것을 알고부터는 그 또한 편안한 마음으로 즐길 수가 있었다.

연세 지긋한 종업원에 이끌려서 먹자골목 초입의 어느 식당에 자리를 잡았다. 종업원 아저씨의 추천도 있고 해서 정어리 구이를 시켰다. 그 전날 저녁, 그릴에 구운 대구 요리를 시켰다가 실패를 했기에 정어리 역시 별 기대 없이 주문했다. 정어리 구이는 생물 정어리에 굵은 소금을 뿌려 구운 것이, 우리나라의 생선 구이와 거의 다르지 않아서 맛있게 먹을 수 있었다. 정어리란 것이 가시가 많다는 게 단점이지만 맛있는 등 푸른 생선 중 하나로 꼽지 않는가. 그런 정어리를 사람의 손으로 장난만 치지 않음 대충 맛있다는 것.

여행을 떠나기 전에, 포르투갈은 스페인처럼 소매치기가 많으니 조심하라는 말을 숱하게 들었다. 하지만 포르투갈은 참으로 안전하며, 사람들은 온순하고 소박하며, 정서적으로는 안정되어 보였다. 외국인이라고 택시비를 더 받는다든지 길을 돌아서 간다든지 하는 기사의 횡포도 없었다.

포르투갈은 단지 트램에 유혹이 되어 간 곳이지만 모든 것이 기대 이상으로 아름다웠다. 특히 정겨운 골목길이 아름다운 리스본은 꼭 다시 한 번 더 가 보고 싶은 곳이다.

* 28번 트램을 타면 리스본의 주요 관광지를 거의 다 둘러볼 수가 있기에 시티투어 버스 대신에 28번 트램을 이용한다면 저렴하면서도 실속적인 리스본 여행이 될 것이다.

체리와 보신탕

바이샤*Baixa*와 바이로 알토*Bairro Alto* 지역을 돌아다니다가 체리를 사기 위해 슈퍼마켓에 들렀다. 우리나라에서는 비싼 과일이지만 유럽에서는 무척 싸기에 유럽에서 먹어야 할 1순위의 과일이 바로 체리이다.

체리를 들고 계산대에 서 있던 중이었다. 내 앞에서 딸기를 사서 계산을 하던 어떤 남학생의 옷자락이 내 가방의 지퍼 고리에 걸려 버렸다. 그것이 계기가 되어 그와 함께 이런저런 대화를 하게 되었다.

남학생은 리스본 어느 대학에서 공부 중인, 폴란드에서 온 교환학생이라고 했다. 그는 한국에 관해서 궁금한 것이 많았다. 여러 가지를 물어보던 그가 한국의 보신탕에 대해서 묻기 시작했다. 그는 한국인 모두 보신탕을 즐기는 것인지, 보신탕은 다른 음식과 함께 일반 식당에서도 파는 것인지를 물었다.

유럽 국가에는 애견인들이 많다. 독일인지 오스트리아인지 기억이 잘 안 나지만 그 나라에서는 도로변 잔디가 있는 화단은 개들이 변을 보는 곳이라는 팻말이 꽂혀 있었고, 그곳을 모든 개들에게 허락하고 있었다. 방과 후 아이들이 개들을 데리고 나와서 누구의 눈치도 보지 않고, 화단에서 맘껏 볼일을 보게 하는 모습을 종종 볼 수가 있었다. 인간들의 영역을 동물들과 공유하며 불평 없이 함께 살아가는 유럽인들의 모습이 보기 좋았다. 더 신기한 것은 개들과 산책을 나온 사람들은 대부분 청소년들이란 것이었다. 아이가 원하는 강아지를 입양하고도 그 아이는 공부만 하고 결국에는 부모가 모든 뒤치다꺼리를 하는 우리와는 너무나 다른 유럽이었다.

독일에서는 개의 상업적 판매를 금지하는지라 애견샵이 없음은 물론이고, 개 입양은 유기견 보호소에서 한다. 또한 개를 입양하는 사람에게는 세금이 부과된다는 것을 들은 적이 있다. 엄격한 룰이 있는 만큼 유기견의 수도 그만큼 적을 것이다. "한 나라의 위대함은 그들이 동물을 대하는 태도로 알 수 있다."라고 간디가 말했다.

폴란드나 체코를 비롯한 동유럽 국가에서는 멋진 의상을 차려입은 아름다운 여성들이 큰 개를 마스코트처럼 데리고 다니는 모습을 자주 볼 수가 있었다. 그만큼 동유럽 국가에는 애견인들이 많은지라 동유럽의 폴란드에서 온 그 학생은 보신탕을 먹는 나라에서 온 사람으로부터 정확한 얘기를 듣고 싶었던 것 같았다. 어쩌면 보신탕을 먹는 한국의 문화에 대한 비난을 나에게 하고 싶었을지도 모를 일이었다.

보신탕에 대한 그의 잘못된 정보에 대해서 일장 연설을 하고 나니 따가운 햇볕이 내리쬐는 리스본의 길 위에서 한 30분은 서 있었던 것 같았다. 학생은 딸기 봉지를, 나는 체리 봉지를 들고서.

내 설명에 만족했는지 그는 자신의 집에서 저녁 식사라도 대접하고 싶지만 교환학생인지라 집이 너무나 좁고 누추하다고 말했다. 처음 보는 사람에게 인사말이지만 그런 말을 하는 학생의 마음이 참으로 따뜻했다. 동유럽 사람들은 겉으로 보기에는 무뚝뚝한 것 같아도 말을 해 보면 참으로 순수하고 정이 많은 사람들이다. 정이 많은 우리나라 사람들의 정서와도 닮은 점이 많다.

그와 헤어진 후, 호시우 광장의 벤치에 앉아서 씻지도 않은 체리로 점심 식사를 대신했다.

스페인

Spain

스페인 여행의 시작은 마드리드에서

포르투갈에서 스페인으로의 국경을 넘는 날이었다. 리스본의 골목길에 더 머물고 싶었지만, 야간열차니 호텔이니 예약된 것들이 있기에 어쩌지도 못하고 떠날 수밖에 없었다.

이른 저녁 식사 후, 리스본의 오리엔테*Estação do Oriente* 역으로 갔다. 오리엔테 역은 선이 살아 있는 아름다운 역이었다.

기차가 도착하기까지에는 시간이 많이 남았기에 역사 구경을 하기로 했다. 1층에는 넓은 쇼핑센터가 있었고, 2층에는 문이 달린 웨이팅 룸이 여러 개 있어서 기차가 오기 전까지 그곳에서 기다리면 되었다. 플랫폼은 특이하게도 3층에 있었다. 1층의 쇼핑센터를 지나니 무척 큰 마트가 있었다. 야간열차에서 먹을 아몬드와 빵을 사려고 찾아다녔으나 마트가 워낙 방대한지라 빵은 도저히 찾을 수가 없었다. 직원에게 빵 코너가 어디인지 물어보았으나 그는 'bread'라는 단어를 알지 못했다. 문득 우리나라의 '빵'이라는 단어가 포르투갈어의 'Pão'에서 비롯된 것이라고 고등학교 세계사 시간에 배운 기억이 났다. 발음도 우리나라의 '빵'과 거의 비슷하다고 배웠다. 조금 미심쩍긴 했지만 직원에게 '빵'이라고 했더니 그제야 직원은 활짝 웃으며 빵이 가득한 진열대로 나를 인도했다. 선견지명이 있었던 나의 세계사 선생님 덕분에 드디어 기차에서 먹을 맛있는 빵을 살 수가 있었다.

빵과 간식거리를 사서 다시 역으로 돌아왔다. 밤인지라 웨이팅 룸 근처는 조명이 어두웠고 인적이 드물었기에 가끔 맥주를 마시며 지나가는 남자들을 경계해야 했다. 위험하다는 생각을 여행 중 처음으로 해 본 것이 바로 오리엔테 역에서의 밤이었다.

기차에 올라 예약된 침대칸으로 가니 이미 한 침대엔 스페인 여학생이 누워 잠을 청하고 있는지라 조심조심 자리를 잡고 나니 곧 기차가 출발했다. 밤 10시 39분이었다. 기차의 덜컹거림과 기계 소리에 거의 뜬눈으로 약 11시간을 시체처럼 누운 채 나는 국경을 넘고 있었다.

창밖이 밝아지는 것을 보니 마드리드가 가까워지는 것 같았다. 화장실에 갔더니 밤새 무슨 일이 일어난 건지, 발을 들여놓지도 못할 정도로 지저분해져 있었기에 발길을 돌려야 했다.

아침 10시가 다 되어 마드리드의 차마르틴 역*Estación de Chamartin*에 도착했다. 역 화장실에서 대충 씻은 후, 시내버스로 마드리드의 중심가라 할 수 있는 그랑비아*Gran Vía* 대로에 있는 호텔에 도착했다.

호텔에 짐을 풀고, 먼저 마요르*Mayor* 광장으로 향했다. 마요르 광장은 4층짜리 건물들로 둘러싸인 곳이며, 중세 시대에는 상인들이 모여 살며 물건을 팔던 곳이었다.

마요르 광장에 도착해서 사진을 막 찍으려는데 조금씩 빗방울이 떨어지기 시작했다. 뛰어노는 꼬마와 비둘기에 정신을 빼앗겨서 카메라가 비에 젖는 것도 모르고 있었다. 기분 좋은 비가 내리고 있었다.

스페인에 왔으니 그 유명한 타파스*Tapas* 문화를 즐겨 보기 위해 어느 타파스 바에 들어갔다. 타파스란 것은 스페인에서 식사 전에 술과 곁들여 간단히 먹는 소량의 음식을 이르는 말이다. 이 타파스 바에서는 스페인 식의 바게트 빵을 잘라서 빵 위에 하몽이나 소시지, 치즈, 해산물 등을 얹은 후 이쑤시개로 꽂은 핀초스*pinchos*를 팔고 있었다. 스페인 북부의 바스크 지방에서는 타파스를 핀초스라

AXI
BUS

고 부른다고 한다는데 바르셀로나의 타파스 바를 가 보기 전까지 나는 모든 타파스의 모양이 이쑤시개를 꽂은 핀초스처럼 생긴 줄 알았다.

핀초스를 주문하니 맥주 한 잔이 곁들여 나왔다. 한마디로 타파스나 핀초스는 안주인 셈이다. 맥주도 칼로리가 높으니 간단한 안주와 함께 적은 돈으로 칼로리 보충을 할 수가 있어서 가난한 배낭족들은 타파스로 한 끼를 때운다고 들었다. 하지만 한입 크기이기에 배를 채우기 위해 많은 타파스를 주문한다면 함께 나오는 많은 양의 맥주도 마셔야 할 것이었다. 결국 다른 식당에 가서 다시 제대로 된 식사를 해야 했다.

저녁 식사 후, 마요르 광장 근처의 산 미구엘 시장*Mercado de San Miguel*에 들렀다. 산 미구엘 시장에서는 여러 종류의 타파스나 치즈, 과일 등, 그리고 와인이나 맥주를 팔고 있어서 먹고 싶은 것들을 골라 다양하게 먹어 볼 수가 있는 곳이었다. 시장이라기보다는 깔끔한 푸드 코트 느낌이 나는 곳이었다. 산 미구엘 시장은 밤에 가면 활기찬 분위기를 느낄 수 있다. 마드리드의 밤을 느끼고 싶다면 한번쯤 방문할 가치가 있는 곳이다.

마드리드에서는 밤마다 침대에 누우면 도로에서 들려오던 사이렌 소리로 머리가 뒤숭숭해지기도 했다. 늘 취침을 시작하고부터 들렸던 소리인지라 그것이 불자동차인지, 경찰차인지, 앰뷸런스인지 확인을 하지 못했지만 매일 밤 수면을 방해하곤 했다.

* 리스본, 포르투갈-마드리드, 스페인: 11시간 by 기차

중세의 골목길을 걷다

톨레도*Toledo*는 스페인의 수도인 마드리드에서 남쪽으로 약 70킬로미터 정도 떨어진 작은 도시이지만 1561년, 마드리드로 수도가 옮겨지기 전까지는 스페인의 중심지 역할을 했다. 타호*Tajo* 강으로 둘러싸여 있는 이곳은 예전의 모습을 거의 그대로 간직하고 있는 마을이기에 마드리드를 여행하는 사람이라면 빼놓을 수 없는 곳이 바로 톨레도다.

스페인 남부의 정치, 경제, 사회 중심지로써 풍부한 문화유산을 지닌 곳으로도 잘 알려져 있는 톨레도는 한때 기독교인과 무슬림, 유대교인들이 한데 모여 산 곳이다. 유네스코의 세계 문화유산 도시로 지정되기도 한 만큼, 역사가 깊으면서 무척 아름다운 곳이다.

마드리드에서 버스로 달려 톨레도에 도착하니 태양이 이글거리고 있었다. 금세 입속의 침이 마르더니 사막처럼 바삭거리기 시작했다. 태양의 도시 스페인에서는 선글라스가 없다면 두 눈이 빨갛게 타들어가 버릴 것 같았다.

멀리 언덕 위의 톨레도 구시가지 마을은 견고한 요새의 모습을 하고 있었다. 버스 터미널에서 구시가지까지는 한참 걸어야 할 것 같았다. 날씨가 이렇게 더우니 걷는 것도 고역일 것 같았다. 마침 버스에서 내린 브라질 부부가 함께 택시를 타고 가자고 했다. 지나가는 택시가 보이면 타기로 하고, 대화를 하면서 언덕으로 난 길을 천천히 걸었다. 그 사이에 택시는 한 대도 안 지나갔으며 우리는 어느새 언덕을 다 올라 구시가지 마을에 도착을 했다.

톨레도 여행의 시작점인 소코도베르 광장*Plaza de Zocodover*에서 조금 걸으니 톨레도의 랜드마크 중 하나인 알카사르*Alcázar de Toledo*가 거대한 규모로 길 옆에 우뚝 서 있었다. 알카사르를 지나서 도착한 곳은 톨레도 대성당*Santa Iglesia Catedral Primada de Toledo*이었다.

톨레도 대성당은 다른 곳에 비해서 입장료가 비싼 편이지만 그 값어치를 하는 곳이었다. 대성당의 압권은 '트란스파란테*El Transparente*'라는 이름의 화려한 바로크 제단이었다. 제단 위에 만든 둥근 채광창으로부터 들어오는 햇빛이 조각상들을 비추니, 조각상들은 마치 살아서 움직이는 것 같았다.

13세기에 착공해서 226년 만에 완공한 스페인 최고의 로마 가톨릭 성당인 이곳은 화려한 인테리어와 함께 엘 그레코의 작품을 만날 수 있는 곳이었다. 입장료가 비싼 이유가 바로 엘 그레코의 작품 때문인 것 같았다.

톨레도 성당을 뒤로하고, 골목길로 접어들었다. 닳아서 반들거리는 돌이 깔린 톨레도의 골목길을 걷노라니 온전한 중세시대의 한가운데로 타임 슬립한 것 같은 착각에 빠지기도 했다. 톨레도의 골목길은 마치 미로와 같이 좁고 수없이 많으며 다 비슷비슷해 보여서 자칫 길을 잃을 것도 같지만, 어찌 어찌 걸어가면 다 통하게 되어 있었다.

미로 같은 그 길을 걷다가 햇살이 잘 들어오는 골목길 양지에 앉아서 독서 중인 할아버지를 보았다. 돋보기를 쓰고 독서 중인 할아버지의 모습은 오래된 골목길과 너무나 잘 어울렸다. 독서하는 그 모습 그대로를 담고자 허락을 구했더니 흔쾌히 승낙을 하셨다. 그런데 할아버지가 돋보기를 바닥에 척 내려놓으시곤 근사한 포즈를 취하시는 게 아닌가. 처음 모습 그대로 연출해 달라고 할 수도 없어서 나는 울면서 찍었다.

할아버지는 영어와 스페인어를 섞어 가며, 독서 중이시던 책 내용에 대해서

VENDE
CASTAÑO
25 43 30
LIMONADA

신이 나서 말씀하셨다. 신나는 모험을 그린 재미난 책인 것 같았다.

어느 골목길의 작은 가게에서는 중세 시대의 칼이며 무기들을 만들고 있는 또 다른 할아버지를 보았다. 그가 만든 근사한 무기들이 가게를 겸한 대장간을 빽빽하게 채우고 있었다. 햇볕에 잘 그을린 할아버지의 얼굴과 손에는 깊고 두꺼운 주름이 가득했다. 중세 가게와 할아버지의 모습에 매료되어 한동안 그의 작업을 지켜보았다.

꼬불꼬불한 골목길을 참 오래도록 걸었다. 버스 터미널에서 톨레도의 소코도베르 광장까지 왕복하는 버스가 있다는 사실은 관광을 다 마치고서야 알았다. 발품을 팔아서 다녀 보는 것도 그만한 가치는 분명히 있다고 위로했다.

톨레도를 내려오던 길, 언덕에 올라서니 스페인의 붉은 땅 위에 오렌지색 지붕의 가옥들이 조화롭게 펼쳐져 있었다. 마을 옆으로는 푸른 하늘과 멋진 구름의 반영을 담은 타호 강이 마을을 감싸며 흐르고 있었다.

종일 걸어 다녔더니 그날 밤 내 발바닥은 싸리나무 회초리로 흠씬 맞은 듯한 고통으로 한 발 내딛기조차 힘들었다. 하지만 충분한 휴식이 있는 밤이 있기에 다음 날 다시 같은 회초리를 맞기에는 별 어려움이 없었다.

* 마드리드-톨레도: 1시간 by 버스

블루와 화이트의 환상적인 조화

세비야를 떠나 버스로 약 2시간 만에 론다에 도착했다. 버스 터미널에서 호텔까지는 버스도 택시도 보이지 않았기에 돌길을 걸어 터벅터벅 걸었다. 먼 길은 아니지만 좁고 오르막길이 있는 인도를 짐 가방을 끌고 가기에는 제법 힘든 이동이었다.

숙소는 론다의 중심인 소코로 광장*Plaza del Socorro*에 위치하였고, 소코로 광장은 론다 관광의 시작점이었다. 호텔의 룸은 하얀색의 침대와 파란색의 카펫으로 꾸며져 있었다. 론다를 너무나 잘 표현한 디자인이라는 사실은 나중에 론다를 둘러보고서야 알게 되었다. 론다의 파란 하늘과 하얀 집을 연상시키는 인상적인 인테리어였다.

소코로 광장을 기점으로 왼쪽에는 누에스트라 세뇨라*Nuestra Señora del Socorro* 성당이 있었고, 광장을 시작으로 쇼핑로와 식당로가 뻗어져 있었다.

호텔을 나와 광장을 지나 계속 걸으니 좀은 허름하면서도 예쁜 골목길이 양쪽으로 펼쳐져 있었다. 마침 시에스타*siesta:* 오후 2~5시. 낮잠 자는 시간여서 관광지를 제외한 곳의 가게들은 대부분 문을 닫았기에 거리는 무척 조용했다. 시에스타에 길을 걷고 있는 사람들은 거의 여행자인 것 같았다.

최근에 스페인의 시에스타가 곧 사라지게 될 것이라는 기사를 읽은 적이 있다. 낮잠을 자는 시간을 하루 일과 중, 한가운데에 넣어 두었으니 퇴근 시간이 늦어지는 것은 물론이고, 저녁 식사는 9시가 지나서 한다. 따라서 취침 시간은 밤 12시가 넘는다. 언뜻 생각하면 시에스타를 즐기는 여유로운 스페인 같지만 알고 보면 그들은 장시간의 근로에 허덕이고 있는 셈이다. 그들도 가족과 함께 정상적인 저녁이 있는 삶을 찾기를 기대해 본다.

길을 걷는데 멀리서 에릭 클랩톤의 노래가 들려왔다. 시에스타인데 도대체 누가 노래를 하는 것인지? 워낙 조용한 시간이다 보니 노래가 들려오는 곳을 찾아내는 것은 어렵지 않았다. 에릭 클랩톤을 닮은 남자가 멋진 저음으로 노래를 하고 있었다. 길거리에서 부르기에는 아까운 솜씨였다. 그동안 유럽의 길거리에서는 늘 클래식에 흠씬 취해서 다녔는데, 이런 팝 음악도 때론 청량제 역할을 해 주었다. 한동안 그의 연주와 노래에 매료되어 길을 멈추고 서 있었다. 달랑 동전 몇 닢으로 추억을 곱씹는다거나 메말라 가는 감성에 조금은 수분 공급을 할 수가 있다니. 이보다 더 좋을 수가!

다시 길을 걸어서 타호*Tajo* 협곡의 전경이 내려다보이는 알라메다 델 타호

Alameda del tajo공원 전망대에 도착을 했다. 전망대에 올라서니 부드러운 곡선의 구릉지가 펼쳐져 있었다. 올리브 나무들이 있는 붉은 밭 사이로 장난감 같은 트랙터가 작업을 하고 있었다. 연초록색과 초록색의 밭들 사이사이에는 진초록색 키 작은 나무들이 경계선처럼 심어져 있으니 예쁜 조각 이불을 펼쳐둔 것 같았다.

전망대에서 얼마간을 걸으니 론다의 상징인 누에보 다리Puente Nuevo가 보였다. 석조로 된 누에보 다리는 론다의 신시가지와 구시가지를 연결하고 있었다. 누에보 다리를 사이에 두고, 그 아래에는 계곡이 형성되어 있었으나 수량이 미미했다.

누에보 다리 위에 올라서니 계곡 아래로부터 심한 바람이 불어왔다. 바람은 셔츠를 홀라당 뒤집어서 배꼽을 훔쳐보는 건 예삿일이고, 아예 옷을 다 벗겨낼 작정인 것 같았다. 셔츠를 붙잡고 있지 않으면 벌거숭이가 될지도 모를 일이었다.

누에보 다리 위의 심한 바람과는 달리 까마득한 계곡 아래의 마을은 평화롭기 그지없었다.

누에보 다리를 건너 햇빛 쏟아지는 구시가지의 골목을 돌면서 '론다'라는 도시가 정말 마음에 들기 시작했다. 호텔 직원의 설명으로는 빈민가이기에 조심을 해야 하는 곳이라 했지만, 허름하지만 온통 하얀 집으로 이루어진 매력적인 마을은 신변의 위험과도 맞바꿀 수가 있을 정도로 아름다웠다. 그의 우려와는 달리 마을은 안전했다. 시에스타인지라 대부분 잠들어 있기에 그런지도 모를 일이었다.

하늘이 너무나 파래서 하얀 집들은 파랗게 예쁜 물이 든 것 같았고 파란 하늘 아래의 사람들은 마치 스머프처럼 파란색으로 변할 것만 같았다.

밖에 걸어 둔 빨래가 깃발처럼 바람에 휘날리는 곳, 강아지가 그늘에서 낮잠을 자는 곳, 아주 가끔 두런두런 동네 아줌마들의 수다가 들리는 곳, 균열이 간 낡고 하얀 벽 아래에 짙은 그림자가 생기는 곳. 론다에 집 한 채 장만해서 남은

생을 보내고 싶다는 생각을 잠시 했다.

론다를 떠올리면 가장 먼저 생각나는 색이 파랑과 하양이다. 세상에서 가장 파란 하늘을 나는 론다에서 보았다. 짙푸른 하늘에 멋진 돛을 단 하얀 배 한 척을 띄우고 싶은 마음이 가득해지는 곳이었다. 스페인에서 가장 아름다운 곳은 바로 론다였다.

* 세비아-론다: 2시간 by 버스

바르셀로나의 소매치기

야간열차로 그라나다에서 바르셀로나*Barcelona*로 향했다. 여성 4인용 침대칸에는 동그란 세면대가 있고 세면대 위의 거울을 열면 4인 승객을 위한 생수와 세면도구가 비치되어 있었다. 실내가 워낙 좁기에 4인 손님의 가방들을 침대 사이에 놓아두니 발 디딜 틈이 없었다. 덜컹거리는 바퀴 위에 누워서 약 11시간을 달리니 들판 너머로 스페인의 아침이 밝아 오고 있었다. 밤새 바퀴의 덜컹거림으로 기차에서 내려도 한동안 머릿속까지 덜컹거려 몸의 균형을 잡기가 힘들 지경이었다.

바르셀로나에는 수많은 관광 명소가 있지만 우선 보케리아 시장*Mercado de La Boqueria*에 가 보기로 했다. 보케리아 시장은 대규모 재래시장이며, 바르셀로나의 중요한 관광 명소 중 하나이다. 바르셀로나의 오페라 하우스인 리세우에서 멀지 않은 이 시장은 매우 다양한 상품을 판매하고 있었다. 원래 보케리아 시장은 1217년 구시가지 근처에서 고기를 판매하기 위해 만든 장소이다. 처음에는 시장의 공식적인 이름이 없었으나 세월이 흐르면서 현재의 이름인 보케리아*Boqueria*로 불리기 시작했다. Boqueria는 '염소'를 의미하는 카탈로니아어인 'boc'에서 파생된 것으로 짐작하며, 따라서 보케리아는 염소 고기가 판매된 장소였을 것이라고 추정한다.

보케리아 시장에는 가게마다 온갖 과일들이 화려한 빛깔로 장식되어 있으며, 세계 각국에서 온 수많은 관광객들로 북새통을 이루는 곳이었다. 과일 가게에서

는 예쁘고 싱싱한 과일들을 직접 갈아서 생과일주스로 만들어 팔기도 하고, 온갖 종류의 열대 과일들을 먹기 좋게 잘라서 포장을 해서 팔고 있었다.

주스 한 잔과 과일 한 팩을 사서 시장 구경을 하며 먹었는데 한 끼 식사로도 손색이 없었다. 스페인의 딸기는 신맛이 강하며 체리도 캘리포니아 체리에 비해서 단맛보다는 신맛이 강했다. 그래도 아주 싸니까 먹을 수 있는 만큼 많이 먹고 와야 후회하지 않을 것이다. 또한 보케리아 시장에는 치즈와 하몽 등 육류 가공품이나 초콜릿과 과자와 생선을 파는 가게들도 있었다. 거꾸로 매달린 두툼한 하몽들은 관광객들은 물론이고 근처에서 장을 보러 나온 현지인들을 유혹하고 있었다. 어느 해산물 가게에는 바가 있어서 손님들은 그 바에 둘러앉아서 요리사가 바로 바로 만들어 주는 해산물 요리를 맛볼 수도 있었다.

바르셀로나의 유명 관광지는 람블라스*Ramblas* 거리를 중심으로 이어지는 것 같았다. 꽃가게로도 유명한 람블라스 거리는 볼거리들로 가득했다. 새를 파는 가게, 선물 가게, 인간 동상들, 화가들 그리고 빠질 수 없는 너무나 많은 관광객들. 람블라스에 있으면 절대로 외롭지는 않을 것 같았다. 바르셀로나는 그동안 들렀던 스페인의 여러 도시 중에서 가장 활발한 도시였다.

관광객들로 가득한 람블라스 거리를 벗어나서 옆으로 난 골목길을 걸어가니 한결 조용하고 차분한 고딕지구가 나타났다. 물론 여기에도 관광객들은 있었지만 그다지 시끄럽지는 않았다. 마음도 따라서 차분해지고 있었다.

고딕지구는 1920년대에 바르셀로나 구시가지 외곽에 대대적인 신도시를 건설하면서 고딕지구로 공식 명명되었다.

고딕지구의 골목길은 울림이 좋아서 악사들의 연주가 많은 곳이다. 골목길에서 어느 남성 버스커가 루치아노 파바로티의 '카루소'를 흡사하게 부르고 있었다. 중간에 기계가 고장이 나니 그는 마이크와 반주 없이 처음부터 다시 노래를 불렀다. 소리가 양쪽 벽에 부딪혔다가 다시 돌아오기에 스피커가 없어도 버스커의 목소리는 몇 배로 증폭이 되는 것 같았다. 크고도 청아한 가수의 목소리

는 골목길에 늘어선 중세 건물들의 벽을 때리더니 여행자의 가슴을 후벼 파기 시작했다.

바로셀로나에서 사그라다 파밀리아*Sagrada Família* 성당을 언급하지 않으면 서운할 것이다. 사그라다 파밀리아 성당은 세계적인 건축가 안토니오 가우디의 미완성 성당이다. 1882년에 가우디의 스승인 비야르에 의해 성당 건축을 착공하였으나 의뢰인과 의견이 맞지 않아 비야르는 결국 수석 건축가의 자리에서 물러나고 가우디가 넘겨받았다. 그로부터 5세기 동안 꼼꼼하고도 느리게 성당 공사가 진행되고 있다. 현재 성전 건축의 70퍼센트가 완성되었고 2026년까지 모든 건축 작업을 완료하는 것이 그들의 목표라고 한다.

사그라다 파밀리아 성당의 외관은 마치 옥수수를 세워놓은 것 같은 형상이었다. 내부는 둥근 천장으로 되어 있으며 스테인드글라스를 통해서 들어오는 빛으로 성당 안은 그야말로 빛의 향연을 보는 것 같았다. 가우디는 건축물에 표현력과 위엄을 부여하기 위해 빛을 아주 잘 사용할 줄 아는 천재적인 건축가였던 것 같다. 사그라다 파밀리아의 독특한 디자인은 마치 판타지 영화 속에나 나올 법했다. 가우디는 상상한 것을 어떤 틀에 얽매이지 않고 마음껏 표현하는 자유분방한 사람인 것 같았다. 가우디의 이 신기한 걸작을 보기 위해서 전 세계의 사람들이 몰려들고 있었다.

람블라스 거리의 타파스 바에서 맥주와 함께 저녁 식사를 하기로 했다. 친절한 종업원들이 손님들을 정중하게 맞이하는 꽤 멋진 타파스 바였다.

마드리드의 타파스 바와는 달리, 바르셀로나의 타파스 바에서는 커다란 접시에 담긴 다양한 음식들을 보면서 주문을 하면 되었다. 이것저것 타파스를 주문하고 맥주도 따로 주문했다. 바텐더 앞의 자리였기에 양옆으로 앉은 각국에서 온 여행자들과 자연스럽게 대화를 할 수도 있었다. 늙은 바텐더 아저씨의 주전자 묘기가 앞에 앉은 손님들의 흥을 돋웠다. 그는 길고 가느다란 주둥이가 달린 전통 주전자에 담긴 붉은 와인을 주전자의 주둥이에 입을 대지 않고 마시는 묘기를 보여 주었다. 와인이 공중에서 크게 곡선을 그리더니 바텐더의 입으로 실수 없이 골인을 했다. 나에게도 한번 해 보라고 권했으나 잘못하다간 온몸이 붉은 와인으로 젖을 것 같아서 사양했다.

스페인의 소매치기 얘기는 여행 전에 귀가 따갑도록 들었다. 한편으로는 그렇게나 위험한 나라에 왜 가려는지 스스로 이해가 되지 않았으며, 방문 국가를 바꿀까 심각하게 고민한 적도 있었다. 그러나 여행 내내 소매치기는 한 번도 당하지도 만나지도 않았다.

다 헛소문이라며 긴장을 늦춘 바로셀로나의 어느 날 저녁이었다. 에스파냐 광장에서의 아름다운 분수 쇼를 본 후, 지하철에 막 올라탔을 때였다. 동전 떨어지는 소리가 크게 들리고, 뭔가 후다닥하는 소리가 나서 옆을 돌아봤다. 여행자로 보이는 어느 백인 남성이 지하철 바닥에 널브러진 지갑과 동전을 줍고 있었다. 그는 당황을 해서인지 얼굴이 벌겋게 상기되어 있었다. 그 모습을 보고 있던 나와 주변에 있던 서양 여성 여행자 두 명이 그 남자에게 달려갔다. 다들 스페인 소매치기에 대한 소문을 들었던지라 남의 일 같지가 않아서였을 거다.

소매치기가 지하철에서 내리면서 올라타는 남성의 팔을 친 것이라고 했다. 남자는 앞주머니에 지갑을 넣고, 손으로 지갑을 꽉 움켜쥐고 있었지만 소매치기가 그의 팔을 빼내려고 팔을 세게 쳤다는 것이었다. 그는 지갑을 열어 보더니 별 이상이 없다고 하며 다른 곳에서 받은 영수증 한 장을 꺼내 보여 주면서 억지 농담을 했다. "소매치기들이 영수증을 넣어두고 갔네!"

그런데 참 신기한 일은 그런 일이 벌어졌는데도 나를 포함한 여행자들만 그 사건에 관심을 보일 뿐, 지하철에 타고 있던 많은 현지인들은 그 누구도 관심을 보이지 않는다는 것이었다.

늦은 저녁 식사를 하러 가다가 그 광경을 보고는 그만 겁이 나서 식사니 뭐니 다 접고 호텔로 숨어들었다. 스페인, 특히 바로셀로나의 소매치기는 헛소문이 아니었다.

* 그라나다-바르셀로나: 11시간 by 기차

네덜란드

Netherlands

헨리네 집

인천에서 출발한 비행기는 경유지인 스페인의 마드리드를 거쳐서 암스테르담으로 날고 있었다. 하늘에서 보는 네덜란드는 붉은 땅이 듬성듬성한 스페인과는 달리, 아름다운 초록으로 반짝이고 있었다. 네덜란드는 한눈에 봐도 비옥한 토양을 가진 나라였다. 마드리드에서 2시간 30분을 날아 암스테르담의 스키폴 공항에 도착했다. 공항을 나오니 신세를 질 집의 주인인 헨리와 그의 딸 엘라가 나를 기다리고 있었다.

헨리는 마음이 아주 넉넉해서 베풀기를 좋아하는 내 친구의 동생이다. 내가 네덜란드에 간다고 하니 암스테르담에 살고 있는 자신의 동생 집에 머무는 게 어떠냐고 해서 결정을 한 무료 숙소였다. 그런데, 헨리네 집은 암스테르담이 아닌, 눗도르프*Nootdorf*라는 곳에 있다는 황당한 사실은 눗도르프에 도착해서야 알게 되었다. 내 친구는 내가 그 사실을 알려주기 전까지 자신의 친동생이 암스테르담에 살고 있는 줄 알고 있었다. 그러했기에 암스테르담에서의 나의 계획들은 다 틀어지게 되었고, 암스테르담은 겨우 몇 시간 동안 돌아본 게 전부였다. 그러나 워낙 시골을 좋아하기에 눗도르프에서 지낸 며칠은 나름대로 만족했다.

스키폴 공항을 뒤로하고, 헨리의 자동차로 한 30분을 달려서 눗도르프에 도착했다. 눗도르프는 덴 하그*Den Haag*에서 트램으로 20분, 암스테르담에서는 기차로 약 1시간 거리에 있는 조용한 마을이다.

헨리네 집으로 가던 중, 헨리의 아내인 마리아와 그의 아이들이 이웃집에서 바비큐 파티 중이라는 소식을 들었다. 그곳으로 먼저 가기로 했다.

정원이 있는 어느 집에 도착을 하니 헨리의 가족과 이웃들이 모여서 고기를 굽고 있었다. 다들 초면인지라 처음에는 약간의 어색함이 없진 않았으나 사람들은 친절했고, 순수하고도 장난기 섞인 그들의 농담에 나도 자연스레 어울리기 시작했다.

시간은 저녁을 지나고 밤을 향해 달리고 있건만 네덜란드의 태양은 저물 줄을 모르고 있었다. 와인과 맥주, 그리고 치킨 바비큐와 수다에 시간 가는 줄을 몰랐다. 아이들은 나를 위해서 마치 학예회를 하듯, 학교에서 배운 노래와 춤을 열심히 보여 주었다. 기대하지 못한 유쾌한 보너스였다.

인천에서부터 암스테르담으로의 긴 비행 후, 이런 소박한 파티가 나를 기다리고 있을 줄은 상상도 하지 못했다.

헨리네 집은 예쁜 다락방까지 포함해서 3층짜리 타운 하우스였다. 1층은 거실과 주방, 화장실, 그리고 작은 정원이 있으며, 2층은 가족들의 침실과 욕실, 3층은 세탁실 겸 컴퓨터와 피아노가 있는 다락방이며 테라스로 연결되었다. 잡동사니가 있는 3층 다락방에서는 아침마다 세탁기가 돌아가고 있어서 건조기에서 나오는 따뜻한 습기와 함께 은은한 재스민 향기가 나는 곳이었다. 햇살도 좋고 습기와 향기도 좋았기에 그곳에서 나는 책을 읽거나 일기를 쓰기도 했다. 다락방과 연결된 테라스에 나서면 네덜란드답게 멀리 풍차도 보이고 수로가 바로 앞에 있었다. 이 집에는 헨리라는 착한 한국인과 그의 네덜란드인 아내, 그리고 그들의 두 딸이 알콩달콩 살고 있었고, 비록 암스테르담은 아니었지만 나는 운 좋게도 잠시 그들 속에 있었다.

어느 날, 외출에서 돌아오다가 헨리네 집을 카메라에 담을 때였다. 1층에 위치한 주방에서 따스한 불빛이 흘러나오고 있었다. 2층 창문 속에서는 헨리의 딸, 엘라가 손을 흔들고 있었다. 집을 떠난 여행자들에겐 어느 집 속의 따스한 불빛이

64
6.

얼마나 내 집을 그리워하게 만들곤 하는지 떠나 보지 않은 사람들은 아마도 모를 것이다. 집을 떠난 지 며칠이나 되었다고 이런 불빛에 집 생각이 나다니.

외국의 골목길을 돌아다니다가 어느 집의 불 켜진 창을 보면서 내 집이 이곳이면 좋겠다는 생각을 하곤 했다. 주로 지쳤을 때 그런 생각을 했던 것 같다. 그것은 단지 그리움에서 나오는 생각일 뿐, 그곳에 살고 싶다는 뜻은 아니다. 그 그리움이란 것은 아마도 '편함'에 대한 그리움일 것이다. 아무리 거지같은 집이라도 내 집이 최고라는 말처럼, 내 집만큼 편한 곳은 세상에 없지 않는가!

여행을 하다가 보면 정말 불편한 것투성이다. 남의 집에서 씻고 자는 것만큼 불편한 것은 없다. 그럼에도 불구하고 여행을 하는 것은 그것은 '여행'이기 때문이다. 돌아갈 내 집이 있다는 것은 얼마나 행복한 일인가!

헤이그 밀사를 만나다

전날의 피로가 채 가시지도 않았지만 오전 10시경 덴 하그*Den Haag*로 출발했다. 네덜란드에서의 첫 방문지로 이곳을 택한 이유는 헨리가 추천한 '이준 평화 박물관'을 가기 위해서였다. 이준 평화 박물관을 방문한 것은 지금 생각해도 아주 의미가 있었으며 무척 잘한 일이었던 것 같다.

눗도르프에서 트램을 타고 20분을 달리니 덴 하그였다. 교과서에서 읽었던 바로 그 '헤이그'에 도착했다.

눗도르프로 다시 돌아가는 트램 정류장을 미리 알아두기 위해서 길을 묻던 중, 어느 네덜란드 아주머니를 만나게 되었다. 그녀는 다리에 관절염이 있다는 남편을 길거리에 버려둔 채, 나의 만류에도 불구하고 길 안내를 자처했다. 그녀는 돌아가는 트램역은 물론이고, 이준 열사의 박물관도 함께 찾아주겠다고 했다.

그녀와 함께 길을 걸으며 나 때문에 갑자기 길에 버려진 그녀의 남편이 계속 신경이 쓰였다. 그녀에게 남편으로부터 몇 번 전화가 왔지만 그녀는 그냥 기다리라고 하는 것 같았다. 그녀는 나의 체류기간 중 언제든지 자기네 집에 놀러 오라며 집 전화 번호와 휴대폰 번호, 이메일과 집 주소까지 적어 주었다.

네덜란드 사람들은 영어를 잘한다. 그들은 기본적으로 영어를 포함, 3~4개국 이상의 언어를 한다. 육지가 바다보다 낮은 위치에 있는 위험하고도 작은 땅덩어리를 가진 나라이기에 국력을 키우자는 범국가적인 정책일 수도 있겠지만 내 생각에는 네덜란드인들은 타고난 언어 능력이 있는 것 같았다.

그녀와 함께, 지도나 여행 책자 하나 없이 무턱대고 이준 열사 박물관을 찾아 헤매었다. 길을 걷고 또 걸어 차이나타운에 있는 중국 여행사에 들어가서 물어보았지만 그들은 모른다고 했다. 태극기가 걸린 건물을 본 적이 있냐고도 물어봤지만 그들의 대답은 같았다.

그곳을 나와서 또 한 20미터를 걸었을까 아, 태극기가 펄럭이고 있었다! 아담한 3층 건물 외벽에 작은 태극기가 힘차게 펄럭이고 있었다! 'Yi Jun Peace Museum이준 평화 박물관'이라고 건물 전면에 씌어져 있었다. 반가움에 그 네덜란드 아주머니와 얼싸안고 뛰었다. 지나가던 현지인들이 이유도 모른 체, 그녀와 나의 세리모니에 함께 즐거워해 주었다.

그제야 임무를 마친 아주머니는 작별의 포옹을 하고 드디어 남편에게 돌아갔다. 그녀가 떠나고 혼자 박물관 앞에 섰다. 이곳만큼은 마치 숨겨둔 보물 상자를 열 듯, 온전히 혼자이고 싶었다.

이준 열사가 머물던 방

박물관의 문은 굳게 잠겨 있었다. 현관문 옆에 붙은 지시대로 벨을 누르니 초여름임에도 두툼한 겨울 재킷에 동그란 안경을 쓴, 자그마한 체구의 중년 여성이 문을 열었다. 그녀는 박물관의 관장이라고 자신을 소개했다. 아, 그녀를 보자마자 예고도 없이 갑자기 핑그르르 도는 눈물에 아주 당황스러웠다. 우리 민족의 중요한 박물관임에도 주변에 잘 알려지지 않은 것에 속이 조금 상했었나 보았다.

이준, 이상설, 이위종, 이 세 분은 헤이그에서 열리는 국제평화회의에 참석해서 일본에 의해 강제로 체결된 을사늑약의 부당함을 알림과 동시에 무효로 만들기 위해서 고종이 파견했던 밀사이다. 이 박물관은 이준 열사와 그 일행들의 숙소였던 'De Jong Hotel'이었으며 이준 열사가 생을 마감한 곳이다.

2층과 3층이 현재 보존되고 있는 박물관이다. 그러한 곳을 국가도 아닌, 우리 교민 부부가 사비로 사 들여서 1995년 처음 문을 열었으며 현재까지 박물관으로 보존하고 있는 것이다. 그들이야말로 진정한 애국자였다. 국가에서 약간의 지원금을 받는다고는 하지만 이건 분명 국가에서 전적으로 관리해야 할 일일 것 같았다.

방문자는 나밖에 없었다. 관장님이 박물관을 보여 주며 차분한 목소리로 설명을 했다. 그녀는 널리 알려달라는 당부의 말과 함께 사진 촬영도 하라고 했다. 이준 열사가 묵고 순국한 호텔 방은 1907년 당시의 모습대로 복원을 해서 보존되어 있었다. 교민 부부는 침대나 카펫과 소품들을 그 시대의 것들로 수집해서 방을 꾸며 두었고, 앞으로도 계속 자료들을 수집해서 1907년의 방으로 꾸며 가겠다고 했다.

이준 열사의 죽음에는 여러 설이 있지만 '분사', 즉 '분해서 돌아가셨다.'라는 설이 있다며 마치 누가 듣기라도 하듯, 그녀는 내 귀에 대고 소곤소곤 말했다.

국가를 위해 순국한 분들을 기리는 박물관임에도 낯선 타국의 어느 골목길에,

누구 알아주는 이 없이 쓸쓸히 서 있다는 것은 뭔가 잘못되어도 한참 잘못된 일인 것 같다. 당연히 국가가 해야 할 일이거늘, 교민의 사비로 만든 박물관이 근근이 보존되고 있다는 것은 이해가 안 되는 일이었다. 관장님의 설명을 듣고 나니 처음 박물관을 들어설 때보다 더 마음이 아프고 무거워졌다.

2017년, 헤이그 특사 파견 110주년을 맞아 우리 정부의 지원을 받아서 박물관이 확대, 재개관됐다는 반가운 소식을 들었다. 정부의 지원이 어느 정도인지는 모르겠지만 참으로 잘된 일이다.

* 을사늑약과 헤이그 밀사에 대한 자세한 내용은 학교에서도 배웠겠지만 더 상세한 내용은 검색의 도움을 받기를.
* 암스테르담에서는 기차로 고작 30~40분 거리이니 네덜란드에 간다면 꼭 한 번 방문하는 것도 의미가 있을 것이다.
* 이런 박물관이 네덜란드의 덴 하그에 있다는 것을 널리 알려주기를 바라는 마음이다.
* Yi Jun Peace Museum: 구글 지도에서 위치 검색됨.
* 주소: Wagenstraat 124, 2512 AD Den Haag, The Netherlands
* 개관: 월요일~금요일(10:30-17:30), 토요일(11:00-16:00), 일요일(휴관)

탁월한 선택

네덜란드를 방문하는 한국 관광객들이 꼭 들른다는 잔세스칸스를 방문할 예정이었으나 네덜란드 현지인들에게 사랑을 받고 있다는 엥크하위전*Enkhuizen*을 방문하기로 했다. 엥크하위전은 네덜란드의 수도인 암스테르담에서 북쪽으로 약 61킬로미터 떨어진 곳에 있는 현지인들의 휴양지이다.

눗도르프에서 어딜 가려면 트램을 타고 무조건 덴 하그로 나가야 한다. 헨리네 집에서 트램역까지는 택시도 버스도 없으니 그저 주택가를 걷고 또 걸어야 했다. 주변에는 가게도 없고 볼거리도 없으니 걷는 내내 상당히 지루했다.

트램을 타고 덴 하그 센트럴 역에 도착해서 엥크하위전 행 왕복 기차표를 샀다. 이 왕복표 한 장이면 그날 안으로는 네덜란드의 모든 곳으로 가는 기차를 이용할 수가 있다. 그러니 피곤하더라도 그날 안에 암스테르담도 다녀와야 경제적이다.

기차의 내 옆자리에 여행 경험이 많은 네덜란드 아주머니 한 분이 앉았다. 그녀는 인도와 터키를 다녀왔다며 이런저런 여행담을 늘어놓았다. 터키에서는 샐러드를 절대로 먹지 말라고 그녀가 당부했다. 샐러드용 채소를 수돗물로 씻어서 그런지 그것을 먹은 후에 식중독에 걸려서 여행 중에 고생을 했다고 했다. 앞자리에 앉은 케냐에서 온 남학생은 질문에만 답을 할 뿐, 별 말이 없었지만 선한 미소가 보기 좋았다. 우리네 옛날 기차 속 풍경처럼 다른 옆자리 사람들과도 화기애애한 시간이었다. 삶은 달걀과 사이다만 있으면 오래된 완행열차의 분위기가 날 것 같았다.

암스테르담 역에서 다시 1시간 정도 기차를 타고 달리니 마치 폐쇄된 것 같은 작은 엥크하위전 역에 도착했다. 엥크하위전의 하늘을 보는 순간, 간만에 가슴이 두근거리기 시작했다. 하늘은 푸르고 아름다웠으며 하늘을 장식하는 구름은 그야말로 예술이었다.

역에서 조금 걸어가니 바다같이 넓은 에이셜 호수IJsselmeer가 끝도 없이 펼쳐져 있었다. 호수에는 크고 작은 요트들이 정박해 있는 모습이 참으로 여유롭고 평화로워 보였다. 푸르른 하늘이 드넓은 호수 속에도 가득 가득 들어와 있었다. 작은 요트들은 부드러운 바람을 불룩하게 품으며 호수 위를 미끄러지고 있었다.

길을 걷다 보니 작은 성처럼 생긴 문화센터 옆의 수로에 도개교가 보였다. 마침 도개교가 반으로 쪼개지더니 위로 올라가기 시작했다. 돛을 단 세련된 배가 도개교를 지나서 수로 위에 등장했다. 예쁜 집과 푸른 하늘이 배경이 되어 주니

그야말로 구성이 잘된 한 장의 그림이었다. 그저 아름답다는 말밖에는 달리 할 말이 없었다. 이런 아름다운 풍경으로 유럽은 우리들을 그렇게나 유혹하고 있는 것이다.

도개교를 지나 무작정 걷기 시작했다. 따가운 햇살이 내리 쬐는 곳은 겉옷을 벗게 하고, 살짝만 그늘에 들어가면 스웨터가 필요한 네덜란드의 6월이었다.

호수를 배경으로 펼쳐진 초록 위에는 얼룩무늬의 염소들이 여유롭게 풀을 뜯고 있었고, 그 너머의 호수 위에는 날렵하게 생긴 또 다른 요트들이 정박하고 있었다.

한동안 카메라에 코를 박고 있느라 시간이 흐르고 있다는 것을 전혀 알지 못하고 있었다. 문득 정신을 차려서 시계를 보니 거짓말처럼 몇 시간이 흐른 뒤였다. 급하게 민속 박물관*Zuiderzee museum*에 갔으나 이미 문을 닫는 시간이라고 했다. 5시면 문을 닫는다는데 나는 엥크하위전의 풍경에 그만 푹 빠져 있었던

것이다. 민속촌은 담 너머에서도 대충 보였기에 그것으로 만족해야만 했다.

엥크하위전 구석구석을 돌아다녔더니 갈증이 났다. 도개교가 있던 수로 옆 카페에 가서 맥주 한 잔을 주문했다. 때마침 도개교가 열리더니 또 다시 하얀 돛을 단 멋진 배가 지나가고 있었다. 하루 종일 멍하니 앉아 있어도 지루하지 않을 것 같은 곳이었다.

엥크하위전은 관광지이지만 조용하고 평화로웠으며, 산책길이 잘 조성되어 있어서 걷기에도 좋았다. 엥크하위전은 탁월한 선택이었다.

* 암스테르담-엥크하위전: 1시간 by 기차
* 민속 박물관인 Zuidzee Museum에 가려면 배를 타고 가는 방법과 도보, 두 가지 방법이 있다. 마을 구석구석을 보려면 걷는 것이 낫다.

사진 좀 찍어 주세요

엥크하위전을 다녀오던 길에 암스테르담*Amsterdam*에 들렀다. 여행을 떠나기 전의 일정대로라면 암스테르담을 들리는 것이 아니라, '암스테르담으로 돌아왔다.'라고 해야 할 것이다. 엥크하위전에서의 푸르고 맑은 하늘과는 다르게 암스테르담은 흐려 있었다. 월드컵 시즌이라 길거리는 상당히 시끄러웠다. 골목길에는 쓰레기가 보이고, 수로 변에는 파리의 센 강변에서 나던 분뇨 냄새도 났다. 맥주병을 든 오렌지색 유니폼의 남자들은 알코올 냄새를 풍기며 여기저기 고성을 지르며 몰려다니고 있었다.

암스테르담의 거리를 찍고 있을 때였다. 세 명의 청년들이 말을 걸었다. 그들은 내 카메라로 그들의 사진을 찍어 달라고 했다. 보통은 카메라를 탈취하기 위한 방법으로 사진을 찍어 준다며 접근을 한다고 익히 들어왔건만, 수법이 바뀐 건가? 당황스러웠지만 내색을 하지 않았다. 그들은 내가 한 장만 찍을 줄로 예상했겠지만 나는 그들에게 다양한 포즈를 요구하며 몇 장을 더 찍었다. 하지만 사진을 찍어 달라던 그들의 요구와는 달리 그들의 포즈는 적극적이지 않았다. 사진마다 머리를 숙이고 있는 아이도 있었다. 예측한 대로 그 다음 순서가 왔다. 그들은 내 사진을 찍어 주겠다고 했다. 웃으며 거절했더니 카메라를 훔쳐 갈까 봐 그러느냐고 물었다. 나는 내 사진엔 관심이 없는 사람이라고 하고, 돌연 청년들의 가정사를 묻기 시작했다. 잘못된 사람들의 생각의 시선을 돌리기 가장 쉬운 방법은, 혹은 내가 위험에서 빠져나가기 위해서는 역시 가족 이야기일 것 같다는 생각을 문득 했다.

두 명은 쌍둥이 형제이며 한 명은 그들과 엄마가 다른 형제라고 했다. 그런데도 그들은 서로 잘 지낸다고 했다. 나이는 20살, 21살이라고 했다. 쉽게 대화에 빠져드는 청년들이었다. 두 엄마 중, 어느 엄마가 더 아름다운지, 그들은 묻지도 않은 말들을 했다.

사진을 보내 줄 것이니 이메일 주소를 달라고 했더니 살짝 당황하는 것 같았다. 그 중 한 아이가 뒤의 커피숍에 들어가더니 종이 접시를 하나 얻어서 나왔다. 그는 종이 접시에 이메일 주소를 적어서 내게 건넸다. 모르는 사람에게 스스로 사진을 찍어 달라고 했다면 이메일로 보내 달라고 하는 것이 당연한 일이 아닌가. 나의 추측이 잘못된 것이라면 그들에겐 너무나 미안한 일이지만 그래도 타지에서는 늘 경계를 게을리해서는 안 될 일이다. 더구나 여자 혼자라면 말이다.

그렇게 그들과 별일 없이 웃으며 헤어졌지만 사람이 사람을 경계해야 하는 이러한 상황은 여행 중 내내 마음을 불편하게 만들었다.

나는 여행 시에 눈에 띄는 차림새보다는 무난하게 입고 다니는 편이다. 사진을 찍을 때에는 어쩔 수 없이 카메라를 꺼내게 되지만 웬만하면 카메라는 가방에 넣어서 다닌다. 혹시라도 모를 위험에 노출이 되는 것에 대비하는 최소한의 노력이다.

늦기 전에 늦도르프로 돌아가야 했기에 암스테르담을 구경할 시간이 그다지 넉넉하지 않았다. 저녁 식사를 한 후에 암스테르담을 떠나기로 하고, 앞에 보이는 중국 식당에서 해산물 볶음면을 먹었다. 혼자 먹는 식사는 늘 조금 어색하지만 점점 습관이 되어서 마침내는 혼자서도 아주 잘 먹게 되었다.

어느새 어둠이 내린 암스테르담 역에서 덴 하그로 이동했다. 1시간가량 기차로 달려 밤 11시쯤에 덴 하그에 도착했다. 밤은 깊어 가는데 늦도르프 행 트램이 오지를 않았다. 마침 나와 같은 방향의 트램을 기다리는 사람들이 있기에 그나마 안심이 되었다. 그 사람들 말로는 밤에는 트램의 시간이 불규칙하다는 것이었다. 약 40분을 기다리는데도 짜증내는 사람들은 보이지 않는 것이 참으로 신기했다. 11시 40분에 도착한 트램을 타고 눗도르프로 가던 중에 헨리의 아내인 마리아의 전화를 받았다. 도착 시간이 늦으니 걱정이 되어 트램역으로 마중을 나오겠다고 했다. 트램역에 내려서 캄캄한 길을 또 한참을 걸어야 할 것을 생각하니 미안해도 어쩔 수가 없었다.

눗도르프 트램역 앞에서 자동차의 헤드라이트를 켠 채 기다리던 마리아가 나를 보더니 손을 흔들었다. 네덜란드의 어느 시골 역에서 나를 기다리고 있는 사람이 있다니 묘한 기분이 들었다. 푹신한 자동차의 의자에 몸을 기대자 긴장이 풀어지더니 그제야 강한 피로가 몰려오기 시작했다. 눗도르프에는 빗방울이 떨어지고 있었다.

눗도르프 돌아보기

한 8시간을 푹 잤다. 헨리네 식구들은 모두 학교로, 일터로 나가고 집은 텅 비어 있었다. 아침 식사로 스크램블드 에그를 해 먹으려고 했으나 가스레인지에서 막혀 버렸다. 눗도르프에서는 가스레인지 사용법이 참으로 원시적이었다. 헨리의 말에 의하면 네덜란드 전역이 다 그러하다고 했지만 그건 잘 모르겠다. 아무튼 이곳에서는 가스레인지 손잡이를 돌려서 가스를 나오게 하는 동시에 성냥불을 켜서 갖다 대야지 불이 켜지는 것이다.

헨리에게 불 켜는 방법을 전날 미리 배우긴 했으나 손잡이를 돌려 보니 가스

냄새가 나는 게 여간 무서운 게 아니었다. 더구나 성냥불을 들고 있으니 더 무서워졌다.

결국 불을 이용한 요리는 하지 않기로 작정했다. 이가 없으면 잇몸으로 산다. 바로 포기하고 전기 주전자에 물을 끓였다. 달걀을 깨어서 그릇에 담고, 끓인 물을 달걀 위에 두어 번 부었더니 제법 먹을 만하게 살짝 익었다. 크루아상, 살라미, 치즈와 뜨거운 물로 익힌 달걀을 담아서 3층 다락방과 연결된 테라스로 가져갔다.

테라스에는 뜨거운 햇살이 내리쬐고 있었지만 바람은 무척이나 차가웠다. 집 앞, 수로 너머의 초록색 들판 위에는 풍차가 서 있었고, 소 울음소리도 가끔 들려왔다. 그런 자연을 벗 삼아 매일 아침, 소박하고도 평화로운 아침 식사를 했다. 이보다 더 평화로울 수가 없는 네덜란드의 아침이었다.

인터넷으로 한국의 소식도 접하고 책도 읽으며 느긋한 오전을 보낸 후, 오후에는 동네를 돌아보기로 했다. 호수도 있다고 하니 호수도 구경하고, 멀리 보이는 풍차 구경도 하기로 했다.

배낭에 카메라와 물 한 병을 챙겨 넣고 출발을 했다. 네덜란드 고유의 풍부한 자연의 색을 그대로 느끼고자 선글라스를 쓰지 않았더니 강한 햇살이 먼저 두 눈으로 다 쏟아져 들어왔다. 금요일 오후인지라 많은 사람들이 자전거를 타고 지나갔다. 아주 가끔 개를 산책시키는 사람들 외에는 나처럼 걸어서 다니는 사람들은 거의 보이지 않았다.

호수 구경을 하고 오던 길에 풍차를 만났다. 현재는 레스토랑으로 사용하고 있었다. 그 앞 풀밭에는 망아지들이 싱싱한 풀을 뜯어먹고 있었다. 근처에 수로를 흐르는 물이 있어서인지 땅은 비옥해서 잔디며 꽃의 색깔이 너무나 선명하고 고왔다. 물이 없으면 네덜란드는 존재하지 않는 듯, 네덜란드의 모든 집들은 물을 중심으로 자리 잡은 것 같았다. 네덜란드는 축복 받은 땅인 것 같았다.

햇살 아래를 한참을 돌아다녔더니 어느덧 저녁 식사 시간이 되었다. 타지에서 가장 사람을 처량하게 만드는 것 중 하나가 배고픔이다. 그런 처량함을 느끼지 않으려면 시장기가 살짝 온다 싶을 때에 재빨리 식사를 하는 것이 정신 건강에 이롭다.

풍차가 있는 레스토랑에 갔다. 'De Vang'이라는 이름의 레스토랑의 종업원들의 친절도는 최상이었다. 동네 레스토랑이기에 별 기대 없이 연어 스테이크를 시켰지만 주방장 솜씨가 예사롭지가 않았다. 예술적인 면이나 맛에 있어서나 꽤나 솜씨를 발휘한, 그야말로 작품이었다. 상큼한 바람을 함께 씹어서인지, 또는 테라스 앞에 펼쳐진 풍경이 아름다워서인지, 감자튀김만 빼고는 맥주 한잔과 함께 다 먹었을 만큼 음식은 훌륭했다.

내가 도착하기 전까지는 6월 중순의 이곳 기온이 대략 18도 정도로 추웠다고 한다. 이렇게 햇살 좋고 기온이 높이 올라가는 일은 드물다고 한다. 그래서인지 햇살을 즐기는 그들의 모습들이 다양했다.

집으로 돌아오는 길에, 수로에서 뗏목을 타고 노는 아이들을 보았다. 아이들은 스티로폼 위에 나무판자를 덧댄 뗏목 위에서 노를 저으면서 놀고 있었다. 그 모습은 마치 〈톰 소여의 모험〉에 나오는 아이들 같았다. 파란 바지의 아이가 뗏목의 선장인 듯 뭐라고 명령을 하는 것 같았다. 아이들은 내가 보고 있으니 더욱 신이 나서 목소리를 높였다. 수로의 물은 지저분해 보였지만 아이들은 개의치 않고 그 물에 빠지기도 하면서 햇살 좋은 금요일 오후를 즐기고 있었다.

독일

Germany

친절한 독일

네덜란드의 암스텔담에서 독일의 쾰른Köln으로 간다. 아침부터 하늘이 흐려지더니 제법 쌀쌀해졌다. 기차에 오르는 사람들마다 커다란 짐 가방을 한 개씩 들고 타는 것을 보니 역시 국경을 넘는 기차라는 것이 실감이 났다. 무척 들뜬 두 여학생이 탔다. 마치 따분한 기숙사를 탈출한 아이들처럼 그들은 주위 아랑곳없이 큰 소리로 수다를 떨었다. 나이도 어린데 이민 가방만큼 큰 가방을 끌고 도대체 어딜 가는 것일까?

월요일이라 그런지 자리가 많이 남아돌았다. 기차는 넓은 벌판을 달려서 쾰른 역에 도착을 했다. 춥고 찌푸린 하늘의 네덜란드를 뒤로하고 기차로 겨우 2시간을 달렸더니 그래도 국경을 넘었다고 하늘이 너무나 달랐다. 바람은 좀 쌀쌀했지만 쾰른의 햇살은 아주 강했다.

독일 사람들이 얼마나 친절한지 가기 전에는 전혀 몰랐다. 세계 대전을 치른 나라인지라 검소한 국민성을 가지고 있다는 것 외에는 특별히 들은 게 없었다. 짐 가방을 들고 쾰른 역 계단을 내려가는데 가녀린 여학생이 선뜻 도와주겠다고 손을 내밀었다. 무거워서 안 된다고 했는데도 함께 들면 나을 거라며 굳이 들어주어서 쉽게 내려왔다. 기차역에서 만난 또 다른 독일 남학생들은 갈 길이 바쁜데도 불구하고 자기들 일처럼 도와주었다. 독일 사람들은 마치 친절과 봉사에 목마른 사람들 같아 보였다.

나중에 선교사인 민박집 아저씨께 들은 얘기로는 독일 사람들은 어릴 때부터 봉사교육을 철저히 받기에 그들은 늘 봉사할 준비가 되어 있다고 했다. 실제로 내가 만나 본 독일 사람들은 정말 그러했다. 게슈타포같이 생긴 남자에게 길을 물어도, 활짝 미소를 지으며 도움을 주곤 했었다. 그래서인지 유럽 국가들 중에서 나는 독일 사람들이 가장 마음에 들었다.

지하철인 우반*U-bahn*으로 쥴쯔규어텔*Sülzgürtel* 역에 내려 민박집에 전화를 하려고 하는데 휴대폰이 작동을 하지 않았다. 근처 꽃집에 들어가서 부탁을 했다. 꽃집 아저씨는 흔쾌히 숙소에 전화를 걸어 주었다. 전화 사용료를 지불하고 싶다고 했더니 환한 웃음으로 사양하던 길모퉁이 꽃집의 키 큰 아저씨. 짐 가방을 끌고 국경을 넘어 숙소를 찾아가는 것이 체력적으로 힘든 일이기도 하지만 길에서 만난 많은 독일인들의 친절은 바로 피로 회복제였다. 그 나라를 대표하는 사람은 대통령이나 정치인이 아니라 바로 그 나라에 살고 있는 국민들이었다.

쾰른에서의 첫날 아침, 주인아저씨가 식사를 하러 오라고 호출을 했다. 주인집과 내가 머무는 게스트용 숙소는 각각 다른 층에 있었다. 한인민박집이지만 내가 머무는 곳은 냉장고와 식탁이 있으며 주방과 욕실이 있는 독립적인 공간이었다.

급하게 주인장의 집으로 올라가니 상다리가 부러질 듯한 한식이 차려져 있었다. 그러고 보니 집을 떠난 후 꽤 오랜만에 먹는 한식이었다. 주인아주머니는 파트 타임 간호사여서 일찍 일하러 나가고, 나는 머리가 허연 낯선 아저씨와 겸상을 해야 했다. 낯선 아저씨와 아침부터 겸상까지 해야 하니 무척 난감했지만 숙연하게 기도를 하고 식사를 하는 아저씨의 모습에 왠지 편안한 마음이 되었다.

반찬 가짓수는 10개 이상이었다. 한정식집이 따로 없었다. 갈치구이도 있고, 동그랑땡, 숙주무침, 오이무침, 무슨 튀김, 무슨 꼬치, 신 김치와 두부를 넣은 찌개 등등 그리고 쌀밥이 있는 진수성찬이었다. 아주머니가 전라도 순창 사람이니 음식은 당연히 잘 만들 것이지만 직장을 나가는 아주머니가 이 많은 반찬을 만든다는 것은 보통 일이 아닐 것이다. 독일식도 가능하다고 하기에 다음날부터는 독일식으로 아주 간단하게 해 달라고 부탁했다. 아침부터 한정식으로 배를 가득 채우고, 아저씨가 내려 준 커피 한잔으로 식사를 마무리했다.

다음날 아침, 어제와 비슷한 시간에 또 식사를 하러 주인장 집으로 올라갔다. 머리에 물 칠을 하고 머리카락을 2대 8로 가지런히 옆으로 넘긴 아저씨 혼자서 또 나를 맞이했다. 아주머니는 그날도 새벽부터 환자를 돌보기 위해서 출타 중이라고 했다. 65세라는 연세에도 불구하고, 누군가를 도울 수 있다는 능력을 가진 분이 존경스러웠다.

식탁에는 전날 부탁한 대로 독일식의 음식이 가지런히 차려져 있었다. 마치 우렁 각시가 다녀간 듯했다. 다른 손님도 없는데 그 많던 한식은 도대체 어떻게 처리했을지 괜스레 미안해졌다.

별모양의 살라미를 비롯해 여러 종류의 햄, 치즈, 크루아상과 다양한 빵, 과일, 버터, 잼, 우유, 커피 등등. 간단히 차려 달라고 했건만 독일식 아침 식사 역시 진수성찬이었다. 나를 웃게 만든 건 가장자리가 검게 타 버린 계란 프라이였다. 아저씨가 만든 게 분명했다.

역시 아저씨와의 오붓한 겸상. 먼저 드시지 그랬냐는 내 말에 "식사를 하면서 세상 돌아가는 얘기를 하면 좋지 않겠냐."라는 조용조용한 아저씨의 대답이 돌아왔다.

70이 다 된 부부가 사는 모습, 큰 재미는 없을 것 같지만 햇살이 골고루 내리는 평화로운 강의 잔물결 같은 그런 모습. 부부가 남녀의 역할을 떠나 서로 도우며 사는 모습이 무척 아름다워 보였다.

* 암스테르담, 네덜란드-쾰른, 독일: 2시간 59분 by 기차

데르스도르프의 아이들

베토벤의 생가가 있는 본*Bonn*을 방문하기로 했다. 전날 슈퍼에서 사 온 빵과 살라미, 햄, 그리고 치즈로 샌드위치를 만들고, 복숭아 두 개를 씻어서 도시락을 쌌다. 쾰른 중앙역에서 기차로 가는 방법도 있지만 숙소 근처에 쥘쯔규어텔 역이 있어서 우반을 타기로 했다. 역 근처 가게에서 동전을 바꿀 겸 오렌지 주스를 한 병 사서 본으로 출발했다.

한 50분 정도 달렸을까, 본에 도착했다. 바람이 심했다. 독일 쾰른에서 남동쪽으로 약 24킬로미터 떨어진 본은 기원전 1세기에 로마 정착지로 세워졌다. 본은 독일에서 가장 오래된 도시 중 하나이며 1949년부터 1990년까지 서독의 수도였다. 작곡가 베토벤이 1770년에 바로 이곳에서 태어났다.

거리는 조용했고 건물들은 단조로운 느낌이었다. 본 시가지의 중심부에는 11~13세기에 세워진 로마네스크 양식의 본 대성당*Bonner Münster*이 견고한 모습으로 서 있었고, 대성당 앞에는 성도 카시우스*Cassius*와 플로렌티우스*Florentius*의 머리를 묘사한 조각상들이 누워 있었다.

성도 카시우스와 플로렌티우스는 동료 그리스도인들을 죽이고, 로마 황제인 막시미아누스 헤르쿨리우스*Maximianus Herculius*를 신으로 경배하라는 황제의 명령을 거부한 죄로 현재 그들의 조각상이 있는 위치에서 참수를 당했다고 한다. 천진난만한 아이들은 그 조각상들 위에 올라가서 놀고 있었다.

뮌스터 광장*Münsterplatz*에는 베토벤이 태어난 곳답게 베토벤의 동상이 그 중앙에 서 있었다. 뮌스터 광장을 지나 본 거리에 있는 베토벤의 생가에 도착했다.

원래 베토벤의 생가는 아주 작은 집이었다. 박물관으로 만들 당시, 옆집을 사들여 두 집을 이어서 만든 것이 현재의 모습이다. 촬영이 금지된 실내에는 베토벤의 자필 악보와 그가 말년에 친 피아노, 그리고 흉상과 초상화들이 전시되어 있었고, 베토벤의 데스마스크도 전시되어 있었다. 도시가 온통 모차르트였던 오스트리아의 잘츠부르크와는 달리, 세계적 악성인 베토벤이 태어난 본은 그에 비해 너무나 조용했다.

본 거리 구경을 하다가 대성당 앞의 돌난간에 걸터앉아서 샌드위치로 점심 식사를 했다. 누가 뭘 하든, 뭘 입든지 신경 쓰지 않는 사람들이 사는 곳이 나는 참 편하다.

조용한 본을 둘러본 후에 다시 쾰른 행 우반을 탔다. 우반은 오래된 기차처럼 덜컹거리며 시골길을 달리고 있었다. 창밖으로 예쁜 성당이 있는 마을이 보이기에 무작정 내렸다. 내리고 보니 데르스도르프*Dersdorf*라는 마을이었다.

길을 걷다가 동네 아주머니에게 우반의 창으로 본, 성당이 있는 언덕으로 가는 길을 물었더니 그녀는 영어를 못한다며 난처해했다. 그녀는 뒤에서 걸어오던 여고생을 발견하곤 그녀에게 나를 안내해 줄 것을 당부했다.

여고생은 수업을 마치고 귀가 중이었으며 '리사'라고 자신을 소개했다. 리사의 집이 성당과 그리 멀지 않았기에 동행을 하면서 많은 얘기를 했다. 리사는 학교와 대학 진학에 대한 얘기, 그리고 가족과 바로 옆집에 사시는 그녀의 할머니에 대한 여러 가지 얘기들을 들려주었다. 언덕으로 난 꼬불꼬불 들길을 걸으며 대화를 하느라 숨이 턱까지 차올랐으나 매일 하루에 최소 두 번 그렇게 해 왔던 리사는 아무렇지도 않았다. 리사의 집에서 역까지는 빠른 걸음으로 한 30분 걸린다. 그리고 다시 우반으로 학교까지 1시간, 총 1시간 30분이 소요된다고 했다.

매일 그렇게 통학을 하는 그녀가 대견했다.

리사와 작별을 하고 언덕 위 성당으로 향했다. 한참을 올라가니 성당이 나왔다. 하지만 기차에서 본 언덕 위의 그 성당은 그저 평범한 성당이었다. 푸른 언덕 위에 성당과 작은 집들이 조화롭게 옹기종기 모여 있었기에 멀리서는 그렇게 예쁘게 보였던 것 같았다. 멀리서 보는 것이 때로는 더 아름다울 때도 있다.

언덕 위의 마을에는 깔끔한 집들과 잘 일구어진 밭이 있었고, 들판에는 말들이 자유롭게 뛰어놀고 있었다. 들판에는 거센 바람만 윙윙거리며 키 큰 잡초들을 흔들고 있을 뿐, 사람들은 만날 수 없었다. 너무 조용해서 가끔 무섭기도 했다.

다시 아랫마을로 내려오던 중에 14살과 10살의 피나와 사라를 만났다. 피나는 사교육 없이, 학교에서만 4년간 영어를 배웠다는데 놀라울 정도의 영어 실력을 가지고 있었다. 사라는 영어를 배운 지 얼마 안돼서 좀 서툴기도 하거니와 수줍음이 많았기에 내가 한 말을 피나가 사라에게 독일어로 통역을 하곤 했다.

유럽은 우리와는 교육 시스템이 다르기도 하지만, 그들은 영어와 비슷한 알파벳을 사용하기에 아무래도 우리보다는 더 쉽게 영어에 접근할 수 있을 것이다. 그렇다고 할지라도 학교에서만 고작 4년간 공부한 독일 아이의 출중한 영어 실력은 가히 충격적이었다. 그들은 학교에서 도대체 어떤 영어 교육을 받는지 너무나 궁금했다.

아이들과 마을 골목길에서 한참을 놀다가 역으로 가는 길을 물었더니 직접 안내를 하겠다고 했다. 신난 아이들과 함께 길을 걷던 중에 피나의 아버지를 만났다. 여행자인 나를 배웅하러 간다고 피나가 독일어로 설명을 하는 것 같았다. 피나 아버지는 나를 한번 보더니 흔쾌히 그러라고 했다. 낯선 사람과 동행을 하겠다는데도 쉽게 허락을 하다니. 역시 봉사정신이 대단한 민족이었다. 봉사정신도 그렇지만 범죄가 없는 시골 마을이기에 더 그랬을 것이다.

아이들의 전송을 받으며 쾰른 행 우반에 올랐다. 하루 종일 찌푸렸던 하늘에서 드디어 빗방울이 떨어지기 시작했다.

* 쥴쯔규어텔 역, 쾰른-본: 50분 by U-bahn

* 쾰른 중앙역-본: 20~30분 by 기차

장미 향기에 취하다

프라이징*Freising*은 작고 예쁜 마을을 찾던 중, 뮌헨 숙소 호스트인 현지인의 정보로 방문하게 된 곳이다. 프라이징은 뮌헨에서 가깝기도 하고, 역사적인 건축물들이 많기에 독일인들에게는 인기가 있는 곳이라고 했지만 우리에게는 조금 생소한 곳이다.

뮌헨 중앙역에서 기차로 잠시 달리니 금세 프라이징 역이었다. 역을 나오니 곰 조각상이 서 있었고, 곰의 배에는 '장미의 도시'라는 글이 적혀 있었다. 역에서 나와서 길을 따라 걸으니 독일스러운 깔끔한 건물들이 나타나기 시작했다. 군데군데 곰의 조각상들이 보이는 걸로 봐서 아마도 곰은 프라이징을 상징하는 것 같았다.

예쁜 가게들이 있는 길을 따라 걸으니 마리엔 광장*Marienplatz*이 나왔다. 광장의 중앙에는 광장의 상징인 듯 마리아상이 높이 서 있었고, 잘 보존된 아름다운 고딕 교회인 성 조지 교회*Kath. Pfarramt St. Georg*가 광장을 지키고 있었다. 성당 입구에 세워진 곰 조각상에는 이번에는 프라이징 마을의 전경이 스케치되어 있었다.

마리엔 광장이 프라이징의 중심인 듯, 사람들의 왕래도 가장 많았고 주변에는 다양한 가게들도 많았다.

마리엔 광장의 옆으로 난 골목길로 들어서니 빨간 줄장미로 덮인 예쁜 건물들

9
Mittlerer Graben
ZEITUNG

이 있었다. 비가 내리기 시작했지만 나는 한참 동안이나 빨간 장미꽃으로 장식된 어느 건물에 매료되어 있었다.

언덕을 올라, 다시 어느 골목길에 접어들자 좀 전보다 더 많은 각양각색의 장미꽃들이 골목길을 수놓고 있었다. 관광객은 한 명도 만날 수가 없었고, 현지 주민들도 아주 가끔 볼 수가 있을 만큼 한적한 곳이었다. 골목길에서는 내 카메라에서 나는 셔터 소리만 철컥거릴 뿐이었다. 장미로 덮인 어느 집의 문 앞에는 예쁜 고양이가 마치 그림처럼 앉아 있기도 했다.

대도시인 뮌헨에 머물던 중, 장미가 가득한 시골의 골목길을 걸으니 마음이 편안해졌다. 나는 역시 시골 쥐인가 보았다. 장미에 취해서 그곳에서 도대체 몇 시간을 머물렀는지 모르겠다. 이곳을 추천해 준 숙소의 호스트가 무척 고마웠다. 지금도 프라이징을 떠올리면 장미향이 날 정도로, 프라이징의 골목길은 장미향으로 가득했다.

장미로 장식이 된 골목길이 드디어 끝이 나고, 숲이 있는 언덕을 올라서 프라이징 대성당*St. Maria und St. Korbinian, Dom zu Freising*에 도착했다. 프라이징 대성당은 평범한 외부와는 달리 실내는 탄성이 나올 만큼 우아하고 귀품 있는 프레스코화와 장식으로 가득했다. 작은 마을의 성당이 그토록 화려할 거라고는 기대를 못했기에 더욱 놀라웠던 것 같다. 그렇게 아름다운 성당이건만 역시 방문자는 한 명도 보이지 않았다. 그 큰 성당은 오로지 나만을 위한 곳인 것 같았다. 성당 밖의 전망대에서는 프라이징 시내를 한눈에 내려다볼 수 있었다.

프라이징은 세계에서 가장 오래된 맥주 양조장으로도 유명하다고 한다. 그러한 그곳에서 맥주 한 잔 안 하고 왔단 것은 후회가 되긴 하지만 아름다운 장미 마을을 산책할 수 있었단 것만으로도 정말 행복했다.

역으로 돌아오던 길에는 산책하기 좋은 장미 정원도 있었다. 프라이징은 장미의 도시였다.

프라이징은 광장과 그 광장을 중심으로 위치한 역사적인 건축물이나 골목길, 언덕 위의 성당이나 장미 정원 등 작은 마을에 비해 내용이 알차며 그 내용들의 균형과 배치가 아주 잘된 완벽한 도시였다.

* 뮌헨-프라이징: 23분 by 기차

집시가 왕이다

외국에 나가면 믿을 건 나 자신뿐이지만 그렇다고 남의 호의를 야멸차게 거절할 수도 없는 딜레마에 가끔 빠지기도 한다.

프랑크푸르트*Frankfurt* 역에 내려서 어느 남자에게 숙소로 가는 방향을 물었더니 그 남자는 숙소로 가는 길 안내를 자처했다. 나는 그저 방향만 알고 싶었을 뿐이었건만 그는 따라오라며 길을 안내하기 시작했다. 먼저 물어봤기에 됐다고 말을 하기도 참으로 애매한 상황이었다.

점점 홍등가 쪽으로 접어들고 있을 때에는 '이러다가 혹시라도 팔려가는 건 아닌가?'라는 걱정이 밀려왔다. 하지만 그런 우려와는 달리 그는 한참을 걸어서 길을 알려주고 간 그저 친절한 사람이었다.

과한 친절은 때로는 사람을 움츠리게 만들기도 한다. 특히나 프랑크푸르트 역은 조심해야 할 역으로 소문이 났기에 나는 더욱 긴장을 했던 것 같다.

주변 도시를 방문하기 위해서 거점 도시가 된 프랑크푸르트에서의 2박 3일은 참으로 편하지 못했다. 숙소가 홍등가에서 가까운지라 이상한 사람들과 집시들로 인해서 숙소로 가는 길은 늘 긴장의 연속이었다. 멀쩡하게 생긴 건장한 집시들은 길바닥 아무 데서나 널브러져서 거적때기를 덮고 자고 있었고, 술이나 약에 취한 듯한 집시들은 몹시 위협적으로 느껴졌다.

홍등가의 가게들 앞의 인도에는 무서운 화장을 한 여자들과 더 무섭게 생긴 남자들이 호객 행위를 하며 서 있었기에 그들과 마주치지 않으려고 길을 건너서 가거나 돌아가기도 했다. 해가 지기 전에는 한국만큼 안전하다고 느껴 왔던 유럽이었건만 대낮에도 이렇게나 불편한 곳이 있다는 것을 프랑크푸르트에서 처음으로 알았다.

프랑크푸르트 주변 도시로 소풍을 다녀올 때에는 해가 지기 전에 숙소에 도착을 하려고 노력을 해야 했고, 밤에는 급하게 살 것이 있어도 가게에 가는 것을 참다 보니 스트레스가 쌓이기도 했다. 또한 주말 밤에는 창밖에서 들려오는 취객들의 소음이 아침까지 이어지기도 했다.

어느 날 저녁, 노천 식당에서 밥을 먹고 있을 때였다. 집시가 테이블에 다가와서 내 접시를 가리키며 뭔가를 달라고 했다. 감자튀김을 주려고 했더니 싫다고 했다. 알고 보니 그녀는 나의 메인 요리인 스테이크를 노리고 있었다.

무엇이 그녀를 그리도 당당하게 만들었을까? 약간의 긴장감은 여행의 묘미이기도 하지만 이렇게 노골적으로 표현을 하는 집시가 사는 프랑크푸르트는 미안하지만 참으로 불편한 곳이었다.

2017년, 독일 뉴스에 의하면 프랑크푸르트에서는 거리의 노숙자들에게 벌금을 부과하기로 했다고 하지만 근본적인 대책 없이는 실현 불가능한 정책일 것이다.

뷔르츠부르크는 축제 중

뷔르츠부르크Würzburg는 독일의 마인Mine강변에 위치한 오래된 도시이다. 제2차 세계 대전 시에는 영국 공군에 의한 단 20분간의 폭격으로 도시 건물의 약 80퍼센트가 파괴되었던 적이 있다. 그 이후, 도시의 대부분은 재건이 되었다.

우리나라 여행자들은 대부분 뷔르츠부르크를 당일치기로 방문하는 편이지만 뷔르츠부르크는 로맨틱 가도의 시작 도시인 만큼 주변 도시로의 접근성이 아주 좋은 곳이다. 그러하기에 나는 프랑크푸르트에서 뷔르츠부르크로 이동하여 아예 뷔르츠부르크를 거점 도시로 정하고 매일 주변의 도시를 다녀오기로 했다.

뷔르츠부르크는 전반적으로 깨끗했으며 프랑크푸르트와는 달리 늦은 시간에도 안전했다.

뷔르츠부르크에 머물던 날들이 때마침 4일간 지속된 아프리칸 축제와 맞물렸단 것은 숙소에 도착해서야 알게 되었다. 뷔르츠부르크에서는 6인실 룸밖에 구하지 못한 것도 바로 그 축제 때문이었단 것도 그때서야 알았다.

숙소에는 각국에서 온 여행자들보다는 축제를 즐기기 위해서 독일 전국 각지에서 몰려든 독일인들로 가득했다. 내가 머물던 6인실 룸에도 독일인들밖에 없었지만 다들 좋은 사람들이어서 4일 동안 유쾌하게 지낼 수 있었다. 매일 하루가 끝날 즈음에는 다들 숙소의 테라스에서 맥주를 마시며 하루 일정을 서로 묻거나 여행지에 관한 정보 교환을 하기도 했다. 그들은 아프리칸 축제에서 산 옷이며 장신구를 꺼내어서 자랑하거나, 나는 그날 다녀온, 그들 독일인들이 가 보지 못한 독일의 소도시들을 자랑하기도 했다.

독일은 호스텔이 아주 잘되어 있다. 홍등가에 위치했기에 불편했던 프랑크푸르트의 호스텔도 조식을 포함해서 내부만큼은 안전하고 완벽했다. 뷔르츠부르크의 호스텔 역시 모든 시설이 깔끔했고 조식 또한 만족스러웠다. 특히 매일 아침 바뀌는 풍성한 과일이 있어서 무엇보다 좋았다. 호텔을 선호하는 사람이라고 하더라도 독일에서만큼은 호스텔 문화를 체험해 보는 것이 좋을 것 같다.

뷔르츠부르크의 거리 대부분은 조용했으나 시장광장*Marktplatz*과 알테마인 다리*Alte Mainbrücke* 위에는 4일 내내 사람들로 넘쳐났다.

알테마인 다리는 1473-1543년에 건축되었으며 마인 강 위에 놓인 다리 중 가장 오래된 것이다. 성자의 동상들로 장식되어 있는 알테마인 다리는 규모는 작지만 프라하의 카를교와 건축학적으로는 무척 유사한 다리였다.

알테마인 다리 위에서 보이는 마리엔베르크 요새

구시가지를 지나 알테마인 다리에 진입하기 직전, 마인 강에 인접한 레스토랑이 있었다. 물레방아가 있어서 '물레방아 레스토랑'이라는 애칭이 있는 곳이다. 워낙 유명한 곳인지라 강으로 난 테라스 좌석은 언제나 만석이었기에 한 번도 그곳에서 식사할 기회를 가질 수가 없었다. 레스토랑 입구에서는 와인을 팔고 있었기에 와인 한 잔을 사서 다리 위에서 마시기로 했다. 와인을 한 잔 사면 5유로의 잔 보증금을 내고, 다 마신 후에는 빈 잔을 돌려준 후, 보증금을 되돌려 받는다. 어떤 사람들은 보증금을 돌려받지 않고, 마리엔베르크 요새*Festung Marienberg*의 그림이 새겨진 와인 잔을 기념으로 가져가는 사람들도 있었다.

뷔르츠부르크에서 생산하는 화이트와인인 바쿠스를 한 잔 사서 알테마인 다리의 난간에 자리를 잡았다. 알테마인 다리는 멀리 언덕에 있는 뷔르츠부르크의 랜드 마크인 마리엔베르크 요새의 환상적인 전망을 즐길 수 있는 완벽한 장소였다.

강 건너의 건물들이 검은 실루엣으로 변할 즈음, 황금빛으로 물들어가는 강물을 바라보며 마시는 와인 한 잔은 참으로 특별하고 로맨틱했다.

축제 기간인지라 알테마인 다리 위에서는 다양한 라이브 음악을 들을 수가 있었으며, 사람들은 그 다리 위에서 음악에 몸을 맡기고 있었다. 와인 한 잔을 하거나 안 하거나 또는 몸치이거나 아니거나, 다리 위의 사람들은 본능적인 흥에 충실하고 있었다.

뷔르츠부르크에 머무는 며칠 동안, 낮에는 인근 도시로 소풍을 다니고, 저녁 식사 후에는 늘 알테마인 다리 위에서 와인과 함께 노을을 즐기곤 했다.

뷔르츠부르크에서는 특별한 워킹투어를 할 수가 있었다. 저녁 8시경, 시청 앞 광장에서 시작되는 워킹투어의 가이드들은 수염이 하얀 할아버지들이었다. 독일 전통 복장의 가이드 할아버지들은 허리춤에는 커다란 열쇠들을 매달고, 한 손에는 긴 창을, 또 한 손에는 램프를 들고 있었다. 그들은 오래전에는 뷔르츠부르크의 가로등 지기였다고 한다. 가로등 지기는 마을의 가스등에 직접 불을 붙여서 수동으로 켜고 끄던 사람들이다. 세월이 흘러 가스등은 사라지고 전기를 사용하는 가로등으로 바뀌자 마을 구석구석을 잘 알고 있는 가로등 지기들은 이제는 워킹투어 가이드를 하고 있었다.

가로등 지기 할아버지는 워킹투어를 시작하기 전에 모자를 돌리며 기부금을 거두었는데, 사람들은 대부분 5유로 정도를 내고 있었다.

시청 부근에서 시작된 워킹 투어는 알테마인 다리를 들른 후, 골목길 구석구석을 돌아보는 코스였다. 각국에서 온 남녀노소 여행자들과 한 팀이 되어, 어두워질 때까지 뷔르츠부르크의 오래된 골목길 탐방을 했다.

시청 앞 광장에 위치한 노천카페의 구석진 테이블은 맥주나 와인을 마시는 사람들의 모습과 느리게 흐르는 트램의 궤적을 담을 수 있는 최상의 장소였다. 그곳에서의 저녁은 매일 근교 소풍으로 지친 다리를 쉬게 하거나, 하루를 정리하는 시간이 되기도 했다.

아프리칸 축제 기간이기에 시장 광장에는 먹거리 장터가 열렸다. 긴 테이블마다 수많은 사람들이 빽빽하게 앉아서 엄청난 양의 맥주를 마시고 있었다. TV에서 흔히 보던, 독일의 옥토버 페스트와 비슷한 광경이라고 상상하면 될 것이다. 빈자리를 찾아내는 것도 쉽지 않았기에 그들 속에 들어가는 것은 포기를 했다.

숙소에서 알테마인 다리로 가려면 늘 그곳을 지나야 했다. 너무나 많은 사람들이 앉아 있는지라, 그곳을 지날 때면 사람들의 대화 소리가 마치 기계 소리처럼 웅웅거리고 있었다.

마리엔베르크 요새에 올라가면 뷔르츠부르크 시내의 아름다운 전경을 내려다볼 수 있다. 하지만 매일 주변 도시를 다녀오면 저녁이 되었기에 마리엔베르크는 알테마인 다리에서 보는 것으로 만족해야 했다.

아프리칸 축제로 여기저기 북적북적한 것이, 사람 사는 것 같았던 뷔르츠부르크였다.

* 뷔르츠부르크는 주변 유명 도시들과의 접근성이 좋다. 특히 로맨틱 가도 주변의 도시들을 돌아보고 싶다면 뷔르츠부르크에 머무는 것이 편리하다.
* 뷔르츠부르크-프랑크푸르트: 1시간 by 기차
* 뷔르츠부르크-밤베르크: 55분 by 기차
* 뷔르츠부르크-로텐부르크: 1시간 8분 by 기차
* 뷔르츠부르크-뮌헨: 2시간 30분 by 기차

여름날의 크리스마스

뷔르츠부르크에 머물던 중, 로텐부르크*Rothenburg ob der Tauber*를 다녀오기로 했다. 로텐부르크는 프랑크푸르트와 뮌헨 중간쯤의, 독일 바바리아 지방에 있는 도시이며 약 1170년경에 설립되었다. 현재는 작은 마을이지만 로텐부르크가 번영의 절정에 이르렀을 15세기 당시에는 인구가 6천 명으로, 프랑크푸르트와 뮌헨보다 훨씬 큰 도시였다고 한다. 성벽으로 둘러싸인 로텐부르크는 잘 보존된 아기자기한 중세 도시로 유명하여 전 세계의 관광객들이 몰려오는 곳이다. 장난감 같은 마을을 누비며 동심으로 돌아가고 싶은 여행자들에게 추천하고 싶은 독일 마을이다.

로텐부르크 역에 내리자마자 뜨거운 햇살로 몸은 녹아내릴 것 같았다. 6월 첫째 날이었건만 독일은 섭씨 31도를 육박하고 있었다. 10년 전, 독일의 뉘른베르크에서는 7월임에도 밤에는 몸이 떨릴 정도로 추웠던 기억이 있다. 매년 비슷한 시기에 유럽을 여행하는지라 지구가 점점 더워지고 있다는 것을 몸으로 느낀다.

역에서 한참을 걸어 들어가니 예쁜 건물들이 보이기 시작했다. 다양한 컬러의 중세 건물들이 하나둘 나타나는 것을 보며 조금씩 마음이 설레기 시작했다.

마르크트 광장*MarktPlatz* 입구의 어느 건물 창턱에 앉은 테디 베어가 비눗방울을 불고 있었다. 햇빛을 머금은 동글동글한 비눗방울들이 로텐부르크의 파란 하늘로 날아오르고 있었다. 비눗방울을 날리는 테디 베어는 이곳이 바로 동화 마을의 시작점임을 알리고 있었다.

시청사와 시의회 건물이 있는 마르크트 광장에는 많은 여행자들이 사진을 찍거나 시청 계단에 앉아서 휴식을 취하고 있었다.

우선 로텐부르크 시청사의 종탑에 오르기로 했다. 로텐부르크에서 가장 큰 건물이라고 할 수 있는 시청사는 16세기에 지어진 르네상스 양식의 건물이다.

겨우 한 사람이 통과할 수 있는 좁디좁은 계단을 걸어서 종탑에 올랐다. 종탑에서 내려다보는 로텐부르크는 여느 독일 마을과는 좀 다른 느낌의 마을이었다. 색 바랜 붉은 지붕들이 빽빽한 로텐부르크는 중세 독일의 위엄보다는, 장난감 같은 모습을 한 사랑스러운 마을이었다.

시청 광장에서 옆으로 뻗은 쇼핑 거리인 헤른 거리*Herrngasse*에 들어서니, 케테 볼파르트*Kathe Wohlfahrt*가 있었다. 케테 볼파르트는 유명한 크리스마스 가게이며 박물관도 함께 있는 곳이다. 1964년에 문을 연 가게는 2대째 가업을 이어 가고 있으며, 로텐부르크에 있는 가게가 케테 볼파르트의 본점이다. 그러한 케테 볼파르트는 여행자들에게는 로텐부르크의 필수 관광명소로 알려져 있다.

가게 앞에는 크리스마스 선물이 가득 실린 빨간 자동차가 주차되어 있었다.

케테 볼파르트에 들어서니 바깥의 섭씨 31도와는 너무나 다른, 환상적인 크리

스마스가 펼쳐지고 있었다. 365일이 크리스마스인 케테 볼파르트는 커다란 크리스마스 트리로 다 큰 어른들을 동화의 나라로 이끌더니, 인형과 수예품을 비롯해서 각종 화려한 크리스마스 장식품들은 지갑을 가진 어른들을 유혹하고 있었다.

로텐부르크는 마을 전체가 알록달록, 다양한 컬러의 벽이 있는 마을이었다. 유럽 대부분의 도시가 그렇듯이, 유럽인들의 건축에 대한 미적 감각은 너무나 탁월해서, 감탄은 물론이고 자주 질투가 나기도 했다. 그러한 환경 속에서 자란 아이들이 훌륭한 예술가가 되지 않는다면 오히려 이상한 일일지도 모르겠다. 또한 그들은 아름다운 중세 건축물들의 보존과 더불어 현재까지 잘 사용하고 있음에 놀라운 것은 물론이고, 존경심마저 들었다.

시청사 바로 뒤에 위치한, 15세기에 지어진 고딕 양식의 장크트 야콥 교회*St. Jakobs Kirche*를 마지막으로 로텐부르크 소풍을 마치기로 했다. 평소에는 잘 먹지

않는 아이스크림도 찾게 되는 너무나 무더운 유럽의 6월 1일이었다.

* 뷔르츠부르크-로텐부르크: 1시간 10분 by 기차
* 슈타이나흐*Steinach*에서 갈아탐

스트라스부르를 닮은 곳

뷔르츠부르크에서 기차로 달려서 밤베르크*Bamberg*에 도착했다. 밤베르크는 독일 남부 바이에른 주의 북부, 레그니츠*Regnitz* 강 연안에 있는 유서 깊은 도시이다. 중세 시대의 건물들이 잘 보존되어 있어서 구시가지는 유네스코 세계 문화유산으로 등록되었다.

내가 보고 싶었던 구 시청사*Altes Rathaus*는 밤베르크 역에서 도보로 약 20분 정도 소요된다고 하니 길거리 구경을 하면서 천천히 걸어가기로 했다.

밤베르크 구시가지로 들어가는 관문인 케텐 다리*Kettenbrücke*를 지나자 길 양쪽으로 상점들이 이어져 있었다. 상점들을 구경하며 걷노라니 길 우측에 막시밀리안 광장*Maximiliansplatz*이 보였다. 막시밀리안 광장은 구시가지 내에서 가장 큰 광장이며 신 시청사*Neues Rathaus*와 웅장한 건물들로 둘러싸여 있었다. 주말에는 채소나 과일을 파는 시장이 들어서며 큰 행사나 축제가 이곳을 중심으로 열린다.

다시 조금 걸으니 녹색 시장*Grüner Markt*이 있었다. 채소나 과일 등을 파는 시장이기에 녹색 시장이라는 이름이 붙여졌을 것이라고 짐작한다. 시장에는 다양한 과일과 채소들이 다채로운 모양과 컬러를 자랑하며 사람들의 시선을 끌고 있었다.

사람들은 근처 돌 벤치에 앉아서 방금 시장에서 사 온 과일들을 먹거나 휴식을 취하고 있었다. 나는 잘 익은 수박 한쪽을 사서 돌 벤치에 앉아 수분 보충을 했다. 달달한 수박 향기를 맡은 벌이 가끔 내 수박에 날아들기도 했다.

시장에 가려서 잘 보이지 않았지만 녹색 시장의 광장에는 바로크 양식의 성 마틴 교회*Kath. Pfarramt St. Martin*가 있었다. 성 마틴 교회의 제단은 여느 교회와 마찬가지로 황금색으로 장식이 되어 있지만 대부분 흰색과 갈색으로 단장되어 전체적으로 차분한 분위기였다. 특히 눈여겨봐야 할 것은 돔처럼 보이는 교회의 천장이었다. 교회의 천장에 입체적인 그림을 그려서 마치 돔처럼 보이도록 한 것이다. 이 성 마틴 교회는 착시 현상을 일으키는 이 가짜 돔으로 유명한 곳이기도 하다.

녹색 시장에서 약 5분을 걸어가니, 나를 밤베르크로 오게 만든 구 시청사가 나타났다. 구 시청사는 신기하게도 레그니츠 강 위에 놓인 오베레 다리*Obere Brücke*와 운테레 다리*Untere Brücke* 사이의 강 위에 서 있었다. 더 재미있는 것은, 구 시청사의 오베레 다리 위에 지어진 일부분의 시청 건물에는 통행을 위해 건물 속에 터널이 뚫려 있었고, 그 옆의 또 다른 일부분의 건물은 오베레 다리 옆으로 돌출

레그니츠 강 위에 세워진 밤베르크 구시청사

되어 인공 섬 위에 얹혀 있었다.

역사에 따르면 밤베르크 주교는 시민들에게 시청사 건축을 위한 어떠한 땅도 내어주지 않았다고 한다. 그래서 레그니츠 강에 기둥을 매몰하여 작은 인공 섬을 만든 뒤에 그 위에 시청사를 지었다고 한다. 구 시청사는 그 시대의 권력 투쟁을 여실히 보여 주고 있는 건물인 듯했다. 씁쓸한 역사를 가진 밤베르크 구 시청사는 그 때문에 독일에서 가장 독창적인 시청 중 하나가 되었다. 특히 시청 건물 외벽에 그려진 프레스코 벽화로 유명하다. 현재는 독일에서 가장 많은 도자기를 소장하고 있는 박물관이 되었다.

구 시청사 옆의 운테레 다리 위에 오르니 레그니츠 강물이 흐르고, 강변에는 반 목조 가옥들이 오밀조밀하게 군락을 이루고 있었다. 작은 정원과 테라스가 있는 반 목조 가옥들이 줄지어 선 그곳은 '리틀 베네치아*Klein Venedig*'라고 불리는 곳이다. 원래 그곳은 어부와 그 가족들이 살았던 곳이며, 베네치아처럼 건물들이 물과 맞닿아 있진 않지만 마치 맞닿아 있는 것 같다고 해서 '리틀 베네치아'라고 한다. 유럽은 물이 있는 곳이면 어디든지 '베네치아'라는 지명을 붙이는 경향이 있는 것 같다. 내 눈에는 프랑스의 스트라스부르*Strasbourg*에 있는 쁘띠 프랑스*Petite France*가 생각나는 곳이었다. 쁘띠 프랑스와 건물 양식은 서로 달랐지만, 물을 사이에 두고 두 마을이 다리로 연결된 모습이나 분위기가 쁘띠 프랑스와 비슷했다.

카페로 보이는 가옥의 테라스에서는 사람들이 앉아서 담소를 하고 있었고, 창문턱에 올려둔 화분에는 빨간 제라늄이 쏟아질 듯이 피어 있었다.

골목길을 돌다가, 독일 여행 중에 한 번도 먹지 않았던 슈바인스학세*Schweinshaxe*를 먹기로 했다. 슈바인스학세는 우리나라의 족발 요리라고 보면 된다.

구 시청사에서 가까운 사거리에 있는 식당의 노천 좌석에 자리를 잡고 앉았다. 맥주 한 잔을 마시고 있노라니 양배추를 식초에 절인 사우어크라우트와 감자 덤플링을 곁들인 슈바인스학세가 나왔다. 그런데 크기가 어마어마했기에 손도 대기 전에 이미 질리기 시작했다. 맛은 족발과 거의 흡사했고 나쁘지 않았다. 하지만 앉아만 있어도 땀이 뻘뻘 나는 더운 날씨에 고기를 시킨 것은 실수였다. 시큼한 사우어크라우트 덕에 그래도 좀은 먹을 수가 있었다.

밤베르크는 유서 깊은 건물들이 많이 보존되어 있어서 볼거리가 많은 곳이었다. 또한 아기자기한 구시가지 골목길 구경은 생각지 못한 즐거움이었다.

어느 늙은 화가가 레그니츠 강가에 앉아서 구 시청사를 그리고 있었다. 그의 뒤에 서서 그림이 완성되어 가는 것을 지켜보는 것도 골목길 탐방만큼이나 즐거웠다.

밤베르크는 내가 다녀 본 독일 도시 중 가장 아름다운 도시 중 하나였다.

* 뷔르츠부르크-밤베르크: 55분 by 기차

* 프랑크푸르트-밤베르크: 2시간 30분~3시간 by 기차

* 밤베르크는 훈제 맥주가 유명하다.

지붕 없는 박물관

드레스덴*Dresden*은 체코의 수도인 프라하에서 2시간 정도 소요되므로 짧은 시간에 가볍게 독일을 맛보고 올 수가 있는 곳이다. 사실 프라하에 머물던 몇 년 전에도 그러려고 했었지만, 뭔가에 홀렸는지 계획과는 다르게 그저 멍하니 일주일 이상을 프라하에서 지낸 적이 있었다. 프라하에만 가면 나는 그렇게 되는 것 같았다.

이번에는 최면에서 깨어나 드레스덴에 가기로 했다. 한국에서 여행을 온, 처음 보는 태권소녀와 동행하기로 했다. 내가 그녀를 태권소녀라 부르는 이유는 그녀가 학창 시절에 태권도를 했다는 단순한 이유 때문이지만 밝고 예의가 바른 그녀와 참 잘 어울리는 별명이었다.

프라하의 플로렌츠 버스 터미널에서 태권소녀를 만나, 스튜던트 에이전시 버스*Student Agency Bus*로 드레스덴에 도착했다.

드레스덴은 먼저 알트 마르크트 광장*Altmarkt*에 열린 민속 시장으로 우리를 맞이했다. 맥주와 지역 토산품 등등이 있는 평범한 유럽의 시장을 지나서 드레스덴 속으로 들어갔다. 프라하와 달리, 크고 높은 드레스덴의 건물들은 정교한 조각들로 장식되어 있었다. 약 2시간을 달려서 국경을 넘어, 다른 언어와 건물과 음식을 만난다는 것, 이것이 바로 유럽이다.

드레스덴은 독일 작센주*Saxony*의 수도이며 '보석 상자'라고 불릴 만큼, 수세기

동안 풍부한 문화와 예술을 바탕으로 오랜 역사를 가지고 있는 곳이다. 제2차 세계 대전 당시에는 연합군의 폭격으로 드레스덴의 많은 곳이 파괴되었으나 복원을 거쳐, 독일의 통일 이후에도 여전히 문화, 교육 및 정치의 중심지로 그 역사를 이어 가고 있다.

드레스덴 구시가지의 유명한 건물들은 대부분 검게 그을려 있어서 세월이 흘렀음에도 전쟁의 흔적들을 보여 주고 있었다. 가볍게 소풍을 다녀오기에는 드레스덴은 역사의 향기가 곳곳에 가득한 고풍스럽고 우아한 도시였다.

알트 마르크트 광장을 시작으로 바로크 양식의 건축물로 유명 츠빙거 궁전*Zwinger*에 들렀다. 프랑스의 베르사이유 궁전에 감명을 받아서 지었다는 드레스덴의 츠빙거 궁전은 금박으로 치장한 화려한 베르사이유 궁전을 따라갈 수는 없지만, 드레스덴에 가면 꼭 봐야 한다는 곳이다. 제2차 세계 대전 중에 파괴된 드레스덴의 대부분의 역사적인 건물들과 마찬가지로 츠빙거 궁전 역시 전쟁의 아픔을 가지고 있는 곳이다.

여러 개의 박물관과 갤러리가 있는 츠빙거 궁전은 산책하기 좋은 단정한 정원과 아담한 분수가 있어서 마음을 차분하게 만드는 곳이었다.

엘베*Elbe* 강 옆의 슐로스 광장*Schloßplatz*은 드레스덴 레지던츠 궁전인 슈탈호프*Stallhof*, 드레스덴 고등법원*Oberlandesgericht Dresden*, 가톨릭 궁정 교회*Katholische Hofkirche* 등, 유명한 건물들이 둘러싸고 있었다. 슐로스 광장을 중심으로 대부분의 관광지가 모여 있기에 반나절이면 충분히 드레스덴을 둘러볼 수가 있다.

슐로스 광장 옆의 계단을 타고 '유럽의 발코니'라고도 불리는 브륄의 테라스*Brühlsche Terrasse*에 올랐다. 거창한 이름의 브륄의 테라스는 난간이 있는 엘베 강변이라고 보면 된다. 브륄의 테라스는 엘베 강에서 약 2층 높이의 위치에 있어서 엘베 강을 전망하며 느린 산책을 하기에 좋은 곳이었다. 브륄의 테라스에는 기념품이나 그림을 파는 노점상이 가끔 보였다. 구시가지에서 신시가지로 이어지는 아우구스투스 다리가 엘베 강 위에 길게 걸쳐져 있었다.

군주의 행렬 벽화

드레스덴의 명물인 거대한 '군주의 행렬*Fürstenzug*' 벽화가 아우구스투스 길*Augustusstraße*을 따라 슈탈호프*Stallhof*의 긴 외벽을 장식하고 있었다. 슈탈호프는 17세기에는 중세 기사들이 말을 타고 경합을 벌이던 왕궁의 안뜰이며 세계에서 가장 오래된 경기장 중 하나이다. 현재는 중세 크리스마스 시장과 같은 문화 행사에 사용되며 때때로 마상 경기나 연극 등 이벤트가 개최되는 곳이다.

그러한 슈탈호프의 외벽을 장식하고 있는 '군주의 행렬'은 작센 지방의 베틴*Wettin* 왕조의 연대기를 표현한, 타일로 만든 벽화이다. 1589년에 슈탈호프의 외벽은 이미 프레스코 벽화로 장식되어 있었다고 한다. 슈탈호프 외벽에 그려진 벽화는 1904년에서 1907년 사이에, 비바람에 강한 독일 마이센*Meissen* 도자기 타일로 대체되었다고 한다.

군주의 행렬 벽화에서는 1127년과 1904년 사이의 35명의 베틴 왕조의 군주들과 59명의 과학자, 장인, 어린이 및 농부들의 모습들을 볼 수가 있다. 길이가 102미터인 이 벽화는 세계에서 가장 큰 도자기 작품으로 알려져 있다. 특히 홍미로운 점은 군주의 행렬 벽화가 제2차 세계 대전의 엄청난 폭격에서 단 한 조각의 타일도 떨어지지 않고 살아남았다는 것이다.

아우구스투스 길을 따라 천천히 걸으며 보는 벽화는 연대별 군주의 통치 시기를 보는 재미가 쏠쏠한, 지붕 없는 개방형 박물관이며 그림으로 읽는 역사책이었다.

벽화를 따라 한참을 걸으니 루터교 교회인 성모 교회*Frauenkirche*가 보였다. 성모 교회는 바흐가 파이프 오르간으로 연주회를 한 곳으로도 유명한 곳이다. 18세기에 세워진 교회는 역시 제2차 세계 대전 당시 드레스덴의 폭격으로 파괴되었다가 독일 통일 후 재건되었다.

성모 교회는 그리 섬세하지 않은 외관과는 다르게 실내는 둥글게 지어져서 마치 오페라 극장인 듯 화려하고 부드러운 색으로 꾸며져 있었다. 겉보기에는 무뚝뚝해도 친절한 독일인의 겉과 속을 보는 것 같았다.

성모 교회 앞의 스위스 식당에 자리를 잡고 앉았다. 스위스 식당답게 원목 가구와 깜찍한 빨간색으로 장식된 식당에는 스위스 전통 옷을 입은 종업원들이 서빙을 하고 있었다. 화이트 와인 한 잔과 시금치와 배를 곁들인 연어 스테이크는 최고였다.

어느덧 프라하로 돌아갈 시간이 되었다. 프라하로 돌아가기 위해 버스터미널에 갔으나 편안히 앉아서 기다릴 수 있는 터미널이 아닌, 길거리 버스 정류장 같은 곳이 바로 국경을 넘는다는 스튜던트 에이전시 버스 정류장이었다. 버스 정류장에 아무런 표시가 없기에 버스를 기다리는 사람들 모두 그곳이 타는 곳이 맞는지 아닌지에 대해 불안해했다. 그런데 더 큰 문제는 버스의 연착이었다. 연착한다는 사인은 어디에도 없었기에 프라하 행 버스를 기다리는 여행자들의 불안감은 가중되었다. 내 옆의 현지인의 휴대폰 문자로 온 소식을 듣고서야 버스가 연착한다는 사실을 알았을 뿐이었다. 그녀의 말에 의하면 유독 베를린 발 프

라하 행 버스는 자주 연착을 한다고 했다.

약 50분을 기다린 후에야 겨우 버스를 탈 수가 있었다. 그럼에도, 미루어 왔던 드레스덴 방문을 할 수가 있었기에 무척 의미 있는 하루였다.

드레스덴 소풍을 마친 뒤, 태권소녀와 프라하 구시가지 광장의 어느 레스토랑에서 간단한 식사와 함께 코젤 맥주로 하루를 마무리했다. 완벽한 동행과의 완벽한 하루였다.

* 프라하-드레스덴: 2시간 by 버스

* 프라하로 돌아오는 버스 정류장은 내리는 곳과 타는 곳이 동일하므로 내릴 때에 잘 기억해 두었다가 같은 곳에서 타면 된다.

벨기에

Belgium

비에 젖은 중세 도시

독일의 쾰른*Köln*을 출발해서 벨기에의 브뤼셀 경유 후, 브뤼헤*Brugge*로 가는 기차는 시간을 거슬러, 1800년대쯤의 기차를 탄 듯한 착각마저 들게 했다. 감자포대를 깔고 앉은 아주머니, 승강구 계단에 앉아서 기차가 역에 설 때마다 플랫폼에 내려서 담배를 피우던 수염이 긴 남자, 나무로 된 기차의 좌석에는 아기를 안고 있는 여자와 200년은 족히 넘은 것 같은 낡은 가죽 가방을 무릎에 올린 남자가 앉아 있었다. 유럽의 시간은 늘 느리게 흐르고 있었다.

그 기차 안에서 나는 유일한 동양인이었던지라 사람들의 시선을 한 몸에 받는다는 것이 상당히 불편했다. 그들의 시선은 시골로 갈수록 더 심해지기에 브뤼헤 행 기차에서는 감히 카메라를 꺼낼 수가 없었다. 점심 도시락으로 싸 온 샌드위치를 먹는 것도 신경이 쓰일 정도였다. 그래도 시골 기차 내에서의 안내 방송은 영어를 포함해서 3개 국어 정도였던 것 같다.

브뤼헤 역에 도착하니 비가 많이 내리고 있었다. 우산을 꺼내 들고 버스를 타러 역 밖으로 나갔다. 그때 누군가가 나에게 다가오더니 내 배낭이 열려 있다고 했다. 순간 모든 것이 털렸을 거라고 확신했다. 배낭은 등에 매달린 채로 입을 헤 벌리고 있었지만 다행히도 가방 속의 중요한 물건들은 제자리에 안전하게 있었다. 아마도 우산을 찾으면서 열었던 배낭을 닫지 않았던 것 같았다. 이래서 나는 시골이 정말 좋다. 큰 도시였더라면 여권을 비롯해서 모든 것이 탈탈 털렸을 것이다.

버스를 타고 조금을 달리니 예쁜 중세 도시가 빗속에 펼쳐지고 있었다. 브뤼헤는 오밀조밀 참 예쁜 도시인 듯했다. 커다란 버스가 좁은 중세 골목길을 잘도 달렸다. 내 뒷자리에 앉은 남성에게 마르크트*Markt* 광장에 도착하면 알려달라고 했더니 숙소 이름을 물었다. 다행히도 그 사람이 숙소 부근에 산다며 마르크트 광장에서 내리지 말고, 세 정거장 더 가서 내리는 게 덜 걸을 것이라고 했다. 자신도 그곳에서 내린다고 했다.

호스텔은 아주 쉽게 찾았다. 골목길에는 길드하우스 같은 아기자기한 건물들이 나란히 서 있었고, 그 건물의 가운데에 내가 묵을 호스텔이 있었다.

짐 가방을 들고 삐거덕거리는 나선형 계단을 뱅글뱅글 올랐다. 습기 때문인지 삐걱거리는 소리가 더욱 크게 들렸다. 짐 가방의 무게로 나무 계단이 금방이라도 부서질 것 같았다. 계단은 한 사람이 올라가면 내려오는 사람은 기다려야 할 정도로 좁디좁았다.

유럽에서는 보기 드문 카드키로 6인실 여성 전용 도미토리의 방문을 열고 들어가니 므쭈미라는 일본 여성이 있었다.

이상하게도 중국인은 중국인처럼 보인다. 일본인은 일본인처럼 보인다. 그런데 므쭈미는 중국인처럼 보였다. 오랜 여행 중에 얼굴이 까맣게 타서 그런 듯했다. K-pop을 좋아한다는 29세 므쭈미는 사교적이었고, 일본인치고는 영어도 꽤 잘했다. 3개월간 여행 중이라는 그녀는 유럽에서는 안 가 본 나라가 없을 정도였다. 그녀는 이 여행을 위해서 휴일도 없이 닥치는 대로 일을 해서 돈을 모았다고 했다. 여행을 떠나기 전까지는 신발 디자이너였다며 자신이 만든 구두를 보여 주었다. 세련된 디자인은 아니지만 아주 튼튼하게 생긴 구두였다. 그녀는 여행을 하면서 가장 눈여겨보는 것이 바로 신발이라고 했다. 목적이 있는 여행은 그 여행을 더 의미 있게 할 것이다.

므쭈미와는 금세 친해져서 숙소 1층의 바에서 맥주 한 잔씩 하기로 했다. 벨기에는 작은 나라이지만 맥주 종류가 2천 종이 넘는다. 우리는 일반 맥주를 한

잔씩 마신 다음에 검은색의 과일 향이 나는 맥주 한 잔을 나눠 마셨다. 향긋한 과일 향이 온 입안을 부드럽게 휘감는 것이 아주 상쾌했다.

비가 내리고 어둠이 내려앉으니 현지인도, 이 호스텔에 묵는 여행자들도 다들 숙소의 바로 몰려들었기에 직원들이 눈코 뜰 새가 없었다.

이 동네에 사는 광고 디자이너인 린다와 리키가 우리들 옆자리에 앉았다. 디자이너인 그들의 한 달 수입은 한국과 마찬가지로, 교육에 투자한 것에 비해서 상당히 낮으며 야근도 많다고 했다. 또한 일에 쫓겨서 여행을 하기가 쉽지 않다고도 했다. 대신 가끔씩 이곳에 들러서 맥주와 함께 세계 각국에서 온 여행자들과 대화를 하다 보면 마치 자신들 또한 여행자가 되는 것 같다고 했다.

음악을 들으며 대화와 함께 맥주도 한잔하니 간만에 사람 사는 것 같았다. 낯선 사람들과의 유쾌한 대화가 오가는 가운데 브뤼헤에서의 첫날밤이 오고 있었다. 창밖에는 여전히 세찬 비가 내리고 있었다.

* 쾰른 중앙역, 독일-브뤼헤, 벨기에: 3시간 by 기차

* 브뤼셀 북역에서 갈아탐.

나의 첫 호스텔

브뤼헤의 아침이 찾아왔다. 전날 밤 늦게 도착한 중국인 3명은 오늘 떠나는지 아침부터 짐을 챙기느라 분주했다.

므쭈미와 1층 바에 식사를 하러 내려갔다. 토스트, 치즈, 시리얼, 우유, 꿀, 잼, 땅콩버터, 오렌지 주스, 커피, 꿀 등으로 된 아주 기본적인 아침 식사가 준비되어 있었다.

토스트에 땅콩버터가 웬 말이냐고 하겠지만 여행자들은 부족한 영양분을 보충하려는 것인지, 잘 구워진 식빵에 잼과 함께 땅콩버터를 발라 먹고 있었다. 가난한 배낭족들은 무엇에나 감사하며 잘 먹는 것이 최고다.

호스텔에서 샤워를 한번 하려면, 수건과 여러 가지 샤워 용품이 든 가방을 들고 한참을 걸어가야 했다. 계단을 내려와서 바를 지나서, 주방을 지나, 안뜰을 지나서 다시 계단을 올라야 2층의 샤워실에 도착할 수가 있었다.

여성용 샤워실에는 6개의 샤워 부스가 있었고, 각 부스는 문이 아닌, 커튼으로 가려져 있었다. 그리고 부스 천장에는 한 개의 수도관이 모든 부스로 죽 이어져 있었다. 수도관이 천장에 돌출이 되어 있으니 기계실이나 어쩌면 영화에서 본 수용소 같았다. 샤워 부스의 천장에는 소위 말하는 해바라기 샤워기가 달려 있었다.

참으로 황당한 것은 샤워 꼭지에는 쇠줄이 달려 있어서 샤워를 하려면 쇠줄을 당겨야 물이 나왔다. 줄을 놓으면 물이 멈추는 절수 시스템이었다. 머리를 감다가도 물이 멈추면 눈을 감은 채, 줄을 찾아서 당겨야 했다. 샤워를 끝내려면 그것을 수십 번 반복해야 했다.

머리만 감을 수는 절대로 없다. 물이 천장에서 직각으로 내려오는지라 온몸이 다 젖어 버린다. 호스가 달린 샤워기가 참으로 그리웠던 브뤼헤의 날들이었다.

유럽의 건물들은 대부분 방음에 약하지만 이곳은 방음이라곤 전혀 되지 않았다. 방에 누워 있으면 복도 끝에 있는 화장실에서의 소리까지 적나라하게 들리는 곳이었다.

바닥이 오래된 마룻바닥이라 한 걸음만 내디뎌도 삐거덕 소리가 나기에 늦은 시간에 바닥을 걸어 다니려면 도둑고양이가 될 수밖에 없었다.

어느 금요일 밤이었다. 밤 12시쯤에 잠을 청했는데 안마당에서 술을 마시며 떠드는 사람들의 소리와 복도에서의 대화 소리, 화장실 소리로 잠을 이룰 수가 없었다. 심지어 복도에서 대화를 하던 어떤 여자가 뀌는 방귀 소리까지 들렸다. 방귀를 뀌고도 민망한 웃음 없이 계속 대화를 이어 가던 그녀들이 놀라울 뿐이었다.

유럽은 대부분 오래된 건물을 리모델링해서 숙소로 사용한다. 이곳은 숙소로 사용하기 위해서 얇은 나무판으로 겨우 방과 복도의 칸만 나누었을 뿐이었다.

그래도 므쭈미와 러시아에서 온 마리아는 정말 잘 자고 있었다. 새벽 두 시가 넘어서야 고요가 찾아오는 호스텔이었다.

안락한 호텔을 과감히 버리고 선택한 브뤼헤의 호스텔은 내 인생의 첫 호스텔이었다. 그렇게 시작된 호스텔 생활은 불편하다고 투덜대면서도 마치 자학을 하듯이, 그 이후로도 죽 이어졌다. 에어비앤비를 발견하기 전까지.

느리게 걷기

브뤼헤*Brugge*는 너무나 아름다운 도시이다. 혹자는 예술 작품으로 가득한 브뤼헤를 '천장 없는 박물관'이라고 할 정도이며, 작은 운하와 그 운하 위에 놓인 많은 다리가 어울려 그림 같은 풍경을 만들기에 '북쪽의 베네치아'라고 부르기도 한다.

아기자기한 중세 건물들 사이로 디버*Dijver* 운하가 마을 구석구석을 휘감아 흐르는 브뤼헤는 이탈리아의 베네치아보다 더 운치 있고 아름다웠다. 브뤼헤의 구시가지에는 중세 건축물의 대부분이 그대로 남아 있기에 유네스코 세계 문화유산으로 등록되었다.

브뤼헤에는 마르크트 광장을 중심으로 여러 갈래의 예쁜 골목길들이 뻗어 있으며 그 골목길에는 화려한 초콜릿 가게, 레이스 가게, 카페와 식당이 즐비했다. 브뤼헤는 작지만 무척 고급스럽고도 세련된 곳이었다. 6일을 머물렀지만 다시 가고 싶을 만큼 아름다운 곳이다.

마르크트 광장은 브뤼헤의 중심이며 매력적인 건물들로 둘러싸인 곳이다. 광장에는 많은 관광객들이 앉아서 지친 다리를 쉬기도 하며 광장에서 벌어지는 다양한 퍼포먼스를 구경하고 있었다. 또한 광장에는 많은 마차들이 집결해 있었다. 마차들은 광장을 출발해서 브뤼헤 구석구석으로 다닌 후에 다시 광장으로 돌아오곤 했다. 그런데 마차를 끄는 대부분의 마부가 여성이라는 것이 흥미로웠다.

마르크트 광장

브뤼헤의 랜드 마크인 종루*Belfort Van Brugge*가 마르크트 광장 한쪽에 높게 서서 도시를 지켜보고 있었다. 종루의 꼭대기에는 거대한 1개의 종과 46개의 또 다른 종들이 있어서 매시마다 정각을 알리는 음악을 들려주었다.

브뤼헤에는 많은 성당들이 있었다. '독일에서는 돌을 던지면 그 돌에 맞는 게 성'이라고 하는데, 브뤼헤에서는 돌을 던지면 성당이 맞을 정도로 많은 성당들이 있었다. 브뤼헤 구석구석을 발바닥이 닳도록 걸어 다니다가 춥고 다리가 아프면 자주 성당에 들어가서 쉬곤 했다. 때때로 날씨가 추웠기에 브뤼헤에 있을 때엔 얼마나 많은 성당엘 들어갔는지 모른다. 때론 운 좋게 미사에도 참석하고, 어느 성당에서는 성가대의 연습 모습도 볼 수가 있었다. 특히 성 살바토르 성당*Sint-Salvatorskathedraal*에서 들려오는 소프라노와 잘 조화된 성가대의 하모니는 여행으로 지친 몸과 마음을 부드럽게 어루만져 주었다. 성당에 들어가면 늘 마음이 편안해지고 아늑해졌다.

마르크트 광장 옆으로 난 골목길을 걷다가 보니 자그마한 부르크*Burg* 광장이 보였다. 그 광장에는 시청이 자리 잡고 있었고, 광장의 한쪽 코너에는 황금빛 장식을 한, 약간 어두운 색의 작은 건물이 눈에 들어왔다. 바로 성혈교회*Basiliek van het Heilig Bloed*였다.

성혈교회는 브뤼헤에 있는 로마 가톨릭교회이다. 1134년과 1157년 사이에 지어졌으며 원래는 플랑드르라는 백작의 거주지였다고 한다.

많은 사람들이 들락거리고 있었지만 교회의 실내는 아주 조용했다. 외관처럼 실내가 크지는 않았지만 인테리어는 무척이나 섬세하고 화려했다.

단상에는 사제복을 입은 어느 여성이 앉아 있었고, 사람들은 줄을 서 있다가 한 명씩 단상에 올라가서 그 여성 앞에 놓인 어떤 물건에 손을 얹더니 짧은 기도를 하고 내려가곤 했다. 그 행위가 무엇인지 궁금했다. 성당 안내원에게 물었더니 금속 용기에는 성지에서 가져온 것으로 추정되는 예수의 성혈이 들어 있으며, 사람들은 거기에 손을 얹어서 '예수님의 피 또는 죽음'을 느낀다는 대답을 들을 수가 있었다.

사랑의 호수

단상으로 가는 계단 위에는 기부금을 넣는 작은 상자가 놓여 있었다. 교회의 발전기금 용도인데 정해진 액수는 없고, 기부금이니 알아서 넣으면 된다고 성당 안내원이 말했다. 나도 줄을 서서 상자에 2유로 동전을 넣었다. 내 차례가 오자, 단상에 올라서 성혈 상자에 손을 얹었다. 이 여행이 무사히 끝나기를 바라는 기도를 했다. 이유는 모르겠지만 마음이 안정되고 편해지는 것 같았다.

브뤼헤의 오아시스와 같은 곳인 사랑의 호수*Minnewater*에는 자주 갔었다. 천천히 흐르는 디버 운하에는 관광객들을 실은 유람선이 떠다니고 있었고, 운하 옆의 잔디에서는 깃털 정리를 하면서 평화로운 오후를 즐기는 많은 백조들이 있었다. 백조들이 날갯짓을 할 때마다 깃털에서 날아오르는 먼지까지 들이마시며 나 또한 느긋한 오후를 보내는 날이 많았던 브뤼헤였다.

브뤼헤에도 풍차가 있다고 해서 보러 가기로 했다. 풍차가 있는 마을로 가는 길은 인적이 드물어서 좋았다. 활기찬 구시가지 중심에서 조금만 벗어나니 조용

하고 정감 있는 골목길이 이어지고 있었다. 브뤼헤의 한적한 골목길은 한 박자 쉬어 갈 수 있는 여유를 찾을 수 있는 곳이었다. 쪼그려 앉아서 벽에 기댄 자전거를 찍거나 가옥 구경을 하며 천천히 걷다 보니 작은 풍차가 나타났다.

브뤼헤에는 25개의 풍차가 있었지만 이제는 몇 개만 남아 있다고 한다. 초록색 잔디가 깔린 나지막한 언덕배기에 홀로 서 있는 풍차는, 미적으로 그리 특별해 보이지는 않았지만 그래도 브뤼헤를 방문하는 여행자들에게는 인기가 있다고 한다. 구시가지 중심에서 꽤 걸어가야 하지만 골목길도 즐길 겸 한번쯤 방문해 보는 것도 나쁘지 않았다.

룩셈부르크

Luxembourg

기대를 저버리지 않은 곳

벨기에의 브뤼헤 역에서 룩셈부르크Luxembourg로 출발했다. 브뤼헤에서 한 시간을 달리니 갈아타는 역인 브뤼셀 북역에 도착했다. 같은 기차에서 내린 벨기에 아주머니도 룩셈부르크로 간다는데 어느 플랫폼으로 가야 하는지 몰라서 그녀도 우왕좌왕했다. 갈아타는 시간은 겨우 5분이었기에 5분 내에 플랫폼을 찾아내고 계단을 오르락내리락 해야 했다. 기다려서 다음 기차를 탈 수도 있지만 곧 도착하는 기차를 놓치지 않기 위해 마음이 급해지는 건 그녀도 나와 같았다.

그녀와 함께 플랫폼을 찾아내고 함께 계단을 오르던 중, 그녀는 손목을 다쳐서 내 가방을 함께 들어 줄 수가 없다며 무척 미안해했다. 그녀는 먼저 계단을 올라, 계단 맨 위에 서서 나를 기다려 주더니 기차가 도착했다며 큰 소리로 내게 말했다. 기차는 금세 떠날 것 같았다. 겨우겨우 계단을 올라 플랫폼에 도착하자 그녀는 나를 먼저 태우더니 자신은 나를 뒤따라 기차에 올랐다. 나 때문에 자신이 기차를 놓칠 수도 있었건만 생전 처음 보는 사람한테 자진해서 그렇게나 신경을 써 주다니 놀랍고도 고마웠다. 아슬아슬하게 기차에 올라타자 우리는 서로의 손바닥을 치며 안도와 기쁨의 하이파이브를 했다. 지난해 사용하고 남은 복주머니가 달린 열쇠 고리 하나로 나름의 고마움을 표했다. 이런 힘든 이동으로 인해, 집으로 돌아오면 내 다리에는 언제나 여기저기 짐 가방에 의한 시퍼런 멍자국이 생겨 있곤 했다. 비록 보기에는 흉하지만 마치 여행을 성공적으로 마쳐서 받은 훈장 같기도 하기에 때로는 그것들이 자랑스럽기도 했다.

기차가 아를론*Arlon* 역에 도착하자, 벨기에의 마지막 역이라고 옆자리의 어느 남자가 알려 주었다. 마지막 역이라는 말에 왠지 기분이 묘해졌다. 창밖을 향해서 괜스레 카메라 셔터를 눌렀다.

아를론 역을 지나자 한국 외교통상부와 전화국에서 보내는 문자 5개가 동시에 휴대폰으로 쏟아져 들어왔다. 벨기에에서 룩셈부르크로 국경을 넘었다는 뜻이다.

드디어 룩셈부르크 역에 도착했다. 나라가 작아서 그런지 역이 크지는 않았다. 역내 카페테리아에서 간단한 점심 식사 후, 역 근처의 버스 승강장으로 갔다. 5번 승강장에서 9번 버스를 타면 예약한 호스텔로 간다. 버스 기사가 고맙게도 가방을 들어서 버스에 올려 주었다.

룩셈부르크의 수도는 룩셈부르크이며 그들은 룩셈부르크어와 독일어, 프랑스어를 함께 사용한다. 룩셈부르크는, 동쪽으로는 독일, 북쪽과 서쪽으로는 벨기에, 남쪽으로는 프랑스에 둘러싸인 아주 작은 내륙국이다. 위치적으로 주변국가에서 탐을 내는 충분한 조건을 가지고 있었기에 중세 말까지 주변국이나 다른 유럽 강대국으로부터 수많은 침략을 받았다.

수많은 외세에 대항하기 위해서 만든 것이 철통 요새도시인 룩셈부르크 시티인 것이다. 또한 룩셈부르크는 고맙게도 한국전쟁 참전국이기도 하다. 참으로 작은 나라이건만, 남의 나라의 평화를 위해서 목숨을 걸고 싸워 준 그들이 그저 고마울 뿐이다.

어느 날, TV 여행 채널에서 본 룩셈부르크는 동화 속에나 나올직한 아름다운 모습으로 나를 매료시켰다. 그렇기에 룩셈부르크에 대한 기대는 클 수밖에 없었다. 하지만 작은 나라라는 선입견으로 대부분 당일치기나 두어 시간 정도로 다녀오는 경우가 많기 때문에 룩셈부르크에 대한 정보는 적은 편이었다. 유독 우리나라에서만 룩셈부르크의 지명도가 떨어지는 느낌이었다. 그럼에도 불구하고, 나는 룩셈부르크에서 6일 동안 머물기로 했다.

버스를 타고 가면서 본 룩셈부르크 신시가지는 날씨가 우중충해서 그런지 그다지 특별한 느낌이 없었다. 맑은 날에 보면 또 다른 느낌일 거라며 위로를 했다. 버스가 신시가지를 통과해서 구시가지에 접어들자, 아름다운 건물들이 하나둘씩 나타나기 시작했다. 좀 전의 신시가지와는 전혀 다른 분위기였다. 성벽 아래로 진회색 지붕을 얹은 고풍스런 건물들이 마치 동화 속 마을처럼 오밀조밀 아름답게 들어서 있는 것을 보면서, 처음 느꼈던 불안감은 어느새 사라지더니 드디어 가슴이 두근거리기 시작했다.

사진으로 보아 왔던 보크 포대*Casemates Du Bock* 근처에서 내렸다. 지나가는 현지 여학생에게 호스텔의 위치를 물었더니 영어를 못한다며 수줍게 웃었다. 호스텔 이름이 적힌 메모지를 보여 주자 그녀는 가던 길을 돌아서서 나를 이끌었다. 말이 안 되면 몸으로 보여 주는 것이 기본인 그들. 그녀는 호스텔 입구까지 안내를 해 주고 돌아갔다.

여행 내내 내가 도움이 필요할 때엔 꼭 누군가 나타나서 도움을 주곤 했는데 인적이 드문 이곳에서 또 도움을 받으니 신기할 뿐이었다.

룩셈부르크 시티 유스 호스텔*Luxembourg city youth hostel*이라고 영어로 물으면 현지인들은 잘 모르며, 유스 호스텔이라는 뜻의 프랑스어인 'Auberge de Jeunesse'로 물으면 모르는 사람이 없다.

유스 호스텔은 보크 포대 아래에 있으며 아름드리나무들로 가득한 숲 속에 자리 잡은 상당히 큰 현대식 건물이었다. 무엇보다 좋았던 것은 엘리베이터가 있다는 것이었다.

예약한 6인실은 텅텅 비어 있었다. 이틀 후에야 예약된 손님들이 몇 명 온다기에 6인실을 개인실처럼 사용할 수가 있어서 아주 좋았다. 호스텔은 깨끗하고 시설이 아주 잘되어 있었다. 방마다 화장실과 세면실, 샤워실이 각각의 문으로 분리되어 있는 것이 준 호텔급 수준이었다. 이곳은 유스 호스텔이기에 초, 중, 고 또는 대학생들과 배낭족, 부부와 가족 등등 다양한 사람들이 묵는 곳이었다. 그래서인지 대부분 젊은 사람들만 묵는 브뤼헤의 호스텔과는 달리 매우 조용하고도 건전한 분위기였다.

며칠 동안은 어느 초등학교 학생들이 수학여행을 왔는지 아침마다 넓은 식당을 가득 메우곤 했다. 동양 사람을 처음 보는지 나를 유심히 보는 아이들이 많았다. 나와 눈이 마주쳐서 씩 웃어 주면 아이들은 수줍은 미소를 지으며 접시로 시선을 돌리곤 했다.

숙소비에 포함된 조식 메뉴의 구성이 호스텔치고는 아주 훌륭했다. 시리얼과 토스트 등 기본적인 메뉴에 여러 가지 치즈와 햄, 살라미, 과일이 있다면 꽤 괜찮은 편이다. 특히 내가 좋아하는 애플 퓨레도 아침마다 먹을 수 있었다.

호스텔의 카페테리아에서는 객실 손님들을 위해 저렴한 가격에 저녁 식사 서비스를 하고 있었다. 식사는 메인 요리 하나와 샐러드 바를 포함해서 단돈 9유로였다. 메인 요리는 소시지, 치킨, 양고기 스테이크 등, 그날그날 메뉴가 달라졌다. 샐러드 바는 몇 번이나 가져다 먹을 수 있기에 사실 육류로 구성된 메인요리는 거의 손을 대지 않기도 했다. 주방을 사용할 수는 없지만 직원에게 부탁하면 카페테리아 냉장고에 개인 음식 보관도 가능했다.

카페테리아에서는 식사 외에 맥주도 판매하고 있었다. 월드컵 시즌이라 카페테리아나 로비에 비치된 한국산 TV로 축구를 보며 맥주를 마시는 사람들이 꽤 많았다.

짐을 풀고, 주변 산책을 하기로 했다. 나온 김에 신시가지에 가서 약간의 식료품도 사기로 했다. 거리는 깨끗했고, 길가에는 고가의 상품들이 진열된 예쁜 부티크들이 즐비했다. 마침 약국이 보였다. 휴일이어서 브뤼헤에서 사지 못한 안약을 사기 위해서 약국에 들어갔다. 손님들은 오는 차례대로 약사에게 냉큼 가는 것이 아니라, 화장실의 줄처럼 입구에서 줄을 만들어 서 있다가 약사가 호출

하면 가는 방법이었다.

충혈 된 눈을 보여 주며 걱정을 했더니 피곤해서 그런 것 같다며 안약을 하나 줬는데 넣자마자 금세 효과가 나기 시작했다. 참 신기한 것이, 유럽의 약들은 정말 효과가 좋았다. 특히, 폴란드의 크라쿠프에서 산 목감기약이나, 프랑스의 파리에서 산 기침약은 즉시 효과가 있었다. 쇼핑을 즐기지 않지만 감기약만큼은 좀 더 사 오고 싶기도 했다. 하지만 집에 돌아오면 언제나 나는 빈손이었다.

약국과 슈퍼마켓을 들러 숙소로 돌아오던 길에 보크 포대를 구경하기로 했다. 숙소 위치로 인해 숙소에서 어디를 가려면 반드시 보크 포대 위로 올라가야 했다. 그 덕에 나는 룩셈부르크 최고의 관광 명소인 그곳을 매일 지나다니는 행운을 누릴 수가 있었다.

보크 포대 위에 올라서니 평화롭게 흐르는 알제트*Alzette* 강과 구시가지 아랫마을이 한데 어우러져서, 한 폭의 그림이 되어 펼쳐져 있었다. 탄성이 절로 입 밖으로 새어 나왔다. 바람을 맞으며 그 풍경을 바라보고 있노라니 그제야 룩셈부

르크에 왔다는 실감이 났다.

보크 포대는 외세의 침공을 막기 위해 963년부터 룩셈부르크 역사 지구를 둘러싼 바위 절벽 위에 만들어진 견고한 요새이며 유네스코 세계 문화유산으로 지정된 곳이다. 보크 포대는 수세기에 걸쳐 외세의 공격을 받았지만 재건 후, 요새를 더욱 강화시켜 난공불락의 요새로 거듭났다.

나라를 지키기 위해서 만들어진 보크 포대는 현재는 룩셈부르크의 가장 아름답고도 중요한 관광지임은 물론이고, 룩셈부르크의 아랫마을을 전망할 수 있는 멋진 테라스가 되어 있었다.

보크 포대의 아래로 내려가니 터널로 연결된 지하 요새가 미로처럼 이어져 있었고, 포를 쏘기 위한 구멍에는 군데군데 낡은 대포도 전시되어 있었다. 그러한 견고한 미로 같은 보크 포대는 제1, 2차 세계 대전 때에는 방공 시설로도 사용되었다.

보크 포대는 매일같이 오르는 곳이지만 그때마다 시간이 다르기에 매번 느낌이 다른 곳이었다. 아랫마을에서 올라오는 뭔가 풋풋한 냄새, 시시각각 변화하는 하늘, 하늘을 빙빙 돌며 울어대는 까마귀들의 울음소리, 온몸을 휘감고 스치는 차갑고도 상쾌한 바람의 냄새. 이 모든 것을 사랑하는 사람들과 함께 느끼고 싶어지는 곳이었다. 기대를 하고 온 만큼 그 기대를 저버리지 않은 곳, 룩셈부르크였다.

* 브뤼헤, 벨기에-룩셈부르크: 5시간 소요 by 기차

아랫마을

새벽에 개 짖는 소리에 잠이 깼다. 4시 40분이었다. 더 누워 있어 봤자 잠이 오지 않을 것 같았다. 뭔가에 홀린 듯, 주섬주섬 옷을 입고 숙소를 나섰다.

숙소 앞에 나서니 파란 새벽 공기가 검은 나무들을 휘감고 있었다. 오솔길을 걸어올라 보크 포대로 오르니 찬바람이 제법 매서웠다.

잠자고 있는 아랫마을은 여명 속에서 신비한 빛을 발하고 있었고, 먼 아랫마을의 한가운데에서는 뽀얀 안개가 피어오르고 있었다. 아랫마을에 내리는 새벽하늘은 잔잔히 흐르는 알제트 강 속에도 얌전히 앉아 있었다. 그림이었다. 글을 모르는 사람은 시를 쓰게 하고, 군인은 총을 버리고 붓을 들 것 같았다. 그런 풍경을 혼자 본다는 것이 애석할 정도였다. 룩셈부르크의 새벽은 사파이어처럼 푸르게 푸르게 빛나고 있었다.

눈앞에 펼쳐진 새벽 풍경에 정신을 내려놓고 있을 때였다. 갑자기 수많은 까마귀떼가 내 머리 위를 덮더니 기분 나쁜 소리로 울기 시작했다. 운다기보다는 신경질적으로 소리를 지르고 있었다. 그 중 한 마리가 뭐라고 지시를 하면 나머지는 그 지시에 따르는 듯했다. 까만 까마귀들은 나를 목표물로 삼고, 위협하고 있었다. 금방이라도 덮칠 것 같은 분위기에 간담이 서늘해지기 시작했다. 영화 〈The Birds〉가 떠올랐다. 사람 그림자도 없는 이곳에서 지금 새들이 공격한다면 나는 아무런 대책도 없이 당할 것이었다. 아무래도 사진을 찍느라 플래시를 터뜨린 것이 원인인 것 같았다. 셔터질을 멈추었지만 까마귀들은 계속 내 머리 위를 빙빙 돌면서 깍깍 소리를 지르고 있었다. 조금만 더 지체하면 잔인한 공격을 받을 것 같기에 급하게 물러날 수밖에 없었다.

내가 그들의 잠을 방해한 건지, 그들이 나의 평화로운 시간을 방해한 건지 잘 모르겠지만, 짧고도 강한 여운이 남는 보크 포대 위의 새벽이었다. 그날 이후로 다시는 그곳에 새벽에는 갈 수가 없었다.

오후에 룩셈부르크 시티 관광을 나섰다. 노트르담 성당Cathédrale Notre-Dame을 찾느라 그 주변을 얼마나 뱅뱅 돌아다녔는지 모른다. 세 개의 뾰족한 지붕은 보이는데 왜 그렇게도 입구를 찾기가 힘들었는지 모르겠다. 겨우 입구를 찾아서 성당 안으로 들어가니 신기하게도 그 속에 사람들이 있었다.

로마 가톨릭교회인 노트르담 대성당은 원래는 교리를 가르치는 학교였다고 한다. 룩셈부르크의 노트르담 대성당은 후기 고딕 건축의 주목할 만한 예제이지만 실내에는 많은 르네상스풍의 장식품을 가지고 있기도 한 곳이다. 교회의 기둥에는 정교한 무늬가 새겨져 있었고, 스테인드글라스로 된 창문들이 세련된 제단을 병풍처럼 둘러싸고 있었다.

2012년에는 룩셈부르크 왕세자인 기욤과 벨기에 백작 가문의 스테파니가 화려한 결혼식을 올린 곳이기도 하다. 성당은 기품이 있었으며 또한 아름다웠다. 하기야 유럽에서 아름답지 않은 성당은 한 번도 보질 못했던 것 같다.

노트르담 성당을 막 나왔을 때, 프랑스의 파리에서 공부 중인 한국인 교환 학생 두 명을 만났다. 겨우 두 시간 안에 관광을 끝내고 돌아가야 한다며 부지런히 관광 중이라고 했다. 그들과 함께, 보크 포대 위에서 내려다보곤 했던 아랫마을인 그룬트Grund 지역에 내려갔다. 아랫마을로 내려가는 리프트도 있다고 했지만 도보로도 어렵지 않게 금세 마을에 도착했다.

알제트 강을 앞에 둔 거대한 노이뮌스터 수도원Neumünster Abbey은 아랫마을의 대부분을 차지할 정도로 그 규모가 어마어마했다. 노이뮌스터 수도원은 역사적으로 수차례 사용 용도가 바뀌곤 했던 건물이다. 프랑스혁명 후에는 경찰서와 감옥으로 사용되다가 1815년 나폴레옹의 패배 이후에는 프러시아인들을 위한 막사가 되었다. 1867년에는 다시 한 번 교도소가 되었다. 1997년부터는 유럽 문화 연구소의 본거지가 되었고, 제2차 세계 대전 중에는 정치범들을 수감하는 나치당의 감옥으로 사용되었다. 2004년, 광범위한 개조 공사를 거쳐서 만남의 장소와 문화 센터로 대중에게 공개되었다.

노이뮌스터 옆에는 노이뮌스터 건물과 이어진 듯한 그룬트 성 요한 성당*Église St Jean du Grund*이 있었다. 심플한 외관과 달리 돔형 천장 아래의 바로크 양식으로 지어진 제단 주변은 알록달록 무척 화려했다. 본당의 왼쪽으로는 아기 예수를 안고 있는 검은 마리아가 서 있었다.

학생들과 보조를 맞추느라고 나도 모르게 괜스레 급한 여행이 되고 있었다. 어느새 두어 시간이 훌쩍 지나가고 있었기에 학생들은 아쉬움 가득한 눈빛을 보내며 파리로 떠났다. 그들은 다음에는 기필코 최소한 1박이라도 해야겠다는 말을 했다.

다시 혼자가 되었다. 급할 것도 없으니 이번에는 아주 천천히 아랫마을의 골목길을 배회했다. 혼자가 되니 그제야 마을이 제대로 보이기 시작했다. 뭔가에 집중할 수 있는 시간은 역시 혼자가 되었을 때이다. 골목길의 바닥에는 예쁜 돌들이 촘촘히 박혀 있었고, 깔끔한 건물들이 골목길을 따라서 조용히 이어져 있었다.

알제트 강에서 살짝 안쪽에 위치한 골목길의 어느 식당에서 이른 저녁 식사를 하기로 했다. 노천 좌석은 없었지만 실내는 제법 고급스러운 느낌이 나는 식당이었다. 코코넛 슈니첼을 주문했다. 닭고기에 코코넛 가루를 뿌려서 튀긴 코코넛 슈니첼은 고소하면서 바삭거리는 것이 일품이었다.

룩셈부르크의 아랫마을인 그룬트 지역은 체코의 체스키 크룸로프의 지형과 많이 닮아 있었다. 마을을 가운데에 두고, 그룬트 지역은 알제트 강이, 체스키

크룸로프는 블타바 강이 대부분의 마을을 둥글게 휘감아 흐르는 형상이었다. 지도를 보면 두 지역은 놀랍도록 비슷하다. 마을을 감싸고 흐르는 강의 모습은 마치 마을을 보호하는 것처럼 보인다. 그래서인지, 두 마을은 포근한 느낌이 나는 것도 비슷했다. 룩셈부르크의 알제트 강변에서 체코의 블타바를 느낄 줄이야. 두 마을에 사는 사람들은 이런 사실을 알고나 있는지 모르겠다.

니콜

룩셈부르크 이틀째 되던 날, 예상하지 못한 객실 손님들이 들이닥쳤다. 함께 기거할 룸메이트들이었다. 스태프는 그들이 다음날에야 온다고 했는데 알고 보니 예약을 하지 않고 온 사람들이었다. 세 명은 세미나 때문에 온 핀란드, 영국, 독일의 각각 다른 국적의 사람들이었고, 그리고 혼자서 배낭여행 중인 호주인 니콜이었다.

니콜이 내 침대 위에 자리를 잡았다. 니콜은 오자마자 청소는 자주 해 주더냐고 물었다. 이곳 룩셈부르크 시티 유스 호스텔은 아침마다 하우스 메이드들이 두 명씩 조를 지어서 청소기도 돌리고 물걸레로 닦아 주기에 늘 깨끗하다는 나의 대답에 니콜은 안심을 하는 것 같았다.

41세의 니콜은 좀은 보수적이며 도덕적이면서도 사교적인 사람인 것 같았다. 니콜은 사랑하던 사람과 헤어진 후, 11개월째 여행 중이며 그녀의 여행은 19개월 동안 진행될 것이라고 했다. 그녀는 집을 포함한 자신이 가진 모든 것을 팔고 여행을 시작했다고 했다. 여행이 끝난 후에 무엇을 할 것인지는 아직도 모른다고 했다. 그녀의 미래가 걱정도 되었지만 한편으로는 자유로운 영혼이 부럽기도 했다.

그녀는 효율적인 여행 방법을 잘 알고 있었다. 11개월이란 세월이 그냥 흘러버린 건 아닐 테니깐. 그녀와 함께 생활하는 며칠 동안, 나는 그녀에게서 여행의 방법이나 룩셈부르크의 많은 정보들을 얻을 수가 있었다. 아침형 인간인 니콜은 6시면 일어나서 소리 없이 준비하고 나가기에 한 번도 함께 다닌 적은 없지만 니콜이 다녀온 곳의 정보로 나는 그녀의 흔적을 따라 다니기도 했다.

어느 날 이른 아침이었다. 그날은 평소보다 일찍 일어났는데도 니콜의 침대는 말끔히 정리가 되어 있었다. 창밖을 내다보니 찬비가 내리고 있었다. 우산을 들고 오솔길을 오르는 반듯한 자세의 니콜이 눈에 들어왔다. 이 추운 날에 끈 셔츠에 배낭을 메고 걷는 니콜을 보니 왠지 안쓰러운 마음이 가득했다. 그녀는 짐을 줄이기 위해서 두꺼운 옷들은 버렸다고 했다. 그날 이후로 니콜은 종종 내 카디건을 빌려 입곤 했다. 아니, 신세 지기를 싫어하는 그녀에게 내가 억지로 입혔다는 게 맞는 말일 것이다.

어느 날, 숙소 식당에서 저녁 식사를 하고 있을 때였다. 외출에서 돌아온 니콜이 내 앞자리에 앉더니 식당의 메뉴에 대해서 이것저것 물었다. 능숙한 영어로 스태프에게 직접 물어도 될 터인데 소심한 그녀는 나에게 질문을 했다. 샐러드 바를 포함한 메인 요리가 달랑 9유로라는 가격을 얘기해 줬는데도 그녀는 오래 망설였다. 그녀는 저녁거리를 사 왔다며 이것저것 배낭에서 꺼내는데 놀랍게도 죄다 캔 음식이었다. 그것도 다 콩 종류였다. "아 그동안 음식다운 음식을 못 먹

긴 했는데."라고 그녀가 말했다. 맨날 길거리 음식을 사 먹거나 캔 음식으로 버텼다는 말이다. 많은 배낭족들이 그렇긴 하지만 캔 음식까지는 먹지 않는데 말이다. 그녀가 망설일 수밖에 없었던 이유는 충분히 이해되고도 남았다. 아직도 8개월이 더 남은 긴긴 여행이므로.

긴 갈등 후, 숙소의 식당에서 처음으로 저녁을 사 먹은 니콜은 그날 이후로는 매일 저녁마다 따뜻한 식당 밥을 먹곤 했다. 그런 그녀를 보며 괜스레 안도가 되었다.

내가 그 여행에서 돌아왔을 때에 니콜은 보스니아를 여행 중이라고 했다. 그 후로도 그녀는 유럽의 많은 곳을 돌아다니고 있었다. 매일 새로운 여행기가 올라오는 그녀의 여행 블로그를 보면서 나는 대리 만족을 하곤 했다. '니콜=여행'이기에 나는 자주 니콜이 보고 싶어지곤 했다. 여행이 그립다는 뜻일 것이다.

여행에서 돌아온 니콜은 늦은 나이에 대학에 들어가서 호텔경영학을 공부하는 중이라고 한다. 여행 후의 계획이 전혀 없었던 니콜에게 새로운 '꿈'이 생긴 것이다. 여행이란 것은 없던 꿈도 만든다는 것.

두 번째 히치하이킹은 룩셈부르크에서

꼬마기차를 타고 룩셈부르크 시티 구석구석을 편하게 돌아보기로 했다. 호스텔을 나서는데 로비에서 호스텔 스태프와 마주쳤다. 그는 룩셈부르크 온 시내에 군인과 경찰이 쫙 깔리고, 군악대가 퍼레이드를 하고 있으니 꼭 가 보라고 했다. 꼬마기차를 타려면 시내를 거쳐서 가니까 가는 길에 볼 수가 있을 것이었다.

룩셈부르크 대공의 공식 거주지인 그랜드 두칼 궁전*Palais Grand-Ducal* 가까이에서 군가를 연주하는 소리가 들렸다. 경찰이 궁전 주변을 경호하고 있으며 군인들은 총이나 악기를 들고 군기가 잔뜩 든 모습으로 서 있었다. 검정 선글라스와 검정 양복을 입은 보디가드들의 모습도 보였다. 그것을 구경하려는 사람들이 그 주변을 가득 에워싸고 있었다. 여행자로 보이는 서양인 여성이 도대체 무슨 일이 벌어진 건지를 나에게 물었다. 나는 카메라를 들어 보이며 "보시다시피 저도 관광객이에요."라고 말하자 여성은 웃음을 터뜨렸다. 여행자는 작은 일에도 즐거운 법이다.

바로 앞의 경찰에게 무슨 일인지 물었더니 룩셈부르크의 수상이 두칼 궁전을 방문했다고 했다. 수상이 왔다고 레드 카펫까지 깔아둔 것이었다.

TV 방송국의 카메라가 우리 쪽을 향해서 찍고 있었다. 좀 전의 그 여성이 흥분해서 말했다.

"와우~ 오늘 저녁 뉴스에 우리도 나오겠어요!"

한참 후, 수상이 떠나는지 보디가드가 검정 세단을 경호하며 걷기 시작했고,

군악대가 연주를 하며 그 뒤를 따라갔다.

시끌벅적한 그곳을 뒤로하고 꼬마기차를 타기 위해서 승전 기념탑*Monument du souvenir*으로 향했다. 룩셈부르크는 도시가 작다 보니 웬만한 곳은 다 걸어서 다닐 수가 있다. 승전 기념탑 근처의 작은 트럭에서 꼬마기차의 표를 팔고 있었다.

꼬마기차에서는 달콤한 여자의 목소리가 장엄한 음악과 실감 나는 효과음향과 함께 이어폰을 타고 흘렀건만 다 프랑스어였다. 가끔 대포 소리가 요란하게 나는 것을 보니 기차가 지나는 곳이 격전지였다는 설명인 것 같았다. 이해가 안 되는 프랑스어와 효과음이 풍경 감상에 방해가 되는 듯해서 이어폰을 빼고 바깥 구경을 했다. 꼬마기차는 전날 다녀왔던 알제트 강이 있는 아름다운 마을과 내가 걸었던 길들을 지나갔다. 아랫마을 투어 기차인 것이었다. 조깅을 하는 사람들이 자주 눈에 띄었다.

꼬마기차 투어를 마친 후, 기욤 2세*Guillaume II* 광장에 들어섰다. 기욤 2세의 기마상 주변으로 시장이 열렸다. 시장에서는 다양한 꽃을 팔고 있었고, 음식과 치즈를 파는 트럭들이며 잡다한 물건들을 파는 상인들이 광장에 가득했다.

액세서리를 팔고 있는 노점상에서 마음에 드는 팔찌를 하나 골랐다. 팔찌는 룩셈부르크가 아닌, 벨기에 제품이라고 했다. 의아해하는 나에게 상인이 말했다.

"벨기에도 먼 나라가 아니잖니?"

우리나라에서는 이런 경우, 대부분 중국산인 것을.

숙소로 돌아오면서 보이는 건물들은 모두 성처럼 생겼다. 세월의 더께가 느껴지는 중세의 건물들 사이를 걸으며 그 시절의 모습을 상상해 보았다. 예전엔 말이 끄는 마차들이 이 돌길을 오르고 내렸을 것이다.

룩셈부르크의 지붕들은 차분한 진회색이었다. 대부분의 건물들이 깨끗해서인지 아름다운 중세 건물에 진회색 지붕이 얹혀 있으니 더욱 세련되고 고급스러

워 보였다.

숙소 근처에서 동네 꼬마들과 놀기도 하고, 들꽃이 만발한 잔디밭에 엎드려서 사진을 찍었다. 문득 머리를 들어 보니 아무도 없는 낯선 곳에 혼자 있었다. 얼마나 걸어왔는지도 모르겠고, 또 시간이 얼마나 경과한 건지도 도대체 알 수가 없었다. 신선놀음에 도끼자루 썩는다고 했던가. 아무리 걸어도 숙소가 나오지 않았다. 방향 감각도 완전히 사라져 버렸다. 사람들 그림자는 찾아볼 수도 없었고, 아주 가끔 좁은 도로를 쌩쌩 달리는 자동차가 전부인 곳이었다. 그때, 길 건너편에 지팡이를 짚은 할아버지가 보였다. 단숨에 길을 건너 숙소 가는 길을 물었더니 그 나라 언어로 열심히 가르쳐 주셨다. 계속 직진하다가 오른쪽으로 가면 된다는 것 같았다.

시키는 대로 걸었건만 도대체 길은 나오지 않았다. 드디어 내가 길을 잃었나 보았다. 택시를 기대해 봤으나 그런 게 있을 리가 없는 작은 마을이었다.

잊고 있었던 카메라와 렌즈가 든 배낭의 무게가 느껴지기 시작했다. 한 1시간을 헤맸을까? 히치하이킹을 하기로 마음먹었지만 조그마한 차들은 좁은 시골 도로를 빠르게 달리고 있었고, 신호등이 없으니 서 있는 차도 없었다. 다시 무작정 걷고 또 걷기를 반복할 수밖에 없었다. 평소에 방향감각이 꽤 있다고 믿었건만 그 감각이란 것이 한번 마비가 오니 모든 것이 그만 뒤죽박죽이 되어 버렸다.

태양은 여전히 대낮처럼 빙빙거리고 있었지만 시계를 보니 저녁이 되어 가고 있었다. 그때, 길에서 잠시 지체하는 작은 자동차가 한 대가 보였다. 깔끔하게 생긴 여성 운전자가 흔쾌히 타라고 했다. 차를 타고 겨우 5분 정도 달렸을까? 아! 거짓말처럼 숙소가 나타났다.

식당에 갔더니 마침 일찍 돌아온 니콜이 있었다. 오랫동안 헤매었던 터라 얼마나 반갑던지. 마치 집에 돌아온 것 같았다. 니콜과 나는 서로의 하루에 대해서 이야기보따리를 풀며 9유로짜리 소박한 저녁 식사를 즐겼다. 미아가 될 뻔한 이야기를 빼먹지 않은 것은 물론이다.

빅토르 위고가 사랑한 마을

아침부터 비가 내렸다. 6월 중순도 지났는데 기온이 낮으니 마치 늦가을 비 같았다. 전날 니콜이 다녀 온 비안덴*Vianden*에 가 보기로 했다.

비안덴으로 가기로 했지만 혹시나 해서 룩셈부르크 역무원에게 예쁜 마을을 추천해 달라고 했다. 그는 북쪽, 또는 남쪽으로 갈 건지를 물었다. 북쪽 지방을 가고 싶다고 대답했다. 왜 북쪽으로 가고 싶었는지는 나도 모르겠다. 직원은 역시나 니콜이 다녀온 비안덴을 추천하더니 기차 시간표와 비안덴에서의 버스 시간표, 그리고 버스 번호 등등의 정보가 상세히 적힌 표를 프린트해 줬다. 직원은 펜으로 지도에 동그라미를 치며 상당한 시간 동안 마치 자신의 여행을 준비하듯이 도와주었다.

덜컹거리는 기차의 창밖으로 다시 유럽의 풍경이 스치고 있었다. 이런 풍경은 아무리 보아도 지겹지가 않으니 비슷한 풍경이지만 늘 마치 처음인 듯 감탄을 하며 감상을 하곤 했다.

버스를 갈아타는 곳인 에텔브룩*Ettelbruck* 역에 도착했다. 역사를 통과해서 나갈 필요 없이 플랫폼에서 바로 마을로 나갈 수 있는 작은 시골 역이었다. 역 옆의 버스 승강장에서 570번 버스를 탔다. Day Pass가 있기에 버스 요금을 낼 필요가 없음은 물론이고 패스를 보여 줄 필요도 없이 마치 내 차인 듯 그냥 타고 내리면 되었다.

버스 기사 아저씨가 목적지가 어디냐고 물었다. 비안덴이라고 했더니 비안덴 어디에 가느냐고 그가 다시 물었다. 그림처럼 예쁜 마을에 가고 싶다고 했더니 혹시 성이 있는 마을은 어떠냐고 그가 다시 물었다. 비안덴에는 아름다운 비안덴 성이 있으니 그 성에 접근하기 쉬운 곳에 내려 주겠다고 했다. 유럽에서 살고 싶게 만드는 이 사람들의 친절. 유럽 여행 동안, 유럽의 예쁜 풍경과 친절은 꼭 한국으로 훔쳐 가고 싶다는 생각을 자주 하곤 했다.

버스로 한 30분을 달려서 기사 아저씨가 알려 준 곳에서 내렸다. 평화로운 마을 사이로는 작은 강이 흐르고, 나무가 울창한 언덕의 꼭대기에서는 중세 고성이 마을을 내려다보고 있는 비안덴이 나를 기다리고 있었다.

비안덴은 독일 국경과 맞닿아 있으며 오우르*Our* 강이 흐르는 그림 같은 작은 마을이다. 비안덴은 제2차 세계 대전 당시, 독일 나치군의 통치로부터 자유를 찾은 가장 마지막 도시라고 한다. 또한 이곳은 프랑스 작가인 빅토르 위고가 모국인 프랑스로부터 추방되어 3개월 동안 망명 생활을 한 곳이기도 하다. 고요하고 아름다운 비안덴을 사랑한 빅토르 위고는 바로 이 마을에서 〈레 미제라블〉을 완성했다고 한다. 마을로 들어가는 다리에는 빅토르 위고의 흉상이 마을을 지키고 있었고, 다리 근처에는 빅토르 위고의 박물관도 있었다.

인구 약 2천 명의 비안덴은 골목길도 집들도 아기자기한 것이 무척 깔끔한 마을이었다. 사람들이 없어서 더 그렇게 보였는지도 모르겠다. 유럽의 마을은 다 비슷한 것 같아도 각각 또 다른 개성과 매력으로 여행자들을 매료시키는 것 같다.

골목길 옆에 있는 삼위 일체 성당*Église Trinitaire*에 들어갔다. 1248년에 지어진 고딕 양식의 삼위 일체 성당은 룩셈부르크에서 가장 중요한 종교적 기념물 중 하나라고 한다. 아름다운 회랑으로 둘러싸인 성당의 중앙에는 녹색의 정원이 있

으며 그 가운데에는 말라 버린 우물이 있었다. 우물의 가운데에는 하얀 버섯이 군데군데 핀 나무 두레박이 매달려 있었다. 정원에서부터 차분하고 고풍스러운 분위기가 물씬 풍겼다.

어둑어둑한 성당의 창문은 스테인드글라스로 장식이 되었고, 스테인드글라스를 통해서 옅은 햇빛이 새어 들어오고 있었다.

카메라를 든 어느 중년 여성 여행자가 성당 이곳저곳을 천천히, 조용히 담고 있었다. 그 모습이 무척 경건하고도 아름다웠다. 우리는 말없이 서로 눈인사를 건넸다. 그녀와 나의 카메라에서 나는 셔터 소리만 성당 안에서 크게 울려 퍼지고 있었다.

버스 기사 아저씨가 알려준 비안덴 성*Chateau de Vianden*에 오르기로 했다. 룸메이트인 니콜은 비안덴 성에 대해서는 알려 주지 않았는데, 알고 보니 니콜은 성 아래의 마을만 돌다가 왔다고 했다. 나 홀로 여행자는 자유로운 반면에 정보 부족으로 인해서 가끔 멋진 곳을 놓치기도 하는 단점이 있기도 하다.

돌길을 걸어서 언덕에 오르니 이 마을을 지키고 있는 비안덴 성이 나타났다. 비안덴 성은 룩셈부르크의 가장 눈부신 성 중의 하나로, 11세기와 14세기에 걸쳐서 건축되었다. 비안덴 성은 아름다운 중세 왕가의 거주지 중 하나였으며, 15세기가 시작되기 전까지 막강한 세력을 떨치던 비안덴 백작의 소유였다.

프랑스, 독일, 벨기에로 둘러싸인 룩셈부르크는 수없이 많은 외세의 침략은 받은 나라이다. 비안덴 성은 외세로부터 비안덴을 지키기 위해서 언덕 위에 지은 방어형 요새이다. 성의 소유자가 세 번씩이나 바뀌게 되면서 성은 폐허가 되었다. 오랜 세월이 흐른 후, 복원 사업을 거쳐서 박물관으로 다시 태어난 곳이 현재의 비안덴 성이다.

성의 좁은 계단을 빙빙 돌아서 오르니 번호가 매겨진 방들이 있었다. 번호 순서대로 관광을 하라는 것이었다. 성 자체 관광만 하더라도 꽤나 많은 시간이 소요되었다. 성은 많은 방으로 가득 차 있었으며, 여러 연대표와 그 시절 비안덴 백작이 사용했던 침실과 식당이 전시되어 있었지만 다 독일어나 불어로 씌어 있기에 이 성에서 무슨 일이 일어났는지는 잘 알 수가 없었다. 8월에는 '중세 축제'가 있어서 사람들로 붐빈다고 하지만 아직 시즌이 아니어서인지 방문객들은 소수에 불과했다.

여러 방을 지나, 뱅뱅 계단을 돌아서 올라가도 마을을 한눈에 담을 수 있는 전망대는 보이지 않았다. 실내의 작은 창문들은 다 잠겨 있어서 마을을 담으려면 죄다 유리를 통해서만 가능했다. 직원으로 보이는 남자 두 명을 만났다. 마을 사진을 한 장 찍고 싶은데 창문이 잠겨 있어서 난감하다고 말했더니 묵직한 내 카메라를 본 직원이 따라오라고 했다.

그는 어느 방으로 나를 안내하더니 언제 열어 본지도 모를 창문의 빨갛게 녹이 슨 걸쇠를 풀어주었다. 나처럼 창문을 열어 달라고 하는 사람이 없었을 것이기에 어쩌면 몇백 년 만에 처음으로 열리는 창문일 수도 있겠다.

작은 창문으로 본, 진회색 지붕의 비안덴 마을은 세련된 장난감 마을 같았다. 내가 버스를 타고 온 길도, 빅토르 위고의 흉상이 있는 다리도 멀리 보였다. 장

난감 같은 마을 속에 내가 있었다. 조용히 흐르는 작은 오우르 강을 끼고 누워 있는 비안덴은 너무나 평화롭고 아름다웠다.

두어 시간 관광으로 룩셈부르크 시티만 둘러보고 떠나기에는 룩셈부르크라는 나라는 상당히 매력이 있는 곳이다. 룩셈부르크 시티에 며칠 머물면서 가까운 시골로 기차 여행을 해 본다면 룩셈부르크가 더욱 사랑스러워질 것이다.

* 룩셈부르크-에텔브룩: 40분 by 기차
* 에텔브룩-비안덴: 30분 by 버스
* Day pass를 구입하면 다음날 아침 8시까지 룩셈부르크 내의 모든 기차와 버스 이용이 가능하다.
* 비안덴 성의 입장료는 유스 호스텔 멤버십 카드가 있으면 할인이 된다.

또다시 낯선 마을로

전날, 비안덴의 매력에 흠뻑 빠졌던지라 기차를 타고 다시 한 번 룩셈부르크의 북쪽 지방으로 소풍을 나섰다. 무척이나 상쾌한 아침이었다. 이른 아침에 세차를 했는지 기차의 창문은 습기로 가득했다. 습기 사이로 보이는 창밖의 풍경은 물감이 살짝 번진 한 폭의 수채화였다.

전날과 마찬가지로 갈아타는 역인 에델브룩 역에 내렸다. 역에 내려서 동네 한 바퀴를 도는데 장이 서 있었다. 옷이나 신발 그리고 약간의 먹거리를 팔고 있었다. 룩셈부르크의 가장 대중적인 맥주인 Bofferding을 팔고 있는 바퀴가 달린 매점이 인상적이었다. 오전임에도 장을 보러 온 사람들은 이동식 매점에서 시원한 맥주를 마시고 있었다. 유럽인들에게 있어서 맥주는 술이 아니었다.

시장을 돌아본 후, 버스 승강장으로 갔다. 가장 먼저 오는 버스를 타고 정처없이 가 보기로 했다. 이번에는 571번을 탔는데 이 버스도 비안덴으로 간다고 했다.

화장이며 의상이며 상당히 멋을 부린 여성 운전기사가 커다란 버스를 운전하고 있었다. 검정 선글라스를 쓴 여성 기사의 모습이 무척이나 당당해 보였다.

얼마간을 달리니 버스 창의 오른편으로 예쁜 마을이 보이기 시작했다. 어딘지도 모른 체 무작정 내렸다.

마을 앞으로 작고 짙푸른 강이 조용히 흐르고 있었고, 작은 집들이 옹기종기 군락을 이루고 있는 예쁜 마을이었다. 역시 사람의 그림자를 보기는 힘들었지만 강 옆으로 자전거를 타는 사람이 있는 것으로 보아 사람이 사는 마을이 맞는 것 같았다.

이곳은 길을 다니는 사람보다는 소가 많은 마을이었다. 풀밭에서 노는 하얀 소들을 카메라로 담고 있으려니 대장인 듯한 소 한 마리가 나를 쏘아보기 시작했다. 자신들을 겨누는 처음 보는 시커먼 물건에서 '찰칵' 소리까지 나니 경계를 하는 것이었다. 울타리가 있긴 해도 소가 마음만 먹으면 그 정도 울타리쯤이야 식은 죽 먹기일 것 같았다. 룩셈부르크 시티에서는 까마귀들이, 이곳에서는 또 소들이 위협을 했다.

대장 소의 눈치를 보면서도 한참을 그곳에서 머물렀더니 어느새 점심 식사 시간이 훨씬 지났다. 식당을 찾아서 시골길을 터벅터벅 걷는데 햇빛은 쨍쨍, 배가 고파 오기 시작했다. 그때 한국에서 날아오는 문자 한 통. 이런 적막한 타지에서 받는 친구의 문자 한 통은 외로움을 해소해 주는 아주 큰 힘이 된다.

식당을 찾아서 마을 쪽으로 길을 건던 중, 맞은편에서 걸어오는 예쁜 할머니와 마주쳤다. 근처에 식당이 있는지 물어봤더니 할머니는 룩셈부르크어와 잘 안 되는 영어 단어로 열심히 설명을 해 주셨다. '푸른 간판'이라는 영어 단어만 귀에 들어왔다. 아마 식당의 간판이 푸른색인가 보았다. 푸른색만 찾아서 걷노라니 정말 푸른 간판이 걸린 카페가 보였다. 햇빛이 외롭게 쏟아지는 외딴 마을 사거리의 코너에 작은 카페가 있었다.

수염이 덥수룩한 두 남자가 카페 앞의 노천 테이블에 앉아서 맥주를 마시고 있었다. 그 모습은 마치 서부 영화의 한 장면과 흡사했다.

한 줄기 모래 바람이 휙 불어오고 있었다. 영화, 〈황야의 무법자〉이던가? 순간 나는 클린트 이스트우드가 되었다. 허리춤엔 두 자루의 총을 차고, 시거를 질겅거리며 저벅저벅 카페로 간다. 테라스의 두 악당은 내 얼굴만 보고도 슬금슬금 뒤로 물러난다. 그랬으면 좋겠지만 나는야 배낭을 둘러맨 연약한 여행자일 뿐이었다.

입구에 남자들이 앉아 있는지라 약간 긴장을 했지만 주인이 여자이기에 안심을 하고 들어갔다. 혹시 식사가 되는지 물었더니 마카로니 요리 한 가지만 된다고 했다.

빨간 식탁보가 덮인 식탁 위에는 식탁 매트 대신에 알록달록한 광고지가 깔려 있었다. 아무도 없는 카페에 자리를 잡고 한 20분을 기다리니, 수프와 빵 조각이 나오더니 마카로니 요리가 나왔다. 마카로니에 치즈 범벅을 해서 햄과 함께 오븐에서 구운 요리였다. 채소 조각 하나 없는지라 많이 느끼했다. 콜라 한 병을 주문해서 간신히 먹고 있으려니 마치 나에게 보여 주기라도 하듯, 주인 여자도 같은 요리를 갖고 와서 큰 접시의 마카로니를 남김없이 먹어 치우고 있었다.

어딘지도 모르는 외딴 시골구석의 허름한 카페에서 혼자 먹는 식사, 맛은 별로지만 이 또한 시간이 흐르면 미슐렌 식당에서의 멋진 식사보다도 더 오래 기억에 남을지도 모를 일이다.

식사 후, 카페 여주인에게 이곳의 지명을 물었더니 길스도르프*Gilsdorf*라고 했다. 몇 시간 동안 돌아다니며 사진을 찍고, 또 식사까지 하고 나서야 내가 어디에 있는지를 알게 되었다. 여주인의 말에 의하면 인구 약 900명의 마을인 길스도르프의 작은 성당에서 2006년, 룩셈부르크의 앙리 대공의 셋째 아들인 루이 *Louis* 왕자의 결혼식이 있었다고 했다. 카페의 바로 건너편에 루이 왕자가 결혼한 성당이 있었다. 왕족이 결혼식을 올리기에는 너무나 평범하고 작은 성당이었다.

룩셈부르크 가장 남쪽에서 가장 북쪽의 도시까지는 자동차로 약 2시간 조금 넘는 시간이 소요된다. 룩셈부르크는 그만큼 작은 나라이다.

룩셈부르크에서 가장 즐거웠던 시간은, 룩셈부르크 시티에 머물렀던 것보다는 기차와 버스를 갈아타며 방문했던 비안덴과 길스도르프에서 머물렀던 시간들이었다.

* 룩셈부르크-에텔브룩: 40분 by 기차
* 에텔브룩-길스도르프: 17분 by 버스(570, 571번)

룩셈부르크에서 배운 독일식 탁구

어느 날, 저녁 식사 후에 유스 호스텔의 지하 1층을 둘러보고 있었다. 그곳에는 탁구대가 있었고, 몇몇 사람들이 탁구를 치고 있었다. 옆에서 구경을 하려는데 다니엘이라고 자신을 소개한 남학생이 말을 걸었다. 늘 그렇듯이 어디에서 왔는지, 어디를 여행했는지, 어디로 갈 것인지 등등을 질문 받았고 나 역시 같은 질문을 했다. 그는 독일에서 온 법대생이며 함께 탁구를 치는 무리도 다 같은 과 학생들이며, 대학의 과제로 룩셈부르크의 법원 방문을 목적으로 왔다고 했다.

그와 대화를 하고 있으려니 탁구를 치고 있던 한 학생이 우리에게 다가왔다. 한국에서 왔다는 말을 들은 그는 남북한의 통일에 대한 내 생각을 물었다. 그는 분단과 통일의 경험이 있는 독일의 국민이며 또한 법대생이었던지라 남북으로 분단된 나라에 살고 있는 한국인의 생각이 궁금했었던 것 같았다. 사실 한국어로도 대답하기 쉽지 않은 갑작스럽고 당황스러운 질문이었지만 머릿속으로 급하게 생각을 정리하고 있던 순간, "그런 민감한 대화는 하지 않는 게 좋아!"라고 다니엘이 말했다. 질문을 한 친구는 미안하다고 말하더니 이내 탁구대로 돌아갔다. 배려심과 카리스마가 있는 다니엘이었다.

그들은 나에게 함께 탁구를 치자고 제안했다. 그런데 그 탁구의 게임 방법이 상당히 재미있었다. 라켓만 있다면 인원수에 관계없이, 과장하면 백 명이라도 함께할 수가 있는 게임이었다. 이게 글로 설명하기가 쉽지 않은 것이지만 굳이 설명을 하자면, 탁구대를 가운데에 두고, 그 둘레를 라켓을 든 사람들이 빙빙 돌다가 내가 공을 쳐서 맞은편의 다니엘에게 공을 보내면 그는 내 뒤의 사람에게 공을 보내고, 공을 받은 내 뒤의 사람은 다시 다니엘 뒤의 사람에게 공을 보내는 방법이다. 원으로 돌면서 계속하다가 세 번 실수를 하면 아웃이다. 그러다가 결국은 최후의 두 사람이 남아서 정상적인 탁구 게임을 하는 것이었다.

다니엘의 말에 의하면 이 게임은 독일의 어렵던 시절에 어느 학교의 선생님이 고안한 것이라고 했다. 어느 학교에 탁구대가 겨우 한 개가 있었고, 아이들 숫자는 많았기에 모든 학생들이 탁구를 즐기게 하기 위해서 만들어 낸 것이라고 했다. 얼마나 창의적이고 현실적인 게임인가!

우리는 5명으로 게임을 했는데 인원이 적어서 아주 빠르게 달리면서 공을 받고, 또 보내야 했다. 계속 원을 그리며 돌면서 공을 받고 쳐야 하기에 운동량이 무척 많은 게임이었다. 두 학생이 아웃이 되자 게임은 거의 달리기 수준이었다. 승부욕이 많은 나는 슬리퍼를 신고도 3등까지 했으니 참으로 대단하지 않은가? 전신 운동인 탁구를 이런 식으로 친다면 한 게임만 해도 살이 쑥쑥 빠질 것 같았다.

프랑스

France

종합 선물 세트 같은 도시

드골 공항에 내리니 차갑고 세찬 바람이 불고 있었다. 나는 파리지엔느처럼 스카프로 목을 돌돌 말고 르와시 버스를 기다렸다.

날씨가 흐리더니 조금씩 빗방울이 떨어지고 있었다. 르와시 버스로 오페라에 도착해서 다시 택시를 탔다. 마침 택시는 우리나라 자동차였다. 작은 택시라는 공간에서의 기사와의 그 서먹한 분위기를 깨기에 한국 자동차는 더 없이 좋은 주제가 아닐 수 없었다.

프랑스 사람들이 영어를 안 한다는 것에 있어서 오해가 있는데 내가 체험한 바로는 그들이 영어를 안 하는 것이 절대 아니었다. 그저 잘 못하는 것이었다.

영어에 능숙하진 않지만 뭔가를 영어로 물어보면 알고 있는 영어 단어를 조합해서 성심껏 알려 주려는 친절을 나는 파리 여기저기에서 볼 수가 있었다.

길을 물으러 들어갔던 어느 레스토랑 주인은 그의 영어가 부족하자 전철역까지 함께 걸어가서 노선표를 짚어 가며 길을 가르쳐 주기도 했다. 그 외에도 많은 프랑스인들은 레스토랑 주인처럼 그렇게 친절했다. 그런 것을 봤을 때, 영어를 안 하는 것이 아니라 못한다는 것이 맞는 말일 것이다.

벨기에, 스위스, 룩셈부르크를 비롯해서 전 세계적으로 불어를 국어와 공용어로 사용하는 국가의 숫자는 약 40개국이 된다고 한다. 그러하기에 프랑스인들이 다른 언어를 배울 필요성을 그다지 못 느꼈을 것이다.

하지만 몇 년이 지나서 다시 프랑스를 방문했을 때에는 그들의 영어에 획기적인 발전이 있다는 것을 느꼈다. 시골에서도 젊은층들과의 영어로의 소통은 문제가 없었으며 오히려 우리네보다 훨씬 영어를 잘하는 것이었다. 지방 도시에서 약을 사러 몇 번 약국에 갔을 때에는 약사들 중, 꼭 한 명은 영어를 잘하는 사람이 있어서 영어에 자신이 없는 약사는 영어를 잘하는 약사에게 나를 인계하곤 했다. 그 후로, 길을 물을 일이 있으면 나는 어김없이 약국에 들어가곤 했다.

택시의 창으로 파리 시내가 보였다. 퇴근 시간인지라 교통이 원활하지 않았다. 한참을 달려서 한인민박에 도착하니 한참 관광을 다닐 시간인지라 손님도 주인도 아무도 없었다.

짐을 풀고, 저녁 식사를 위해서 외출 준비를 하던 중, 두 명의 룸메이트 여성들이 숙소에 돌아왔다. 그녀들은 주인도 없는 집에서 고기를 굽고 김치, 쌀밥과 함께 금세 상을 차리더니 함께 먹자고 했다. 프랑스 현지식을 먹을 계획이었기에 몇 번이나 거절을 했으나 우리나라 사람들은 참 정이 많다. 프랑스 파리까지 와서 처음 보는 사람들과 한식으로 첫 식사를 했다.

식사 후, 그녀들과 센 강으로 바토무슈*Bateaux Mouches*라고 불리는 유람선을 타러 가기로 했다. 6월 중순이 지나고 있었건만 센 강에는 상상을 초월하는 추위가 기다리고 있었다. 저녁 9시 출발 바토무슈를 탔다. 바토무슈는 아직은 밝은 하늘을 시작으로 약 1시간 정도를 센 강을 따라 흐르다가 어둠이 내려앉고 건물들의 불빛이 강해질 즈음에, 출발했던 곳으로 다시 돌아올 것이었다.

바람이 심하고 춥기도 했지만 나는 센 강을 잘 볼 수 있는 2층 옥외 선상으로 올라갔다. 바토무슈는 센 강 주변의 주요 관광지들을 따라서 천천히 강물 위를 미끄러지기 시작했다.

오르세 미술관, 루브르 박물관, 노트르담 대성당 등 파리의 역사적인 건물들이 은은한 조명을 받아서 더욱 웅장하고 화려한 모습으로 센 강을 장식하고 있었다. 바토무슈는 시테섬까지 갔다가 되돌아오는 루트였다.

센 강 왼쪽으로 잉크빛 하늘을 배경으로 에펠탑이 반짝이고 있었다. '파리의 밤은 낮보다 더 아름답다.'라는 말이 이해가 되었다.

센 강 야경 투어가 끝이 나고, 룸메이트들과 함께 숙소 근처 골목길을 걷고 있을 때였다. 내 뒤의 왼쪽쯤에서 인기척이 느껴졌다. 내 지갑은 재킷 왼쪽 주머니에 들어 있었다. 느낌이 이상해서 왼쪽으로 고개를 돌리는 순간, 누군가의 하얀 손이 내주머니 쪽으로 쓱 뻗어 오는 것이 얼핏 보였다. 순간적으로 몸을 돌렸더니 바로 뒤에서 백인 청년이 급하게 돌아서더니 반대편으로 걸어가고 있었다. 소매치기였다. "야!" 하고 소리쳤더니 그는 뒷걸음질로 걸으며 어깨를 으쓱하더니 빈손을 보이며 능글맞게 웃는 것이었다.

몇 년 전, 루브르 박물관에 소매치기가 들끓어서 일손이 모자란 루브르 박물관 경비들이 얼마간 파업을 했다는 뉴스가 있었다. 자유를 느끼고 싶은 여행에서 늘 이런 경우를 대비한 긴장을 해야 한다는 것은 참으로 화가 나는 일이다.

다음 날, 파리 구경을 나섰다. 날씨는 여전히 추웠다. 갑자기 돌풍이 불고 비가 내리기도 했다. 날씨가 이러하니 6월 중순이건만 현지인들은 가죽이나 스웨이드, 또는 모직 코트를 입었으며 스카프는 누구나 할 것 없이 하나씩 목에 두르고 다녔다. 날씨가 수시로 변화하는 유럽 여행에서는 여름에도 스카프가 필수품이다.

잠시 비가 그치더니 서쪽 하늘에서 태양이 고개를 내밀었다. 순간 무지개가 나타났다. 무지개는 에펠탑을 감싸는 후광이 되어 에펠탑을 더욱 돋보이게 만들고 있었다. 좋은 일이 생길 것 같았다.

쇳조각으로 만든 에펠탑은 석양빛을 받으니 눈부신 황금빛으로 변했다. 야간에 화려한 전등으로 반짝일 때도 아름답지만 에펠탑은 석양을 받을 때가 가장 에펠탑다운 모습인 것 같았다.

상젤리제를 걷다가 개선문 전망대에 올라가기로 했다. 284개의 나선형 계단을 걸어서 전망대에 오르니 멀리 에펠탑이 우뚝 서 있었고, 방사형으로 뻗어 있는 12개의 거리들이 한눈에 들어왔다. 개선문에서는 에펠탑이 들어간 파리를 전망할 수가 있기에 파리는 개선문 전망대에서 볼 때가 가장 완벽한 것 같았다.

갑자기 여름으로 바뀐 날에 찾아간 몽마르트는 구석구석 강한 햇살과 관광객들로 가득했다. 작은 예술가의 광장인 테르트르 광장*Place du Tertre*은 많은 카페와 식당으로 둘러싸여 있었다. 즉석에서 초상화를 그려 주는 무명 화가들이 저마다의 스타일로 그림을 그리고 있었다.

몽마르트는 예술의 도시인 파리를 상징하는 가장 예술적인 장소인 것 같았다. 테르트르 광장의 예쁜 카페에서 레드 와인 한 잔을 주문했다. 사람들 구경에 한동안 시간 가는 줄 모르고 앉아 있었다.

다시 계단을 올라 사크레 쾨르*Sacré-Cœur* 대성당에 올랐다. 대성당을 오르는 계단에는 많은 사람들이 편하게 앉아서 휴식을 취하고 있었다. 사크레 쾨르 대성당에 오르니 파리 시내가 시원하게 펼쳐졌다. 사크레 쾨르 대성당의 내부는 사진 촬영을 금지하고 있었기에 사람은 많아도 엄숙한 분위기에 침묵이 흐르는 곳이었다.

파리는 프랑스의 정치, 교통, 경제와 문화의 중심지일 뿐만 아니라 세계적인 문화의 중심지이기도 하기에 짧은 일정으로 둘러보기 힘들 정도의 많은 역사적

인 건물들과 예술 작품들이 산재해 있는 도시이다. 갈 곳도 볼 곳도 다양하게 많은 파리는 마치 종합 선물 세트 같은 도시이다.

어느 날 파리 시청 앞에서, 과감하고도 조용한 시위를 보았다. 노동자들이 자신들의 건강 보장을 요구하며 도로를 점거하고 앉아 있었다. 그로 인해서 퇴근길의 자동차들이 오도 가도 못하는 상황이 벌어지고 있었다. 그럼에도 불구하고 완전 무장을 한 경찰들은 근처에서 무리지어 구경만 하고 있었다.

시위대는 도로 한가운데에 자리를 깔고 편하게 앉아만 있을 뿐, 침묵하고 있었다. 자동차를 탄 운전자들은 경적을 울리거나 화를 내는 일 없이 무작정 기다리고 있었다. 겨우 틈을 하나 발견하곤 조심스럽게 비집고 나가는 작은 자동차가 한 대 있을 뿐이었다.

도로를 점거한 시위자들은 겨우 스무 명 남짓했으나 퇴근길의 도로를 점거할 수 있는 그 용기가 참으로 대단해 보였다. 또한 불평 없이 기다려주는 시민들과 경찰들의 인내심 또한 신기해 보였다.

파리의 많은 곳을 돌아다녔지만 나에게는 시청 앞의 그 시위가 가장 인상적이었다.

여행 중, 박물관에서 그 나라의 지나간 역사를 보는 것도 흥미로운 일이지만 현재를 사는 그들의 오늘이야말로 내게는 살아 있는 박물관이며 생생한 한 점의 그림이다.

페흐 라쉐즈 Père Lachaise

파리에서의 어느 날, 페흐 라쉐즈 공동묘지*Cimetière du Père Lachaise*를 방문하기로 했다. 유럽은 성당이 있는 마을이면 공동묘지 하나 정도는 당연한 듯 마을 한가운데에 있다. 삶과 죽음의 공존을 자연스러워하는 그들의 모습은 공동묘지를 자신들의 생활공간과 되도록 멀리 분리하려는 우리와는 사뭇 다르다는 것을 느낀다. 하지만 페흐 라쉐즈는 마을마다 있는 유럽의 공동묘지와는 달리, 파리 시민의 건강을 배려한다는 이유로 파리 외곽에 위치한다.

지하철 2호선을 타고 페흐 라쉐즈 역에 내리니 묘지가 보였다. 페흐 라쉐즈 공동묘지는 비제, 이사도라 덩컨, 쇼팽, 에디뜨 피아프, 짐 모리슨, 오스카 와일드, 이브 몽탕, 알퐁스 도데, 마리아칼라스 등등 수많은 유명인들이 묻혀 있는 프랑스 최대의 공동묘지이다. 또한 묘지는 차분한 분위기 속에서 명상과 산책을 할 수 있는 공원이기도 하다. 워낙 규모가 크기에 입구에는 묘지의 지도가 그려진 안내판이 서 있었다. 나는 안내판을 휴대폰으로 찍어서 대충 찾아보기로 했다. 다른 건 몰라도 쇼팽의 묘는 꼭 보고 싶었다.

몇몇 사람들과 동행이 되어 다다른 곳은 에디뜨 피아프의 묘였다. 검정색 대리석으로 된 에디뜨 피아프의 묘는 그녀의 유명세에 비해 상당히 간소한 모습이었다. 에디뜨 피아프는 외모가 아닌, 자신의 노래로만 평가받길 원했기에 늘 검정 드레스만 입었다고 한다. 그녀다운 묘였다. 검은 색의 묘에는 누군가가 놓고 간 붉은 장미 두 송이가 놓여 있었다.

하늘이 두꺼운 회색으로 잔뜩 내려앉더니 조금씩 빗방울이 떨어지기 시작했다. 한참을 돌고 돌아 드디어 쇼팽의 묘에 도착했다. 쇼팽의 묘에 도착하자마자 장대비가 내리기 시작했다. 타국 땅에 묻힌 그의 슬픔이 마치 비가 되어 내리는 것 같았다.

"쇼팽은 폴란드인이다!"라고 말을 하듯, 쇼팽의 묘지에는 세월의 흔적이 보이는 폴란드 국기가 걸려 있었다. 아마도 프랑스 땅에 묻힌 쇼팽을 안타까워하거나 같은 민족임을 자랑스러워하는 폴란드인이 걸어놨으리라.

어느 묘비 위에 검은 까마귀가 한 마리 앉아 있었다. 묘지, 비, 묘비 그리고 검은 까마귀의 절묘한 조화는 영화 속의 한 장면이었다.

처음 폴란드를 여행할 때였다. 비엘리치카*Wieliczka* 소금광산의 100미터 아래 지하에서 쇼팽의 녹턴이 흘러나오고 있었다. 녹턴을 들으며 흐르던 눈물을 주체하지 못했던 순간이 있었다. 그때부터 쇼팽을 더욱 좋아하기 시작했던 것 같다.

에디뜨 피아프의 묘

쇼팽의 묘

그로부터 몇 년이 흐른 뒤, 폴란드의 수도, 바르샤바에 있는 '성 십자가의 교회' 기둥에 안치된 쇼팽의 '심장'을 만났다.

프랑스에서 죽음을 맞으며 심장만은 자신의 나라에 묻어달라고 했다는 쇼팽의 몸은 또다시 몇 년 후, 프랑스의 파리에서 만난 것이다. 마치 복잡한 퍼즐을 맞추듯, 두 번의 폴란드 방문과 그리고 세 번의 프랑스 방문에서야 나는 비로소 완벽한 쇼팽을 만나게 된 것이었다.

* 지하철 2호선을 타고 페흐 라쉐즈*Père Lachaise* 역에 내리면 묘지가 보인다.

그녀는 요리사였다

파리의 리옹 역에서 니스 행 TGV를 탔다. 니스 역에 도착을 하고 약도를 보며 길을 걸었다. 길을 걷다가 행인에게 길을 물어서 찾아간 니스의 한인민박은 정원이 아름다운 5층짜리 아파트였다.

한인민박의 폐단의 원인이 주로 외국에서 오래 산 주인장의 성격에서 비롯되는 것 같기에 음식이나 잠자리보다는 내게는 주인장의 성격이 중요했다. 여행 출발 전, 이곳을 거쳐 간 사람에게 주인장의 성격부터 물어보았다. 이 숙소 주인장의 남편은 한국 모처의 연구원이며 주인장은 딸 둘과 함께 산다고 했다. 특히나 주인장의 성격이 아주 털털하다기에 망설일 이유 없이 숙소 결정을 했다. 그녀의 요리 솜씨는 별로라고 했지만 성격만 좋으면 나는 괜찮았다.

그런데 숙소의 여주인장을 만난 그 첫 순간은 조금 난감했다. 숙소에 들어서자마자 주인장은 뜨개질을 오래했더니 허리가 몹시 아프다며 처음 보는 내게 하소연부터 했다. 허리가 아프다고 하니 식사는 아예 기대하지 말아야 하는 것은 물론이고 어쩌면 내가 밥을 해 줘야 하는 상황일지도 모르겠다는 생각을 했다.

결국 나는 짐도 풀기 전에 그녀를 침대에 엎드리게 하고, 가지고 간 파스를 그녀의 허리에 붙여 주는 것으로 첫 만남의 세리머니를 했다.

그래도 워낙 적극적인 성격의 그녀는 해산물을 좋아한다는 내 말에 지중해의 해산물을 맛보게 해 주겠다며 파스를 몇 장 붙인 허리로 나를 재촉했다. 결국 옷도 못 갈아입고 정신없이 그녀를 따라 나섰다.

Confiture
Nikon

정신을 차려 보니 나는 어느 해산물 식당에서 그녀와 함께 해산물을 고르고 있었다. 석화와 게, 새우를 고르고, 스파클링 와인도 한 병 주문했다.

바다향이 그대로 배인 굴에 레몬 소스를 뿌려 먹으니 파리에서 니스까지의 긴 여정의 피로가 눈 녹듯이 사라지는 것 같았다.

해는 사라지고 언제부턴지 어둠이 내려와 있었다. 좀은 쌀쌀한 바닷가의 어느 식당에서 나는 처음 보는 여자와 와인 잔을 부딪치고 있었다. 두 여자의 수다는 식당이 문을 닫을 때까지 이어졌다.

니스에 도착하자마자 해산물과 함께 마셨던 와인 몇 잔으로 니스에서의 첫날 밤은 그냥 곯아 떨어졌던 것 같다.

다음 날 아침, 어떤 종류의 아침 식사를 원하느냐는 주인장의 질문에 한식 빼고 아무거나 해 달라고 했다. 이미 이 집 주인장의 요리는 별로라고 들었기에 어려운 한식보다는 차라리 현지식을 더 잘할 것 같다는 얄팍한 생각에서였다.

우려와는 달리 그녀는 프랑스 전통 메밀 크레페를 만들어 햇살 쏟아지는 테라스에 예쁘게 세팅을 해 주었다.

테라스에 나서니 쌀쌀한 바람이 지중해로부터 불어오고 있었지만 눈부신 태양이 온몸을 따뜻하게 어루만져 주었다. 그런 곳에서의 식사는 화려하진 않았지만 나름 낭만적이기에 충분했다. 맛 또한 아주 좋았다.

그녀의 요리 솜씨에 대한, 내가 들은 소문은 사실이 아니었다. 그날부터 4박 5일 동안, 그녀는 아침마다 다양한 프랑스식 요리로 나를 놀라게 하고 또 감동시켰다. 그녀는 훗날, 한국에 돌아와서 프렌치 식당을 하고 싶어 할 만큼 탁월한 프렌치 요리사였다.

* 파리 리옹 역-니스빌 역: 5시간 37분 by 기차

바쁘다 바빠

니스에서 버스로 생 폴 드 벙쓰*Saint Paul de Vence*에 도착을 했다. 버스 정류장에서 조금 걸으니 멀리 언덕 위에 요새 같은 마을이 보이기 시작했다.

생 폴 드 벙쓰는 언덕에 지어진 요새 마을로써 프랑스 중세의 모습을 가장 잘 간직하고 있는 마을 중 하나이다. 1960년대에는 배우인 이브 몽탕과 시인 자크 프레베르 등 많은 예술가들이 자주 찾았던 곳이다. 특히 샤갈이 거주하였고 잠들어 있는 마을로도 유명하다.

미술관과 부티크 및 카페로 가득한 이곳은 니스*Nice*와 칸*Cannes* 등의 도시와 인접하였기에 위치적인 조건으로도 남프랑스의 주요 관광 명소가 되기에 충분했다.

중세 골목길에 죽 늘어선 아기자기하고 다양한 부티크와 특색 있는 간판 구경이 가장 큰 재미였으며 아틀리에가 많기에 그림 구경도 즐거웠다. 이 마을에서는 못생긴 것을 찾기가 어려울 정도로 모든 것이 다 예뻤다.

구불구불한 골목길에는 항아리 모양의 아담한 분수, 담쟁이로 덮인 돌담과 동상이 자리 잡고 있었고, 마을의 골목길 바닥에는 조약돌로 만든 꽃들이 활짝 피어 있었다. 요새처럼 돌 벽으로 이루어진 생 폴 드 벙쓰의 그 속은 여성들이 좋아할 만한 작고 귀여운 마을이었다.

마을은 한 바퀴 도는 데 얼마 걸리지도 않아서 한 바퀴를 더 돌아 볼 정도로 아주 작았다. 마을의 끝 무렵에 샤갈의 묘가 있는 크리스천 묘지가 있었다.

마을은 언덕에 위치한지라 묘지에서는 사이프러스 나무가 간간히 서 있는 아름다운 남프랑스의 시골 마을을 내려다볼 수가 있었다.

언덕 위의 가장 햇살이 잘 드는 곳에 프랑스의 화가, 정확히 말하면 러시아 출신의 화가인 샤갈이 묻혀 있었다. 샤갈은 유태인이면서도 이곳의 크리스천 묘지에 묻히기를 원했다고 한다. 이 마을에 대한 샤갈의 깊은 애정을 느낄 수가 있었다. 그의 묘에는 여러 개의 조약돌로 꾸민 하트가 장식되어 있었다.

햇살이 풍부한 생 폴 드 벙쓰를 비롯한 남프랑스 지역에는 꽃이 풍부하기에 그 꽃을 원료로 한 비누와 향수, 포푸리 같은 방향제품들을 파는 가게가 많았다. 생 폴 드 벙쓰에서 이런 종류의 기념품을 챙기지 못했다고 해도 걱정할 것은 없다. 칸에도, 니스에도, 아비뇽, 아를에서도 그런 가게는 수도 없이 널려 있다. 특히 니스 꽃시장에서는 훨씬 싼 가격으로 그것들을 살 수가 있으니 다른 관광지에서 살 필요는 없을 것 같다.

생 폴 드 벙쓰를 둘러보는 데에 걸린 시간은 점심 식사 시간 포함해서 약 3시간 정도였기에 니스로 돌아가는 길에는 계획에 없었던 칸에 가기로 했다. 식사를 하지 않거나, 사진을 찍고자 오래 머물지 않는다면 1시간 정도 소요될 만큼 생 폴 드 벙쓰는 작은 마을이었다.

칸으로 가기 위해서는 먼저 버스로 까뉴 쉬르 메르*Cagnes Sur Mer* 역으로 이동 후, 다시 기차를 타면 된다.

버스 기사에게 까뉴 쉬르 메르 역의 이름이 적힌 휴대폰의 메모를 보여 주며 역에 도착하면 알려달라고 했다. 버스 기사는 나의 한국산 휴대폰에 관심을 보이더니 국적이 어디냐고 물었다. 또 그는 'Good bye'를 한국어로는 어떻게 말하느냐고 물었다. 덜컹거리는 버스에서 길게 말을 할 상황이 아니었기에 '안녕'이라고 가르쳐 주고 자리에 앉았다. 그런데 내가 내릴 때에 그가 나에게 정확한 발음으로 "안녕~!"이라고 했다. 더 멋진 말을 가르쳐 줄 걸 그랬다. 낯선 곳에서 프랑스인이 건네는 모국어 한마디에 얼마나 기분이 좋아졌는지 모른다. 기사는 아주 작은 간이역인 까뉴 쉬르 메르 역에 나를 내려 주었다.

먼지만 폴폴 날고 있는 까뉴 쉬르 메르 역에서 다시 기차를 타고 한 30분을 달리니 기차는 앙티브*Antibes* 역에 도착했다. 계획에 없던 앙티브에 무작정 내렸다.

앙티브는 화가 르느와르의 '앙티브의 아침'으로 알려진 곳이며 니스의 부자들이 이곳에 요트를 사두는 곳으로도 유명한 만큼 많은 보트와 요트들이 정박해 있었다. 바닷가에서 새털같이 아름다운 요트 구경만 하고 다시 칸으로 출발했다.

칸은 우리에게는 국제 영화제로 알려진 곳이다. 마침 칸 영화제 기간인지라 저녁 시간임에도 칸 역에 내리는 사람들이 많았다. 하절기이기에 저녁이라고 해도 여전히 햇빛이 쨍쨍했다. 기차역에서 해변 쪽으로 발걸음을 옮겼다. 칸은 그 명성과는 달리 화려하지도 않으며 수수하기까지 했다.

역에서 얼마간을 걸으니 여러 갈래의 골목길이 나왔다. 마카롱 가게, 옷 가게, 신발 가게 등 다양한 가게가 있는 시장길을 지나니 그 끝에는 요트가 즐비한 해변이 있었다. 영화제 기간인지라 나비넥타이를 한 남자들과 컬러풀한 긴 드레스 차림의 여자들이 자주 눈에 띄었고, 그들은 영화제를 하는 건물 쪽으로 향하고 있었다.

불행히도 영화제 때문에 보행 차단이 된 곳이 많았다. 국제적인 행사를 하는 곳에 가면 제약이 많기에 그런 행사가 열리는 곳은 그저 불편할 뿐이다.

오래전에 유로 축구로 인해 프라하의 아름다운 구시가지 광장 한가운데에 한국 기업이 만든 상설 무대가 만들어지고, 그 주변에는 그 기업의 자동차들이 전시가 된 적이 있었다. 또한 광장에는 한국 기업에서 설치한 대형 스크린으로 유

칸의 시장 골목

로 축구 중계를 하는 바람에 프라하의 구시가지를 사진에 담으려고 했던 계획이 수포로 돌아갔던 적이 있다.

유로 축구가 있었던 파리의 에펠탑 앞에서도 한국 자동차 회사에서 세운 대형 스크린으로 에펠탑을 온전하게 담지 못했던 적이 있었다. 해외에서 접하는 국제적인 행사가 어떤 여행자에게는 오래 기억에 남을 일이기도 하지만 도시의 원래 모습을 보고자 하는 사람들에게 그러한 행사는 방해가 되는 것이 사실이다.

칸의 어느 요트 선착장 근처에 도착했을 때였다. 많은 사람들이 각종 카메라를 들고 모여 있었다. 현지인이나 여행자들이나 또는 아마추어 사진가나 기자들 등등 무수한 사람들이 석양을 마주 보며 누군가를 기다리고 있었다. 그들의 모든 시선은 바로 앞의 요트에 집중이 되어 있었다. 옆의 사람에게 무슨 일인지 물었더니 요트 속에 샤론 스톤이 있어서 사람들은 그녀가 나오기를 기다리는 중이라고 했다. 나 역시 따가운 저녁 햇살을 받으며 한 10여 분을 기다려 보았으나 나올 기미가 보이지 않기에 발걸음을 돌렸다. 느린 걸음으로 칸의 골목길을 돌다가 니스로 돌아왔다.

나는 체류하는 도시에서 다른 곳으로 하루 소풍을 갈 때에는 이동 시간이 1시간 정도 소요되는 곳으로 정하는 습관이 있다. 이동 시간이 길어지면 돌아올 일이 조금 겁이 나서 그래 왔던 것 같다. 남자라면 기차가 끊어지면 노숙을 할 수도 있겠지만 여자이기에 제약을 받는 상황들이 여행지에서는 자주 생긴다. 그런 이유로 때론 남자들이 부럽기도 하다. 또한 대부분 하루에 한 도시 이상은 다니지 않는 습관이 있다. 그렇기에 결국은 남들보다는 훨씬 적은 수의 도시를 여행하게 되지만 여유로운 여행을 좋아하므로 결과가 그러하더라도 나는 내 여행 방법에 늘 만족하는 편이다. 그런 사람이 하루에 세 도시를 방문한 기록적인 날이었다.

* 니스-생 폴 드 벙쓰: 1시간 by 버스
* 생 폴 드 벙쓰-까뉴 쉬르 메르: 20분 by 버스
* 까뉴 쉬르 메르-앙티브: 30분 by 기차
* 앙티브-칸: 24분 by 기차
* 칸-니스: 40분 by 기차

월트 디즈니가 반한 마을

다시 맞은 니스의 아침. 오늘은 프랑스식 볶음밥이다. 매일 메뉴를 바꿔서 상을 차려 주는 숙소 주인장의 마음 씀이 참으로 고마웠다.

주인장이 저녁에 클래식 공연을 함께 가자고 했지만 공연 시간에 맞춰서 내가 숙소로 돌아올 수 있을지 자신이 없었다. 그리고 약속을 해 두면 모든 게 조급해지고 하루가 편치 않아질 거란 생각에 미안하지만 사양을 해야 했다. 더구나 오늘은 에즈*Èze*와 모나코*Monaco*를 함께 방문하기로 했기에 바쁜 하루가 될 것이었다. 어쨌거나 가슴 가득히 감사함을 느꼈다.

버스를 타고 얼마간을 달리니 금세 에즈 빌리지에 도착했다.

에즈는 니스와 모나코의 중간 지점에 위치한 프랑스의 매력적인 중세풍 마을이다. 에즈는 지중해가 내려다보이는 해발 427미터의 절벽에 독수리 둥지처럼 앉아 있기에 '독수리의 둥지'라는 별칭을 가지고 있으며 '지중해의 보석'이라고도 불린다.

1543년에는 터키군이 에즈 마을을 장악했으며 1706년, 루이 14세의 스페인 계승 전쟁 중에는 이 마을을 둘러싼 성벽을 파괴하는 등, 에즈는 수세기에 걸쳐서 격동의 세월을 겪은 마을이다. 그런 아픈 과거가 있음에도 현재의 에즈는 남프랑스의 주요 관광지로써 명성이 자자한 곳이 되었다.

중세 마을인 에즈는 골목길에 늘어선 아기자기한 상점과 아트 갤러리, 호텔과

LAGALERY

식당들 그리고 돌벽과 돌길이 예쁘기에 작은 마을임에도 많은 관광객들이 찾는 곳이다.

미국의 애니메이션 제작자인 월트 디즈니는 이 마을에 반해서 많은 시간을 이곳에서 보냈다고 한다.

골목길의 가게에는 보석 같은 기념품들이 서로 자랑을 하듯이 진열되어 있었고, 빛바랜 중세 건물의 벽에 걸어 둔 그림이나 도자기들은 그대로 길거리 전시장이 되어 있었다. 주민들이 살지 않는 전시용 마을일지도 모른다는 생각을 할 정도로 마을은 너무나 예쁘고 아기자기했다.

에즈까지 왔으니 언덕 위의 식물원에 올라서 지중해를 보기로 했다. 더러는 식물원을 그냥 지나친다고 하지만 나는 마을의 아래를 온전히 내려다보기 위해서 돌계단을 올랐다.

마을 언덕의 꼭대기에 위치한 에즈 식물원*Jardin botanique d'Eze*에는 다양한 선인장과 이국적인 식물들이 군락을 이루고 있었다.

하지만 이국적인 식물들보다 더 눈길을 끄는 것은 식물원 아래의 지중해였다. 언덕 아래에는 오렌지색 지붕의 예쁜 프랑스 가옥들 너머로 푸른 지중해가 끝없이 펼쳐져 있었다. 때마침 한 척의 보트가 지속적으로 하얀 물보라를 일으키며 원을 그려 주고 있었다.

이렇게 아름다운 곳이기에 월트 디즈니는 그의 많은 시간을 이곳, 에즈에서 보냈나 보았다. 그리하여 수많은 주옥같은 작품들을 만들 수 있었는지도 모르겠다.

* 니스-에즈: 40분 by 버스

꽃향기 가득한 니스

주변 도시로 소풍을 가느라 니스에 머문 지 며칠 만에야 남프랑스, 코트다쥐르의 중심 도시인 니스를 둘러보기로 했다. 니스는 도보로도 충분히 돌아볼 수가 있었지만 아비뇽으로 이동을 하는 날이기에 시간 절약을 위해 마세나*Place Masséna* 광장까지 트램으로 이동을 했다.

마세나 광장은 니스의 주요 광장이다. 마세나 광장은 니스의 메인 도로인 장메드셍 대로*Avenue Jean Medecin*의 끝에 자리 잡고 있으며 광장 근처에는 유명한 쇼핑센터인 갤러리 라파예트*Galleries Lafayette*가 있었다. 마세나 광장에서 조금 더 걸어가니 니스 꽃시장으로 향하는 길이 보였다.

시장길로 들어서자 눈부신 햇살이 거리에 가득했다. 향긋한 라벤더나 남프랑스의 풍부한 꽃을 재료로 만든 프로방스 비누, 각종 허브, 과일, 생선, 올리브 오일, 양념 등을 파는 가게들이 살레야 광장으로 이어지는 길에 죽 늘어서 있었다. 시장에서는 기분 좋은 향기가 나고 있었다. 니스 꽃시장은 예쁜 색의 꽃과 그림들이 있어서 분위기가 무척 밝고 예뻤다. 보통 오전 일찍부터 오후 1~2시경까지만 장사를 하고, 월요일에는 벼룩시장과 앤티크 시장이 선다고 한다. 시간과 잔돈이 넉넉하다면 일찌감치 가서 이것저것 구경도 하고, 싼 가격에 예쁜 선물들을 구입할 수도 있을 것이다.

시장을 둘러보고 시장의 옆길로 빠져나오니 에메랄드빛의 지중해가 펼쳐

RESTAURA

졌다. 니스는 지중해의 커다랗고 둥근 만에 위치하고 있기에 아름다운 지중해에서 낚시, 수영, 항해 및 보트 타기를 즐길 수 있는 남프랑스의 휴양 도시이다.

니스 해변은 모래 대신에 온통 동글동글한 자갈이 깔려 있었다.

해변을 지나서 뒷골목으로 들어섰다. 숙소가 아파트이고 그 부근도 다 아파트였기에 니스에 소박한 골목길이 있을 것이라고는 기대를 하지 않았다. 하지만 니스의 골목길은 허름했지만 사람 사는 것같이 북적거리고 있었다.

니스에는 푸른색의 집들이 많을 것이라고 막연한 상상을 했었는데 그 상상과는 다르게 이 골목길의 건물들은 대부분 붉거나 노란색이었다. 강렬한 컬러의 골목길은 왠지 이탈리아의 느낌이 물씬 났다.

골목길에는 페이스트리 가게, 신선한 파스타와 유명한 크레페 가게가 있고, 넓은 광장에는 많은 해산물 레스토랑이 있어서 지중해에서 건져 올린 신선한 해산물들을 싸게 먹을 수가 있다. 이곳에서 와인과 함께 먹은 석화의 맛은 여행이 끝나고도 오랫동안 생각이 났다.

구시가지 골목길 구경을 마치고 니스 성 전망대*Point de vue de la Colline du Château*에 오르기로 했다. 니스 성에 오르면 니스전체를 볼 수 있어서 니스를 방문하는 사람이라면 꼭 한번 가 보는 곳이다.

언덕길을 오르는데 묘지로 통하는 작은 문이 있었다. 유대인 공동묘지*Cimetière Israélite*였다. 유대인 공동묘지는 니스 성의 동쪽 아래에 위치한다. 묘지는 피난처를 찾아 피에몬테, 프랑스, 프로방스 등지에서 온 이스라엘 유대인들이 묻혀 있었다.

햇빛이 잘 들어오는 곳에 위치한 이 묘지는 묘지라기보다는 마치 조각 공원 같았다. 작은 석조물을 떠받치고 있는 기둥들은 그리스 신전의 기둥처럼 생겼으며 다양한 모양의 묘비들은 예술 작품 못지않게 아름다웠다. 구석의 어느 묘 앞에서 연세 지긋한 여인이 기도를 하고 있었다. 묘지 사이사이에는 활짝 핀 붉은 개양귀비들이 바람에 하늘하늘 흔들리고 있었다.

묘지를 나와서 다시 한참을 걸어 니스 성 정상에 도착했다. 이름만 니스 성이지 사실은 그곳에 성은 없었다. 마을과 니스의 항구가 내려다보이는 바위 언덕에 있었던 성은 1706년, 루이 14세의 명령으로 파괴되었다고 한다. 하지만 사람들은 이곳을 여전히 니스 성이라고 부르며 니스의 인기 있는 주요 관광 명소 중 하나이다.

전망대에 오르니 니스의 해안을 따라 둥글게 휘어진 지중해가 시원하게 펼쳐져 있었고 그 안쪽으로는 붉은 지붕의 집들이 촘촘히 들어서 있었다.

니스 성을 내려와 구시가지를 통과하고 다시 니스 꽃시장으로 들어섰다. 숙소 주인장이 워낙 많은 배려를 하심에 감사를 표하고자 꽃시장에 들러 장미 화분을 하나 사기로 했다. 비싸지 않은 화분인데도 꽃가게 주인은 알록달록한 포장지를 두 겹이나 두르며 정성껏 포장을 해 주었다. 빨간 장미 화분을 한 팔로 끼고 트램에 오르니 마치 영화 속의 레옹이 된 듯한 기분이었다.

숙소에 돌아오니 주인장이 아비뇽 행 기차에서 먹으라고 김밥과 삶은 달걀로 내 도시락을 만들어 두었지 뭔가. 내가 그녀를 위한 장미를 고르던 그 시간에 그녀는 나를 위한 도시락을 싸고 있었던 것이다. 우리는 같은 시간에 서로를 생각하고 있었다. 마음이 따뜻해졌다.

공포의 밤

니스 역에서 기차에 오르려고 줄을 서 있을 때였다. 어느 프랑스 중년 남성이 혹시 한국인이냐며 말을 걸었다. 그는 부산에 있는 어느 회사에 다닌다고 했다. 그는 니스에서 만나는 한국인인지라 무척 반가워하며 자신의 짐 가방도 만만치 않음에도 내 짐 가방을 들어서 기차에 올려 주었다.

사실 혼자 여행 시에 가장 힘들 때가 바로 짐 가방을 들고 계단을 오를 때와 기차에 짐 가방을 올리는 순간이다. 대부분 주변 사람들이 도와주는데 3주 정도의 짐이 든 가방의 무게는 늘 도와주는 사람들한테 아주 미안한 마음이 들게 만든다.

좌석이 2층인지라 거기까지 내 가방을 들어 올리던 남성의 얼굴이 미안하게도 시뻘게졌다. 그렇게 무거울 거라곤 생각을 못했던 것 같았다. 좌석을 찾아야 했기에 그와 긴 얘기는 못했지만 나 역시 낯선 곳에서 한국을 잘 아는 프랑스인을 만나니 반갑고 고마웠다.

니스에서 TGV로 이동 후, 아비뇽 역에 내렸다. 아비뇽 숙소 주인인 미카엘라와 만나기로 한 카페로 갔더니 어느 흑인 여인이 다가와서 내 이름을 불렀다. 머리에는 스카프를 돌돌 말아서 뾰족하게 묶은 뚱뚱한 여인의 모습은 마치 미국 남북전쟁 관련 영화에서 막 튀어 나온 흑인 여배우의 모습과 흡사했다.

나는 프랑스 현지인 가정을 체험하기 위해서 오리지널 프렌치 가정에서 머물기를 원했지만 그녀는 쿠바 태생이라고 했다. 미국에서 살던 그녀는 프랑스로

와서 영어 교사로 일을 했고, 정년퇴직을 한 뒤로 게스트 하우스를 하고 있다고 했다. 칠십을 바라보는 미카엘라는 남편과는 사별, 딸은 파리에서 공부 중인지라 아비뇽에서 혼자 살고 있다고 했다.

미카엘라의 자동차로 아비뇽 성 밖에 있는 그녀의 집에 도착했다. 미카엘라의 집은 18세기에 지어진 것이라고 했다. 1층에는 거실과 식당 그리고 부엌이 있고, 2층에는 방 3개와 욕실이 있었다. 내가 예약한 방은 싱글 룸인데 웬일인지 더블 룸인 큰 방을 사용하라고 했다. 내가 예약한 싱글 룸은 캐나다에서 온 돈이라는 남자가 사용하고 있었다.

집을 둘러보니 인테리어가 예사롭지 않았다. 그녀는 앤티크 광이었다. 집안이 온통 앤티크로 도배가 되어 있었다. 그릇이며 가구며 그림이며 그녀는 그 모든 것을 앤티크 시장에서 사 온 것이라며 자랑을 했다. 거울들은 방과 복도에까지 왜 그렇게도 많은지 20개는 더 되어 보였고, 이상한 그림들이 방 여기저기에 세워져 있었다. 방의 한쪽 벽을 다 차지한 짙은 갈색의 옷장은 도대체 몇 년이나 되었는지 모를 골동품이었다. 한쪽 구석에는 머리와 팔다리가 없는 드레스 폼 *dress form:* 가봉할 때에 사용하는 마네킹이 새하얀 린넨 드레스를 입고 서 있었다. 이 집에는 앤티크가 아닌 물건은 미카엘라를 제외하고는 없는 듯했다. 어쩌면 미카엘라도 앤티크일지도 모른다는 생각이 들었다.

짐을 풀기도 전에 미카엘라가 클래식 콘서트에 가자고 했다. 이웃 친구들과 옆방의 돈도 간다고 했다. 9시나 되어야 마친다고 하는데 나는 곧 저녁 식사를 해야 할 것 같아서 좋은 기회를 사양해야 했다.

내 저녁 식사가 걱정이 된 미카엘라가 냉장고를 열더니 치즈, 고기, 빵 그리고 낮에 만든 타르트와 와인을 보여 주며 마음껏 먹으라고 했다. 마치 외출을 하는 엄마가 딸에게 당부를 하듯 했다. 곧 그녀의 친구들이 도착했다. 그녀의 친구들은 다 백인이며 반듯하고 사교적이었다.

그들이 콘서트를 보러 떠난 후, 저녁 식사를 하기 위해 아비뇽 성벽 안으로 걸어갔다. 숙소에서 그곳까지는 도보로 10분 정도. 잠시 구시가지를 대충 훑어보고 바로 식당으로 향했다. 혹시나 해서 돈에게 미리 해산물 식당을 물어봐 둔 건 잘한 일이었다. 헤매지 않고 바로 해산물 식당을 찾을 수 있었다. 니스에서 먹었던 지중해 석화의 맛을 잊을 수가 없기에 석화와 샤도네 한 잔을 주문했다. 석화의 크기는 조금 더 작았으나 맛은 일품이었다. 혼자 왔다고 가끔씩 말을 붙여 주는 친절한 종업원 덕에 아주 편하고 즐거운 식사를 했다. 신선한 석화와 함께 샤도네의 기운이 몸속으로 퍼지자 조금씩 나른해지기 시작했다.

숙소로 돌아오던 중, 숙소 바로 근처의 어느 집 마당에 제법 많은 사람들이 모여 있었다. 그들은 조용히 서서 두런두런 대화를 하고 있었다. 파티를 하는 분위기도 아니었기에 호기심이 생겨서 무엇을 하는 곳인지 그들에게 물어봤다. 그곳은 소극장이었다. 마을 가운데의 허름하게 생긴 작은 집이 소극장이라니 놀라웠다. 연극 시작 전까지 사람들은 마당에서 그렇게들 기다리고 있다고 했다.

9시가 지나고 밤 10시가 다가오는데도 콘서트에 간 사람들이 도착하지 않았다. 하얀 린넨 드레스를 걸친 드레스폼이 방 한쪽 구석에서 나를 째려보고 있었다. 18세기의 물건들이 죄다 나를 노려보고 있는 것 같았다. 유럽에는 오래된 집이 많아서 가끔씩 유령이 나오기도 한다는 얘기를 들은 적이 있다. 결국 드레스폼과 이상한 그림들을 2층 복도에 내다놨다. 한참 후에 돌아온 미카엘라가 그것을 보더니 웃음을 참지 못했다. 그녀는 겁을 먹은 내 모습이 재미있는 듯했다. 미카엘라는 예전에 이곳에 머물던 어느 여자 손님의 얘기를 했다. 그 손님은 이 집에 거울이 너무 많아서 무서워하더라는 것이었다. 위로는 못할망정 더 겁을 주는 말을 하다니.

유령이 거울을 무서워하기에 유령이 나오는 집에는 일부러 거울을 걸어 둔다는 말을 들었던 적이 있다. 그래서 미카엘라는 그 많은 거울을 갖다 둔 것일까?

거울 얘기로 더 무서워졌다. 별채에 기거하는 미카엘라를 내가 기거하는 본채의 2층 구석방으로 사정해서 모셔 왔다. 우스워하는 미카엘라를 침대에 눕히고 이불까지 덮어 주고서야 내 방으로 돌아왔다.

겨우 잠이 들었는데 새벽 3시경, 얼굴 부근에서 이상한 소리가 나서 벌떡 일어났다. 그 소리는 모기 소리도 파리 소리도 아닌, 처음 들어보는 둔탁하고도 수상한 소리였다. 그 뒤로 한숨도 못자고 밤을 꼴딱 새고 말았다. 내가 세상에 태어나서 가장 무서웠던 밤이 바로 아비뇽의 미카엘라의 집에서였다. 다음날엔 옆방의 돈이 떠난다니 그 크고 오래된 집에 나 혼자일 것이었다. 나는 숙소에 벌레만 안 나오면 웬만하면 다 괜찮다고 생각한다. 여행 시에는 조금 불편하거나 음식이 안 맞거나 해도 개의치 않지만 이러한 '공포'는 정말 사절이다. 예전에 지인 2명이 동유럽의 어느 오래된 호텔에서 잠을 잤는데 밤새도록 가위에 눌렸다는 이야기가 생각났다.

뜬눈으로 서성이며 아침이 밝아 오기만을 기다렸다. 으스스한 새벽이 아주 느리게 지나가더니 영원히 오지 않을 것 같던 아침이 왔다. 잠을 세 시간도 못 잤으니 컨디션이 말이 아니었다.

여행을 하면서 큰 집에 나 혼자 기거한 적이 두어 번 있었다. 헝가리의 부다페스트에서도 큰 집에서 혼자 지냈지만 음악을 들으며 자유로운 시간을 즐겼다. 독일의 쾰른에서도 조금 무서운 적이 있었긴 해도 단지 그 건물에 혼자뿐인지라 그게 좀 무서웠을 뿐, 오래된 물건들에게 압도당하는 이런 공포는 아니었다. 숙소를 옮기고 싶은 마음은 간절했으나 워낙 잘해 주는 미카엘라에게 그 말을 꺼내기란 쉬운 일이 아니었다.

돈은 새벽에 떠나고 혼자 먹는 아침상. 식사는 개인 집사가 해 주듯, "계란은 어떻게 익힐까?" "차는 언제 내올까?" 미카엘라는 내게 일일이 물어보면서 식탁을 차려 주었다. 그야말로 여왕의 밥상이었다. 미카엘라는 내가 추울까 봐 식사하는 동안 의자 뒤에 라디에이터를 갖다 두기도 했다. 그러나 어찌된 일인지 밥이 넘어가질 않았다. 잠을 못자서 그런 건지, 뭔가에 기를 뺏긴 것인지 통 먹을

수가 없었다. 미카엘라가 실망할까 봐 억지로 먹느라 죽을 것만 같았다.

고통스러운 아침 식사 후, 미카엘라가 앤티크 시장에 가자고 했다. 처음 아비뇽 역에서 함께 차를 타고 오면서 앤티크 시장에 가고 싶다고 말한 것을 그녀는 잊지 않고 있었다.

바람도 불고 새초롬하니 추웠다. 현기증도 났다. 몸속에 남아 있던 힘이 모조리 빠져나간 것 같았다. 여행 중에 이런 컨디션이 되기는 처음이었지만 미카엘라의 차를 타고 한참이나 달려서 시장에 도착했다.

앤티크 시장에는 세월을 알 수 없는 그림, 팔다리와 목이 빠진 인형들 그리고 미국산 이빨 모형 등 온갖 잡동사니가 다 진열이 되어서 미카엘라와 같은 새 주인을 기다리고 있었다.

이 시장은 아비뇽 구시가지에서 차를 타고 한참을 가야 해서 주로 현지인들만 찾는 듯했다. 미카엘라는 그 시장의 모든 사람들과 친구였다. 그만큼 성격이 좋은 사람이었고, 또 단골인 것 같았다. 그녀는 녹이 슨 5단 화분 받침대에 관심을 보이더니 내 의견을 물었다. 결국 흥정에 성공해서 반값에 샀다며 매우 기뻐했다.

앤티크 시장에서 돌아오던 중에 간밤의 공포에 대해서 실토를 했다. 숙소를 옮기겠다는 말은 차마 목구멍에서 나오지 않았지만 내 말을 들은 미카엘라가 먼저 내 걱정을 해 주었다. 여행을 다닐 때엔 숙면이 가장 중요한데 그러다가 병난다며 호텔을 알아보는 게 어떻겠냐는 것이었다. 먼저 말을 해 주니 얼마나 고마운지 몰랐다.

화분 받침대를 집에 두고 그녀의 부탁으로 숙소 사이트에 올릴 홍보용 사진을 찍어 준 후, 다시 그녀의 차로 숙소를 물색하러 나갔다.

미카엘라가 추천하는 아비뇽 성 안의 어느 호텔은 방은 작았지만 분위기가 밝고 스태프도 친절해서 그곳에 머물기로 했다. 다시 집으로 간 그녀는 내 가방을 실어서 호텔까지 이동시켜 주었다. 너무나 미안하고도 고마웠다.

미카엘라의 집을 탈출하고 호텔에 입실하고 나서도 나는 얼마간 원인 모를 공포에서 자유롭지 못했다. 앤티크의 공포가 사람을 그렇게 만들 줄은 몰랐다. 인터넷상으로 봐서는 정말 아름다운 집이었고, 미카엘라는 이웃 친구도 많은 성격 좋은 사람이었다. 더 비싼 숙박료임에도 많은 기대를 했었던 숙소였지만 결국은 탈출을 하고야 말았다.

* 니스-아비뇽: 3시간 21분 by 기차(TGV)

고흐가 사랑한 마을

고흐*Vincent Van Gogh*의 마을인 아를*Arles*을 방문하기로 했다. 아비뇽 센트럴 역에서 기차를 타고 약 20분을 달려서 아를에 도착했다. 아비뇽에서는 무척 가까운 곳이다.

아를은 프랑스의 남동부, 론 강의 하류에 있는 프로방스의 도시이다. 고대 로마 시대 때에는 로마제국의 일부였기에 2000년의 풍부한 역사를 가지고 있는 아를은 비운의 화가인 고흐와 함께 프랑스에서 가장 인기 있는 관광지 중 하나이다. 당시의 로마 유적들은 현재까지 보존되어 있으며 유네스코 세계 문화유산으로도 등재되었다.

아를 기차역에서 론 강변으로 나가니 바람이 얼마나 센지 날아갈 판이었다. 고흐의 발자취를 따라 론 강변을 걷고자 했던 생각을 접고 다시 왔던 길로 돌아와서 마을로 향했다. 일요일임에도, 또는 일요일이라서 그런지 마을은 너무나 조용했다. 온 마을이 텅텅 비어 있었다. 유럽인들은 주말에 도대체 뭘 하는지 늘 궁금할 뿐이다.

길을 따라 걸으니 2000년 전에 지어져 검투가 열리곤 했던 아를 원형 경기장 *Arènes d'Arles*이 나타났다. 아를의 원형 경기장은 구시가지의 가장 높은 곳에 위치하고 있으며 아를의 랜드 마크이다. 경기장 위에 오르니 아를이 눈 아래에 펼쳐지고 멀리 론 강도 보였다. 원형 경기장은 현재도 축제 때면 투우 경기가 열리는 곳이다.

마을을 걷다가 보니 고흐가 입원했던 고흐의 정신병원*L'espace Van Gogh*이 보였다. 옅은 오렌지색의 지붕과 노란 기둥이 있는 병원은 생각보다 자그마했다. 정원은 아담한 나무들과 꽃밭으로 꾸며져 있었다. 고흐의 가장 유명한 작품 중 하나인 '아를 병원의 정원'과 같은 구도로 사진을 찍었다. 그의 그림 속에는 잎이 하나도 없는 앙상한 나무가 세 그루 있었다. 내가 찍은 사진 속의 나무들은 초록색 잎이 무성하게 자라나 있었다.

그림의 배경이 된 이 병원은 지금은 지역 문화센터로 사용되고 있지만 고흐를 사랑하는 사람들에게 있어서는 여전히 성지가 되어 늘 방문자가 끊이지 않는 곳이다.

아를은 1888년 2월, 파리의 차가움을 피해서 고흐가 찾아낸 최상의 쉼터였다. 푸른 하늘, 따사로운 햇빛, 골목길의 노란 벽, 그리고 건조한 북풍조차 아를은 고흐를 감격시켰다. 고흐는 15개월 정도 아를에서 머물며 해바라기, 밤의 카페 테라스, 별이 빛나는 밤 등 300여 점의 걸작들을 빠른 속도로 그려냈다. 어쩌면 곧 다가올 그의 죽음을 예견해서였는지도 모르겠다. 햇살 가득한 아를로의 이주, 그리고 고갱과의 재회로, 그는 아를에서만큼은 한동안 행복했을 것이다. 어쩌면 그의 삶이 가장 빛났던 짧은 순간은 아를에서였을 것이다. 고갱과 헤어지며 자신의 귀를 자르기 전까지는 말이다.

아를의 정신 병원에서 한동안 갇혀 지내던 고흐는 동생, 테오가 파리 북쪽의 작은 마을인 오베르쉬르 우아즈에 마련한 집에서 기거하다가 결국은 자살로 생을 마감했다. 그는 오베르쉬르 우아즈에 묻혔고, 고흐의 가장 사랑하는 동생, 테오는 고흐가 떠난 지 6개월 만에 형을 따라갔다. 현재 두 형제는 오베르쉬르 우아즈에 나란히 묻혀 있다.

고작 37세의 나이로 스스로 세상을 떠난, 천재이며 비운의 화가였던 고흐. 아를을 비롯한 그가 속한 세상은 그가 떠나고 나서야 그에게 다가오고, 또 그를 쳐다봐 주었다.

고흐의 정신병원에서 골목길을 따라 걸으니 고흐의 '밤의 카페테라스'의 주제가 된 르 카페 반 고흐*Le Café Van Gogh*가 있는 포럼 광장*Place du Forum*이 있었다.

고흐의 그림에서처럼 밝은 노란색으로 칠을 한 카페가 광장의 한쪽에서 영업을 하고 있었지만 휴일인지라 사람의 그림자는 보이지 않았다. 가끔 흰색 셔츠에 검정 조끼를 입은 종업원만 들락거리고 있었다.

길을 걷다가 보니 고대 로마 시대의 목욕탕*Les Thermes de Constantin*이 나타났다. 4세기 초에 지어져서 대중에게 개방한 로마의 목욕탕은 고대 로마 사회에서는 중요한 사교적인 모임의 장소였을 것이다. 자그마한 마을에 로마 시대의 유적이 풍부한 것을 보면 아를은 고흐뿐만 아니라 고대 로마인들도 애착을 느꼈던 곳이었던 것 같다.

로마 목욕탕 부근의 레아튀 미술관*Musée Réattu*을 방문했다. 피카소는 1971년, 그의 초기 드로잉 중 57점을 레아튀 미술관에 기증했다. 그렇기에 레아튀 미술관은 피카소의 그림을 비롯해서 아를에서 태어난 화가인 레아튀의 작품들을 포함, 800여 점의 작품들을 소장하고 있다. 현대 미술 전시회도 정기적으로 개최한다. 이날은 구름을 주제로 한 현대 사진 작가의 합성 사진과 역시 구름이 주제가 된 설치미술전이 열리고 있었다.

미술관 창으로 바로 옆의 건물이 보였다. 그 건물의 옥외 테라스에서 하얀 유니폼을 입은 한 남성이 흰 천으로 둘둘 말린 뚱뚱한 남성을 뉘어 놓고 마사지를 하고 있었다. 예기치 못한 곳에서 마주한 신기한 광경이었다. 몰래 사진을 찍던 중, 마사지를 하던 남자와 그만 눈이 마주치고 말았다. 겸연쩍게 웃는 나에게 그는 상냥한 미소로 손짓을 했다. 와서 마사지를 한번 받아 보라는 뜻인 듯했기에 고개를 설레설레 흔들고 얼른 자리를 떴다.

골목길을 걷다가 보니 시장기가 느껴졌다. 골목길의 작은 샌드위치 가게에서 참치 샌드위치를 주문했다. 기다란 바게트 빵으로 만든 샌드위치는 얼마나 큰지 혼자 다 먹기에는 불가능할 정도였다. 주인아주머니가 영어를 전혀 못하기에 빵을 자르는 시늉을 했더니 아주머니가 웃으며 잘라 주었다.

허름한 골목길의 가게에 앉아 있노라니 다시금 고흐가 생각났다. 고흐도 가끔은 이 가게에서 이 바게트 샌드위치를 먹지 않았을까?

원형 경기장 앞으로 다시 가서 꼬마기차를 탔다. 혹시나 도개교도 갈까 기대했지만 꼬마기차는 내가 돌아본 대부분의 아를을 돌 뿐이었다. 룩셈부르크에서 꼬마기차를 한번 탔는데 매연 냄새가 지독했던 경험으로 이번엔 조금 뒤에 앉았는데도 마찬가지였다. 다시 꼬마기차를 탈 기회가 있다면 그때엔 가장 뒷자리에 앉으리라.

고흐는 아를을 보며 일본을 닮았다고 했지만 내가 본 아를은 이탈리아를 닮아 있었다. 이탈리아식의 큰 건물들이 자그마한 마을에 어울리지 않는 모습으로 드문드문 자리하고 있었다. 이름만으로는 상당히 프랑스적일 것 같은 아를은 로마제국에 속했던 과거가 있기에 이탈리아와 프랑스가 좀은 어울리지 않게 믹스된 마을이었다.

또한 아를은 고흐의 마을답게 온통 고흐였다. 기념품 가게에는 고흐가 그린 그림으로 만든 기념품으로 가득했다.

백열등이 노랗게 반짝이는 밤의 카페나, 별이 빛나는 밤을 보고 왔으면 참으로 좋았으련만 유럽의 하절기에는 밤이 늦게 찾아온다. 아를에서 1박을 하지 않는 이상, 아를의 밤을 보고 오는 것은 무리였다.

* 아비뇽 센트럴 역-아를: 20분 by 기차

생 베네제 다리와 미스트랄

아비뇽은 14세기 로마의 몰락으로 로마를 떠난 교황이 피신했던 도시로 잘 알려져 있다. 교황이 머물던 아비뇽 교황청*Palais des Papes d'Avignon*은 세계에서 가장 큰 고딕 양식의 궁이며 현재까지 그 위풍당당함으로 아비뇽을 대표하는 건축물이다. 아비뇽에 머물던 교황의 존재는 아비뇽을 프랑스 10대 관광 도시뿐만 아니라 정치적, 경제적 활동이 활발한 도시로 만들었으며 통신 및 무역의 중요한 중심지로 성장할 수 있도록 했다.

교황청과 아비뇽의 명물인 생 베네제 다리*Pont d'Avignon*를 보러 가기로 했다. 아비뇽 구시가지의 골목길들은 한적한 뒷 골목길들도 있지만 교황청으로 향하는 길에는 약국이며 까르푸, 맥도널드 등 다양한 상점들과 레스토랑으로 가득했고 관광객도 제법 많았다.

생 베네제 다리가 보이기 시작할 즈음 바람이 심해지기 시작했다. 파랗던 하늘이 검어지더니 갑자기 비가 쏟아지기 시작했다. 미스트랄까지 동반을 하니 우산이 뒤집히곤 했다.

미스트랄*mistral*은 겨울과 봄 사이에 프랑스 중부로부터 지중해를 향해 부는 강한 북풍으로 농작물에 많은 피해를 주는 바람이다. 특히 내가 걷고 있는 론 강 부근에서의 바람의 세기가 가장 강하다고 한다.

생 베네제 다리로 올라가기 위해서는 입장료를 내야 했다. 표를 판매하는 곳에서는 기념품 판매도 하고 있었다. 그곳에서 잠시 비를 피했다.

생 베네제 다리는 아비뇽 다리라고도 불리며 아비뇽과 론 강 건너편의 빌르뇌브-레-아비뇽*Villeneuve-lès-Avignon*을 연결하는 다리였지만 현재는 부서진 채로 론 강의 반쯤에 걸쳐져 있었다. 이 다리는 1177년에서 1185년 사이에 만들어졌으며 원래 길이는 900미터였으나 1226년, 프랑스의 루이 8세의 아비뇽 공격 중에 파괴되었고, 1234년에 재건되었다. 17세기에 일어난 대홍수로 다리의 대부분이 휩쓸려 가거나 파손이 되어 다리의 아치가 연속적으로 붕괴되었다. 22개였던 아치는 현재는 4개만 남아 론 강과 옛 교황청을 바라보고 있었다.

전설에 따르면, 생 베네제 다리는 베네제라는 양치기 소년이 론 강을 가로지르는 다리를 만들라는 천사의 계시를 듣고 혼자서 돌을 쌓아 지었다. 천사의 계시를 믿지 않던 주변의 비웃음을 들었던 베네제는 어마어마한 돌을 들어 올려서 천사로부터 받은 계시라는 것을 그들에게 입증했다. 그 다리의 이름은 그의 이름을 따서 성 베네제 다리가 되었다. 베네제가 죽은 후, 베네제는 생 베네제 다리 위의 작은 성당인 생 니콜라스 예배당*Chapelle Saint-Nicolas d'Avignon*에 안치되었다고 한다.

생 베네제 다리에 오르니 다행히도 비가 그치고 있었다. 멀리 아비뇽 교황청이 검은 구름 아래에 웅장한 모습으로 우뚝 서 있었다. 교황청을 둘러싸고 있는 중세 건물들은 마치 교황청을 떠받치고 있는 것 같았다. 교황청과 건물들은 조화롭게 섞여서 아름다운 아비뇽을 완성하고 있었다. 아비뇽은 그 속에서 보는 것보다는 생 베네제 다리의 끝에서 바라보는 것이 가장 아름다웠다. 아비뇽의 하늘은 다시 강한 햇살이 쏟아지기 시작하더니 또다시 어두워지거나 밝아지기를 여러 번 반복하고 있었다. 유럽의 하늘이 자주 바뀌기는 해도 이렇게 짧은 시간 안에 수십 번 극적으로 변하는 날은 처음이었다.

생 베네제 다리를 내려와서 멀리서 보던 교황청과 어둑한 노트르담 돔 성당*Notre Dame des Doms d'Avignon*을 둘러보고 밖으로 나왔다.

노트르담 돔 성당의 가장 높은 곳에 자리한 황금 성모 마리아상이 햇빛을 받아 황금빛으로 번쩍이고 있었다. 빛을 받은 성모 마리아상은 바로 아래의 십자가에 못 박힌 그녀의 아들, 예수를 내려다보고 있었다. 긴 하루의 마지막 태양이 사력을 다해서 아비뇽을 비추고 있었다.

아비뇽을 돌다가 구시가지 광장에 이르렀을 때였다. 오페라 극장 앞에서 캐주얼 클래식 공연을 하고 있었다. 6월임에도 아비뇽의 저녁은 꽤나 추웠지만 맨 앞자리의 바닥에 자리를 잡고 앉았다. 테너의 남성 성악가는 귀에 익은 팝과 클래식 곡들을 불러 주었고, 공짜치고는 꽤 괜찮은 연주도 감상할 수가 있었다.

배꼽시계가 울려대는 바람에 공연이 보이는 바로 앞 식당에 들어갔다. 조금이라도 더 공연을 즐기기 위해서 노천 좌석에 앉았다. 날씨가 추우니 노천 좌석은 비닐로 빙 둘러싸여 있었다. 비닐을 통해 광장의 사람들과 불빛이 어른거리고 있었고, 성악가의 노래는 바로 앞인 듯 들려오고 있었다. 혼자 즐기는 디너쇼였다.

베드 버그의 습격

미카엘라의 집에 스카프를 두고 왔다는 것을 알아차린 것은 아를 소풍을 다녀오던 기차에서였다. 프랑스를 포함, 유럽에서는 하절기에도 스카프 없이는 조금 불안할 정도로 추울 때가 많다. 아비뇽 센트럴 역에 내려서 미카엘라의 집으로 향했다. 솔직히 전날 밤의 이상한 공포로 미카엘라의 집에 다시는 가고 싶지 않았으나 좋아하는 스카프인지라 하는 수가 없었다.

대문 앞에 미카엘라의 자동차가 주차되어 있는 걸로 봐서 다행히도 미카엘라는 집에 있는 것 같았다. 밧줄로 연결된 옛날식 초인종을 당겼다. 대문을 연 미카엘라가 마치 오랜만에 보듯이 반갑게 나를 맞이했다.

미카엘라는 방을 다 청소했지만 스카프를 못 봤다고 했다. 사진 촬영을 하면서 거실 의자 등받이에 걸쳐둔 게 문득 떠올랐다. 스카프는 역시 그 자리에 그대로 있었다.

미카엘라는 아르헨티나 출신의 젊은 남성과 담소 중이었다. 그녀는 차를 권했지만 물이나 한 잔 달라고 하고 그들의 담소에 잠시 끼게 되었다.

대화 중 소매치기가 화두에 올랐다. 아비뇽에서도 내 가방을 노리는 듯한 청년을 경계하며 길을 걸은 적이 있었고, 파리에서는 거의 당할 뻔하지 않았는가. 내 얘기를 들은 미카엘라는 늘 가방을 조심하라고 당부했다.

사실 나는 한국에서는 소매치기를 본 적이 없는지라 우리나라에는 소매치기가 없다고 믿고 싶거니와 외국인들에게는 없다고 말하고 싶었다. 한국에서는 소매치기 예방을 위해서 배낭 지퍼에 옷핀을 꽂고 다니는 일이 절대로 없다고 했더니 두 사람 다 믿을 수 없다는 표정을 지었다.

미카엘라의 집을 나와서 아비뇽을 돌아본 후, 기분 좋게 저녁 식사까지 한 후에 작은 호텔로 돌아왔다.

샤워를 하고 수건으로 몸을 닦는데 못 보던 빨간 반점이 보였다. 반점은 온몸의 군데군데에서 보였다. 가렵지도 않고 부풀어 오르지는 않았지만 뭔가에 물린 자국인 것 같았다.

문득 누군가 말했던 베드 버그*Bed Bug*가 떠올랐다. 그동안 유럽 여행을 하면서 한 번도 들어보지 못한 그 이상한 벌레의 이름을 남프랑스 여행의 시작점인 파리에서, 한국인 여행자로부터 난생처음으로 들었었다. 하지만 나와는 상관이 없을 줄 알았기에 그 벌레의 존재는 잊어버리고 있었다.

걱정 가득한 마음으로 급하게 인터넷 검색을 했더니 유럽 여행 중, 베드 버그에 당한 한국 여행자들의 경험담들을 쉽게 찾을 수가 있었다.

베드 버그는 일종의 빈대였다. 베드 버그는 오래된 목조 침대나 섬유에 붙어사는 벌레로 사람에게 붙으면 퇴치가 어렵다고 했다. 유럽은 오래된 건물이나 가구가 많기에 호스텔은 물론이고 특급 호텔에서도 종종 발견된다고 했다. 어느 여행자는 100군데 이상 물려서 영사관을 통해서 병원을 갔다고도 했다. 그들은 물린 부위를 사진까지 찍어서 정보 공유를 하고 있었다.

내 몸에 난 반점은 총 23개였다. 약국으로 달려갔다. 팔을 걷어서 약사에게 보여 주며 혹시 베드 버그에게 물린 것이냐고 물었다. 'No.'라는 대답을 기대했건만 그녀의 대답은 야속하게도 'Yes.'였다. 하늘이 노랗게 변하고 있었다. 앞으로 4일 정도 더 일정이 남았는데 그 시간을 버티기가 힘들 것 같았다. 여행이고 뭐고 당장 집에 가고 싶을 뿐이었다. 하지만 집에 가는 것도 문제였다. 혹시나 나로 인해서 현재의 숙소나 이틀 후에 머물게 될 파리의 숙소, 그리고 비행기나 우리 집이 베드 버그로 점령을 당하지나 않을까가 먼저 걱정이 되었다. 마치 몹쓸

전염병에 걸린 것 같았다.

약국에서 벌레 퇴치제와 기피제를 사고자 했으나 사다리까지 타고 올라가서 찾아보던 약사가 퇴치제는 보이지 않는다고 했다. 기피제는 약국에서 사고, 퇴치제는 근처의 마트에서 살 수가 있었다.

미카엘라의 집에서 감염이 된 것이 분명했다. 그녀의 집은 18세기에 지은 집이기도 하거니와 앤티크광인 그녀는 벼룩시장을 차려도 될 만큼 온갖 골동품을 수집해 두고 있었으니 베드 버그가 없다는 것이 오히려 더 신기한 일일 것이다. 그녀의 집을 일찌감치 탈출한 것은 너무나 잘한 일이었다.

미카엘라의 집에서 입었던 옷이나 그 집에서 꺼냈었던 옷에는 퇴치제를 뿌려두고, 약 한 시간 동안 뜨거운 샤워를 했다. 퇴치제를 뿌려 뒀던 옷들은 욕조가 없는지라 세면대에 담군 뒤, 뜨거운 수돗물을 계속 틀어서 벌레가 죽기를 기대했다. 호텔 측에는 상당히 미안한 일이었다.

그나마 옷가지들을 소량으로 분류해서 지퍼 백에 담았던 것이 상당히 도움이 된 것 같았다. 그렇지 않았다면 모든 옷들이 베드 버그에게 당했을지도 모를 일이었다. 뜨거운 물을 지속적으로 틀어둘 수 있었던 것도 혼자 기거하는 호텔이기에 가능한 일이었다. 또한 미카엘라의 집에서 새벽에 일어나서 서성였던 것도 좀은 덜 물리게 된 것에 기여를 했을지도 모를 일이었다.

베드 버그는 잠복기가 있다고 하는데 나의 경우에는 약 15시간 정도 되는 것 같았다. 그리고 가려움 증세도 심하다던데 마침 휴대했던 스테로이드 계열의 피부 연고를 발랐던 덕분인지 이상하게도 가렵지는 않았다. 단지 마음이 너무나 가렵고 무거웠다. 가방 속에도, 호텔 침대에도 퇴치제와 기피제를 잔뜩 뿌린 후에야 불편한 마음으로 잠을 청했다.

다음 날, 다행히도 베드 버그에게 물린 23개의 반점은 더 이상 그 숫자가 늘어나지는 않았다. 뜨거운 물과 약이 그것들을 전멸시킨 것 같았다. 신속한 초기 대처가 아주 훌륭했던 것 같았지만 여전히 베드 버그의 공포는 사라지지 않았다. 몸에 난 반점들을 보고 있노라니 여행에 대한 모든 의욕이 사라지고 무기력해지기 시작했다. 아비뇽에서의 마지막 날이기에 멍하게 있을 수만은 없어서 무거운 마음으로 와이너리 투어를 했다.

다음날, 아비뇽을 떠나 파리로 갔다. 남프랑스로 가기 위해 처음 파리에 도착해서 묵었던 숙소였다. 숙소의 주인은 다시 만나는 반가운 마음에 예약과는 달리, 큰 가족실을 선뜻 내어 주었다. 하지만 마음은 내내 미안하고 불편했다. 더 이상 베드 버그로 인한 반점의 숫자가 늘어나지는 않았지만 혹시나 해서 퇴치제와 기피제를 번갈아 가며 열심히 침대에 뿌렸다. 혹시나 다른 손님에게 피해가 갈 것이 가장 걱정이 되었다. 여행지에서 내가 할 수 있는 방법은 그것밖에 없었고 최선의 방법이었다.

귀국을 해서 집에 도착하자마자 여행에서 사용한 모든 물건과 옷에 퇴치제를 뿌린 뒤 세탁기에 돌리고 뜨거운 건조도 했다. 반점은 23개에서 멈춘 걸로 보아 베드 버그는 이미 아비뇽에서 다 퇴치를 한 것이 분명했다.

남프랑스 여행 후로는 여행 시에는 항상 베드 버그 퇴치제와 기피제를 휴대한다. 숙소에 도착하면 일단 침대에 퇴치제를 뿌려서 혹시라도 기생할지도 모르는 베드 버그를 죽이고, 기피제를 뿌려서 벌레의 접근을 막는다. 베드 버그에서 자유로울 수 있는 방법은 아직까지는 이 방법밖에는 없는 것 같다.

베드 버그에 물렸다는 것을 알았던 그 순간, 나머지 여행을 다 포기하고 싶었다. 조그만 벌레가 사람을 그렇게나 무기력하게 만들 수가 있다는 것이 참으로 놀라웠다. 베드 버그의 공포는 상상 이상의 것이었다.

베드 버그의 예방과 대처법

* 여행 가방을 쌀 때에, 옷가지들을 소량으로 나누어서 압축 팩이나 지퍼 백에 담는다.
* 숙소에 도착하면 우선 침대에 베드 버그가 있는지 확인을 한다. 만약에 베드 버그가 보인다면 사진을 찍어서 증거를 남긴다.
* 입실한 숙소에서 베드 버그가 보인다면 망설이지 말고 숙소 측에 알려서 환불을 받고 퇴실을 하는 것이 좋다.
* 입실한 숙소에서 베드 버그에게 감염이 됐다면 숙소 측에 알리고 보상을 받도록 한다.
* 베드 버그에 물렸을 때의 증상과 잠복기는 사람마다 다르다고 한다. 대부분 심하게 가렵다고 하는데 나처럼 가렵지 않은 사람도 있다고 한다.
* 숙소에 입실하자마자 침대나 가방 주위에 퇴치제와 기피제를 뿌리는 것도 베드 버그 예방의 한 방법이다.
* 베드 버그에 물렸을 때에는 입었던 옷과 풀어 두었던 옷가지에 퇴치제를 뿌린다.
* 몸에도 머리부터 발끝까지 퇴치제를 뿌린다. 더 번지는 것을 원하지 않는다면 몸에 해로워도 어쩔 수가 없다.
* 퇴치제를 뿌린 옷가지들을 뜨거운 물에 1시간 이상 지속적으로 담가두고 뜨거운 물로 긴 샤워를 한다. 그럴 상황이 안 되는 호스텔 같은 숙소라면 근처의 코인 세탁소에 가서 세탁하고 열 건조까지 하는 것이 좋다.

지친 날에는 와이너리 투어를

아비뇽에서의 마지막 날에는 많이 지쳐 있었다. 사실 여행 끝 무렵에는 늘 체력이 소진이 되어 피곤해지곤 하지만 베드 버그로 인한 충격에 몸도 마음도 너무나 무기력해져 있었다. 다행히도 반점의 숫자는 더 이상 늘어나지 않았다. 하루 푹 쉴까 하다가 여기저기 데려다 주는 가이드 투어를 하기로 했다.

호텔에 비치된 팸플릿에 적힌 몇 군데 여행사에 전화를 했지만 당일 오전에 전화한지라 투어는 전부 빈자리가 없었다. 그나마 빈자리가 딱 한 개 있는 와이너리 투어를 예약했다.

1시경, 여행사와 약속된 장소에 가니 얼마 있지 않아서 검은 밴이 도착했다. 앙드레라고 자신을 소개한 프렌치 가이드가 아르헨티나, 호주, 중국, 그리고 한국에서 온 7명을 밴에 태우고 와이너리로 출발했다.

돌아볼 와이너리는 론 강변에 있는 샤토네 뒤 파프*Châteauneuf-du-Pape*와 바케라스*Vacqueyras,* 그리고 지공다스*Gigondas*라고 했다. 와이너리 투어이긴 하지만 혹시나 시골길을 거닐면서 사진을 찍을 수도 있을 것이라는 약간의 기대를 했다.

우리를 태운 밴은 아름다운 프랑스 시골길을 달리고 있었으나 기대와는 달리 중간에 내려서 사진을 찍을 시간은 거의 주지 않았다. 앙드레는 산 속에 올망졸망 예쁜 가옥이 들어앉은 아름다운 풍경이 있는 곳은 그냥 지나치곤, 어느 황량한 산길 도로에 내려주더니 사진을 찍으라고 했다. 그것도 원래는 내려주지도 않을 것인데 카메라를 든 여자가 보조석에 앉아서 풍경을 볼 때마다 감탄을 해

대곤 했으니 선심을 쓴 것이었다.

아비뇽에서 북쪽으로 약 30분 정도 달려서 조용한 마을 입구에 위치한 그다지 크지 않은 첫 번째 와이너리에 도착했다. 와인 저장고는 바닥에 사각형 유리로 된 창을 통해서 보기만 하고 대여섯 가지 와인 테이스팅을 했다. 그때까지 일행들은 조용했다.

다시 두 번째 와이너리로 출발을 했다. 밴은 시골 깊숙이 달리고 있었다. 앙드레는 빨간 개양귀비가 가득 핀 환상적인 들판도 그냥 지나쳤다. 개양귀비 밭을 지날 때마다 나는 아쉬움 섞인 감탄사를 내뱉었다. 앙드레는 그 많던 개양귀비 밭을 그냥 다 통과하더니 아주 작은 개양귀비 밭 옆에 차를 세웠다. 밭이라기보다는 바람에 날아가던 개양귀비 씨앗이 떨어져서 듬성듬성 꽃이 핀 곳이었다. 그는 자신이 앉은 운전석 창을 통해서 사진을 찍으라고 했다. 로봇 같은 그는 나의 사진을 위해서 숨을 멈추더니 뱃살을 집어넣어 주는 친절을 베풀었다.

한참을 달리던 중, 웬일인지 앙드레는 어느 예쁜 마을에 잠시 정차를 하더니 건물에 달린 덧문들을 가리켰다. 건물마다 덧문의 컬러가 다르다며 보라고

했다. 알록달록한 덧문들이 오래된 건물에 앙증맞게 붙어 있었다. 남프랑스에는 미스트랄이 불기에 그것으로부터의 피해를 줄이기 위해서 저렇게 덧문을 설치한다고 앙드레가 덧붙였다.

무척 큰 두 번째 와이너리에서는 와인 테이스팅은 물론이고 와인에 대한 전문적인 설명을 들을 수가 있었고, 세 번째의 어두침침한 동굴 같은 와이너리는 무척 로맨틱했다.

세 군데의 와이너리를 돌아보는 동안 약 스무 종류의 와인을 테이스팅했던 것 같다. 처음에는 낯을 가리던 사람들이 시간이 흐를수록 낯선 서로에게 조금씩 말을 걸고 있었다. 5시간의 와이너리 투어가 끝나고 다시 아비뇽으로 돌아가는 밴에서는 큰 웃음소리와 함께 사람들의 목소리 톤이 제법 높아지고 있었다. 어느새 다들 이메일 주소 교환을 끝낸 상태였다. 이제 아르헨티나에도, 중국, 호주에도 새로운 친구들이 생겼다.

여행을 시작할 때에는 생각조차 안 했던 와이너리 투어이지만 와인으로 유명한 프랑스를 여행한다면 이런 투어도 오래 기억에 남을 것 같다.

잘못 탄 트램으로 만난 아이

유럽 여행 중, 늘 가야지 하면서도 놓치곤 했던 프랑스의 스트라스부르*Strasbourg*는 결국 독일의 프랑크푸르트에 머물던 중에 다녀왔다.

스트라스부르는 독일과 프랑스의 국경에 위치해 있기에 독일과 프랑스의 문화가 조금씩 섞여 있는 아름다운 마을이다. 스트라스부르는 한때 독일의 점령지이기도 했다가 다시 프랑스의 마을이 된 곳이며 〈하울의 움직이는 성〉의 모티브가 된 곳이다. 〈하울의 움직이는 성〉을 본 사람이라면 그곳 집들의 모양새가 낯설지 않을 것이다.

프랑크푸르트에서 기차를 타고 오펜부르크*Offenburg*에서 다시 스트라스부르 행 한 칸짜리 기차로 갈아탔다.

작고 노란 기차는 시골길을 달려서 스트라스부르 역에 도착을 했다. 스트라스부르 역은 생각과는 아주 다르게 돔형의 지붕을 한 규모가 큰 현대식 역이었다.

길거리 구경을 하며 한참을 걸어가니 세계 각지에서 온 관광객들에게 점령당한 구시가지와 노트르담 대성당*Cathédrale Notre Dame de Strasbourg*이 나타났다.

구시가지에 위치한 노트르담 대성당은 1015년 처음 지어지기 시작해서 1400년대에 완공된 프랑스 가톨릭계의 주교좌를 담당하고 있는 성당이다. 노트르담 대성당은 그 웅장한 규모에 놀라고 내부의 섬세함에 또 한 번 놀라는 곳이었다. 조각상들은 정교하다 못해 예술 작품이었다. 괴테가 극찬한 이유를 알 것 같았다.

젤라또를 먹으며 구시가지 골목마다 늘어선 아기자기한 상점 구경도 재미있었다. 독일에 머물던 중이었던지라 스트라스부르의 날씬한 프랑스 여성들을 보니 무척 아름답게 느껴졌다. 또한 대부분 육식 일색인 독일 음식에 일찌감치 질리던 참에 프랑스 음식을 만나니 마구 식욕이 생겼다. 노트르담 대성당 옆의 어느 식당에서의 훈제 연어 요리는 간만에 정말 맛있게 먹은 점심 식사였다.

쁘띠 프랑스Petite France로 향했다. 한참을 걸으니 운하가 보이고, 운하에서 카누를 타는 사람들이 있었다. 운하 주변으로는 프랑스 알자스 지방의 독특한 건축양식의 집들이 예쁘게 들어서 있었다. 쁘띠 프랑스 역시 프랑스와 독일의 분위기가 공존하는 아기자기한 시골 마을이었다. 운하로 둘러싸인 쁘띠 프랑스는 예전에는 알자스 와인 및 화물을 운송하는 항구 역할을 했던 곳이었지만 20세기 중반부터 마을을 재정비하기 시작했다. 현재는 16세기와 17세기의 주택들이 잘 보존된 매력적인 관광지로 탈바꿈했다.

중세시대에 온 것 같은 아름다운 마을에는 전통양식으로 지은 집들이 그대로 보존되어 있었으며 심지어 그 속에는 여느 유럽처럼 사람들이 살고 있었다. 로맨틱한 골목마다 카페나 레스토랑과 작은 선물 가게가 들어서 있었고 골목길에 앉아서 그림을 그리는 화가들도 많았다.

어느 골목길에서 그림을 그리고 있는 한국인 여성 화가를 만났다. 그녀는 그림을 판 돈으로 생활을 하고 있으며 얼마 후에는 전시회도 할 계획이라고 했다. 그녀는 그곳 지역 신문에 난 그녀의 그림에 대한 기사를 보여 주었다. 낯선 나라의 어느 시골 마을에서 새로운 삶을 살고 있는 그녀가 참으로 대단해 보였다. 그녀는 모국어가 그리웠는지 한참 동안 나와의 대화를 즐기고 싶어 했다.

쁘띠 프랑스에서는 아름다운 가옥들의 디자인 구경을 하느라 마을을 몇 바퀴나 돌았다. 마을 한가운데에 숙소를 잡고 1박을 하는 것도 좋을 것 같았다.

여유로운 쁘띠 프랑스의 하루를 보내고 역으로 가기 위해서 트램을 타기로 했다. 쁘띠 프랑스에서 조금을 걸어 나오니 조금 전의 평화로운 마을과는 달리 트램과 사람들이 엉켜 있는 큰 길이 나왔다. 트램 정류소에 서 있는 어느 남자에게 막 도착한 트램을 가리키며 혹시 스트라스부르 역으로 가는 트램인지 물었다. 그는 말도 없이 연신 고개를 끄덕였기에 그냥 믿고 올라탔다.

트램은 한참을 달리고 또 달리고 있었다. 트램은 역이 아닌, 점점 외곽으로 가는 것 같았다. 그제야 옆 사람에게 물어보았더니 역으로 가는 트램이 아니라고 했다. 부리나케 트램에서 내리고 보니 어느 외진 트램 정류장이었고, 역으로 가기 위해서 몇 번 트램을 타야 하는지는 알 길이 없었다.

조금 떨어진 곳에 불량해 보이는 남학생들이 담배를 피우며 서 있을 뿐, 사람이라고는 찾을 수가 없었다. 한 명은 조금 어두운 피부색을 가진 아이였고, 또 한 명은 문신을 많이 한 백인 아이였다. 달리 물어볼 사람이 없으니 용기를 내어 그 아이들에게 다가갔다. 그들은 기차역으로 가는 트램 번호를 알려 주었다.

잠시 후, 백인 친구와 헤어진 피부색이 어두운 아이가 내게 다가왔다. 자신도 나와 같은 방향이니 같은 트램을 타면 된다고 했다. 낯설고 외진 곳이니 트램도 사람도 다 불안했지만 내색도 못하고 속으로 애만 탈 뿐이었다.

드디어 트램이 왔고, 우리는 트램 속에서 마주 보고 앉게 되었다. 그제야 안심이 되어 아이와 대화를 하기 시작했다. 그는 17세의 아프가니스탄 출신이며 아버지는 돌아가셔서 삼촌의 집에서 2년째 기거 중이라고 했다. 늦은 나이에 프랑스에 온지라 학교에서는 왕따로 인해 한동안 고생을 했다고 했다. 현재는 교내 하키 선수가 되어 모든 것이 안정이 되어 가고 있으며 자신감도 생겼다고 했다. 그리고 영어 공부가 취미라고도 했다. 그의 상황에서 하키와 영어 공부는 어쩌면 유일한 탈출구일 것 같았다. 그는 영어로 말하는 것을 무척 좋아하는 해맑은 아이였다. 아이는 낯선 동양 여자에게 조금 서툰 영어로 참으로 많은 얘기들을 들려주었다. 하지만 아버지가 왜 돌아가셨는지는 차마 물어볼 수가 없었다. 또한 어머니에 대해서도. 아프가니스탄의 복잡한 정세로 인한 많은 수의 난민에 대해서 들은 적이 있는지라 그저 추측만 할 뿐이었다. 내가 그에게 할 수 있는

것이라고는 그저 칭찬을 하며 용기를 주는 것뿐이었다. 잘하고 있다, 멋지다, 훌륭한 사람이 될 것이다 등등.

쉼 없이 대화를 하다 보니 어느새 스트라스부르 역이었다. 스트라스부르 역에서 몇 정거장 더 가서 내린다던 아이가 나를 따라 내렸다. 에스컬레이터를 타고 올라 역의 한가운데까지 나를 인도한 아이는 손을 흔들며 다시 트램을 타기 위해 돌아갔다.

아이와 헤어지고, 한동안 마음이 아팠다. 대화를 해 보면 세상에 나쁜 사람이 없다. 외모만 보고 누군가를 내 마음대로 평가하는 것만큼 잘못되고 위험한 짓이 없다는 것을 깊이 느끼고 반성한 시간이었다.

* 프랑크푸르트 중앙역-스트라스부르 역: 2시간 07분 by 기차

* 오펜부르크*Offenburg* 역에서 갈아탐.

* 스트라스부르는 프랑크푸르트 공항 역에서 루프트한자 에어버스로도 갈 수 있다.

모나코

Monaco

막차를 놓치다

남프랑스의 에즈*Èze* 방문 후, 모나코*Monaco*로 출발했다. 에즈에서 모나코 이동 시에는 버스가 빠르고 싸지만 방금 버스가 떠났다고 해서 할 수없이 기차를 타기로 했다. 기차를 타기 위해서는 에즈에서 버스를 타고 에즈 쉬르 메르 역*Gare de Eze Sur Mer*으로 이동해야 했다.

에즈 쉬르 메르 역은 정말 작은 간이역이었다. 철로 주변에는 잡초가 무성히 자라고 있는 것이 마치 폐쇄된 역처럼 보였다. 기차가 다닐 것 같지 않은 황량한 간이역에 모나코 행 기차가 도착했다. 기차가 달리기 시작하자 온통 낙서로 가득한 기차의 창 너머로 푸른 지중해의 풍경이 펼쳐지고 있었다.

모나코의 정식 명칭은 모나코 공국이며 수도는 모나코다. 유엔 회원국 중에서 국토 면적이 가장 작은 나라이며 세계에서는 바티칸 시국에 이어 두 번째로 작은 나라이다. 또한 세계에서 가장 인구 밀도가 높은 나라이다. 서쪽으로는 프랑스의 니스와, 동쪽으로는 이탈리아와 접해 있다. 모나코는 폰트빌레, 라 콘다민 모나코 빌, 몬테 카를로의 4개 구역으로 나누어져 있다. 모나코는 몬테카를로에 카지노를 개설해서 그 수입으로 나라를 운영할 정도로 카지노로부터의 수입이 막대한 국가이다. 그 외에 관광과 F1 자동차 경주도 주 수입원이다. 모나코는 조세 피난처인 만큼 부자들의 천국이기에 모나코 인구의 약 30퍼센트를 백만장자가 차지하고 있다. 공용어는 프랑스어이며 모나코어, 영어, 이탈리아어가 통용

된다. 우리에게는 레니에 3세와 결혼해서 그 나라의 왕비가 된 미국 여배우, 그레이스 켈리로 더 많이 알려진 곳이 아닐까 한다. 레니에 3세와 그레이스 켈리 사이에서 태어난 알베르 2세가 현재 모나코의 대공이다.

모나코 역에 도착해서 구시가지로 가는 버스를 탔다. 때마침 F1 그랑프리가 열리고 있었던지라 많은 길이 통제가 되어 버스는 모나코 전역을 돌고 또 돌아서 가는 것이었다. 도로는 무척 좁았고 건물들은 빼곡했다. 좁은 도로 위의 많은 차량들을 보면서 초입에서부터 가슴이 답답해지고 있었다. 국제 영화제가 개최되고 있던 칸도 그렇고, 큰 행사가 있을 때에 그 도시를 방문하는 것은 잘못된 결정인 것 같았다.

몬테카를로 주변에는 쇼핑 거리가 형성되어 있어서 세계 유명 브랜드 상품을 취급하는 상점들이 즐비했다. 부자 나라답게 값비싼 명차들이 도로를 누비고 있었고, 길가의 벤치는 고급 대리석으로 만들어져 있었다.

버스를 타고 돌고 돌다가 종점인 듯한 곳에서 내렸다. 구시가지인 줄 알았건만 그곳은 구시가지가 아닌 어느 황량한 언덕배기였다. 언덕에 서서 보니 멀리 구시가지가 있는 모나코 빌이 보였다. 승객들은 언제 어디서 다 내렸는지 버스는 텅텅 비어 있었다. 버스 기사는 아예 밖에서 휴식을 하고 있었다. 구시가지를 가려면 어떻게 가느냐고 기사에게 물었더니 이 버스가 다시 구시가지로도 간다고 했다. 승객이 있으면 간다는 말이었다. 국제적인 행사가 있는 날인지라 뭐가 뭔지 뒤죽박죽이 된 것 같은 모나코였다. 버스는 다시 언덕을 내려와서 몬테카를로를 몇 바퀴 돌더니 구시가지에 정차했다.

버스 기사에게 대충 들은 모나코는 국회의원이 18명이며 국방부 장관을 프랑스 정부에서 뽑는다고 했다. 국방장관을 포함해서 내무부, 외무부 등 장관이 총 3명이며 인구는 3만 명 정도라고 했다. 또한 모나코 국민들에게는 모두 무상 아파트가 제공되며 세금은 한 푼도 내지 않는다고 했다. 프랑스는 모나코의 알베르 왕을 대공이라고 부르며 모나코를 프랑스의 소국 정도로 여기지만 정작 프랑스인들은 부국인 모나코를 은근히 시샘한다고 했다. 특히 가까운 도시인 니스 지역 사람들은 사치스러운 모나코인들을 무시하는 경향도 있다고 했다.

구시가지의 거리는 깔끔하고 조용했다. 두 개의 길이 갈라지는 곳의 중앙에 작고 앙증맞은 모나코의 법원*Palais de Justice* 건물이 있었다. 정면의 계단이 특이한 법원은 1924년에 지어졌으며 모나코 공국 대공인 루이 2세가 취임식을 한 곳이다. 이 건물은 구멍이 많은 바다의 응회암으로 지어졌다. 채도가 낮은 누런 건물은 작지만 왠지 품위가 있어 보였다. 부자 나라는 역시 다른지 법원 근처의 길에서 와이파이가 잡혔다. 그 덕에 모나코의 사진들을 실시간으로 한국에 보낼 수가 있었다.

법원의 우측에 있는 모나코 대성당*Cathédrale de Monaco*은 1875~1903년에 지어졌으며 미국 여배우에서 모나코의 왕비가 된 그레이스 켈리와 남편인 레니에 3세의 묘를 비롯해서 많은 모나코 왕족의 묘가 있는 곳이다. 왕족이 묻힌 곳임에도 화려하거나 규모가 그리 크지는 않았다. 성당의 대리석 묘에는 동화 같은 결혼과 드라마틱한 삶을 살다 간 그레이스 켈리가 누워 있었다. 그녀의 대리석 묘에는 다양한 컬러의 장미꽃들이 놓여 있어서 여전히 세계인들의 관심과 사랑을 받고 있음을 증명하고 있었다.

구시가지로 이어진 골목길을 걸었다. 무슨 일인지 골목길에서 마주치는 사람들이 거의 없었다. 늦은 시간에 도착을 한지라 대부분의 여행자들은 이미 다녀간 것 같았다. 골목길이 끝나자 광장이 나타났고, 모나코의 대공인 알베르 2세의 공식 거주지인 모나코 왕궁*Le Palais des Princes de Monaco*이 광장의 정면에 자리 잡고 있었다.

모나코 왕궁은 1191년에 지어졌으며 오랫동안 외세의 침략을 받은 곳이라고 한다. 부국인 모나코의 명성과는 달리 왕궁의 외관은 무척 수수하고 평범한 모습을 하고 있었다.

왕궁 앞에서 내려다 본 모나코는 작은 땅덩어리에 아파트가 빼곡한 것이 보기만 해도 숨이 막혔다. 건물들을 이고 있는 모나코는 금세라도 바닷속에 가라앉을 것만 같았다. 모든 것이 늘 넉넉하고 여유로운 유럽에서는 처음 보는 갑갑한 광경이었다. 그나마 바다가 있기에 조금 위안이 되었다고 해야겠다.

앞쪽에서는 F1 그랑프리 행사가 늦게까지 열리고 있어서 음악이 쿵쾅거리고, 가끔 경주용 자동차의 굉음이 들리곤 했다.

구시가지 골목길의 카페에서 저녁 식사를 하고 나니 8시 30분이 훨씬 넘어서고 있었다. 이왕 늦었으니 야경을 보고 가기로 했다. 좀처럼 어두워지지 않는 초여름의 유럽 하늘을 원망하며 한동안 왕궁 근처를 배회해야 했다. 일몰 시간이 늦는지라 니스 행 기차를 놓치지나 않을까 조금씩 불안해졌다. 9시 10분이 지나서야 아파트 건물에 한두 개씩 불이 켜지기 시작했다. 더 많은 불이 켜지기도 전에 겨우 사진 몇 장을 찍은 후, 급하게 자리를 떠야만 했다.

그때까지 나는 기차역으로 가는 시내버스가 끊어진 것을 모르고 있었다. 시내버스가 끊어진 것을 알게 되자 니스 행 기차도 걱정이 되기 시작했다. 니스 역에 도착하자마자 니스 행 막차 시간이나 버스 시간 등 모든 시간을 먼저 체크했었어야 했는데 그만 깜빡한 것이었다. 더구나 국제적인 행사가 있는 날이었건만.

어두워진 구시가지 언덕을 한참을 걸어 내려와서 F1 그랑프리가 열리는 경기장 부근으로 갔으나 버스는 보이지 않았다. 급한 마음에 택시를 탔다. 기사는 미터기도 꺾지 않고 역까지 20유로라고 했다. 그 작은 시내에서 역까지는 택시로 겨우 5분 정도의 거리인데 20유로씩이나 내라니. 양심 기사를 기다리기에는 시간이 없었다.

9시 50분쯤에 기차역에 도착을 했다. 걱정한 대로 막차는 좀 전에 떠나 버렸다. 평소에는 밤 11시 넘어서까지도 기차가 다닌다고 했으나 일찌감치 끊어져 버린 것이다. 다음 기차는 새벽 5시 18분이라고 적혀 있었다.

플랫폼의 모든 전광판이 하나씩 꺼지고 있었다. 기차가 떠나 버린 어둑한 플랫폼을 바라보노라니 내게도 이런 일이 생기나 싶은 게 황당하기 그지없었다. 뭘 어떻게 해야 할지 막막했다.

잠시 후에 거짓말처럼 세계 각국에서 온 나와 같은 처지의 여행자들이 플랫폼으로 몰려들기 시작했다. 그것이 커다란 위안이 되었다. 그들의 목적지도 니스였다. 20여 명 정도의 여행자들은 나와 같은 충격에 우왕좌왕하기 시작했다. 그들 중 어느 남성이 버스는 운행할 것이라는 말을 했다. 그 남성을 선두로 우리는 마치 국제 시위대처럼 줄을 지어서 버스 터미널로 향했다. 그때 내 옆에서 걷고 있던 영국인 남성이 휴대폰으로 뭔가를 검색하더니 우리들의 마지막 희망이었던 버스는 기차보다 더 먼저 끊어졌다는 비보를 전했다. 사람들은 다시 갈팡질팡하기 시작했다. 나와 그 영국인 남성을 포함, 주변에 있던 4명의 사람들은 니스까지 택시로 이동하자는 데에 의견을 모았다.

역 밖으로 나가니 마침 손님이 내리고 있는 택시가 있었다. 다행히도 택시는 니스까지 운행을 한다고 했고, 4명이 정원이며 요금은 100유로라고 했다. 환호를 하며 택시를 타려는 순간, 어느 중국 여학생이 마치 유령처럼 나타나더니 함께 가게 해 달라고 간절히 부탁을 했다. 택시 기사는 경찰 단속 때문에 5명은 절대로 태울 수가 없다고 했다. 어린 여학생을 혼자 두고 갈 수도 없고 참으로 난감했다. 하지만 착한 사람은 어디에나 있는 법. 좀 전의 영국인 남성이 중국 여학생에게 자리를 양보하고 자신은 다른 차편을 알아보겠다고 했다.

누구 한 사람을 떼놓고 가는 건 누구에게도 못할 짓이었다. 다들 모나코에는 초행인 여행자들이었고, 밤은 점점 깊어 가는데 말이다. 더구나 F1 그랑프리로 인해서 모나코 전역의 숙소는 일찌감치 만원이 되었음이 분명했다.

다행히도 겨우겨우 설득을 당한 택시 기사가 우리들에게 당부했다. 경찰의 단속에 걸리지 않기 위해서 운행 중, 한 명은 머리를 숙이고 있으라고. 안타깝지만 뒷자리의 중국 여학생은 니스로 가는 내내 머리를 숙이고 있어야 했다.

국방권과 외교권은 프랑스가 가지고 있긴 하지만 엄연한 독립국가인 모나코 공국에서 택시로 프랑스 국경을 넘을 수 있다는 것, 참으로 재미있는 유럽이다.

여행은 예측 불가라는 말이 가장 실감나는 경우를 나는 세계에서 두 번째로 작은 나라인 모나코에서 경험했다.

* 에즈-에즈 쉬르 메르: 23분 by 버스
* 에즈 쉬르 메르-모나코: 20분 by 기차
* 모나코-니스: 35분 by 택시 또는 기차

스위스

Switzerland

5시간은 너무 짧아

중국 영공 통과 허가 문제로 취리히 행 비행기는 인천 공항에서 이미 30분 늦게 출발을 한지라 출발 전부터 조마조마했다. 경유지에 늦게 도착하게 되면 다음 항공기에 수화물을 이동시킬 시간이 부족할 수 있을 거라는 불안감에 진작부터 마음이 편하지 않았다. 보통 경유 시간이 2시간 정도인 것을 선호하는 편이다. 그 정도라면 경유지에서 수화물을 이동시킬 충분한 시간일 것이라고 생각한다. 하지만 이런 예상치 못한 일이 발생하면 경유지에서 다음 목적지로 가는 비행기를 타지 못하거나 수화물 이동에 차질이 있다거나 하는 문제가 발생할 수도 있기에 걱정을 하지 않을 수가 없었다.

인천에서 30분 늦게 출발한 항공기는 파리의 샤를 드골 공항에 그나마 10분 늦게 도착을 했다. 터미널 2E에 내려서 환승을 하기 위해 공항 지하 1층으로 한참을 걸어간 다음, 터미널 1로 가는 셔틀버스를 탔다. 셔틀 버스에서 내린 후에, 다시 무빙워커로 한참을 이동해서 터미널 1에 도착했다.

터미널과 터미널 간의 거리가 도대체 얼마나 먼지 모르겠다. 아마도 파리에서 스위스로 가는 항공기가 저가 항공기여서 그런 것 같았다. 저가 항공사의 보딩 게이트는 공항의 가장 구석진 곳에 위치하는 것이 보편적이다.

공항에서 이동하는 일로만 거의 1시간 30분이 소요되었다. 보딩 게이트에 도착을 하니 다행히 갈아탈 스위스 항공편도 30분 연착이라고 해서 그제야 마음의 여유가 생겼다.

취리히Zürich 행 기내, 옆 좌석에 검정 양복을 입은 동양인 청년이 앉아 있었다. 파리에서 취리히로 날아가는 동안 우리는 서로 대화를 하지 않았다. 하지만 그는 가끔 이것저것 말없이 나를 도와주곤 했다. 한번은 다 마신 플라스틱 주스 잔을 떨어트렸는데 그는 무척 소중한 물건인 양 냉큼 주워 주며 내 칭찬을 기다리는 것 같았다. 그런 그에게 고맙다고 한 것이 대화의 전부였다.

인천에서 총 15시간 30분 소요 후, 드디어 스위스의 취리히 공항에 도착했다. 막 내리려고 하는데 그제야 입을 여는 청년. "한국 쌀람?" 나는 그가 중국인인 줄 알았다.

그는 5살 때부터 프랑크푸르트에 살고 있는 재독 교포이며 파리에 출장을 왔다가 친구를 만나러 취리히에 가는 중이라고 했다. 독일, 프랑스 그리고 스위스를 자유롭게 넘나들 수가 있는 유럽. 프랑스에서 스위스까지는 비행기로 한 시간 거리이니 친구를 만나러 국경을 넘는 일이 서울에서 제주도 가는 것보다도 쉬운 유럽이다.

한 번도 한국을 방문하지 않은 그는 길러 주신 할머니께 배운 귀여운 전라도 악센트로 곧잘 말을 했다.

기내에서 못한 얘기들을 공항에 내려 한동안 대화를 하다 보니 밤 10시가 훨씬 지나고 있었다. 취리히 공항 밖에 나오니 이미 취리히는 깜깜한 밤이었다. 그와 대화하는 사이에 호텔 셔틀 버스를 한 대 놓치고 말았다. 서둘러 청년과 헤어지고 마지막 셔틀 버스를 탔다.

취리히는 인터라켄으로 가기 위한 관문 정도로 생각하고 단지 하룻밤 잠을 자기 위해서 머물렀던 곳이다. 처음에는 호스텔을 예약했었다. 호스텔은 공항에서 1시간 이상 떨어진 곳에 위치한지라 야간에 내려서 낯선 곳을 혼자 찾아가기에는 아무리 생각을 해 봐도 무리였다. 그래서 한국을 떠나기 전, 공항 인근에 위치한 호텔로 급하게 숙소를 변경했다. 지금 생각해도 참 잘한 일이었다.

밤늦게 도착했기에 숙소 주변을 돌아보지도 못하고 금세 잠자리에 들었다. 아침에 일어나서 창밖을 보니 숙소는 깔끔한 동네의 한가운데에 있었다. 여행 출발 전부터 컨디션이 안 좋았던지라 아침 식사를 한 후에 다시 잠을 청했다.

얼마나 잤을까. 눈이 부셔서 깨어났더니 따가운 햇빛이 창문을 통해서 쏟아져 들어오고 있었다. 나는 잠을 자면서 심하게 선탠을 하고 있었던 것이었다.

늦은 체크아웃을 할 거라고 미리 호텔 측에 양해를 구했던지라 점심시간이 훨씬 지난 시간 즈음에 체크아웃을 하고, 셔틀 버스로 취리히 중앙역으로 이동을 했다.

인터라켄 행 기차가 출발하기까지에는 약 5시간이 남아 있기에 짐 가방은 중앙역의 코인 로커에 맡긴 후, 그 시간 동안 취리히를 돌아보기로 했다.

취리히 중앙역은 규모가 상당했다. 취리히는 세계 경제, 금융의 중심 도시란 것쯤은 누구나 알고 있을 것이다. 16세기에는 종교 개혁의 중심지, 18세기에는 세계적인 교육자 페스탈로치를 배출하기도 한 도시이다. 취리히는 유럽의 중심에 위치하고 있기에 이웃 유럽 국가로의 이동이 용이한 곳이다. 그러하기에 취리히 역은 국경을 넘는 많은 열차들이 운행을 하는 곳이다.

중앙역에서 길을 건너 반 호프 거리*Bahnhof strasse*를 따라 걸었다. 반 호프 거리는 취리히를 대표하는 번화가로 취리히 여행의 시작점인 중앙역에서 취리히 호수에 이르는 1.3킬로미터 구간의 도로를 말한다. 취리히는 스위스 제1의 도시라고 하지만 모든 주요 관광은 대중교통 이용 없이 도보로 가능했다.

반 호프 거리 초입의 페스탈로찌 동상 구경을 시작으로 상점으로 이어진 반 호프 거리를 산책을 하듯이 천천히 걸었다.

산책을 하다 보니 취리히에서 가장 오래된 교회인 피터 교회*St. Peter kirche*가 나왔다. 수수하고 아담한 교회의 규모에 비해서 큰 탑에는 유럽에서 가장 큰 시계가 걸려 있었다.

점심 식사를 하기 위해서 피터 교회*St. Peter kirche* 부근에 위치한 예쁜 프랑스 식당에 자리를 잡고 앉았다. 햇빛이 화려하게 쏟아져 내리고 있는 아름다운 오후였다. 뽀득뽀득한 식감이 즐거운 신선한 새우 요리로 점심 식사를 했다.

식사 후, 민트색 지붕이 아름다운 프라우 뮌스터*Kirche Fraumünster*를 지나서 취리히 호수*Zurich See*에 도착했다. 스위스의 대표적인 호수인 취리히 호수는 바다처럼 넓었다. 기원전 8천 년경의 빙하가 녹아서 만들어진 호수이며 물이 깨끗하기로 유명하다.

취리히 호수와 연결 된 리마트*Limmat* 강변에는 햇살이 그리웠던 사람들이 살 따가운 줄도 모르고 햇살을 즐기고 있었고, 백조들은 호수 위에서 느린 산책을 하고 있었다.

리마트 강을 건너 다시 벨뷰 광장*Bellevue Platz*을 지나, 언덕으로 이어지는 앤티크 골목길을 걷노라니 경사진 골목길에 고풍스러운 헌 책방들이 자리 잡고 있었다. 세월 따라 색이 바랜 두꺼운 책들은 고풍스럽고도 품위 있는 표지로 헌 책방을 고급스러운 분위기로 꾸며 주고 있었다. 그런 책은 인테리어용으로 손색이

없을 것 같았지만 많은 일정이 남아 있는 여행자는 물욕을 버리고 그저 보는 것으로 만족해야 했다.

앤티크 골목을 돌아서 그로스 뮌스터*Grossmünster*에 도착했다. 리마트 강을 사이에 두고 그로스 뮌스터와 프라우 뮌스터가 사이 좋게 마주 보고 있었다. 그로스 뮌스터는 가까운 시내를 내려다보기에 적당한 장소였다.

그로스 뮌스터에서 내려다보는 취리히는 깨끗했고, 건물들 또한 군더더기 없이 깔끔한 모습이었다. 고풍스러운 건물과는 좀은 어울리지 않는 파란색 트램이 리마트 강을 끼고 달리고 있었고, 가끔 빨간 퐁듀 트램도 보였다. 퐁듀 트램은 퐁듀를 먹으면서 시내 관광을 하는 트램이라고 해서 붙여진 이름이다.

취리히는 식사 시간을 포함해서 겨우 5시간 정도 돌아보고 떠나기에는 구경할 곳이 많은 곳이었다. 오랜 역사가 묻어나는 취리히의 골목길은 예상 밖으로 아름다웠다. 아쉬움을 가득 남긴 채, 인터라켄 행 기차에 몸을 실었다.

* 취리히-인터라켄: 1시간 49분 by 기차

잠 못 이룬 밤

기차는 취리히에서 정확히 1시간 49분을 달려 인터라켄*Interlaken* 서역에 도착했다. 역에서 8분 정도 걸었을까? 금세 호스텔을 찾을 수가 있었다. 지름길로는 역에서 도보로 5분 정도인 최상의 위치였다.

예약된 방은 4인용 mixed room, 소위 남녀 공용 도미토리다. 방에는 윤아라는 이름의 한국 여자가 있었다. 윤아는 의대 졸업 후, 인턴십을 마치고 3개월간 여행 중이었다. 그녀는 여행 준비가 덜 된 상태로 간 나에게 많은 도움을 줬기에 잊을 수 없는 인물이다.

윤아는 호스텔 냉장고에 아예 살림을 차렸을 정도로 나는 상상도 못할 식량들을 비축해 두고 생활하고 있었다. 그녀는 고기와 쌀과 스파게티 외에 각종 채소도 비축하고 있었다.

저녁을 먹어야겠기에 슈퍼에 갔더니 역시 스위스인지라 물가가 대단했다. 닭가슴살이 든 전자레인지용 볶음밥과 물, 그녀와 나의 조촐한 파티를 위한 맥주 몇 캔, 그리고 아침 식사로 먹을 살라미, 치즈, 요거트 등등을 사 왔다.

스위스는 물가가 비싸기 때문에 많은 사람들이 직접 취사를 하는 편인지라 저녁 식사 무렵의 숙소 공동 주방은 늘 사람들로 북적였다. 그럼에도 주방은 늘 깔끔하게 청소가 되어 있었고, 조리 기구는 없는 게 없었다.

나는 볶음밥을 데우고 윤아는 맥주 안주를 준비했다. 그녀는 하몽에 멜론과 와인도 가지고 있었다. 그러고 보니 나는 숟가락만 얹었었던 것이다. 두 여자의 수다와 함께 인터라켄의 첫날밤이 오고 있었다.

밤늦게 인도인 부부가 막 입실을 했을 때만 해도 모든 것이 괜찮았다. 불을 끄고 한 10분을 잤을까? 인도인 남자가 천둥번개 같은 소리로 코를 골기 시작했다. 이어폰을 꽂고 음악을 듣는 등 별짓을 다 해 봤으나 남자의 코고는 소리는 작은 4인실 도미토리를 마구 뒤흔들어대고 있었다. 예상치 못한 소음으로 온밤을 꼴딱 지새우고 말았다. 남자는 새벽 5시쯤부터는 이층 침대의 아래층에서 자고 있는 아내에게 10분에 한 번씩 뭐라고 말을 걸기 시작했다. 아내는 군말 없이 자다가 대답을 해 주고 또 해 주고 있었다. 그러다가 남자는 또 다시 산적처럼 코를 골곤 했다.

지옥 같은 밤이 지나고 아침이 왔다. 밤새 한숨도 못 잤으니 목소리는 갈라지고 눈은 빨갛게 충혈이 되었다. 컨디션이 말이 아니었다. 여행에서 가장 중요한 것 중의 하나가 숙면인데 웬만하면 잘 잔다는 윤아도 거의 뜬눈으로 밤을 보냈다고 했다. 윤아의 말에 의하면 남자의 아내는 베개 속에 머리를 구겨 넣고 베개로 귀까지 감싸고 자더라고 했다. 천둥치는 밤이 될 것이라고 진작 귀띔이라도 해 줬더라면 뭔가 대비책을 마련할 수도 있었을 텐데.

다음 날, 다행히도 공포의 인도 부부들은 떠나고 호스텔에는 다시 평화가 찾아왔다. 유럽에서는 남녀 공용 도미토리가 특별하고 이상한 게 아니다. 우리나라 사람들, 특히 자유 여행의 경험이 없는 사람들이 상상할 수 있는 불건전하거나 위험한 곳은 더더욱 아니다. 안전에 있어서는 걱정할 필요가 없지만 아무래도 남자들은 이렇게 코를 고는 일도 있고, 청결 면에서도 만족할 수 없을 수가 있으니 웬만하면 일찌감치 예약해서 여성 전용으로 가는 것이 나을 것이다.

* 취리히-인터라켄: 1시간 49분 by 기차

만년설 위에서

윤아는 아침 일찍 융프라우*Jungfrau*에 간다고 했다. 나는 늘 느지막하게 숙소를 나서는 습관이 있는지라 이른 아침의 융프라우 행을 두고 약간의 갈등을 했다. 하지만 갈등도 잠시, 윤아가 가지고 있는 융프라우 할인 쿠폰이 유혹을 하기에 결국 함께 가기로 했다. 할인 쿠폰으로는 융프라우 등반 열차비가 할인이 되는 것은 물론이고, 융프라우 정상의 휴게소에서는 한국 컵라면이 무료로 제공된다고 했다. 물가가 비싸기로 유명한 스위스에서 그 정도의 혜택은 엄청난 것이다. 인터라켄의 어떤 한인민박에서는 조식으로 달랑 달걀 프라이 한 개가 나온다고 할 정도로 스위스의 물가는 어마어마하다.

인터라켄의 동역에서 융프라우 행 기차에 올랐다. 해발 4,166미터의 '처녀'라는 뜻을 가진 융프라우로 오르기 위해서는 두 가지 코스가 있다. 동역에서 그린델발트*Grindelwald*로 가는 코스와 라우터부룬넨*Lauterbrunnen*으로 가는 코스가 있다. 올라갈 때 첫 번째 코스로 갔다면 내려올 때는 두 번째 코스로 내려온다면 알프스 산 일대를 더 많이 구경할 수가 있기에 오를 때와 내려올 때의 코스를 다르게 하는 것이 좋다. 우리는 올라갈 때에는 첫 번째 코스로, 내려올 때에는 두 번째 코스로 내려오다가 라우터부룬넨에 내려 그 마을을 돌아보기로 했다.

융프라우 행 기차가 알프스 산길을 오르자 달력 속의 그림 같은 풍경들이 창밖에 펼쳐지기 시작했다. 만년설로 덮인 산봉우리들이 푸른 하늘을 배경으로 어

기저기 우뚝 서 있고, 아래로는 전통 가옥인 샬레들이 들꽃들이 피어 있는 초원을 곱게 수놓고 있었다. 푸른 하늘과 하얀 만년설 그리고 푸른 초원의 조화는 가슴이 설레는 것은 물론이고 절로 탄성이 터져 나올 만큼 환상적이었다. 스위스는 역시 천혜의 자연을 간직한 축복 받은 나라였다. 우리를 태운 기차는 절경의 한가운데를 휘어지며 달리고 있었다. 열린 창문으로 얼굴을 내밀어 알프스의 맑은 공기를 그대로 들이마시니 속이 그대로 뻥 뚫리는 듯했다. 초원 위의 오솔길에는 산악자전거를 타거나 트래킹을 하는 사람들이 간간이 보였다.

그린덴발트에서 내려서 열차를 갈아타고, 클라이네 샤이덱*Kleine Scheidegg*에서 다시 산악기차로 갈아탔다. 다시 한참을 달려 드디어 유럽에서 가장 높은 역(3,454미터)인 융프라우요흐*Jungfraujoch*에 도착했다. 기차에서 내려 어두운 터널을 지나 전망대로 가는 동안은 제법 추워서 배낭에서 겉옷을 두 개나 꺼내서 입어야 했다. 터널을 나오자, 새파란 하늘 아래에는 만년설에 덮인 설원이 펼쳐져 있었다. 드디어 유럽의 지붕, 즉 'Top of Europe'에 발을 디뎠다. 사람들은 알레치 빙하*Aletschgletscher*를 바라보며 선탠을 즐기거나, 스키를 타고 설원을 달리고 있었다. 또 한쪽에서는 즐거운 비명을 지르며 집라인을 타거나 썰매를 타며 설원 위의 시간을 즐기고 있었다.

융프라우는 날씨가 시시각각으로 변하기에 이름처럼 수줍음 타는 처녀만큼이나 그 모습을 드러내는 날이 많지 않다고 들었다. 이날은 날씨가 너무나 화창해서 선글라스가 없으면 도저히 눈을 뜰 수가 없을 지경이었다. 햇살이 따갑기까지 하니 겹쳐 입었던 겉옷들을 한 개씩 벗어버리고, 드디어는 반팔 티셔츠 한 장이 남았다. 비키니 차림으로 스키를 타던 영화 속의 장면이 그제야 이해가 되었다.

인터라켄에서 바라본 알프스의 만년설은 오래되어서 딱딱할 것 같았지만 실제로 만져 본 만년설은 막 내린 눈과 다를 바 없이 부드러워서 손바닥에 올리면 금세 사르르 녹았다. 게다가 전날 이곳에 눈이 내렸다 하니 더 그랬던 것 같았다.

윤아가 배낭에서 초콜릿을 꺼내더니 이곳에 오르면 만년설에 초콜릿을 얹어 먹어야 된다고 했다. 없는 게 없는 윤아는 그야말로 부자 배낭 여행자였다. 우리는 초콜릿을 부러뜨려서 만년설 위에 얹어 먹었다. 맛은 상상한 것과 다르지 않았다. 만년설은 만년설대로, 초콜릿은 초콜릿대로 따로 노는 맛. 그래도 융프라우에 올라서 꼭 해야 하는 의식인 양 우리는 경건하게 그것을 먹었다.

눈으로 덮인 빙하 위에 줄을 지어서 트래킹을 하는 사람들이 보였다. 윤아와 나도 그들을 따라 트래킹을 하기로 했다. 그런데 바닥이 미끄러운 내 신발이 문제였다. 제대로 걸어 보려고 노력을 할 때마다 마음과는 달리 온몸이 뒤뚱거리기 일쑤였다. 곧이어 멀쩡하던 심장이 빠른 속도로 운동을 하기 시작했다. 바로 고산병 증세인 것 같았다. 늘 약하다고 생각했던 심장에 맨 먼저 신호가 왔다. "나는 틀렸으니 혼자 가라!"라고 했지만 고맙게도 윤아도 그다지 내키지 않는 듯, 아니면 내가 걱정이 되었는지 나와 함께 있겠다고 했다. 잠시 자세를 낮추고 앉아 있었더니 심장 박동이 정상이 되어 가고 있었다. 그나마 현기증이나 호흡곤란은 오지 않으니 다행이었다.

트래킹은 포기하고 융프라우 정상의 전망대에 올라서 컵라면을 주문했다. 유럽의 지붕에서, 눈앞에 펼쳐진 알레치 빙하를 바라보며 먹는 매콤한 한국산 컵라면은 오래도록 잊지 못할 것 같았다.

융프라우를 내려오는 길에, 계획대로 라우터부룬넨에 내렸다. 기차에서 보았던 샬레들이 드문드문 있는 예쁜 마을 속으로 들어갔다. 이름 모를 꽃들이 여기저기에 예쁘게도 피어 있었다. 사람들은 거의 보이질 않으니 얼마나 조용한지 내 목소리에 스스로 놀랄 지경이었다.

꽃향기에 취해서 오솔길을 따라 걷다 보니 담장이 없는 남의 집 마당에 서 있기도 여러 번이었다. 행여나 동네 주민들의 평화를 방해하기라도 할까 봐서 윤아와 나는 속삭이듯 대화를 해야 했다. 이런 평화로운 마을에 숙소를 잡는 것이

더 좋았을 뻔했다.

마을을 나오니 작은 가게가 있었다. 땀을 흘렸던지라 아이스크림을 한 개씩 사서 입에 물었다. 만년설을 바라보며 먹는 아이스크림은 정말 특별한 맛이었다.

* 인터라켄의 대부분의 숙소들은 서역 부근에 밀집되어 있고 융프라우로 가는 기차는 동역에서 출발한다.
* 융프라우에 오를 때에는 하절기에도 도톰한 겉옷 준비하기.
* 스위스는 물가가 무척 비싸므로 만약 스위스에서 여행이 시작된다면 스위스에서 먹을 음식만큼은 한국에서 가지고 가는 것이 절약을 하는 좋은 방법일 것이라고 생각한다.

꼬마들에게 빠졌던 하루

전날 저녁 무렵부터 사방이 깜깜해지고 폭풍이 몰아치더니 천둥 번개와 함께 많은 비가 내리기 시작했다. 창문에 달린 덧문들이 떨어져나갈 듯이 덜컹거렸다. 호스텔 스태프들이 방마다 돌아다니며 덧문과 창문을 잠그라고 했다. 천둥소리가 얼마나 요란한지 호스텔 건물이 부서질 것만 같았다. 밤새도록 성난 하늘의 소리에 깊은 잠을 잘 수가 없었다.

다음날, 잠에서 깨어나니 전날 밤의 폭풍우는 거짓말처럼 사라지고 상쾌하고 평화로운 아침이 기다리고 있었다. 윤아는 일찍부터 패러글라이딩을 하러 나가고, 나는 베른*Bern*으로 소풍을 다녀오기로 했다.

베른은 스위스의 수도이며 베른 구시가지는 유네스코 세계 문화유산으로 지정되었다. 인구수로는 취리히, 제네바, 바젤에 이어 네 번째이며 스위스 정치의 중심지 역할을 하는 도시이다. 수도답지 않게 작고 아름답다는 베른으로 향했다.

실은 취리히에서 기차로 인터라켄에 올 때에 베른에 들렀더라면 교통비가 절감됐을 텐데 어둡기 전에 도착하기 위해서 그냥 지나쳤었다. 그러니 취리히에서 일찍 출발을 한다면 베른에 내려서 반나절 정도 구경을 하고 인터라켄으로 가는 것이 경제적이다.

인터라켄 서역에서 기차를 타고 슈피츠*Spiez*와 툰*Thun*을 거쳐 베른까지는 50분도 안 걸렸다. 기차 창밖으로 만년설이 얹힌 산봉우리와 아름다운 호수를 감상하며 달리다 보니 금세 베른 역이었다.

베른 역 앞에 나오자 넓은 광장이 있고, 그 광장에는 눈도 뜨지 못할 정도의 햇빛이 쏟아지고 있었다. 겨우 5월의 마지막 날인데 베른은 마치 여름 같았다.

어디서 얻었는지 기억도 나지 않는 작은 베른 지도 한 장을 들고 나는 베른 속으로 들어가기 시작했다.

우선 역에서 가장 가까운 성령교회*Heiliggeistkirche*를 찾았다. 그런데 교회의 문이 열리질 않았다. 사방으로 난 여러 개의 문을 다 밀어 보았으나 꿈쩍도 하지 않았다. 근처를 지나는 대학생으로 보이는 남학생에게 교회의 입구를 물었더니 남학생도 잘 모르는지 교회를 뱅뱅 돌며 내가 밀어 본 문들을 다 밀어 보고 있었다. 성령교회는 포기하고 시계탑 방향을 물었더니 남학생은 지도를 보며 열심히 가르쳐 주었다.

남학생과 헤어지고 길을 걷는데 뒤에서 누군가 큰 소리로 나를 불렀다. 좀 전의 그 남학생이었다. 그는 길을 잘못 가르쳐 줬다며 다시 정정해 주기 위해서 뛰

어온 것이었다. 낯선 도시에서 만난 어느 한 사람의 친절이 그 도시, 그 나라 전체의 이미지를 만들기도 한다. 그래서인지 베른에 대한 첫 느낌은 참으로 좋았다.

구시가의 중심을 이루는 거리인 슈피탈 거리*Spitalgasse*로 발걸음을 옮겼다. 석조 아케이드가 길 양쪽으로 이어져 있는 슈피탈 거리를 따라 걸으니 시계가 탑에 박힌 심플한 디자인의 감옥탑*Käfigturm*이 보였다. 감옥탑을 지나서 시장 거리*Marktgasse*를 걷노라니 베른의 가장 중요한 명소 중 하나인 시계탑*Zytglogge*이 보였다. 그다지 화려하지는 않았지만 1530년에 건축되었다는 것에 의미를 두는 듯했다. 시계탑 근처에는 많은 트램이 다니고, 베른 구시가지의 하늘에는 수많은 전선들이 거미줄처럼 교차하고 있었다.

시계탑을 조금 지나 크람 거리*Kramgasse*의 아케이드를 지나던 중, 아인슈타인하우스*Einstein Haus*라고 적힌 건물이 있었다. 호기심에 문을 열고 좁은 계단을 올랐다.

그곳은 독일인 물리학자이며 상대성 이론을 발표한 아인슈타인이 1903년부터 2년간 가족들과 함께 살았던 아파트였다. 아파트는 그와 가족들이 머물던 모습 그대로 보존을 해서 현재는 관광객들에게 열려 있는 박물관이 되었다.

100년이 훨씬 더 된 아인슈타인의 아파트는 지금 당장 들어와서 살아도 될 만큼 잘 보존이 되어 있었다. 빛이 잘 들어오는 창문이 있는 아파트는 잘 손질이 된 가구들로 꾸며져 있었다. 도자기로 된 포트와 찻잔들은 찬장 속에 정갈하게 놓여 있었고, 물리학자의 삶을 기록한 여러 가지 자료들도 볼 수가 있었다. 집안의 모든 물건들은 마치 잠시 외출을 한 가족들을 기다리고 있는 것처럼 보였다.

베른에는 100개가 넘는 분수가 있다고 한다. 슈피탈 거리를 따라 이어지는 11개의 분수에는 재미있고 컬러풀한 동상들이 서 있었다. 아름다운 우화 속의 인물들로 꾸며진 동상들은 옛날이야기 속의 판타지를 여전히 간직하고 있었다. 분수가 없는 베른은 불완전하다고 할 정도로, 동상이 있는 작은 분수들은 베른의 건물들과 거리를 더욱 돋보이게 하고 있었다.

뮌스터 광장*Münsterplatz*에 들어서니 십계명이 적힌 석판을 들고 있는 모세의 동상이 광장의 코너에 서 있었다. 빨갛게 핀 제라늄이 모세의 동상을 빙 둘러 장식되어 있었다.

모세가 바라보는 시선의 끝에는 스위스 최대의 교회 건물인 베른 대성당*Bern Münster*이 웅장한 모습으로 서 있었다. 베른 대성당은 1421년에 건축이 시작되어 여러 세대에 걸쳐서 공사가 계속되었으며 1893년에 드디어 첨탑까지 완공되었다고 한다. 베른 대성당은 베른 구시가지의 지배적인 건축물이며 베른 건축의 중추적인 역할을 담당한다고 한다.

베른 대성당에 들어갔다. 비수기라 그런지 방문객이 거의 보이지 않았다. 성당을 둘러보고 나니 성당 첨탑에 있는 전망대가 유혹을 하고 있었다. 무거운 카메라와 잡동사니가 든 배낭을 메고 오른다는 게 여간 부담스러운 게 아니었기에 올라갈까 말까로 잠시 갈등을 했다. 마침 첨탑 티켓을 파는 성당 자원 봉사 아주머니가 가방을 맡아 주신다고 했다. 나는 여권이며 내 전 재산이 들어 있는 지갑이 든 배낭을 그 아주머니께 맡겼다. 성당이기에 감히 그럴 수가 있었던 것 같다.

전망대로 오르는 계단은 무척 좁았다. 전망대를 오르는 사람은 아무도 없었다. 계단을 한 발짝씩 오를 때마다 두려움이 엄습했다. 중세의 탑 속에 영원히 갇혀 버릴 것 같은 공포를 느끼며 겨우겨우 계단을 올랐다. 힘들게 올라온 것에 대한 보상인 듯, 좁은 계단의 끝에는 사방이 시원하게 보이는 전망대가 나왔다. 아무도 없는 그곳에서 내려다보는 베른은 기꺼이 두려움과 바꿀 만큼 너무나 아름다웠다. 위에서 본 베른은 붉은 지붕이 일렬로 늘어서 있었으며 거리와 건물의 정리가 무척 잘 되어 있는 아름다운 중세 도시였다. 에메랄드빛의 아레*Aare* 강이 중세 도시를 둥글게 휘어 감으며 흐르고 있었다.

아레 강은 알프스의 빙하가 녹아서 흐르는 강이어서 보기와는 다르게 수온이 상당히 낮고 물살이 빠르기에 가끔 여행자들이 멋모르고 뛰어들었다가 사고를 당하기도 하는 강이라고 한다.

254개의 계단을 올라서 도착한 전망대가 끝인가 했더니 그것은 겨우 하부 전망대였고, 다시 90개의 계단을 더 올라야 첨탑에 도달할 수가 있었다. 총 344개의 계단을 올라야 베른 대성당의 첨탑에 도달하는 것이었다.

첨탑으로 가는 계단을 올려다봤더니 올라왔던 계단보다 더 좁은 계단이 뱅글뱅글 이어져 있었다. 한 사람이 겨우 다닐 좁디좁은 계단이었다. 내키지는 않았지만 마치 숙제를 하는 기분으로 오르기 시작했다. 계단 옆의 돌벽에는 구멍이 뻥뻥 뚫려 있어서 까마득한 아래가 그대로 다 내려다보였다. 그동안 많은 교회의 첨탑에 올라가 봤으나 이렇게 아슬아슬한 계단이 있는 첨탑은 정말 처음이었다. 번지 점프대에 올라서면 바로 이런 기분일까? 갑자기 심장이 요동을 치더니 온몸에 열이 나기 시작했다. 결국 포기를 하고 뒷걸음질로 엉금엉금 기어서 내려왔다. 굴욕적이었지만 몸을 돌려서 정면으로 내려올 용기가 나지 않았다. 아무도 없었기에 망정이지 누가 그 모습을 봤더라면 아주 가관이었을 것이다.

베른의 구시가지와 곰 공원을 잇는 뉘데크 다리*Nydeggbrücke*를 건너서 곰 공원에 도착을 했다. 곰은 베른을 상징하는 동물이며 베른이라는 도시의 이름도 곰에서 유래됐다고 한다. 하지만 곰은 어디에 숨었는지 볼 수가 없었다.

바로 앞에는 아레 강이 흐르고 있었고, 멀리는 조금 전에 다녀온 베른 대성당이 중세의 붉은 지붕들 사이로 우뚝 솟아 있었다.

베른 역에서부터 걸어왔던 길을 다시 돌아서서 걸었다. 다리도 쉬고 점심 식

사도 할 겸, 시계탑 근처의 맥도날드에 들어갔다.

빅맥지수를 보면 그 나라의 물가를 알 수가 있다. 빅맥지수란 맥도날드의 대표 햄버거인 '빅맥'의 가격을 기준으로 각 나라의 물가 수준을 비교하는 지수이다. 빅맥지수가 가장 높은 나라인 스위스답게 햄버거와 음료수 한 개의 가격은 유럽 웬만한 식당에서의 식사비였다.

늦은 오후의 햇살이 예쁜 그림자를 만들 즈음, 연방의회의 광장*Bundesplatz* 앞에서는 분수가 하늘 높이 솟아오르고 있었다. 아름다운 분수 속에는 그보다 더 아름다운 아이들이 놀고 있었다. 기저귀를 찬 아기에서부터 개구쟁이 꼬마들까지, 시원한 물줄기 속에서 한낮의 더위를 식히고 있었다. 물이 흥건한 광장 바닥에는 연방의회 건물과 광장을 둘러싼 건물들의 반영이 수채화처럼 펼쳐져 있었다. 그림이었다.

그곳에서 얼마나 오래 머물렀는지도 모르겠다. 하교를 하던 10대 청소년들이 광장에 나타났다. 그들은 꼬마들 틈으로 들어가더니 분수 물줄기 속에서 장난을

치기 시작했다. 그러자 아기들의 부모들이 아기들을 한 명씩 거두어 가기 시작했다. 소인국의 평화가 깨지기 시작했다.

세상에서 가장 재미있는 것은 싸움 구경이나 불구경이 아닌, 아름다운 아이들의 노는 모습이었다.

* 인터라켄-베른: 약 50분 by 기차

이탈리아

Italy

꽃 같은 도시의 꽃 같은 사람들

5월이 방금 끝이 나고 6월로 막 접어들었건만 피렌체*Firenze*는 여름이었다. 이러니 한여름에는 섭씨 40도 가까이 온도가 오르는 게 당연하겠다.

비수기임에도 피렌체는 사람들로 넘쳐났다. 바글대는 사람들 틈에서 사람을 피해서 걷는다는 게 여간 피곤한 게 아니었다. 그래도 스위스의 살인 물가를 경험하고 왔는지라 이곳 피렌체의 물가는 무척 착하게 느껴져서 마음이 한결 가벼워졌다.

피렌체에서는 한인민박이었다. 주인은 30대 여성으로 아주 친절했으며 집안일을 담당하는 몽골 아주머니는 과묵하지만 요리 솜씨가 좋았다.

손님들은 다 한국인들이기에 식탁에 모이면 별별 정보들이 수두룩했다. 특히 쇼핑에 관해서 그들은 모르는 것이 없었다. 그들은 여행이 아닌, 쇼핑을 온 사람들 같았다.

어느 날 아침 식사 후, 디저트인 사과를 먹기 위해서 여전히 식탁에 앉아 있을 때였다. 50대 여성 한 명을 포함한 여러 명의 젊은 여성들이 식탁에 모여 있었다. 그들은 어떻게 하면 쇼핑한 명품들을 입국 시에 몰래 한국으로 들여갈 수 있는지에 대해서 수상한 정보들을 나누고 있었다. 참으로 기발한 방법들이 여성들 사이에서 쏟아져 나왔다. 뒤이어 50대 여성의 남편으로 보이는 남성까지 합세를 하더니 딸 같은 여성들과 함께 탈세에 대한 그들만의 토론을 리드하고 있었다.

스위스에서 이 피렌체의 민박 예약을 할 때에 마지막 밤은 만실이라고 들었다. 무슨 일인지 구시가지 근처에는 호텔 외에는 숙소가 없었다. 뭐 어떻게 되겠지 하며 그냥 왔건만 역시나 민박은 한 건의 예약 취소도 없었다. 정 안 되면 마지막 날에는 호텔에 갈 생각을 하고 있었는데 오히려 민박 주인이 내 숙소 걱정을 했다. 여자 혼자의 몸이니 같은 동포로서 걱정이 되는 모양이었다. 그녀는 한참 고민하더니 마지막 밤은 자기네 집에 가서 자는 것이 어떻겠냐고 했다. 그것도 무료로. 어차피 민박이 만실이어서 민박에 거주하는 몽골 아주머니의 방도 그날은 손님에게 내어 줘야 하니 아주머니와 같이 그녀의 집에서 하룻밤 자는 게 어떠냐고 했다. 침대가 두 개밖에 없는지라 주인은 우리들에게 그녀의 집을 내어 주고 근처 친구의 집에서 자겠다고 했다. 외국에서 장사하는 한인들이 때로는 현지인들보다 더 야박한 경우를 본 적이 있는데 이런 후한 인심을 베풀다니 참으로 놀랍고 고마웠다.

피렌체의 마지막 밤은 해결이 되었다. 다음 행선지인 베네치아의 숙소 예약을 해야 했는데 마침 이곳 민박 손님에게 얻은 정보로 베네치아 역시 한인민박으로 예약을 했다. 인터넷으로 호스텔 예약 현황을 실시간 지켜보니 내가 머물 도시의 방들이 앞을 다투어 빠져나가고 있었다. 성수기도 아닌데도 호스텔은 8, 10인실 방들만 남아 있었다. 더 늦으면 노숙 신세를 면하지 못할 것 같았다. 미리 예약을 해 오지 않은 것을 후회하며 나머지 숙소들을 대충 급하게 예약했다.

그동안 숙소 예약만큼은 한국에서 미리 하고 여행을 시작하곤 했지만 예약된 숙소로 인해 일정이 자유롭지 못한 것이 늘 족쇄를 찬 듯했다. 그러했기에 이번 여행은 첫 숙소만 예약을 하고, 그 후의 숙소들은 예약을 하지 않고 떠나온 것이었다. 예약 없이 훌쩍 떠나오면 더 자유로울 것 같았지만 여자에게는 그저 희망사항일 뿐이었다.

피렌체 역사의 중심인 시뇨리아 광장*Piazza del Signoria*으로 향했다. 시뇨리아 광장 곳곳에는 피렌체의 역사적 사건과 관련된 조각상들이 서 있었다. 마치 거인

DM 069GM

국에 온 듯, 조각상들의 크기가 대단했다. 이탈리아 대부분의 중세 건물들은 무척이나 크다. 건물들이 크니 당연히 조각상도 비율을 맞추어야 했으리라고 짐작해 본다.

베키오 궁*Palazzo Vecchio* 앞에는 미켈란젤로의 다비드, 헤라클레스와 카구스의 조각상들이 있었다. 진품 다비드는 피렌체의 아카데미아 갤러리로 옮겨지고 시뇨리아 광장에 서 있는 다비드는 복제품이다. 그럼에도 다비드는 많은 사람들의 카메라 속으로 쏙쏙 담기고 있었다.

광장에는 버스커들의 음악 연주가 울려 퍼지고 있었고, 사람들은 계단에 앉아서 여유로운 시간을 보내고 있었다.

시뇨리아 광장을 뒤로 하고 피렌체를 가로지르는 아르노 강*Fiume Arno*으로 향하던 중, 마리오라는 이름의 노신사를 우연히 만났다. 두오모 앞에 있는 약국의 약사라고 자신을 소개한 그는 마치 역사 선생님이라도 되는 듯, 피렌체에 대한 많은 이야기를 들려주었다. 아르노 강 위에는 여러 개의 다리가 있지만 베키오 다리*Ponte Vecchio*를 제외하고는 제2차 세계대전 중에 폭파되었으며 후에 모두 다시 지은 것이라고 했다. 또한 그는 아르노 강 바로 옆에 사는지라 어느 골목으로 가면 베키오 다리의 또 다른 모습을 볼 수 있는지에 대해서도 아주 잘 알고 있었다. 전쟁 중 유일하게 보존된 베키오 다리를 그는 무척이나 자랑스러워하는 것 같았다. 그 외에도 피렌체의 역사를 줄줄 외우고 있는 그가 참으로 신기하고 대단해 보였다.

베키오 다리는 아르노 강을 가로 지르는 중세의 석재로 된 폐쇄형 다리이며 피렌체의 유명한 관광 명소이다. 폐쇄형 다리이기에 베키오 다리 위에는 가게들이 빽빽했다. 2차 대전에서 살아남은 유일한 다리가 아니더라도 그런 모습을 한 다리는 흔치 않기에 관광명소가 되기에 충분한 것 같았다. 다리 위에는 기념품 가게들도 있지만 특히나 보석 가게들이 많았다. 누런 황금으로 만든 장신구들이 가게마다 넘칠 듯이 진열이 되어 있었다.

어느 날, 이른 저녁 식사 후에 부랴부랴 미켈란젤로 광장*Piazzale Michelangelo*으로 향했다. 미켈란젤로 광장은 피렌체의 동남쪽에 위치한 작은 언덕에 있으며 피렌체를 한눈에 내려다볼 수 있는 명소이기에 꼭 한번 오르고 싶었다.

아르노 강을 따라 걷다가 다리를 하나 건너서 조금 지루할 정도가 될 때쯤에 미켈란젤로 광장으로 오르는 길이 나왔다. 행여나 노을을 놓칠까 봐 언덕을 오르는 내내 마음이 조급해져 왔다. 지그재그로 난 언덕길을 한참 오르니 말로만 듣던 미켈란젤로 광장이 나타났다. 광장의 중앙에는 미켈란젤로 탄생 400주년을 기념하며 세워진, 청동으로 된 복제품 다비드가 있었다.

언덕 광장에서 바라보는 피렌체는 한 폭의 그림이었다. 베키오 다리가 걸쳐진 아르노 강은 낮게 걸린 태양으로 반짝이고 있었고, 붉은 지붕으로 가득한 피렌체는 꽃들이 활짝 피어 있는 꽃밭이었다.

이미 많은 사람들이 사진을 찍기 좋은 포인트를 다 차지하고 있었기에 호시탐탐 포인트 헌팅을 위해서 주변을 어슬렁거려야 했다.

겨우 적당한 포인트를 발견하고 돌난간에 카메라를 올려두었다. 드디어 태양

이 넘어가고 붉은 노을이 피어오르더니 피렌체는 점점 푸른색으로 변하기 시작했다. 건물마다 한 개씩 불이 켜지고 있었다. 멀리 삐죽한 성당의 실루엣이 있어서 더욱 아름다운 피렌체의 야경이 시작되고 있었다. 크리스마스 트리에 꼬마전구가 반짝이는 듯한 피렌체의 야경은 혼자 보기가 너무나 아까울 정도였다. 검은색이 된 아르노 강과 불이 밝혀지는 피렌체를 내려다보며 다른 사람들처럼 맥주 한 잔을 마시며 밤늦도록 머물고 싶었지만 깜깜한 언덕을 내려서 숙소로 돌아갈 일을 생각하니 걱정이 되기 시작했다. 올라갈 때에는 함께 오르던 사람들이 있었지만 내려올 때에는 아무도 없었기에 언덕길을 마치 뒹굴 듯이 뛰어 내려왔다.

숙소에 도착을 하니 몽골 아주머니와 민박 주인이 나를 기다리고 있었다. 그들과 함께 주인의 집으로 이동했다.

민박 주인의 집은 작은 창문을 열면 피렌체의 골목이 고스란히 들어오고, 창문을 닫고 있어도 늦도록 사람들의 대화 소리가 들려오곤 하는 정겨운 골목길에 있었다. 골목길에서 창문 속으로 조금만 손을 뻗으면 집안에 있는 사람과는 악수도 쉽게 할 수가 있을 정도였다. 더블 침대와 싱글 침대가 하나씩 있는, 욕실과 주방이 딸린 작은 원룸 스타일이었다. 몽골 아주머니는 더블 침대를 나에게 양보하고 자신은 싱글 침대를 선택했다. 그녀는 새벽에 민박집으로 가서 아침 식사 준비를 해야 하기에 입구에 있는 더블 침대가 편하지만 극구 사양하며 싱글 침대에 자리를 잡았다. 밤늦도록 그녀와 이런저런 얘기를 했다. 몽골에 두고 온 그분의 아들 얘기에는 가슴이 아려 오기도 했다. 아침에 일어나니 아주머니는 어느 샌가 사라지고 잘 정리가 된 빈 침대만 남아 있었다.

민박집 주인에게 감사한 마음을 꽃 한 다발로 전하고자 꽃집을 찾아서 피렌체를 돌아다녔다. 하지만 어찌된 일인지 꽃집이라고는 눈을 씻어도 찾을 수가 없었다. 피렌체의 영어명은 'Florence', 즉 '꽃처럼 아름다운 도시'라는 의미를 가진 곳이건만 꽃집은 통 보이지 않았다. 그저 말로만 고마움을 전하는 수밖에는 달리 방법이 없었다.

여행을 하며 작은 도움은 수도 없이 받곤 했지만 이렇게도 큰 신세를 진적은 처음이었다. 그렇기에 민박집 주인과 몽골 아주머니는 늘 오래도록 생각나는 사람이 되었다.

* 인터라켄 서역, 스위스-피렌체, 이탈리아: 5시간 26분 by 기차
* 스위스의 스피즈와 이탈리아의 밀라노에서 갈아탄다.

펀칭 스트레스

시에나Siena를 방문하기 위해 피렌체 S.M.N 역으로 향했다. 피렌체는 인도에도 차도에도 사람들이 흘러넘치고 있었다. 차도에는 이탈리아와는 어울리지 않는 인력거들이 관광객들을 실어 나르고 있었고, 여느 유럽과는 달리 오토바이를 타는 사람들이 많이 보였다.

피렌체 S.M.N 역 창구마다 많은 사람들이 줄을 만들고 있었다. 'Fast Ticket'이라고 써져 있는 자동 티켓 발매기에서 시에나 행 기차표를 샀다. 답답한 유리창 사이로 창구 직원에게 물어보지 않아도 기차 시간과 가격을 한눈에 알 수 있기에 무척 편리했으며 시간도 절약되었다.

편도 6.30유로라는 싼 가격에 즐거워하며 기차를 탔건만 정말 난감한 일을 겪고야 말았다.

얼마나 달렸을까? 승무원이 검표를 하기 시작했다. 마른하늘의 날벼락처럼 내 기차표를 검사하던 승무원이 벌금을 물어야 한다고 했다, 그것도 40유로씩이나. 이유인 즉, 기차표를 사면 반드시 기차에 올라타기 전, 플랫폼 주변에 있는 노란색 펀칭 기계에 기차표를 넣어서 펀칭을 해야 하는데 내 표는 펀칭이 되지 않았기 때문이라고 했다. 몰랐다고 말했지만 검표원은 그저 미안하다고 하며 내 지갑이 열리길 기다리고 있었다. 눈물을 삼키며 벌금으로 40유로를 냈다. 그 이후로는 펀칭하는 것이 그렇게 스트레스일 수가 없었다. 기차표를 펀칭하지 않으면 재사용을 할 수가 있기에 벌금을 매기는 것이었다. 작은 실수로 도대체 몇 배의 벌금을 내야 했는지. 가끔 법을 피해 무임승차하는 사람들이 있기에 이탈리아뿐만 아니라 유럽은 벌금이 센 편이다. 속이 상했지만 정보가 없었던 내 잘못이었다.

피렌체에서 남쪽으로 약 50킬로미터 떨어진 곳에 위치한 시에나는 아름답기로 소문난 토스카나 주의 구릉지 위에 위치한다. 도시 전체가 유네스코 세계 문화유산으로 등재된 시에나는 중세 시대의 건축물과 르네상스 미술 작품들을 현재까지 잘 보존하고 있는 중부 이탈리아의 중요한 관광도시이다. 또한 과학과 예술이 만나 완성된 중세 시에나의 도시 설계는 현재까지 찬사를 받고 있다.

시에나가 구릉지 위에 있다는 것은 시에나 역을 보면 확실히 알 수가 있다. 역이 지상보다 상당히 아래에 있어서 수많은 에스컬레이터와 무빙워커를 바꿔 타면서 아주 한참을 올라가야지 드디어 역을 벗어날 수가 있었다. 이렇게 특이한 역은 처음이었다.

시에나 역에 내린 사람들은 겨우 서너 명이었고 역 앞은 한산했다. 이곳이 과연 관광지가 맞는지 의문이 들었다. 역에서 시에나 중심지까지는 골목길 구경을 하며 걷다 보면 금세 관광지로 이어지므로 굳이 버스를 탈 필요는 없을 것 같았다.

한참을 터덜터덜 걷다 보니 중세 시대로 들어가는 입구인 시에나의 오래된 골목길이 나타났다. 채도가 낮은 베이지와 노랑 계열의 건물들이 마음을 차분하게 해 주는 것 같았다. 건물들의 외벽에는 큼직한 둥근 쇠고리들이 박혀 있었다. 말고삐를 묶어서 말과 사람이 쉴 수 있도록 한 중세 시대 사람들의 작은 배려였다. 요즘 시대의 주차장과 같은 것이다. 골목길에는 관광객들을 위한 가게들이 즐비했지만 여전히 중세의 흔적이 고스란히 남아 있었다.

캄포 광장*Piazza del Campo*에 가까워질수록 어디서 나타났는지 골목길에는 많은

관광객들로 북적이고 있었다.

캄포 광장은 시에나의 시청인 푸블리코 궁전*Palazzo Pubblico*이 위치한 광장으로 시에나의 중심지이다. 바닥에 부채꼴 모양의 붉은 벽돌이 깔린 캄포 광장은 가운데로 내려갈수록 경사져 있었으며 이 도시의 오래된 11개의 골목길로 통한다. 햇살이 좋으니 경사진 캄포 광장에 누워 선탠을 하거나 낮잠을 즐기는 사람들이 더러 있었다.

광장 주변의 많은 노천카페에는 각양각색의 사람들이 앉아서 그들의 오후를 즐기고 있었다. 나도 그들 속에 들어갔다. 시원한 카페 샤케라토*Caffè shakerato* 한 잔을 주문했다. 늦은 오후의 햇살이 아주 길게 드리울 때까지 나는 그곳에 앉아서 중세 도시를 한껏 느끼고 있었다.

어느새 골목길 가게마다 하나씩 불이 들어오기 시작했다. 오래된 건물에 노란 백열등이 켜지니 마치 골동품 보석 상자에 반짝이는 보석을 가득 넣어 둔 것 같았다. 피렌체로 돌아가야 할 시간이었다.

이번엔 정신 똑바로 차려서 펀칭도 잘하고, 시에나 역의 플랫폼에 앉아서 기차를 기다리는데 학생으로 보이는 여성이 다가와서 말을 걸었다. 아무한테나 말을 잘 거는 사교적인 25세 미국인, 엠마였다. 기차를 타자마자 어두워져 가는 창밖을 바라보다가 잠시 눈이라도 붙일 생각이었지만 그녀와 이런저런 얘기를 하다 보니 한숨도 못자고 금세 피렌체였다.

피렌체 역에 도착해서 좌석에서 일어나 걸어가던 중이었다. 10유로 지폐를 한 장 집어 든 엠마가 나를 불렀다. "혹시 이 돈이 당신 돈인가요?" 숙소 아주머니께 부탁한 빨래의 세탁비를 잊지 않으려고 미리 바지 앞주머니에 넣어뒀던 것인데 주머니가 얕아서 좌석에 떨어졌던 것이었다. 그냥 모른 척하고 알아서 해도 될 것인데도 주워 주는 엠마가 고마웠다. 그 돈으로 함께 맥주를 사 먹기로 했다.

해가 저문 시간인데도 역에서 숙소까지 걸어서 가는데 얼마나 덥고 갈증이 나던지 엠마는 결국 참지 못하고 역 앞의 노점에서 물 한 병을 샀다. 시원한 맥주 생각이 점점 간절해지고 있었다.

다행히도 엠마가 머무는 호스텔과 나의 숙소는 지척이었다. 숙소 바로 옆에 처음 보는 바가 있었다. 숙소가 가까우니 시간이 늦어도 걱정이 없었다.

바는 지하에 있었다. 지하로 내려가는 그 짧은 순간, 괜스레 가슴이 두근거렸다. 여행 중, 처음으로 가는 바였기에 그랬던 것 같다. 여자 혼자 여행을 하면서 술을 마시러 바에 가는 일은 거의 없을 것이다.

바의 벽은 돌로 되어 있어서 마치 동굴에 들어온 듯했다.

낮은 조명 아래에는 테이블마다 촛불이 켜져 있어서 아늑해 보였다. 그런 곳에서 수염이 허연 할아버지들이 아메리칸 올드 팝을 연주하고 있었다.

엠마 덕분에 이런 곳도 와 본다고 했더니 혹시 중독이 되어서 내일부터 맨날 Bar hopping여러 바를 돌아다니는 것을 하는 것 아니냐며 농담을 던지던 엠마. 덕분에 그날 밤은 숙면을 취할 수 있었다.

* 피렌체-시에나: 37분 by 기차

제시카가 사는 곳

피렌체 S.M.N 역으로 가기 위해서 길을 나섰다. 어디로 갈지는 역에서 결정하기로 했다. 대책 없는 여행자는 하루하루 계획을 짠다.

숙소를 나서기 전에 민박집의 일하는 아주머니로부터 이것저것 정보를 얻었다. 버스표를 살 때는 '표 한 장'의 뜻인 'Uno biglietto.'라고 말하라고 했다.

골목길에서 민박집 주인을 만났다. "오늘 비 온대요. 우산 챙기셨어요?" 다시 숙소로 가서 우산을 챙겨서 나왔다. 골목길을 걷는데 마치 그녀가 주문이라도 건 듯, 갑자기 폭우가 쏟아졌다. 길거리의 사람들은 그 비를 다 맞고 있었다. 나는 그래도 작은 우산 하나 챙겨 왔기에 부자가 된 듯한 기분이었다. 비를 맞으며 걷고 있던 이탈리안 여자와 우산을 나눠 쓰는 선심도 썼다. 작은 우산 하나로도 부자가 된다.

버스표를 사러 가게에 들어갔다. 지난번, 버스표 한 장 달라는 내 영어를 가게 아주머니가 못 알아들어서 무척 당황하고 있을 때였다. 마침 가게에 막 들어오던 어느 이탈리안 여성이 통역을 자처하고 나섰다. 버스표 한 장 달라는 짧고도 간단한 문장을 그녀는 참으로 길게 말을 하고 있었다. 그녀의 긴 말을 다 들은 가게 아주머니는 그제야 환한 얼굴이 되어 버스표 한 장을 내게 내밀었던 적이 있다.

그러나 이번엔 다르다. "Uno biglietto!" 덕분에 단번에 표를 샀다. 그러니 능숙하진 않더라도 현지 언어 몇 개 정도는 알고 가면 서로 편한 것을.

역으로 가는 버스는 이 골목 저 골목을 뱅글뱅글 돌았다. 약속된 것이 없으니 시티 투어버스처럼 피렌체 구석구석을 느리게 돌아다녀도 좋을 것 같았다. 시내버스나 트램을 타고 현지인과 섞여 볼 때, 떠나왔음을 확실히 느끼게 되는 것 같았다.

내가 만난 유럽인들은 모두 친절했다 이탈리아 사람들도 대부분 친절했다. 하지만 이탈리아의 노인들은 조금 달랐다. 버스에서 어느 할머니께 자리를 양보해 드렸는데 고맙다는 인사는커녕 미소도 없었다. 그들에게는 노인을 공경하는 문화가 없으니 그러려니 했다. 다른 곳에서 만난 이탈리아의 노인들도 만족하지 못한 삶을 살아온 듯, 무표정하거나 불행한 얼굴들을 하고 있었다. 연세 지긋한 가게 주인아저씨들은 대부분 무뚝뚝한 것이 마치 로봇 같았다. 그 이유가 뭣인지 내내 궁금했다. 나중에 기차에서 만난 이탈리아 사람인 프란체스코에게 그 얘기를 했더니 이유가 뭔지는 자신도 확실히 모르지만 내 느낌이 틀리지 않다고 말했다.

버스가 피렌체 역에 가까워지자 무섭게 쏟아지던 비가 서서히 멈추고 있었다. 아시시*Assisi*로 가려고 했지만 주말이라서 아시시 행 기차표가 없었다. 집시와 소매치기의 왕국이라 일찌감치 일정에서 제외한 로마*Roma*로 갈까도 했지만 다행인지 불행인지 로마 행 기차표도 없었다. 결국 기차표가 남아 있는 볼로냐*Bologna*로 결정을 했다. 주말에는 비수기일지라도 하루 전날 예매를 하는 것이 좋다.

기차표를 사고 잊지 말아야 할 것이 바로 펀칭. 벌금 사건이 있었기에 제대로 펀칭이 된 건지 의심스럽고 걱정이 되어 펀칭을 하는 사람이 주변에 있으면 그들에게 검사를 받아야 안심이 되곤 했다.

볼로냐 역 앞 광장에는 햇살이 정신없이 쏟아지고 있었건만 광장이 너무 넓어서인지 황량한 느낌이 드는 곳이었다.

버스 정류소에서 옆의 여자에게 마조레 광장*Piazza Maggiore*으로 가는 방법을 물었다. 노란 재킷을 입어서인지 예쁜 병아리 느낌이 나는 귀여운 여자였다. 그녀는 영어로 설명을 하다가 자신의 영어가 답답한지 가끔 가슴을 콩콩 치곤 했다. 할 말은 많은 것 같은데 입속에서만 뱅뱅 돌고 말이 밖으로 나오질 않나 보았다. 귀엽고 친절한 그 여자의 이름은 제시카이며 25번 버스를 타면 마조레 광장으로 간다고 했다. 그런데 제시카도 같은 버스를 타는 게 아닌가. 그녀가 자신의 가슴을 친 이유가 바로 이런 상황 설명이 영어로 안 됐었기에 그랬었나 보았다.

광장까지 긴 시간이 소요되는 것도 아니었건만 나는 그녀와 대화를 하며 그녀의 사진도 찍고, 그녀로부터 볼로냐에서 먹어 봐야 할 스파게티 메뉴까지도 알아냈다.

제시카의 말에 의하면 볼로냐에는 우리가 흔히 알고 있던 '볼로냐 스파게티'라는 것은 없다는 것이었다. 대신 그녀는 볼로냐에서 먹어야 할 몇 가지의 스파게티 이름을 내 수첩에 적어 주었다.

제시카를 뒤로 하고 마조레 광장에 내렸다. 역에서 구시가의 중심인 마조레 광장까지는 도보로 25분 정도 걸리는 거리라고 들었지만 버스 속에서 여러 가지를 하느라 버스로는 얼마나 걸렸는지 모르겠다. 걸어가는 동안은 볼거리도 그다지 없어서 심심하므로 역에서 마조레 광장까지는 대중교통을 이용하는 것이 나을 것 같다.

볼로냐는 천장이 있는 아치형 회랑들이 건물마다 길게 연결되어 있는 게 가장 큰 특징이었다. 대부분 붉은색 계통의 색을 사용한 건물들도 특이했다. 볼로냐는 1970년대 말에 시작된 복원 및 보전 정책 덕분에 중세 건물들이 잘 보존된 이탈리아의 역사적 중심지이다. 2000년에는 유럽 문화의 중심지로 지정되었고, 2006년에는 유네스코 '음악의 도시'로 선언된 곳이다. 보기와는 다르게 볼로냐

는 이탈리아에서 가장 부유한 도시 중 하나이며 또한 1088년에 창설한 볼로냐 대학으로도 유명한 도시이다. 학생 인구가 많기에 물가도 저렴한 편이고 음식도 맛있다.

볼로냐의 주요 볼거리는 마조레 광장을 중심으로 반경 1.5킬로미터 안에 다 있다고 하므로 마조레 광장을 우선 구경하고, 광장에서 여기저기로 이어진 골목길을 걸어가면 될 것이다.

마조레 광장에 들어서니 광장을 둘러싼 건물들의 규모가 대단했다. 역시 이탈리아였다. 중세 때 지어진 건물들이 그대로 잘 보존되어 있었고, 크고 작은 교회들과 각종 문화유산이 많아서인지 곳곳에서 중세의 고풍스러움이 흠씬 묻어났다. 이탈리아의 건물들은 대부분 규모가 어마어마한데 그 시대의 건축 기술로 어떻게 그러한 건물들을 지을 수가 있었는지 늘 궁금하다.

광장 한쪽에는 큰 규모의 산 페트로니오 성당*Basilica di San Petronio*이 짓다가 만 모습으로 서 있었다. 16세기에 공사를 시작한 산 페트로니오 성당은 원래는 바티칸의 '성 베드로 성당'보다 더 크게 지으려 했지만 교황이 이를 승인하지 않아서 현재까지도 미완성의 모습을 하고 있었다. 아랫부분은 대리석이 벽면을 감싸고 있으나 파사드 위쪽은 내부 재질이 드러난 채로 초라한 모습을 하고 있었다. 건물이 크다보니 그런 모습이 더 거슬렸지만 그 또한 역사로써 보존을 하고 있는 그들의 모습이 좋아 보였다.

광장에서 조금 걸으니 현재는 시청과 박물관으로 사용되는 코무날레 궁전*Palazzo Comunale*의 안뜰로 들어서게 되었다. 안뜰 역시 회랑으로 둘러싸여 있어서 아늑한 느낌이 났다. 안뜰의 기둥에는 볼로냐의 역사적인 기록 사진들을 연도별로 담은 현수막이 쳐져 있었다.

그 건물 한편에서 그림을 그리는 한 남자의 모습에 이끌려서 한참 동안 숨죽이며 몰래 사진을 찍기 시작했다. 남자는 연필로 역사를 그리고, 나는 역사를 그

리는 남자를 카메라에 담으며 나 역시 누군가의 카메라 속에 담기고 있었다.

광장에서 이어지는 어느 골목길에 들어서자마자 아름다운 하프 연주와 그에 어울리는 여성의 목소리가 나를 이끌었다. 바구니에 동전을 넣고 한참 동안이나 음악을 들으며 서 있었다. 바람에 살랑대는 버스커의 머리카락이 음악과 무척이나 조화로웠다. 애절한 선율이었건만 내 귀에는 마치 '무한한 자유의 노래'로 들렸다. 순간 말을 타고 초원을 달리는 여성의 모습이 연상되었다.

배꼽시계는 정확하진 않지만 때때로 시간을 알려주곤 했다. 제시카가 수첩에 적어 준 스파게티 중, 탈리아텔레 콘 라구*Tagliatelle con ragù*를 먹어 보기로 했다. 종업원에게 수첩을 보여 줬더니 역시나 주문이 순조로웠다. 시간을 끌지 않으니 종업원이 반가워하는 눈치였다.

한 30분이 지나서 나온 탈리아텔레 콘 라구는 칼국수처럼 자른 면을 다진 고기, 토마토와 와인을 넣어 5일 동안 끓여낸 라구 소스와 함께 먹는 스파게티였다. 모양은 미트 소스 스파게티와 비슷했다. 오래도록 정성을 들인 라구 소스를 곁들인지라 일반 미트 소스 스파게티와는 달리 깊은 맛이 났다. 햇살 좋은 골목길에 앉아서 사람 구경을 벗 삼아 먹는 스파게티 한 접시는 '여유로움' 한 접시였다.

볼로냐는 관광객이 붐비지 않아서였는지 더 예쁜 골목길이 있는 시에나 보다 더 가슴에 들어 온 도시였다.

내 기억은 특정한 것만 세팅이 되는지, 나는 볼로냐를 생각하면 늘 노란 재킷을 입은 병아리 같은 제시카가 먼저 떠오른다. 그녀를 찍은 사진을 여태껏 보내주지 못했기에 그런지도 모르겠다.

* 피렌체-볼로냐: 37분 by 기차
* 유럽의 기차표에는 1st class 표와 2nd class 표가 있다. 1st class와 2nd class의 차이점은 지정 좌석과 입석이다. 입석이라고 해도 좌석이 남아돌면 아무데나 앉을 수가 있기에 대부분 2nd class를 이용하며 특별히 1st class 기차표를 달라고 말하지 않는 한, 창구 직원은 대부분 2nd class 표를 준다.

물 위의 도시

베네치아는 이름만으로도 이미 로맨틱한 도시인 것 같았다. 석호 위에 떠 있는 베네치아는 수많은 섬으로 이루어진 물의 도시이다. 많은 골목과 다리, 아름다운 건축물로 이루어진 베네치아는 도시 전체가 거대한 박물관이라고 말하지만 안타깝게도 지구 온난화로 인해 조금씩 아드리아 해 속으로 가라앉고 있다고 한다.

산타 루치아 역을 나와서 '바포레토'라고 불리는 수상 버스를 타고 민박집으로 이동했다. 유럽은 다른 듯, 또 비슷하기도 하지만 베네치아는 물의 도시인지라 여느 유럽 도시와는 분위기가 상당히 달랐다.

베네치아 내에서의 이동 수단은 버스나 트램이 아닌, '배'라는 것이 참으로 신기했다. 물론 며칠 지내며 매일 이용을 하면 마치 늘 보아 왔던 것처럼 별 감흥이 없어지기도 한다만.

바퀴 달린 버스를 대신하는 바포레토에는 차장도 있었다. 차장은 아주 가끔 검표를 하거나 바포레토가 출발을 할 때에는 배의 몸체를 두드리며 기사에게 큰 소리로 출발을 알리기도 했다.

바포레토를 타고 가는 물길 좌우에는 오래된 건물들이 줄지어 있었다. 카페나 술집, 숙박 시설 또는 현지인의 주거 공간으로 사용되는 건물들을 살펴보는 것만으로도 이방인에게는 꽤 흥미로운 일이었다.

바포레토에는 늘 사람들이 가득 타고 있었다. 바포레토는 소음이 상당히 크며 매연이 심하다는 단점은 있었지만 급정거나 급커브링이 없으니 육로를 달리는 버스보다 훨씬 안정감이 있었다.

바포레트로 이동 후, 산 스타에*San Stae* 선착장에 내렸다. 선착장 바로 앞에는 작고 소박한 산 스타에 성당*Chiesa di San Stae*이 수로를 바라보고 서 있었다. 정면을 하얀 기둥과 조각상으로 장식을 한 바로크 양식의 성당 앞에는 나무로 만든 화려한 달걀들이 장식을 하고 있었다. 'Easter Eggs부활절 달걀'라는 제목을 가진 옥사나 마스*Oksana Mas*의 작품이었다. 옥사나 마스는 우크라이나 예술가로서 돌이나 타일 등의 소재로 모자이크 방식의 형상을 만들어 내는 미모의 예술가다. 평소에 관심이 있던 작가인지라 낯선 도시에서 처음으로 나를 반겨준 그녀의 작품은 마치 고향에 온 듯한 기분이 들게 해 주었다.

성당을 지나서 작은 샛길을 지나고, 또 작은 계단을 지나서 피렌체에서 급하

게 예약한 한인민박에 도착했다. 아주 작은 골목길에 위치한 민박집 주인은 연세가 지긋하며 무척 센 기운을 가진 아주머니였다. 그녀를 처음 본 순간, 잘못 왔다는 생각이 들었다. 숙소에는 장기 투숙을 하는 중년 남성이 종일 숙소에서 일 없이 빈둥거리고 있었다. 첫 인상부터 좋지 않은 느낌이 확 풍기는 숙소였지만 내가 예민해서 그러려니 했다.

짐을 풀자마자 숙소에서 만난 한국인 여성들과 동행이 되어 산 마르코 광장 *Piazza San Marco*으로 향했다. 수많은 사람들로 북적이는 산 마르코 광장에는 누구나 할 것 없이 그들의 순간들을 카메라에 담고 있었다. 늘 혼자이기에 사진 한 장 없는 나 역시 동행을 한 한국 여성들의 도움으로 간만에 카메라에 담길 수가 있었다.

사람들로 북적이는 산 마르코 광장을 지나, 예쁜 가게들이 즐비한 골목길을 참 많이도 돌아다녔다. 석조 다리 위에서 턱을 괴고, 수로를 떠다니는 곤돌라를 멍하니 바라보는 것도 즐거운 일이었다.

동행인 여성들은 산 마르코 광장 부근에 위치한 맛집을 알고 있었다. 그들의 안내로 이탈리아 여행 중, 가장 맛있고 제대로 된 해산물 스파게티를 먹을 수 있었다.

식사 후, 그들과 헤어져서 각자의 시간을 갖기로 했다.

베네치아에 땅거미가 내려앉기 시작했다. 활기로 가득했던 낮의 모습과는 너무나 대조적인 분위기였다. 곤돌라 사공들이 그날의 마지막 노를 젓는 모습은 어두워지는 하늘과 섞이더니 뭔가 처연한 느낌이 들었다. 하루 종일 노래를 부르며 노를 저었을 그들의 모습이 지쳐 보여서 그런지, 아니면 모든 색이 빠져 나가는 저녁 시간 속에 그들이 있어서 그런지도 모르겠다.

기분 좋은 빗방울이 조금씩 떨어지기 시작했다. 숙소로 돌아가야 할 시간이었건만 나는 어느 건물의 난간에서 곤돌라들이 돌아오는 모습들을 하염없이 지켜보고 있었다. 곤돌라 한 대가 선착장에 들어오자 근처에 정박한 곤돌라들이 서로 부딪힐 듯이 마구 흔들리기 시작했지만 절묘하게도 그것들은 서로 부딪히지 않았다.

시간이 더 흘러 검은 어둠이 베네치아에 내리자 수로 옆 카페에 밝혀진 화려한 전등들은 출렁이는 물 위에서 춤을 추기 시작했다. 아를에서 보지 못한 고흐의 '별이 빛나는 밤'은 베네치아의 수로 위에 그려지고 있었다.

삼각대를 가지고 오지 못한 자신을 원망하며 초점이 나간 사진들을 찍어야 했지만 세상에서 가장 좋은 렌즈인 두 눈은 기억한다. 베네치아의 수로 위에 내리던 황홀한 밤을.

* 피렌체-산타루치아 역, 베네치아: 2시간 by 기차
* 수상버스(바포레토)표는 편도표, 왕복표, 12, 24, 36, 48, 72시간 등의 표가 있다. 편도나 왕복표보다는 자신이 체류하는 기간에 맞춰서 넉넉한 시간의 표를 사는 게 더 싸다.
* 수상버스표는 처음 한번 개시하면 나중에는 거의 검표 없이 그냥 타고 내린다.

크레용의 마을

베네치아에서 부라노*Burano* 섬으로 출발했다. 부라노 섬은 베네치아로부터 7킬로미터 떨어져 있는 작은 섬이며 베네치아의 유명 관광지인 산 마르코 광장*Piazza San Marco*에서는 바포레토로 약 40분 정도 소요된다. 부라노는 밝고 다양한 컬러로 채색된 가옥으로 유명하며 약 2천 8백 명의 주민들이 사는 곳이다.

숙소 근처의 산 스타에 선착장에서 바포레토를 타고, 무라노*Murano* 섬에 내려 다시 부라노로 가는 바포레토로 갈아탔다. 경유하는 무라노 섬은 유리공예품으로 유명한 곳이나 인적이 드물었다. 무라노는 부라노로 가는 관광객들이 한번 힐끔거리기만 하고 지나가는 곳 정도로 보였다. 산 스타에 선착장에서 부라노까지는 약 1시간 정도 소요되었다.

부라노는 들어가는 입구부터 아기자기한 예쁜 컬러의 섬이었다. 노랑, 빨강, 파랑, 초록, 연두, 보라, 분홍 칠을 한 서민적인 건물들이 수로를 따라 마치 자랑이라도 하듯이 나란히 이어져 있었다.

집과 집 사이를 연결하는 빨랫줄에는 낡은 빨래가 바람에 펄럭이고 있었다. 부라노는 파란 하늘과 색색의 집들이 어울려 예쁜 동화책 속에 들어온 듯한 착각을 일으키게 하는 곳이었다. 어느 집의 창문에는 인형처럼 생긴 검정고양이가 꼼짝 않고 앉아서 나를 쳐다보고 있었고, 창문마다 빨간 제라늄 화분이나 이름 모를 꽃 화분들이 놓여 있거나 매달려 있었다. 특이한 것은 집집마다 열린 현관

문에는 줄무늬의 커튼이 쳐진 곳이 많다는 것이었다. 가끔 바람이 불어서 커튼이 펄럭이면 어두컴컴한 집의 내부가 보이기도 했다. 또한 창문마다 달린 덧문들은 그 디자인도 컬러도 제각각 달라서 덧문들을 살펴보는 재미도 있었다.

수로에는 주민들의 자가용인 작은 보트들이 정박을 하고 있었고, 수로 속에는 예쁜 칠을 한 집들이 파란 하늘을 배경으로 올망졸망 내려앉아 있었다. 마을의 골목길에는 주민들이 가끔 들락거리고, 강아지는 길 위에 엎드려 자고 있었다.

다채로운 색으로 집을 칠하는 부라노의 풍습은 이곳의 고기잡이배들을 알록달록하게 색칠하던 것에서 유래했다고 한다. 현재 부라노에서는 자신의 집에 페인트칠을 원한다면 정부에 요청서를 보내야 하며, 정부가 해당 부지에 허용된 특정 색상들을 알려 주면 그 허용된 색 중에서 선택해서 칠을 할 수가 있다고 한다.

골목길 산책을 한 뒤에 다시 길을 따라 얼마간을 걸으니 카페와 식당과 기념품들을 파는 가게가 이어진 조금 넓은 길이 나왔다. 한적한 골목길과는 달리, 그 길의 끝으로 걸어가는 많은 여행자들의 뒷모습들을 볼 수가 있었다.

부라노는 레이스 공예가 특산품인지라 레이스로 만든 여러 가지 수공예품들을 파는 가게들이 대부분의 길을 차지하고 있었다. 여행자들을 따라서 얼마간을 걷자, 부라노답게 레이스 박물관이 있었고, 건너편에는 기울어진 종탑이 있는 산 마르티노 교회*Parrocchia San Martino Vescovo*가 보였다.

부라노는 건물 양식이 화려하지는 않지만 카메라의 셔터에서 손가락을 거의 떼지 못할 정도로 너무나 컬러풀하고 앙증맞은 곳이었다. 베네치아까지 가서 행여나 크레용 같은 부라노 섬을 빠트린다면 두고두고 후회를 할 것이다.

어떤 숙소가 좋을까?

베네치아 한인민박에 대한 내 느낌은 틀리지 않았다. 주인아주머니는 노크도 없이 손님방에 들어오거나 손님의 방문 앞에서 대화를 엿듣기도 하는 등, 이해 안 되는 행동들을 했다. 침대 시트커버를 갈아 달라는 어느 여학생에게는 짜증을 내기도 했다. 손님들이 다들 그녀를 경계하기 시작했다. 게다가 내가 떠날 무렵에는 장기 투숙자 남성이 민박에 머무는 어느 여학생을 추행했다는 소문도 투숙객들 사이에서 돌고 있었다. 또 어느 날에는 주인아주머니와 장기 투숙자가 입에 담지도 못할 욕설을 하며 심하게 싸우기도 했다.

많은 한인민박을 다닌 것은 아니지만 모든 한인민박이 다 베네치아의 민박 같지는 않을 것이라고 생각한다. 아주 오래전, 파리에서도 최악의 한인민박 여주인을 만난 적이 있지만 독일의 쾰른, 이탈리아의 피렌체, 프랑스의 니스 숙소 주인들은 더 없이 좋은 사람들이었다. 한인민박은 식사는 물론이고, 여행지에 관한 정보를 한국어로 제공받을 수 있기에 비용 절감과 함께 편리한 곳이기도 하다. 하지만 한인민박에는 손님들이 다 한국인이고 음식도 한식이다. 바깥세상을 체험하고자 멀리 떠나온 만큼, 여행을 하는 동안에는 사람도, 음식도, 언어도 다양하게 경험하는 것이 바람직하다고 생각한다.

여행 중 나의 숙소는 호텔로 시작이 되었다. 호텔이란 곳은 뷔페식 조식이 제공되기에 아침 식사거리 걱정을 하지 않아도 되거니와 모든 면에서 편리하고 편

하고 쾌적한 것은 분명한 사실이지만 친구를 사귀기에는 부적절한 숙소이다. 또한 그 도시에 대한 여행 정보는 그저 프론트 직원에게서 얻는 단편적인 것뿐이다. 여행자들에게 얻을 수 있는 살아 있는 정보와는 큰 차이가 있다.

호텔 다음이 한인민박이었고, 그 후로 가장 많이 머물렀던 곳이 바로 호스텔이다. 호스텔은 욕실이 달린 조금은 편한 개인실도 있지만 다소 불편하더라도 도미토리에 머문다면 세계 각국에서 온 여행자들과 친구가 되기에는 최적의 장소이다. 또한 호스텔은 대부분 거실 같은 공동 공간이 있기에 여행자들끼리 모여서 서로 여행 정보를 공유하거나 친구가 되기도 한다. 그렇게 만난 여행자들과는 여행에서 돌아와서도 연락을 하게 되는 경우가 많다. 관계가 지속이 되면 그들의 나라를 여행할 때에 무료 숙소를 제공 받는다거나 혹은 반대의 경우가 되어 도움을 주며 새로운 인간관계를 형성할 수도 있다.

마지막으로, 에어비앤비와 연결된 현지인 숙소이다. 현지인 가정 체험을 할 수 있는 가장 쉽고도 안전한 방법이 바로 에어비앤비를 통한, 현지인과 함께 머무는 숙소이다.

여행 중 처음으로 에어비앤비를 통해서 남의 아파트에 세 들어서 지냈던 곳은 뮌헨이었다. 현대식의 아파트에는 거실과 방 두 개가 있었으며 테라스가 있는 방 한 개는 게스트용이었고, 나머지 방 한 개를 조용한 부부와 그들의 4살짜리 딸이 사용하고 있었다. 수줍음 많은 여주인은 호텔 경리였고, 남편은 항공사 승무원이었지만 아파트 대출을 갚느라 그들은 게스트용 방 한 개로 부족한 생활비를 충당하고 있었다. 개는 주인을 닮는다고 하더니 개마저도 너무나 조용했다. 그들은 밤이면 딸을 재우고 거실에서 늘 영화 감상을 하곤 하던 무척 로맨틱한 부부였다. 난생처음 하는 셋방살이여서 조금 불편하기도 했고, 호스트가 너무 조용했기에 조심도 됐지만 상황은 내가 하기에 따라 달라지기도 한다. 한국 음식을 만들어서 함께 먹으며 그들과 조금 더 가까워질 수가 있었다. 뮌헨에서 처음으로 셋방살이의 맛을 본 이후로 나는 지금까지 남의 집 셋방살이를 기꺼이 자처하고 있다.

더러는 호스트가 여기저기 집을 사 두고 기업적으로 운영하는 곳도 있다. 그런 곳은 주인이 함께 기거하지 않기에 편할 수도 있으나 현지 가정집 체험을 원한다면 숙소 평을 정확하게 읽어서 현지인 가족이 기거하는지를 알아야 한다.

에어비앤비 숙소는 개인실 한 개를 사용할 수도 있고 집 전체를 빌릴 수도 있다. 숙소를 이용한 후에는 호스트와 게스트가 서로에 대한 평을 쓴다. 내가 쓴 호스트의 평은 다른 여행자들이 그 숙소를 선택할 때에 도움을 주며, 반대로 호스트가 쓴 나에 대한 평은 나의 프로필에 기재되어 다음 여행지의 숙소 이용 요청 시에 그 호스트가 나를 평가할 수 있게끔 한다. 만약 나의 평이 나쁘게 기재되어 있다면 다음 숙소의 호스트는 내가 보낸 입실 요청을 거절할 수도 있다. 그렇기에 숙소에서는 호스트가 만들어 둔 숙소 이용 규칙과 예절을 지켜야 함은 물론이고, 퇴실을 할 때에는 처음 입실을 했을 때만큼 깨끗하게 정리를 해 두고 떠나는 것이 기본이다. 그렇게 한다면 늘 '최고의 게스트'라는 평이 나의 프로필에 기재될 것이다.

그 외에 무료 숙소 제공과 함께 호스트와 게스트가 문화 공유와 교류를 할 수 있는 카우치 서핑*couch surfing*이라는 비영리 네트워크가 있지만 개인적으로는 안전에 대한 확신이 없어서 한 번도 해 보지 않았다. 남성 여행자라면 카우치 서핑으로 경비 절약과 함께 색다른 경험을 해 보는 것도 좋겠지만 여성 여행자에게는 그리 추천하고 싶지 않다.

호스텔이나 현지인 숙소에서는 사생활 침해를 받지 않는다는 것이 가장 큰 장점이었다. 그곳에서는 적어도 개인의 사생활에 관심을 갖고 집요한 질문을 하는 사람들이 없었다. 떠나왔음을 제대로 느낄 수가 있는 곳이 바로 호스텔과 현지인 숙소라고 생각한다.

좋은 숙소를 구하기 위해서는 충분한 시간을 가지고 그 숙소를 다녀 간 손님들의 평을 스스로 읽어 보고 결정하는 것이 실수하지 않는 가장 좋은 방법이다.

슬로베니아

Slovenia

착한 유령

슬로베니아*Slovenia*는 중부 유럽에 위치하고 있지만 때때로 동부 유럽이나 동남부 유럽 국가로 분류되기도 한다. 오스트리아, 헝가리, 크로아티아. 이탈리아와 맞닿아 있는 슬로베니아는 1991년 유고슬라비아에서 분리, 독립을 했으며 정식 국가 명칭은 슬로베니아 공화국이다. 2004년에 유럽 연합에 가입을 해서 현재 유로화가 사용되고 있다. 수도는 류블랴나*Ljubljana*이다. 슬로베니아는 단지 블레드*Bled* 섬을 방문하고자 결정했을 뿐이었기에 내가 알고 있는 슬로베니아는 이 정도였다.

류블랴나 행 기차는 밤을 가르며 달리고 있었다. 지친 여행자들은 패잔병의 모습으로 잠들기 시작했다. 낯선 나라에 대한 설렘과 도착 시간에 대한 약간의 걱정을 안고 비몽사몽 나는 국경을 넘고 있었다. 간이 탁자에 얼굴을 대고 잠시 잠을 청하고 있는데 누군가 조심스럽게 내 어깨를 톡톡 쳤다. 머리를 들어 보니 앞자리의 파란 눈의 아저씨가 읽고 있던 두꺼운 책 한 권을 말없이 내밀었다. 책을 베고 자라는 것이었다. 낯선 사람에게 자신의 물건, 그것도 책을 베개용으로 선뜻 내어줄 수 있는 그 배려는 도대체 어디에서 나오는 것일까?

열차가 슬로베니아의 수도인 류블랴나 역에 도착한 시간은 정확히 새벽 1시 39분. 내리는 사람이 많으니 걱정하지 말라고 한 산타 루치아 역 역무원의 말과는 달리, 대부분 또 다른 국경을 넘어 가는 사람들인지 역에서 내리는 사람은 대여섯 명 정도밖에 없었다.

두리번거리는 사이에 함께 내린 승객들은 다 사라지고, 가로등도 어두운 슬로베니아라는 나라의 어느 역에 나 혼자 덩그러니 서 있었다. 그래도 치안 상태가 이탈리아보다 낫다는 산타 루치아 역의 역무원의 말에 의지를 하며 역 밖으로 나갔다.

그 시간에도 도로변에는 택시가 대여섯 대 서 있었고, 택시 기사들은 손님을 기다리거나 차 밖에서 기사들끼리 모여서 잡담을 하고 있었다. 기사들의 관상을 보며 착하게 생긴 기사의 택시를 골랐다. 호스텔의 주소를 보여 주자 기사는 위치를 잘 알고 있으니 걱정하지 말라는 듯한 말을 그들의 언어로 말했다. 호스텔까지는 택시로 약 3~4분 정도 걸렸을까? 기사는 호스텔 바로 앞에 내려 주었다.

베네치아에서부터 그렇게나 긴장했던 이동 시간은 드디어 끝이 나고, 바로 눈앞에 보이는 호스텔의 초인종을 누르기만 하면 모든 힘든 일은 다 끝날 줄 알았다.

"띵똥, 띵똥!" 다시 "띵똥!" 한참 동안 공동 철문의 초인종을 눌렀으나 대답이 없었다. 베네치아에 머무를 때에 이곳의 스태프와 두 번 통화를 한 적이 있었다. 늦은 도착 시간을 걱정했더니 스태프는 늦어도 기다리겠으니 아무 걱정하지 말고 오라고 했었다. 강한 악센트의 영어였지만 믿음이 가는 중년 여성의 목소리였던지라 야간 이동에 대해서만 걱정을 했지 호스텔에 관해서는 마음을 푹 놓고 있었다. 그런데 문이 열리지 않다니.

초인종을 또 눌러봤으나 묵묵부답. 그제야 초인종 옆에 붙은 한글로 된 분홍색 메모지를 발견했다. 문이 열리지 않으면 메모지에 적힌 번호로 전화를 하라는 내용이었다. 전화를 했으나 끝내 받지를 않았다.

낯선 나라의 낯선 도시에서, 그것도 새벽 2시가 넘은 깜깜한 새벽에, 아무런 대책도 없이 그저 문 앞에 서 있을 수밖에 없다는 것이 참으로 난감했다. 그래도 큰일이 생기면 오히려 침착해지는 성격 탓인지 죽을 만큼 초조하지는 않았다. 정 안 되면 큰 길 건너편에 보이는 호텔에 들어가야겠다는 생각을 하며 다시 한 번 초인종을 누르려는 순간, 영원히 열리지 않을 것 같던 그 크고 육중한 철문이 마법처럼 스르륵 열렸다.

건물 속에서 나온 사람은 백발의 할머니였다. 새벽 2시가 훨씬 넘고 3시가 다 되어 가는 시간, 그 시간이면 노인 분들은 대부분 취침시간이지 않나?

초인종을 눌러도 대답이 없던 참에 문을 열어 줘서 너무 고맙다며 흥분해서 아무 말이나 막 했던 것 같다. 뜻밖에도 그 백발의 할머니의 입에서는 차분하고도 정확한 영어가 흘러나왔다. "호스텔에 왔다고? 이 시간이면 스태프들은 다 퇴근했을 것이고 손님들은 잘 건데. 어디 보자." 하시더니 건물 밖으로 나와서 2층의 호스텔을 올려다보셨다. "아, 호스텔에 아직 불이 켜져 있구나!" 그리곤 내 가방을 보시더니 "그거 혼자 들고 계단 오르기 힘들 테니 먼저 올라가서 누구한테 좀 도와달라고 하렴!" 고맙다고 거듭 말하고 할머니의 말씀대로 1층에 가방을 두고 도움을 청하러 호스텔로 올라갔다. 그런데 잠깐의 대화 후에 그분이 어디로 사라졌는지 이상하게도 통 기억이 나지 않았다. 슬로베니아 사람들은 영어를 잘 못한다. 젊은 사람도 잘 못하는 영어를 백발의 할머니가 영어를 완벽하게 한다는 게 이상했다. 그것도 늦은 시간에. 그 당시에는 그런 것을 깊이 생각할 겨를이 없었다. 하지만 시간이 흐를수록 그 분은 아마도 내 여행의 수호천사나 착한 유령일 것이라고 굳게 믿게 되었다.

호스텔에 올라가서 또 한 번 초인종을 눌렀더니 금발의 청년이 문을 열어 주었다. 그에게 1층에 둔 가방을 좀 갖고 와달라고 부탁을 했더니 자그마한 몸집에도 불구하고 많은 계단을 쉬지도 않고 올려다 주었다. 알고 보니 그는 스태프가 아니라 네덜란드에서 온 학생이었으며 손님이었다. 그는 주방에서 TV를 보고 있느라 깨어 있었지만 TV 소리 때문에 밖에서 울리는 공동 철문의 초인종 소리는 못 들었다고 했다. 만약 그 남학생이 자고 있었다면 두 번째 관문인 바로 호스텔 문 앞에서 또 막힐 뻔했다.

네덜란드에서 온 남학생의 안내로 샤워실, 주방 등등 안내를 받고 나니 새벽 3시가 넘었다. 이 호스텔은 피렌체에 머무를 때에 빈 방이 없어서 8인실로 예약을 했던 곳이었다.

호스텔에는 8인실과 6인실, 그리고 1개의 가족실이 있었다. 공간이 넓은 8인실에는 나를 포함해서 네덜란드 학생, 그리고 자고 있는 어느 여행자가 전부였다.

유럽은 오래된 건물들을 그대로 사용하기에 마룻바닥이 삐걱거리는 집이 많다. 이곳도 예외는 아니었기에 도둑고양이처럼 뒤꿈치를 들고 걸어야 했다. 대충 씻고서 낯선 곳에서 또 낯선 이들과 잠을 청했다.

아침이 되었다. 그제야 호스텔 건물 밖에 붙여진 메모가 궁금했다. 도대체 누가 한글로 적어 놨을까? 잠시 후, 6인실에서 나온 한국 여성의 등장으로 의문이 풀어졌다. 그 여성은 슬로베니아에서는 보기 힘든 한국인 여성 여행자였다. 숙소의 스태프가 퇴근을 하면서 새벽에 도착을 하는 한국인이 있으니 한국인인 그녀에게 문을 열어 주라고 부탁을 한 것이었는데 그녀는 나를 기다리다가 메모지를 붙이고 잠이 들었던 것이라고 했다.

여자 혼자 여행을 한다는 것, 참으로 많은 용기가 필요하며 순간적인 판단 능력이 절실히 요구된다. 밤늦은 시간에는 이동이나 외출을 피해야 한다거나 숙소 문제가 생겼을 때에는 남자보다는 확실히 해결 방법이 제한적이기도 하다.

여행은 곧 '자유'라고 말은 하지만 현실적으로 여자는 100퍼센트 자유로울 수는 없는 것 같다.

* 산타 루치아 역, 베네치아, 이탈리아-류블랴나, 슬로베니아: 4시간 19분 by 기차
* 나는 정보 부족으로 류블랴나까지 기차를 이용했지만 베네치아에서 기차로 10분 거리인 메스트레에서 버스로 이동하면 훨씬 빠르고 수월하다.
* 메스트레 버스 터미널-류블랴나: 3시간 10분 by 버스

나를 유혹한 블레드

류블랴나 역 바로 앞에 블레드*Bled* 행 버스가 출발하는 버스 터미널이 있었다. 숙소에서 역까지는 천천히 걸으면 약 10분 정도의 거리이니 숙소의 위치가 아주 좋았다.

터미널에서 기사로 보이는 듯한 아저씨에게 블레드 행 버스 편에 대해서 물었더니 그분은 영어는 한마디도 못했지만 '블레드'라는 단어만 알아듣고는 옆에 대기 중인 버스 기사에게 출발 시간을 물어봐 주더니 나를 버스에 태워 주었다.

블레드로 가까이 갈수록 구름들이 산허리를 휘감으며 피어오르는 모습은 그림이었다. 블레드는 정말 꼭 한번 가 보고 싶은 곳이었다. 어딘가를 그렇게 간절하게 가 보고 싶었던 것은 또 처음이었다.

어느 날, 블레드 섬*Blejski Otok*을 사진으로 한번 본 이후로 무작정 블레드를 동경하기 시작했다. 나를 슬로베니아로 유혹한 것은 누가 찍은 건지도 모르는 달랑 한 장의 사진이었다.

블레드는 슬로베니아의 북서쪽에 있는 마을로 빙하 호수인 블레드 호수*Blejsko jezero*로 유명한 곳이다. 블레드 호수 주위에는 블레드 호수를 온전히 내려다볼 수 있는 블레드 성*Blejski grad*이 절벽 위에 있다.

블레드에 도착하자 비가 내리기 시작했다. 블레드 호수로 가는 길에는 아무도 없었다. 한참을 걸어가니 블레드 호수가 보이기 시작했다. 그토록 나를 유혹했던 블레드 섬이 호수 끝 즈음의 수면 위에서 나를 기다리고 있었다.

믿어지지 않을 정도의 그림이 호수 위에 펼쳐져 있었다. 오리들은 싸늘한 비를 맞으며 블레드 호수 위에서 먹이를 찾고 있었다. 나는 그곳에서 유일한 사람이었다.

호수를 한 바퀴 돌고 블레드 섬으로 가기 위해 보트인 플레트나*pletna*를 타기로 했지만 비가 많이 내려서인지, 관광객이 없어서인지 보트는 운행을 하지 않는 것 같았다.

블레드 섬은 호숫가에서도 보이지만 사진에서 본 것과 같은 위치에서 섬을 보기 위해서는 블레드 성에 올라가야 할 것 같았다.

지그재그로 난 산길을 뱅글뱅글 돌아서 성으로 오르기 시작했다. 아름드리나무들로 둘러싸인 아무도 없는 산길을 걷고 또 걸었다. 온통 초록으로 물든 숲에서는 초록색 고깔모자를 쓴 요정이 튀어나올 것 같았다. 나뭇잎에서 떨어지는 초록색 빗물들이 후드득거리며 우산을 때리곤 했다.

블래드 성에 오르니 빗방울은 더욱 굵어지기 시작했다. 성의 난간에서 먼저 블레드 섬을 찾았다. 멀리 블레드 섬이 장난감처럼 앙증맞게 호수 위에 앉아 있었다. 나를 유혹했던 사진에서는 파란 하늘과 뭉게구름이 배경이 된 블레드 섬이 있었다. 날씨가 좋았더라면 더 아름다운 풍경을 볼 수 있었을지도 모르겠지만 구름과 비에 조금은 가려지는 블레드 섬도 나는 좋았다. 비를 맞으며 오랫동안 블레드 섬에 취해 있었다.

블레드 성을 둘러보기로 했다. 덩치가 무척 큰 가이드 아저씨가 안내를 자처했다. 방금 다녀간 단체 여행객 안내를 마치고 좀은 한가해진 가이드는 여러 종류의 관광 가이드 책자를 챙겨 주며 유창한 영어로 설명을 해 주었다. 그는 성의 작은 창 속에 들어 있는 블레드 섬도 보여 주었다. 창을 통한 비 내리는 블레드 섬은 작은 액자 속에 들어 있는 한 폭의 수채화였다.

성 안에는 중세의 유물을 전시한 박물관과 성 지하에는 대장간이 있어서 관광객들을 위한 소품과 장식품들을 만들어 팔고 있었고, 동굴 같은 와인 저장고에서는 슬로베니아 와인을 팔고 있었다. 중세 수도승 복장을 한 남자가 와인 시음을 권했다. 한 병 사 오고 싶은 마음은 간절했으나 내 짐을 스스로 이동시켜야 하는 나 홀로 여행자에게는 꿈같은 일이었다. 성이 크지 않아서 둘러보는 데 긴 시간이 걸리지 않았다.

블레드 섬을 눈으로 담고, 카메라에도 담았으니 산길을 내려오는 내내 발걸음이 얼마나 가볍고, 또한 가슴은 얼마나 뿌듯했는지 모른다. 6월의 숲에서 나오는 그 습하면서도 푸릇한 에너지가 몸속으로 고스란히 흡수되어 또 다른 에너지를 만들고 있었다. 산을 내려와서 다시 한 번 인적 드문 호수 주변을 산책했다.

류블랴나로 돌아가는 길, 비가 너무도 많이 내리고 있어서 버스가 빗물에 둥둥 떠내려갈 것만 같았다. 창문을 타고 흐르는 빗물에 슬로베니아 시골 풍경이

뭉개져서 알록달록 어른거리고 있었다.

버스는 빗속을 달려서 겨우겨우 류블랴나 버스 터미널에 도착했다. 그러고 보니 점심을 건너뛰었다. 우선 밥을 먹어야 했다. 빗줄기는 더욱 거세어져 있었다. 여행 중의 폭우는 사람의 생각의 영역도 좁혀 버리는지 아무런 생각이 나지 않았다. 결국 우산을 접고 버스 터미널 바로 앞에 있는 맥도날드로 들어갔다.

역시나 나는 그곳에서 유일한 동양인이었다. 햄버거와 콜라를 주문하고 앉아 있노라니 사람들의 시선이 모두 내게로 향하고 있었다. 특히 어린 아이들의 시선이 대부분이었던 것 같다. 눈을 마주치려고 하면 슬쩍 시선을 돌리곤 하는 아이들에게 짓궂은 미소를 던졌다. "얘들아~ 요렇게 노란 얼굴에 작은 코를 가진 사람이 동양 사람이란다."라며.

동양 사람의 발길이 그리 많지 않은 곳인지라 떠나왔음을 더욱 실감케 하는 곳, 슬로베니아였다.

* 류블랴나-블레드: 약 1시간 20분 by 버스

너무나 매력적인 슬로베니아

류블랴나의 호스텔에 머물 동안 나와 통화를 했던 여성을 나는 한 번도 볼 수가 없었다. 아침마다 영어를 한마디도 못하는 청소하는 아주머니만 만났을 뿐이었다.

원래 호스텔에 도착하면 여권 제시를 하고, 바로 숙박료를 계산하는 건데 이곳은 예약만 되었지 입실 등록이 안 되어 있으니 숙박료를 내지 않고 나와도 누가 뭐라고 하지도 않을 것 같았다. 주방에 있는 세탁기는 돈을 내지 않고 그냥 사용해도 되었고, 스태프가 사용하는 커다란 책상에는 노트북만 연결이 되어 있는 채 늘 아무도 없었다. 손님도 거의 없었다. 돈 많은 누군가가 자신의 빈 집을 그냥 방치하느니 호스텔로 사용하는 것 같았다.

떠나는 날 아침에야 겨우 스태프를 만났는데 그녀는 나와 통화를 한 여성이 아닌, 아르바이트 학생이라고 했다. 숙박료를 내고 싶어도 사람이 보이지 않아서 여태 못 내고 있었다고 했더니 그녀는 밝게 웃기만 했다. 결국 떠나는 날에야 숙박료를 낼 수가 있었다. 그러니 여권을 보여 줄 필요도 없었다. 내가 다녀 본 개인 호스텔 중에서 가장 쾌적하고, 여유롭고, 상업적이지 않은 호스텔이었다.

금발의 네덜란드 학생은 떠나고, 어느 동양인이 6인실에 입실을 했다. 이 호스텔의 공동 화장실은 로비에 있으나 샤워실은 특이하게도 6인실 안에 있었다. 그러므로 8인실에 기거하는 나는 6인실 안에 있는 샤워실을 이용해야 했다. 그 동양인이 자신이 묵는 6인실 문을 잠그려고 했다. 공동 샤워실이 6인실 안에 있으니 방문을 잠그면 안 된다고 알려 줬더니 그는 무척 미안해했다. 하루 차이인데도 내가 텃세를 한 것 같았다. 내가 입실할 때에는 그나마 네덜란드 학생이 모든 설명을 해 줬지만 아마도 그가 입실할 때에는 아무도 설명을 해 주지 않은 듯했다. 홍콩에서 온 탐이라는 이름의 청년이었다.

아침 식사 후, 시내 구경을 하기 위해서 숙소를 떠날 준비를 하고 있자니 탐이 프레셰르노브 광장*Prešernov Trg*에서 출발하는 프리 워킹 투어가 있으니 함께 가자고 했다.

그와 함께 류블랴나 여행의 시작점이라고 하는 프레셰르노브 광장에 도착을 하니 이미 여러 명의 여행자들이 모여 있었다.

체구가 왜소하지만 아주 단단한 몸매를 가진 여성인 티나가 우리들의 가이드였다. 투어는 무료로 진행하지만 투어를 마치면 기부금조로 각자 알아서 약간의 돈을 내어도 되고 아니어도 된다고 했다.

각국에서 온 여행자들이 모이자 프레셰르노브 광장을 시작으로 날개 달린 용의 조각상이 있는 드래곤 다리*Zmajski most*를 건너서, 꽃시장, 과일 시장, 채소 시장, 성당 등 류블랴나의 관광이 시작되었다.

류블랴나의 거리와 건물들은 차분하고 평화로웠고, 사람들은 친절하며 안정적인 듯했다. 류블랴나를 상징하는 날개가 달린 용은 도시 곳곳에서 볼 수가 있었다. 류블랴나에서 가장 화려하다는 성 니콜라스 성당*Katedrala Ljubljana*은 무척 화려했다. 특히 '슬로베니아의 문'이라는 이름으로 불리는 교회의 청동문이 인상적이었다. 청동문은 1996년, 교황 요한 바오로 2세의 방문을 기념하여 만들었다고 하며 슬로베니아 기독교 1250년을 묘사하는 부조로 된 예술 작품이었다. 청동문에는 사람들의 모습이 정교하게 조각이 되어 있었고, 문의 위쪽에는 사람들을 내려다보는 교황의 모습도 있었다. 사람들이 얼마나 만졌는지 문고리만 녹이 벗겨져서 번쩍거리고 있었다.

류블랴나에는 꽃가게가 많았다. 꽃을 사랑하는 도시이니 만큼 그곳에 사는 사람들의 마음도 분명 예쁠 것 같았다. 더 구경을 하고 싶었지만 국경을 넘는 기차 시간이 임박했기에 나는 투어 도중에 빠져나와야 했다.

슬로베니아는 무척이나 매력적인 나라였다. 고풍스러운 중세 도시의 건물들과 아직도 사람들에게는 순수함이 살아 있으며 아름다운 블레드 섬이 있는 나라이다.

누군가가 찍은 사진 한 장의 유혹으로 온 슬로베니아, 만약 다시 가 볼 기회가 생긴다면 그때에는 한 일주일 정도는 머물고 싶다. 겨우 2박 3일로는 턱없이 부족했다. 더구나 첫날은 밤을 넘기고 새벽에 도착을 했으니 2박 2일인 셈이었다. 일정을 좀 길게 잡지 않은 것이 후회가 되었다.

* Fluxus hostel: 샤워실이 6인실 안에 있다는 것만 빼면 완벽한 위치와 깨끗하고 저렴한 호스텔. 세탁기와 주방 사용 가능.
* 호스텔 웹사이트: http://www.fluxus-hostel.com/en/home.php
* 주소: Tomšičeva ulica 4, 1000 Ljubljana

크로아티아

Croatia

보스니아 경찰관

슬로베니아의 국경을 넘어서 크로아티아*Croatia*의 수도인 자그레브*Zagreb*로 떠나는 날이다. 리프트가 없는 역은 고생이 이만저만이 아니다. 계단을 내려가서 다시 계단을 올라야 내가 가야 하는 플랫폼. 올라야 하는 계단을 보니 한숨만 가득했다.

전에는 스스로 도움을 주는 사람이 나타나지 않으면 당연히 혼자서 가방을 해결했지만 세월이 흐르면서 뻔뻔해진 건지, 혹은 요령이 생긴 건지 사람들을 괴롭히기 시작했다.

마침 반대편 계단에서 막 내려오는 남자가 보이기에 도움을 청했다. 남자의 도움으로 짐 가방은 플랫폼으로 쉽게 이동이 되었다.

출발 시간과 도착 시간을 엄수하던 유럽의 열차인데 웬일인지 한 30분 연착을 한다고 했다. 따라서 플랫폼도 바뀌었다는 소식에 현지인들도 당황스러워하는 듯했다. 다행히 내 가방을 들어 준 사람이 나와 같은 기차를 탄다기에 나는 그 사람만 따라다니면 되었다.

기차에 올라 그와 나는 마주 보고 앉았다. 그는 아내와 아들과 함께 보스니아에 살고 있다고 했다. 그는 슬로베니아의 류블랴나에 사는 부모님을 뵈러 왔다가 크로아티아의 자그레브에 잠시 들러서 여자 친구를 만난 후에 다시 보스니아로 간다고 했다. 하루에 3개국을 다니는 것이 여전히 신기한 유럽이다.

그는 신분증을 보여 주며 보스니아 경찰이라고 했다. 그는 주로 도청하는 일을 하고 있으며 그러한 자신의 일이 마음에 들지 않는다고도 했다. 보스니아라는 나라가 얼마나 부패했는지 상상이 되었다.

그의 말에 의하면 보스니아에는 3년 동안 계속된 내전의 영향으로 실업률이 상당히 높다고 했으며 그의 주변 사람들 대부분이 실업자라고 했다.

그는 경찰이 되기 전에는 내전에도 참여했던 군인이었기에 전쟁 중에는 총으로 사람을 사살한 적이 있다고 했다. 살인을 한 것이 무섭거나 죄책감이 들지 않았냐는 내 질문에, 상대방은 적군이었고, 자신이 살기 위해서는 어쩔 수가 없었으며 오히려 자랑스러웠다고 그가 말했다. 내 앞에 앉아 있는 사람이 살인을 경험한 사람이라니 기분이 참으로 묘했다.

그는 한국전쟁이나 한국의 경제 상황에 대해서 상세히 알고 있었다. 전쟁을 겪고도 빠른 시간 내에 눈부신 발전을 한 한국이 부럽다고 했다.

그는 한국에 대해 잘 알고 있었지만 정작 한국인은 처음 본다며 신기해했다. 나 또한 보스니아 사람을 만나서 보스니아에 관한 얘기들을 듣는다는 것은 참으로 흥미로운 일이 아닐 수 없었다. 사실 처음 이번 여행을 계획할 때에 보스니아

도 포함을 했었지만 내전으로 인한 극심한 경제난과 뭔가 불안정한 느낌이 드는 나라여서 아쉽지만 일정에서 제외한 나라였다. 그의 말처럼 널린 게 실업자라면, 그런 나라에서 여자 혼자 여행한다는 것은 그리 마음 편한 일은 아닐 것이기에 참으로 잘한 결정이라고 생각되었다.

슬로베니아에서 크로아티아로 가는 길은 잠시도 눈을 붙이지 못할 만큼 아름다웠다. 창밖 감상을 하다 보니 2시간 30분이 금세 지나가 버렸다.

크로아티아의 자그레브 역에 도착하니 보스니아 경찰관의 여자 친구가 마중을 나와 있었다. 그들의 격한 포옹으로 보아 단순한 친구는 아닌 것 같았다. 그들과 헤어지고, 역내의 환전소로 가다가 문득 뒤를 돌아보았다. 두 사람은 서로의 허리에 팔을 두르고 연신 입을 맞추며 역사를 빠져나가고 있었다.

* 류블랴나, 슬로베니아-자그레브, 크로아티아: 2시간 30분 by 기차

게으른 여행자의 여행법

자그레브*Zagreb*역 앞에서 택시를 타고 기사에게 호스텔 주소를 보여 줬다. 호스텔은 자그레브의 중심지인 옐라치치 광장*Trg bana Josipa Jelačića* 인근의 골목길에 위치하고 있었다. 택시 기사는 호스텔 앞까지 데려다 주기 위해서 뒷길로 갔다. 그는 언덕 길가에 택시를 세우더니 트렁크에서 내 가방을 꺼내서 걸어가기 시작했다. 친절한 기사는 내 가방을 끌고, 나는 그 뒤를 졸졸 따라서 경사진 길을 걸어 내려갔다. 그가 걸음을 멈춘 곳을 보니 바로 호스텔 앞이었다.

도착한 호스텔은 그 무렵 자그레브 전역에 방이 없어서 10인실 남녀 공용 도미토리로 예약을 하고 간 것인데 그동안의 여행 중에서 최악의 숙소였다. 허름하고 조그만 방에 이층 침대가 다섯 개 있었다. 그나마 화장실이 한 개 있었고, 그 작은 방에는 빈 침대 하나 없이 10명이 가득했다. 마치 영화에서나 본 듯한 야전 병원 같았다.

젊을 때 고생은 사서도 한다기에 배낭은 없지만 배낭여행 같은 고생스러운 자유 여행을 시작했다. 어쩌면 '나도 할 수 있다.'라는 일종의 자신과의 자존심 싸움이었는지도, 혹은 고생 후에 찾아오는 성취감을 맛보기 위해서인지도 모르겠다. 그런 이유로 쉬운 길을 두고도 늘 힘든 길을 자처해 왔다.

하지만 10인실 방을 보고 나니 아무리 고생을 사서하는 여행이라 할지라도 이건 아니다 싶었다. 스태프에게 혹시라도 예약 취소된 개인실이 있냐고 물었더니 다음날 6인실이 한 개 나오고, 그 다음날에는 4인실이 한 개 나온다고 했다. 그러니까 첫날은 예약한 대로 10인실을 이용하고, 둘째 날은 6인실, 셋째 날부터는 4인실로 옮기는 방법이 있다고 했다. 선택의 여지가 없었기에 그렇게 하기로 결정을 하고, 일단 10인실에 입실할 수밖에 없었다.

창문도 없는 10인실의 서양인 남녀 룸메이트들은 말수가 적은 것이 왠지 다들 지쳐 보였다. 그들은 잘 씻지도 않았기에 10명이 사용함에도 화장실은 붐비지 않아서 그것 하나는 좋았다.

다음 날, 6인실로 이사를 했다. 창문으로 햇살도 들어오니 10인실에 비하면 천국이었다. 싱크대와 냉장고까지 갖추었다. 이 정도라면 굳이 4인실에 가지 않아도 되겠다고 생각했지만 다음날엔 이 6인실은 이미 예약이 차 있어서 예정대로 4인실로 옮겨야 한다고 했다. 그런데 10인실에서 6인실, 그리고 4인실로 업그레이드를 하면서 드는 추가 비용은 겨우 3유로였다.

6인실에 막 입실을 했을 때였다. 침대 시트커버를 씌우고 있는데 스태프가 들어오더니 대걸레로 마룻바닥을 닦고 나갔다. 그 이후부터인지 방 안에서 걸레 냄새가 나기 시작했다. 방 안에는 나 혼자였기에 혹시라도 누군가가 들어온다면 그 냄새의 원인이 '나'라고 생각할 것 같아서 마룻바닥에 향수를 뿌렸다.

잠시 후에 학생으로 보이는 남자 룸메이트가 들어왔다. 냄새가 걱정이 되어서 괜스레 그에게 주절거렸다. "스태프가 대걸레로 바닥을 닦았는데 안 좋은 냄새가 나는 것 같다."라고 했더니 그는 아무 냄새도 안 난다며 빙그레 웃더니 다시 방을 나갔다.

그럴 수밖에. 그 냄새의 원흉은 대걸레로 닦은 바닥이 아니었다. 바로 그 남학생의 침대 헤드에 걸어둔 수건에서 나는 냄새였던 것이다. 원래는 하얀색이었을 것 같은 회색의 수건에서 걸레 냄새가 진동을 했던 것이다. 그것도 모르고 괜스레 혼자서 걱정이었다.

서양 사람들은 잘 안 씻는다. 여행을 하다 보면 우리나라 사람만큼 잘 씻는 사람들도 없는 것 같았다.

크로아티아를 상징하는 타일 지붕으로 유명한 성 마르카 교회*Crkva Sv. Marka*를 찾아서 길을 걸었다. 비가 와서인지 날씨가 꽤 쌀쌀했다. 비 내리는 날을 좋아하지만 아무래도 우산을 들고, 또 카메라를 들고 걸어서 구경한다는 것은 생각만큼 쉬운 일이 아니었다. 비는 세차게 내리다가 멈추다가 또 내리기를 반복했다.

양쪽으로 조용한 가게들이 있는, 언덕으로 이어진 길을 따라 걷노라니 스톤 게이트*Kamenita Vrata*가 보였다. 아주 짧은 터널 같은 곳이었다. 스톤 게이트는 자그레브 구시가지의 그라덱*Gradec* 지역에 있던 성벽의 일부이며 성모 마리아의 그림으로 유명한 곳이다. 1429년에 처음으로 스톤 게이트에 대한 언급이 있었으나 스톤 게이트는 1266년에 지어졌다고 추정한다. 스톤 게이트는 오랜 세월이 흐르면서 화재로 인해 여러 번 재건축을 했던 곳이다.

1731년 5월 31일의 마지막 화재로 그라덱 지역은 물론이고 스톤 게이트도 황폐화되었다. 그런데 그러한 심각한 화재의 잿더미 속에서 발견된 성모 마리아의 그림은 액자만 불에 탔을 뿐 그림은 전혀 손상이 되지 않았다. 그것을 본 시민들은 성모 마리아를 기리는 마음으로 스톤 게이트에 작은 예배당을 만들었다. 현재 스톤 게이트는 종교인들에게는 성지 순례지가 되었다.

꽃으로 장식된 제단 위에는 성모 마리아의 그림이 전시되어 있었고, 그 앞에는 무릎을 꿇고 기도를 하는 사람들이 있었다.

스톤 게이트를 지나서 다시 얼마간을 길을 걸으니 성 마르카 광장*Trg Sv. Marka*이 나왔다. 광장 왼쪽으로는 소박한 건물의 대통령 궁이, 오른쪽으로는 크로아티아 의회 건물이 있었다. 두 건물의 중심에 13세기에 지어진, 사진으로 본 적이 있는 예쁘장한 성 마르카 교회*Crkva sv. Marka*가 서 있었다.

사진으로 본 것보다 훨씬 큰 성 마르카 교회의 규모에 놀랐다. 독특한 체크무늬의 타일 지붕으로 유명한 성 마르카 교회는 자그레브의 가장 오래된 건물 중 하나이며 자그레브를 상징하는 건물이다. 레고처럼 생긴 특이한 지붕의 왼쪽에는 크로아티아의 문장이, 오른쪽에는 자그레브 시의 문장이 모자이크로 장식되어 있었다. 교회 내부는 화려한 벽화와 아름다운 프레스코화로 유명하다고 하지만 미사 시간 외에는 입장이 되지 않아 교회 밖을 맴돌기만 할 뿐이었다.

갑자기 비가 많이 내리기 시작했다. 교회 앞의 어느 공사 중인 건물 속에서 비를 피하다가 날씨가 좋은 날에 다시 오기로 하고 발길을 돌렸다.

돌라체 시장*Tržnica Dolac* 주변의 식당에서 점심 식사를 했다. 식사 후에 돌라체 시장에서 체리와 살구의 반짝 할인 판매가 있기에 줄을 섰건만 내 바로 앞에서 할인이 끝나 버렸다. 체리와 살구를 각각 1킬로그램씩을 28쿠나에 샀더니 누런 봉지에 한 가득씩이었다. 한화로는 6천 원이 안 되는 가격이다.

숙소에 과일을 두고 다시 저녁거리 장을 보러 나갔다. 숙소의 공동 냉장고가 작기 때문에 냉장고는 늘 빼곡했다. 여러 사람들이 다 사용하기에는 공간이 부족하므로 그날 먹을 것만 조금씩 사야 했다.

슈퍼의 정육 코너에 훈제 삼겹살이 있었다. 삼겹살은 느끼하니 매콤하게 볶아 먹으면 좋겠다는 생각을 하며 삼겹살 6장을 샀다. 고추장을 찾아봤으나 헛수고였다. 직원에게 혹시 그 비슷한 것이라도 있는지 물어봤더니 직원은 자기 일처럼 한참이나 찾아다니고 있었다. 얼마 후, 뭔가를 한 손에 든 직원이 급하게 뛰어왔다. 그녀의 손에는 타코 소스 병이 들려 있었다. 마치 신대륙을 발견한 것 같은 그녀의 표정에 웃음이 터져 나왔다. 작은 일에도 성의를 다하는 그녀가 너무나 아름다웠다.

저녁 식사를 위해 호스텔 주방에 갔더니 룸메이트인 호주인 피터가 냄비에 물을 끓여서 라비올리를 삶고 있었다. 피터는 그것으로 저녁 식사를 할 거라고 했다. 라비올리가 오늘 첫 식사라고 했다. 하루 종일 뭐하느라 쫄쫄 굶었을까?

훈제 삼겹살을 팬에 구운 뒤, 타코 소스를 넣고 한 번 더 볶았더니 상큼한 것이 고추장을 넣은 것보다 더 괜찮았다. 같은 식탁에 앉은 피터에게 삼겹살을 덜어 줬더니 피터는 자신의 라비올리를 내게 나눠 주었다.

타코 소스로 볶은 훈제 삼겹살과 달걀, 피터의 라비올리, 그리고 체리와 살구를 곁들이니 가난한 여행자에게는 더없이 훌륭한 저녁 식사가 되었다.

식사를 하며 피터는 전날 다녀온 플리트비체의 사진들을 보여 주었다. 그러지 않아도 거길 갈까 말까로 계속 갈등 중이었다. 노트북 속의 약 100여 장의 사진 속의 플리트비체는 초록색으로 넘쳐났다. 그간의 갈등 속에서 깨끗하게 벗어날 수가 있었다. 플리트비체는 아름다운 자연을 잘 보존한 국립공원으로, 크로아티아를 방문하는 여행자들은 대부분 한 번씩 들르는 곳이다. 나는 예쁜 집과 골목길을 선호하는지라 초록색으로 가득한 플리트비체에는 가지 않기로 결정했다.

크로아티아라는 나라는 지도를 보면 알겠지만 아드리아 해를 끼고, 좁고 길게 뻗어 있는 지형을 가진 나라이다. 자그레브에서 다시 헝가리의 부다페스트로 가야 하는 일정이기에 플리트비체, 스플리트, 두브로브니크까지 갔다가 다시 자그레브로 되돌아와서 헝가리로 넘어가는 것은 체력적으로나 시간적으로 녹록치가 않았다. 욕심 부리지 말고, 크로아티아에서는 5박 6일 동안 휴식을 취하며 느긋하게 지내기로 했다.

나는 마음에 드는 곳에서 여유롭게 쉬다가, 어떤 날은 열심히 돌아다니다가, 또 어떤 날은 숙소에서 하루 종일 빈둥거리는 것도 나쁘지 않다고 생각하는 여행자이다. 나는 무리한 여행보다는, 체력이나 상황과 잘 타협하며 자신을 위한 여행을 하는 편이다. 이런 사람을 게으른 여행자라고 불러도 할 말은 없다.

시골 쥐의 하루

호스텔 스태프에게 예쁘고 작은 마을을 방문하고 싶다고 하자, 그녀는 자그레브에서 멀지 않은 시골 마을인 사모보르*Samobor*를 추천했다. 사모보르는 오랜 전통이 잘 보존된 그림 같은 중세 마을이라고 했다.

숙소 근처인 옐라치치 광장에서 트램을 타면 자그레브 기차역을 지나서 버스 터미널로 곧장 가게 된다.

트램에 올랐으나 빈자리가 없어서 기둥을 잡고 서 있었다. 비수기여서 자그레브의 트램 속에서도 나는 역시나 유일한 동양인인지라 사람들의 몰래 보는 시선은 죄다 내게로 향하고 있다는 것을 막 불편해하고 있던 참이었다. 트램이 곡선을 그리며 크게 회전을 하기 시작했다. 순간, 잡고 있던 기둥을 놓치고 말았다. 몸은 균형을 잃어버리더니 대각선 방향으로 쪼르르 뛰어가서 앉아 있던 어떤 남자의 무릎에 털썩 앉고 말았다. 크로아티아인들에게 반듯한 한국인의 모습을 보여 주고 싶었건만 그런 꼴을 보이고 말았다.

갑작스레 나의 의자가 된 남자는 얼굴이 빨갛게 되더니 머리를 숙이곤 수줍게 웃었다. 갑자기 동양 여자가 자신의 무릎에 앉아 버렸으니 그는 나보다 더 황당한 것 같았다. 창피하기도 했지만 그 장면이 스스로도 너무나 우스웠다. 전부터 나를 훔쳐보고 있던 트램 속의 사람들이 그 광경을 보더니 입을 가리고 킥킥 웃고 있었다. 나의 의자가 된 남자에게 미안하다고 말을 하면서 그만 웃음이 터져 버렸다. 트램 속의 사람들은 기다렸다는 듯이, 입을 가렸던 손을 떼고 소리 내어 웃기 시작했다. 트램 속에 웃음꽃이 피었다. 나의 희생으로 그들이 웃을 수 있다면야 뭐.

버스 터미널에 내릴 때였다. 트램 속의 몇몇 사람들이 나에게 손을 흔들며 인사를 했다. 우스꽝스러운 쇼에 대한 답례를 하는 착한 크로아티아 사람들이었다.

사모보르에 도착을 했다. 늘 그렇듯이 광장을 지나 바람처럼 구름처럼, 발길 닿는 대로 걷기 시작했다. 견학을 나온 초등학생들 외에는 관광객도 없어서 북적거리지 않는 것이 자그레브와는 상당히 다른 분위기였다.

사모보르는 수도인 자그레브에서 서쪽으로 약 25킬로미터 정도 떨어진 곳에 위치하고 있으며 인구수는 겨우 3만 8천여 명, 두 개의 초등학교와 한 개의 중고등학교가 있는 작은 시골 마을이다. 사모보르의 최고 산업 중 하나는 유럽과 전 세계에서 인정하는 크리스털 가공업이다.

그라드나*Gradna*라는 이름의 작은 개울이 마을의 한가운데를 휘어지며 흐르고 있었고, 개울 위에는 여러 개의 작고 예쁜 다리들이 놓여 있었다.

사모보르의 집들은 대부분 밝고 따뜻한 파스텔 색으로 칠이 되었고, 집집마다 각각 다른 디자인의 지붕들이 아주 인상적이었다. 담벼락에 붉은 장미가 피어 있는 골목길은 마치 우리네 옛 골목길과 무척 닮아 있었다. 그러하기에 사모보르는 이방인을 포근하게 감싸 안아 주며 안정감을 느끼게 해 주는 마을이었다.

작은 상점들이 드문드문 있는 평화로운 마을길을 혼자 걷는 시간은 어느 때보다 행복한 시간이었다. 대도시에서는 늘 뭔가 불안한 마음이었건만 시골에서는 마음이 편안해지고 미소가 피어나는 것을 보면 나는 시골 취임에 틀림이 없었다.

작은 공원에는 견학을 온 아이들이 줄을 지어 서 있었다. 아이들은 사모보르 박물관*Samoborski muzej*을 막 빠져나온 것 같았다.

사랑스러운 공원에 위치한 작은 사모보르 박물관은 사모보르와 관련된 고문서, 그리고 문화적, 역사적 소장품을 상설 전시하는 곳으로 1949년에 문을 열었다.

전체를 둘러보는 데 약 20분 정도 소요되므로 사모보르의 역사에 관심이 없다고 하더라도 한 번쯤 가볍게 방문해도 좋은 곳이었다.

마을에 이런 박물관이 있기에 사모보르에서는 선생님이 이끄는 어린 학생들을 자주 볼 수가 있었던 것 같다.

마을을 돌아본 후에 마을을 내려다보기 위해서 언덕으로 난 길을 걸었다. 인적이 드문 곳인지라 내 발자국 소리와 숨소리만 크게 들리고 있었다. 얼마간을 계속 걸어 오르니 조용한 산길이 나왔다. 나무 그늘 아래에서 숨을 고르며 아래를 내려다보니 사모보르가 한눈에 들어왔다. 새들이 지저귀는 6월의 신록 속에 있노라니 몸과 마음이 절로 정화되는 듯했다. 산길을 조금 더 오르면 부서진 성터가 있다고 들었지만 마을을 내려다보는 것으로 트레킹을 끝내기로 했다.

짧은 트레킹 후, 식당에 들어갔으나 점심 식사는 이미 끝이 났다고 했다. 그제

Donna

야 시계를 보니 오후 3시가 한참이나 지나 버렸다. 식당 종업원은 마을의 어느 피자 가게는 장사를 할 거라며 위치를 알려주었다.

어슬렁거리며 피자 가게를 찾다가 제과점이 보이기에 점심 식사 메뉴를 빵으로 바꿨다. 작은 제과점의 진열장 안에는 많지는 않지만 여러 가지 빵이 진열되어 있었다. 사모보르까지 왔으니 크램슈니타*Kremšnita*를 먹어보기로 했다.

크램슈니타는 커스터드 크림 반죽을 퍼프 페이스트리로 덮은 후, 슈가 파우더로 마무리를 한 사모보르의 대표적인 빵이다. 크램슈니타는 크로아티아의 자그레브와 오스트리아, 슬로베니아, 보스니아 등 다른 지역에도 있지만 사모보르의 것이 가장 맛있다고 한다. 전에 자그레브에서 맛을 본 크렘슈니타는 초콜릿으로 덮여 있었다.

여점원에게 오렌지 주스와 크램슈니타 한 쪽을 주문했더니 점원은 얼굴이 빨갛도록 당황해 하더니 옆의 동료 점원을 쿡쿡 찌르면서 도움을 청했다. 외지인들의 방문이 뜸한 곳임이 분명했다. 그녀가 도움을 청한 동료 점원도 영어를 못하는 것은 마찬가지였다. 두 사람의 허둥대는 모습이 무척 귀여웠다. 결국 짧은 단어와 나의 손가락으로 크램슈니타와 오렌지 주스를 살 수가 있었다.

식사거리를 들고 개울 옆의 벤치에 앉았다. 내 식사를 노리는 참새 한 마리가 다가왔다. 배가 고프다는 참새의 예쁜 얼굴을 보고 어찌 혼자만 먹으리.

소박한 점심 식사를 참새와 함께 나누거나, 멍하게 앉아 있거나, 벤치에 기대어 구름이 흐르는 하늘을 바라보거나, 작은 수첩에 스케치를 하거나 또는 사진을 찍거나. 이것이야말로 진정 내 마음대로 하는 완벽한 나 홀로 여행이 아닐까?

* 자그레브-사모보르: 40분 by 버스

* 자그레브에서는 창구에서 버스표를 샀지만 사모보르에서 돌아올 때에는 버스 기사에게 표를 샀다.

자그레브는 맑음

저녁 식사 후, 작은 미러리스 카메라 하나 메고 옐라치치 광장으로 갔다. 또 비가 조금씩 내리기 시작했다. 광장 한가운데에서 10센티 남짓한 삼각대를 바닥에 세우고 쪼그려서 사진을 찍는 동양 여자를, 자그레브 사람들이 신기한 듯, 또는 이상한 듯이 쳐다보았다. 세련되지 않은 트램들은 기다란 궤적을 그리며 옐라치치 광장 앞을 느리게 지나다니고 있었다.

숙소로 돌아오던 길에 전날 라비올리로 식사를 하던 피터를 만났다. 숙소 1층 카페에서 피터와 맥주를 한 잔하며 이런저런 얘기를 하다가 룸에 돌아왔더니 캐나다에서 온 엘리자베스가 머리 세팅에 화장을 하느라 난리가 아니었다. 그녀는 20대라는 나이에 어울리지 않는 보라색 롱 저지 드레스를 입고 클럽에 갈 준비를 하고 있었다. 그녀는 주말인데도 숙소에 있겠다는 내가 이해가 안 된다고 했다. 그녀가 떠나고, 그녀의 향수 냄새가 남은 화장실은 엉망이 되어 있었다. 전기 헤어 세팅기는 여전히 전원이 켜진 채 벽에 매달려 있었고, 빗은 세면대 속에서 뒹굴고 있었다. 결국 그녀는 내가 잠들 때까지 돌아오지 않았다. 새벽에 왔는지 엘리자베스는 다음날 해가 중천에 오를 때까지 일어나지 못했다.

달걀 프라이로 아침 식사를 하려고 했지만 주방의 프라이팬이 설거지가 안 되어 있었다. 프라이 대신에 달걀을 삶아서 요것조것 담아서 아침 식사를 했다. 주방 벽에 누군가가 붙여둔 경고문 같은 글귀가 있었다. '이곳에는 당신의 엄마가 계시지 않는다!' 그럼에도 사용한 접시나 주방기구들을 씻어 놓지 않는 사람들이 가끔 있었다.

자그레브의 숙소 주방에는 쥐가 한 마리 있는 듯했다. 도착 첫날에 조금씩 잘라먹을 수 있는 칸이 있는 긴 빵을 사서 공동 주방에 두었었다. 그런데 아침에 일어나면 매일 한 칸씩 빵이 없어지곤 했다. 간이 콩알만 한 누군가가 하루에 한 칸씩 조금씩 떼어 먹곤 하는 것이었다. 빵은 그 귀엽고 가난한 여행자를 위해서 그 자리에 그냥 두기로 했다.

이틀씩이나 내리던 비가 그치고 드디어 햇빛이 눈부시게 빛나기 시작했다. 비 오는 날 보았던 성 마르카 교회를 한 번 더 보러 가는 길에 운 좋게도 기마대의 사열을 구경했다. 전통 의상을 차려입은 기마대가 위풍당당하게 시장 골목을 행진하고 있었다. 나는 갑자기 튀어나온 기마대에 넋을 잃은 채 셔터를 누르고 있었다. 옆에 있던 어느 외국인이 아주 천천히 내게 말했다.

성 마르카 교회

"말이 오니까 피하는 게 좋을 것 같아요."

그가 1초라도 더 늦게 말을 했더라면 나는 말발굽에 깔렸을지도 모를 일이었다.

전날의 우중충했던 것과는 확연히 다르게, 햇빛을 받은 중세 건물들은 밝은 색으로 빛나고 있었다. 성 마르카 교회 주변의 길거리는 깔끔하고 건물들은 아름다웠다. 성 마르카 교회와 자그레브 여기저기를 기웃거리며 걸었다.

옐라치치 광장에 도착하니 햇살 아래에는 공연이 한창이었으며 자그레브 시민들은 죄다 광장에 나온 것 같았다. 광장에서는 맥주 시음회도 하고 있었다. 맥주 회사에서 나온 직원들이 플라스틱 컵에 담긴 맥주를 권했다.

광장 중앙에서는 자전거 묘기가 시작되고 있었다. 한 남자를 바닥에 눕혀놓고 자전거로 남자를 뛰어넘는 아슬아슬한 묘기에 관중들은 아낌없는 박수를 보냈다. 자전거 묘기 공연이 끝나기가 무섭게 꼬마들이 연기자를 찾아가서 공연료를 내고 있었다. 물론 부모가 시켜서 하는 것일 테지만 거리 예술 공연에 대한

옐라치치 광장

대가를 지불하는 문화를 어릴 때부터 가르치는 모습이 보기 좋았다. 유럽은 잘 살거나 못 살거나, 의식 수준은 대부분 선진국인 것 같았다.

자그레브 대성당*Zagrebačka katedrala*을 방문했다. '성모 승천 대성당'이나 '성 스테판 성당'으로 불리기도 하는 대성당의 광장에는 천사들이 둘러싼 기둥 위에 황금의 성모 마리아 조각이 대성당을 향해 서 있었다. 대성당은 상당히 높았다. 자그레브의 캅톨*Kaptol* 언덕에 위치한 이 대성당은 자그레브는 물론이고 크로아티아에서 가장 높은 건물이이어서 도시의 여러 곳에서 볼 수 있다. 대성당은 외적의 침입으로 파괴되거나 지진으로 인해 심각한 손상을 입었지만 재건을 거듭하여 자그레브의 랜드 마크로 자리 잡고 있다. 우측의 첨탑은 현재도 여전히 복원 중이었다. 성당 내부는 5천 명까지 수용 가능할 정도로 그 규모가 대단했다. 마침 단체로 견학을 온 아이들이 성당 안에 가득했다.

어느덧 점심시간이 되었다. 느리고 느린 6일간의 크로아티아 일정이 끝이 나고, 오후에는 헝가리의 부다페스트로 넘어간다. 자그레브에서 점심 식사를 하고 부다페스트로 가기로 했다.

돌라체 시장을 돌아서 스칼린스카 길*Skalinska Ulica*에 들어서니 계단식으로 죽 늘어선 식당들이 언덕길을 가득 메우고 있었다. 식당마다 자리가 없어서 줄을 서야 했다. 줄에 서서 기다리는데 바로 앞에 아랍 의상을 입은 남성과 그리고 일행인 여성과 남성이 있었다. 남성의 아랍 의상이 눈길을 끌었다. 그들이 먼저 테이블을 차지하면서 혼자 기다리는 내가 신경이 쓰였는지 합석을 하자고 제의했다. 그들은 크로아티아 현지인들이었다. 아랍 의상을 입은 남성은 건축가, 사진가 그리고 여행가라고 했으며 아랍 의상은 여행지에서 사 온 것이라고 했다. 장난을 좋아하는지라 이곳에서도 입어 본 것이라고 했지만 장난을 좋아하는 사람들치고는 조용하고 점잖았다. 그들은 나를 위해 영어로 대화를 했다. 그들은 오래전부터 나를 알고 지냈던 것처럼 스스럼없이 자신들의 이야기를 해 주었다.

그들은 자신들의 음식도 맛을 보라며 덜어 주었기에 크로아티아 전통 음식을 골고루 다 맛볼 수가 있었다. 충분히 먹었음에도 거듭 권하는 그들의 행동과

말이 참으로 인정스러운 것이 우리나라 사람들의 정서와 무척이나 닮은 것 같았다.

그들과 헤어지고 부다페스트로 떠나기 위해 자그레브 역으로 갔다. 부다페스트 행 열차표는 전날 미리 역에 나가서 예매를 했었다. 다른 곳의 열차표는 모두 프린트로 된 것이었지만 자그레브 역에서는 열차표에 행선지와 비용, 시간 등을 직접 펜으로 써 주고 있었다.

작은 돋보기를 콧잔등에 걸친 할아버지 직원이 일일이 펜으로 종이에 적어 주는 모습이 참으로 특이했다. 시계 바늘이 거꾸로 돌아가서 마치 과거 속으로 들어간 듯했다.

헝가리

Hungary

No Gloomy Sunday in 부다페스트

자그레브 중앙역*Glavni Kolodvor*의 플랫폼에서 부다페스트*Budapest* 행 기차를 기다리고 있었다. 역무원이 다가와서 크로아티아어로 뭐라고 말을 했지만 '버스'라는 단어만 귀에 들어왔다. 옆에 있던 외국인이 통역을 해 주었다. 헝가리의 부다페스트로 가는 길에는 철로공사를 하는 구간이 있어서 자그레브 역에서 얼마간 기차를 타고 가다가 공사 구간은 셔틀버스로 이동을 한 뒤, 다시 기차를 타야 한다는 것이었다. 그제야 기차표를 살펴보니 임시 경유지가 프린트된 듯한 종이 한 장이 기차표 사이에 끼어 있었다. 종이는 그 나라 언어로 씌어 있어서 미리 봤더라도 이해할 수가 없었을 것이다. 그 역무원이 아니었다면 사람들이 다 내리고 난 기차 속에 혼자 앉아 있을 뻔했다. 나에게 통역을 해 준 그 여자도 부다페스트로 간다기에 그녀와 동행하기로 했다.

기차는 자그레브 역에서 약 50분을 달려 크리제브치*Križevci* 역에 도착했다. 승객들이 모두 내려서 역 밖으로 나가니 두 대의 셔틀 버스가 대기하고 있었다. 사람들은 마치 패키지 여행자들처럼 버스 두 대에 나눠 타고 크로아티아의 먼지 나는 흙길을 약 40분을 달려 코프리브니차*koprivnica* 역에 도착했다. 크로아티아의 코프리브니차 역에서 기차를 타면 그제야 헝가리의 부다페스트로 넘어가게 되는 것이었다. 이런 이동 방법은 처음인지라 신기하고 재미있기도 했다.

코프리브니차 역에서 크로아티아 국경 수비대의 검문과 여권 검사가 있었다.

다시 10분 정도를 더 달리니 금세 헝가리였다. 헝가리 국경 도시인 기키네스 *Gyékényes* 역에 기차가 도착하자 이번엔 헝가리 국경 수비대가 올라오더니 여권 검사를 하고 여권에 스탬프를 찍었다. 비 솅겐 국가인 크로아티아로부터의 불법 입국을 방지하기 위해 철저히 검사한다고 했지만 그렇지도 않았다. 스탬프를 찍는 것 외에는 여느 유럽 국경 검문과 별다른 것이 없었다.

어수선한 시간이 지나고 그제야 창밖을 내다볼 여유가 생겼다. 플랫폼에서 통역을 해 준 여자가 옆자리에 앉았다. 그녀는 창밖으로 지나가는 풍경을 보며 그 지역에 대한 설명을 일일이 해 주었다. 나이는 들어보였지만 부다페스트 대학에서 유학을 한다고 했다. 지적이며 참 편안한 사람이었다.

부다페스트의 호스텔은 편하게 쉬기 위해서 1인실로 예약을 했다. 평점이 높은 'Travellers Home Hostel'을 다녀간 여행자들의 리뷰를 읽어 보니 스태프에 대한 칭찬이 자자했기에 망설임 없이 예약을 했다.

리뷰에 언급되었던 것처럼 호스텔의 주인인 산도르는 만나기 전부터 무척 친절했다. 예약 확인 메일과 몇 시에 도착하는지 묻는 메일, 마중을 나오겠다는 메일 등등 몇 번이나 이메일을 보내왔다. 그는 부다페스트 역까지 무료 픽업을 하겠노라고 했으며 내가 도착할 시간쯤에 역 밖의 주차장에서 기다리겠다고 했다. 그런 연락을 받았기에 밤에 도착한다고 해도 전혀 걱정이 되지 않았다.

부다페스트의 캘러티*Keleti* 역에 도착을 하니 밤 10시 20분. 이곳도 조명이 밝지는 않았다. 역 밖으로 나와서 주차장을 향해서 걸어가노라니 어둠 속에서 내 이름을 부르는 소리가 들렸다. 낯선 나라에서 누군가가 내 이름을 불러 준다는 것, 묘한 기분이 들었다. 산도르는 초록색 푸조를 세워놓고 나를 기다리고 있었다. 처음 '산도르'라는 이름을 들었을 때에는 제법 뚱뚱한 아저씨일 거라고 상상을 했었지만 그는 30대 후반의 왜소한 남성이었다. 차를 타고 숙소로 향하는 내내 그는 주변에 대한 설명을 잊지 않았다.

차는 어느 집 앞에 멈추었다. 2개의 육중한 공동 철문을 열고 들어가니 가운데에 네모난 중정이 있고 중정을 중심으로 다세대 건물이 'ㄷ' 자로 들어서 있었다.

하얀 린넨 커튼이 쳐진 1층의 어느 창에서 따뜻한 백열등의 빛이 새어 나오고 있었다. 산도르가 그 방을 가리키며 내가 묵을 방이라고 했다. 불빛을 쳐다보는 것만으로도 그간의 피로가 한순간에 녹아 버리고 마치 내 집에 돌아온 것 같은 포근한 기분이 들었다.

1층에는 내가 묵을 방 한 개와 거실과 주방, 혼자 사용할 욕실이 있었으며 2층에는 방 두 개와 욕실이 있었다. 손님은 나밖에 없었으며 다음날 저녁 8시에야 인도에서 가족 한 팀이 온다고 했다.

산도르는 식탁 위에 지도를 꺼내서 관광지 이곳저곳에 대해서 자세한 설명을 한참이나 하더니 한국에 가 본 적이 있다고 했다. 강화도의 전등사를 방문했던 그는 강화도 지도까지 그리며 전등사의 위치를 알려 주었다. 외국인에게 강화도에 대한 설명을 듣고 있는 묘한 상황이었다.

호스텔 안내와 가스 켜는 방법 등을 알려 주고 난 후, 산도르는 가족이 있는 집으로 돌아갔다. 이 호스텔은 호스텔이라기보다는 펜션이었다. 호스텔을 지키는 스태프도 한 명 없으니 집 한 채를 다 전세 낸 듯했다. 근처 슈퍼마켓에 가서 아침거리를 사둔 후, 음악을 들으며 편안한 밤을 보냈다.

다음날 아침, 성냥불을 그어서 불을 붙여야 하는 가스레인지에 당황하며 결국 가스레인지에는 손 한 번 대지 않았다. 예전에 네덜란드에서 경험을 했는데도 불구하고 성냥불로 가스를 켜는 것은 여전히 무서웠다. 전날 슈퍼에서 사 온 것들로 대충 식사를 하고 길을 나섰다.

부다페스트는 다뉴브 강을 중심으로 서쪽의 부다 지역과 동쪽의 페스트 지역으로 나뉜다. 다뉴브 강의 위치를 기억하는 한 부다페스트에서는 길을 잃지 않는다고 한다. 또한 부다페스트에서는 다뉴브 강변을 시작으로 도시 관광을 하는 것이 최상의 방법이라고 한다. 강변을 따라 세체니 다리Széchenyi Lánchíd까지 걸어 가기로 했다. 다뉴브 강 위에는 부다와 페스트 지역을 연결해 주는 많은 다리가 있었다.

숙소는 유명 관광지와 인접한 세체니 다리에서 한참 떨어진 다리인 페퇴피 다리Petőfi híd 부근에 위치하고 있었다. 숙소의 위치가 관광지와는 너무 멀다는 사실은 길을 걸으면서 깨닫게 되었다. 햇빛은 쨍쨍이고 날씨는 얼마나 더운지 여행으로 지친 몸은 물을 품은 솜처럼 점점 무거워졌다. 그래도 하늘은 무척이나 아름다웠다.

나의 첫 번째 부다페스트 방문 때에는 비가 내리고 있었다. 부다페스트 뒷골목의 건물들은 디자인이 세련되지도 않고 조금 둔탁하며 색도 화려하지가 않았다. 그런 도시에 비가 내리니 얼마나 우울하던지. 그때 어느 카페에서 들었던 곡이 '글루미 선데이Gloomy Sunday'였다. 흐린 하늘이 배경이 된 부다페스트와 절묘하게 어울리는 곡이었다. 비가 내리는 날, 부다페스트의 어느 뒷골목에서 글루미 선데이를 듣는다면 눈물이 흐를 수밖에 없을 것이다. 다시 만난 부다페스트는 아름다운 하늘 때문인지 날아갈 듯이 경쾌한 느낌이었다.

다뉴브 강을 배경으로 트램들이 자주 지나다녔다. 세체니 다리가 보이는 강변 카페에 들어가서 더위도 피하고 쉬기로 했다. 컨디션을 보니 카페에서 한참 쉬어야 할 것 같았다. 물과 콜라로 더위를 식히며 지나가는 사람들 구경을 하다가 보니 점심시간이 되었다. 예전에 폴란드에서 맛있게 먹었던 슈니첼Schnitzel을 주문했다. 슈니첼은 돈가스 정도라고 생각하면 된다.

일요일과 헝가리 최대 공휴일이 끼어 있던지라 부다페스트 도착 이틀째임에도 환전을 못했다. 조금 손해는 보겠지만 식사비를 유로로 지불하고, 웨이터에게 환전도 했다.

세체니 다리를 건너서 부다 왕궁으로 오르기로 했다. 부다페스트의 상징인 세

체니 다리는 부다와 페스트를 연결하는 최초의 다리이며 영국 엔지니어인 클라크*William Tierney Clark*에 의해 디자인된 다리다. 1840년 공사가 시작되었으며 1849년에 개통되었다.

세체니 다리에 올라서니 잠잠하던 바람이 심하게 불어오고 있었다. 잘 하면 젖은 솜뭉치가 된 몸뚱이도 날아갈 판이었다. 머리카락을 휘날리며 국회의사당도 담고, 다뉴브도 담았다.

다뉴브 강을 내려다보니 첫 번째 부다페스트 방문 때 당한 사고가 떠올랐다. 그때는 다뉴브 강 위의 유람선에서였다. 비가 내렸던지라 다뉴브 강은 흙탕물이 되어서 부다와 페스트 사이를 사납게 흐르고 있었다. 비가 내려서 갑판이 미끄러웠다. 처음 방문이니 카메라에 담을 것도 많았다. 한참 동안 셔터를 누르다가 뒤를 돌아서면서 뭔가에 걸려 된통 넘어졌다. 바로 뒤에 작은 꼬마가 있었던 것이다. 다행히 꼬마는 무사했지만 내 카메라는 모서리가 부서지고 나 역시 여기저기 많이 다쳤다. 여행 내내 카메라는 누런 테이프로 칭칭 감겨 있었고, 온몸은 멍투성이가 되어 버린 일이 있었다.

부다 왕궁은 걸어서 오를 수도 있지만 푸니쿨라를 탔다. 부다 왕궁은 헝가리 왕인 벨라*Bela* 4세에 의해 1247~1265년, 최초의 왕궁이 지어졌으며 17세기에 현재의 크기로 개축이 되었다. 현재는 역사박물관과 국립미술관, 국립도서관으로 사용되고 있다.

부다 왕궁에서는 멀리 다뉴브 강 건너, 아름다운 국회의사당과 엘리자베스 다리도 보이고, 가까이는 세체니 다리도 보였다.

거북이 같은 느린 하루를 보내고 일찍 숙소로 돌아왔다. 저녁에 산도르가 손님들을 픽업해서 왔다. 딱딱한 영어도 들리고 간간히 한국말도 들려서 봤더니 인도인 사위, 손자와 함께 온 한국인 노부부 게스트였다. 인도인 사위가 공영 주차장에 주차한 자신의 주차비를 산도르에게 대신 내라고 하니 산도르가 진땀을 빼고 있었다.

그들이 도착하고 얼마 후부터 온 집안에서 신 김치 냄새가 나기 시작했다. 그들이 가지고 온 김치가 주범이었다. 김치가 담긴 통을 냉장고에 넣어 뒀는데도 냄새가 심하게 났다. 냄새를 없애려고 양쪽 창문을 몇 시간이나 열어 놨는데도

냄새는 쉬 빠지지 않았다. 그들은 김치는 물론이고, 쌀이며 식기까지 가지고 여행을 하고 있었다.

우리나라 사람들은 여행 중에 한국 음식을 가지고 다니는 경우가 많다고 하는데 서양 사람들은 자기네 음식을 싸서 다니는 것을 한 번도 본 적이 없다. 여행이 모험이듯이 현지 음식을 먹는 것도 설레는 모험이 아닐까 한다.

저녁에 산도르와 그의 일본인 부인과 대화를 하느라 부다페스트 야경을 놓치게 생겼다. 페퇴피 다리까지 쉬지 않고 달렸다. 다리에 도착하니 환상적인 무대가 펼쳐져 있었다. 푸른 다뉴브 강물 위에 불을 밝히고 미끄러지는 유람선과, 빛으로 장식한 건물들이 화려하고도 완벽한 야경을 만들어 내고 있었다. 조금 더 일찍 도착해서 태양이 사라지는 순간부터 어둠이 내려오는 모습까지 여유롭게 감상했으면 더 좋았을 텐데.

더 어두워지기 전에 다리 난간에 카메라를 얹고 셔터를 누르기 시작했다. 페퇴피 다리 위를 오가는 전철과 자동차들의 덜컹거림으로 카메라가 계속 흔들리고 있었지만 다른 방법이 없었다. 그래도 내 가슴 속에는 흔들리지 않은 아름다운 부다페스트의 야경이 고스란히 간직되어 있으니까 괜찮다고 위로를 했다.

다음날, 한국으로 가는 날이었다. 아침에 만난 산도르가 오전 11시경에 자기네 집에서 차를 마시자고 했다.

실은 첫날 대화 중, 헝가리 가정집이 궁금하다는 말을 그에게 한 적이 있었다. 그는 다음날 그의 둘째 아이 생일이어서 가족과 함께 두 시간 거리의 시골집에서 파티를 한다고 했다. 원한다면 같이 가자고 했었다. 산도르네 가족은 100명의 손님들을 초대할 것이며 파티를 위해서 밤새도록 음식을 만든다고 했다. 그런데 그 다음날 부다페스트로 돌아온다는 것이 문제였다. 그날은 한국행 비행기를 타야 했기에 갈등 끝에 사양했었다. 그런 일이 있었기에 그는 시골에서 돌아오자마자 자기네 집이라도 보여 주고자 티타임에 나를 초대한 것이었다.

큰길에 있는 꽃집에 가서 급하게 장미꽃 한 다발을 샀다. 산도르의 차를 타고 5분 정도 달리니 역시 큰 철문과 중정이 있는 집에 도착을 했다. 네 식구가 딱 살기 좋은 크기의 소박한 2층 집에는 오래된 가구들이 많았다. 갈색의 작은 티 테이블은 하얀 레이스로 장식이 되어 있었고, 식탁에는 밝은 꽃무늬의 식탁보가 덮여 있었다. 거실의 창문으로는 햇살이 예쁘게 들어오는 헝가리인의 집이었다.

산도르의 일본인 아내는 미리 다과를 준비해 두고 있었다. 그녀는 복숭아 향이 후각을 부드럽게 건드리는 과일 차와 잼이 얹어진 쿠키인 콜라츠키*Kolacky*를 내어 왔다.

산도르와 그의 아내는 손재주가 상당히 좋은 사람인듯 듯했다. 철재로 된 계단의 발판에는 산도르가 그의 일본인 아내의 이름을 직접 새긴 한자가 있었다. 아내를 향한 그의 사랑의 깊이를 짐작할 수가 있었다. 5살과 7살의 꼬마들은 수줍어하며 계속 소파 뒤로 숨기에 떠나기 전까지 제대로 얼굴 한번 보질 못했다. 헝가리 가정집을 보고 싶어 했던 나에게 따뜻한 배려를 한 그들 부부가 참으로 고마웠다.

* 자그레브, 크로아티아-부다페스트, 헝가리: 6시간 30분 by 기차+버스+기차 (철로 공사가 없으면 환승 없이 갈 수 있다)

에스토니아

Estonia

시간 여행 속으로

발트 3국은 발트해의 남동 해안에 위치한 3개국이며, 위로부터 에스토니아, 라트비아, 리투아니아가 위치하고 있다.

에스토니아의 수도는 탈린*Tallinn*이며 에스토니아 위로는 핀란드만을 사이에 두고 약 80킬로미터 떨어진 곳에 핀란드가 있다.

처음에는 국적기의 마일리지를 이용해서 러시아의 상트페테르부르크로 가서 2박 3일 체류한 뒤에 탈린으로 넘어갈까 했다. 하지만 5월의 러시아는 구 소련의 제2차 세계대전 승전을 기념하는 날인 '승리의 날'이 끼어 있어서 5월 한 달간은 소위 '스킨헤드'라는 집단의 유색인종을 겨냥한 잔인하고도 불미스러운 사건들이 발생하기에 남자들도 러시아의 5월은 피한다는 말을 러시아 여행 전문가에게 들었다. 아쉽지만 안전을 위해서 핀란드의 헬싱키를 거쳐서 탈린으로 들어가기로 했다.

혹시라도 5월에 러시아를 방문한다면 단체로 움직이거나, 만일 혼자 방문한다면 현지 단체 가이드 투어를 하는 것이 안전할 것이다.

인천에서 핀란드의 헬싱키까지는 약 9시간 40분 소요. 헬싱키 공항에서의 환승시간은 2시간 55분. 헬싱키 공항은 크지 않은지라 2시간 55분의 환승 시간은 조금 긴 시간이었지만 공항에서는 무료 와이파이를 무제한으로 사용할 수 있어서 지루하지는 않았다.

헬싱키 공항에서 탈린으로 가는 비행기를 타기 위해서는 활주로에 나가서 비행기의 트랩을 걸어 올라가야 했다. 70인승 비행기는 곧 멈출 것만 같은 낡고 작은 프로펠러를 빙빙 돌리며 아슬아슬하게 하늘을 날기 시작했다. 인천에서 헬싱키로 가는 비행기에서는 많은 동양인들이 있었으나 다들 어디로 사라졌는지 헬싱키에서 탈린 구간의 비행기에서는 동양인이라고는 한 명도 볼 수가 없었다.

헬싱키에서 탈린까지는 비행기로 35분이 소요되었다. 인천에서 출발해서 총 13시간 10분의 이동 후, 드디어 탈린 공항에 도착했다.

이때까지만 해도 택시의 횡포에 관해서는 전혀 생각을 하지 못했기에 제일 먼저 보이는 택시를 탔다. 알고 보니 바가지를 심하게 썼다. 숙소까지 5~6유로 정도인 택시비를 35유로나 냈던 것이다. 숙소 예약 시에 숙소 사이트에 적힌 택시에 관한 주의사항을 읽긴 했지만 그때까지는 그것을 염두에 두지 않았었다. 주의사항에는 꼭 택시 회사 이름이 적힌 택시를 타거나 콜택시를 이용해야지 바가지를 쓰지 않는다고 적혀 있었다. 그 한 번의 실수 후로는 탈린에서는 늘 콜택시를 탔다. 참고로 탈린 공항에서 비루*Viru*문이 있는 탈린 구시가지까지는 택시비가 대충 5유로가 나온다. 숙소에서 이동 시에는 숙소 스태프에게 부탁하면 친절하게 택시를 불러 준다.

조용한 탈린 공항에서 택시를 타고, 별 느낌 없는 거리를 약 15분 정도 달렸을까? 돌바닥이 예쁜 구시가지가 나타났다. 택시는 비루문을 지나 좁은 중세 골목길을 잠시 달리더니 호스텔 앞에 잘 도착했고 택시 기사는 생각할수록 화가 나는 그 35유로를 받더니 휘파람을 불며 사라졌다.

탈린에서 3박 4일 간 지낼 숙소인 Knight House는 구시가지의 성 니콜라스 성당*Niguliste Kirik Ja Muuseum* 바로 앞이었다. 숙소가 바로 관광지 가장 가운데에, 그것도 중세의 성당 앞에 위치한다는 것이 신기했다.

호스텔 주인인 일리아는 조용하며 예의바르고 친절한 청년이었다. 숙소 안내

중, 그는 냉장고의 우유와 주스는 언제나 부담 없이 마시라고 했다. 손님이 많지 않아서인가? 아무튼 이런 경우는 처음이었다. 목장집 아들일지도 모른다는 생각이 들었다.

짐을 풀고, 비루 문까지 천천히 산책을 한 후, 시청 광장*Raekoja Plats* 근처의 식당으로 향했다. 시청광장 주변에는 유럽 어디에나 그렇듯 노천 식당들이 빙 둘러 자리 잡고 있었고, 빨간 전통복장을 한 종업원들이 호객행위를 하고 있었다. 종업원들의 노력에도 그날 저녁에는 식당들이 많이 비어 있었다. 쌀쌀한 날씨였지만 시청 광장이 한눈에 들어오는 노천 좌석에 자리를 잡았다. 13시간 이상 기내에서 소진된 산소를 보충해야 했다. 쌉쌀한 맥주 한잔은 오랜 비행으로 굳어 있던 근육을 부드럽게 풀어 주었다.

노천 식당이나 카페의 의자에는 빨간색의 담요들이 비치되어 있었다. 중세의 건물들과 빨간 담요는 왠지 잘 어울렸다.

'발트 해의 보석'이며 유네스코 세계 문화유산에 등재된 에스토니아의 수도인 탈린은 소박한 분위기였지만 발트 3국 중에서는 가장 아름다웠던 것 같다. 유럽이지만 물가가 워낙 싸기에 핀란드인들은 배를 타고 쇼핑을 많이 오는 곳이기도 하다.

탈린의 건물들은 외벽이 낡았으며 입체적이기보다는 평면적이고 정교하지 않았다. 그런 벽에 그저 밝은 색의 페인트칠만 한 곳이 많았다. 페인트칠이 벗겨진 건물도 많았으며 금이 간 벽을 보수하지 않고 그대로 방치한 건물들도 더러 보였다. 숙소 바로 앞의 성 니콜라스 성당의 외벽과 실내 또한 그러했다. 그럼에도, 허물지 않고 잘 보존함과 동시에 여느 유럽 국가들과 마찬가지로 현재까지 중세 건물들을 잘 사용하고 있었다. 허름하지만 중세의 모습이 그대로 보존된 탈린에서는 더욱 중세의 시간 속에 들어와 있는 것 같았다.

이미 화려한 유럽 도시들을 돌아다닌 사람들의 눈에는 어쩌면 발트 3국이 많이 초라해 보일 수도 있다. 그래서 말인데 다른 화려한 유럽 도시들을 다니기 전, 발트 국가들을 먼저 방문해 보는 것이 어떨까 한다. 분명 유럽임에도 물가가 저렴하고, 사람들은 선하고 붐비지 않다는 장점이 있다.

* 탈린은 유로 사용이 가능하다.
* 택시 이용 시에는 꼭 콜택시나 택시 지붕 위에 택시 회사 이름의 사인판이 있는 택시 이용.
* 탈린 구시가지의 비루문에서 탈린 버스터미널까지는 버스도 있지만 트램 #4가 가장 편했다.
* 트램 티켓은 Kiosk에서 사면 된다.
* 트램을 타면 트램 속에 있는 기계에 티켓을 넣어 펀칭을 해야 한다.

아름다운 가족

비루*Viru*문을 뒤로하고 숙소로 걸어가던 중, 한 무리의 유대인 가족이 나타났다. 표정이 밝은 8명의 아이들은 검정 코트와 검정 모자를 쓴, 그들의 아버지로 보이는 남성과 함께 탈린의 골목길 산책을 즐기고 있었다. 처음 오는 곳인지 조금 큰 아이들은 두리번거리며 탈린을 구경하고 있었고, 꼬꼬마들은 가족과 함께 외출을 한다는 사실만으로도 무척 행복해 보였다.

올망졸망한 9인의 아름다운 가족의 모습에 가슴이 뛰기 시작했다. 그들에게 들키지 않고 사진을 찍을 수 있는 방법이 통 떠오르지 않았다. 셔터를 누르고 싶은 마음은 간절했으나 셔터를 누르면 아이들이 겁을 먹는다든가 해서 그들의 산책에 방해가 될 것 같았다. 다른 곳을 찍는 척하며 두어 장 찍었으나 그만 다 흔들리고 말았다. 역시 몰래 카메라는 어렵다.

유대인 가족이 구시가지 골목길에 들어서자 어느 식당 앞에 서 있던 청년들의 낄낄대는 소리가 들려왔다. 청년들은 손가락으로 유대인 가족을 가리키며 가족의 수를 소리 내어 세기 시작했다. 그들의 소리는 온 골목길에 울려 퍼졌다. 곧 이어 그들은 영화, 〈The Exodus〉영광의 탈출의 테마 음악을 큰 소리로 흥얼거리기 시작했다.

영화는 2차 대전 중, 유럽에서 수많은 박해를 받았던 유대인들의 수용소로부터의 탈출과 그들의 이스라엘 건국사를 다룬 영화이기에 〈The Exodus〉 하면 생각나는 게 바로 유대인이다.

남자 아이들이 머리에 쓰고 있는 동그랗고 얇은 천인 키파*Kippah*와 가족을 이끄는 남자의 복장을 보면 유럽인들은 그들이 유대인이란 것은 금세 알 수가 있을 것이다.

지지리도 비열하고 저급하며 못난 청년들은 유대인 가족을 놀리고 있는 것이었다. 그들보다 더 나쁜 사람들은 주변의 사람들이었다. 식당 주변의 그 누구도 청년들을 나무라지 않았다.

소수민족이나 약소민족에 대한 편견을 갖는 것은 스스로 저질이 되고자 함이다. 인종 차별은 못 배운 사람들이나 하는 짓이다.

그럼에도 불구하고, 아름다운 유대인 가족은 한 치의 동요도 없이 천천히 그들의 저녁 산책을 즐기고 있었다.

해가 지지 않는 나라

슈퍼에서 장 봐 온 것들로 숙소에서 저녁 식사를 하기로 했다. 훈제연어, 삶은 감자, 샐러드 등등으로 식사를 준비했다. 식탁에서는 장기 체류를 하는 캐나다 사업가인 데이브가 노트북으로 일을 하고 있었다. 데이브는 처음 숙소에 도착했을 때 이층까지 짐 가방을 들어 준 사람이어서 말을 트며 지내는 사이가 되었다. 그는 저녁 식사 전이라고 했다. 그에게 함께 먹자고 했더니 두 번 거절을 하더니 정말 잘도 먹는 것이었다. 데이브는 그날 저녁이 지나고, 다음날 오전에 만났을 때에도 자신의 배를 두드리면서 여전히 배가 부르다며 감사 인사를 했다.

탈린의 밤은 백야현상의 영향을 받아서 어둠이 쉬 찾아들지 않았다. 밤 11시가 되어서도 탈린의 하늘은 여전히 훤했다. 여태껏 내가 다녔던 하절기의 유럽은 대충 밤 9시 30분에서 10시 사이에 갑자기 해가 넘어가 버리곤 했다. 하지만 에스토니아의 초여름 밤은 잠자리에 들기 전까지 결코 어두워지지 않았다. 어둠이 오는 것을 지켜보지 못한 것이 내내 후회가 되었다.

다음날 아침, 탈린을 돌아보고자 숙소를 나섰다. 우선 숙소 바로 앞의 성 니콜라스 교회*Niguliste Kirik Ja Muuseum*를 방문했다. 성 니콜라스 교회는 1230년 무렵, 고트란드*Gotland*라는 섬에서 온 독일 상인들에 의해서 세워졌으며 마을의 성벽이 만들어지기 전까지는 이 교회가 요새의 역할을 했다. 1523년 종교개혁의 약탈에서도 무사히 살아남았지만 세계 제2차 대전 때에는 운이 나쁘게도 폭파되었다. 1980년대에 복구가 된 이후에는 미술품을 전시하는 박물관으로써의 역할 뿐만 아니라 합창 공연이나 콘서트 등, 주민들의 중요 행사들이 이곳에서 열리고 있다.

성 니콜라스 교회 근처에 장이 서 있었다. 이곳에는 매일 아침에 장이 서곤 했다. 주로 여행자들을 위한 기념품이나 그림, 유리제품, 수공예품들을 많이 팔고 있었다. 그 중에서도 손뜨개 옷들이 많이 보였다. 시장 구경을 하다가 도자기로 된 종을 샀더니 관광지보다 두 배 이상 저렴했다.

근처의 골목길 인도 위에도 노점상들이 물건들을 진열하더니 장사를 시작하고 있었다. 겨울이 길어서인지 초여름임에도 털실로 짠 옷들을 많이 팔고 있었다. 아침부터 노점을 기웃거려 보는 것도 게으른 자에게는 여행에서만 경험할 수 있는 일이다.

시청 광장을 중심으로 고지대로 향하는 골목들이 여러 개 있었다. 골목길을 따라서 고지대인 톰페아*Toompea*로 올랐다. 탈린의 한가운데에 위치한 고지대는 탈린의 지배 권력층이 거주하던 곳이고, 저지대는 상인들의 주거지역이다.

톰페아 언덕 광장에는 양파 모양의 지붕을 한 알렉산더 네브스키 교회*Aleksander Nevski Katedraal*가 우뚝 서 있었다. 5개의 양파 돔에는 금박을 입힌 십자가들이 아침 햇빛을 받아서 반짝이고 있었다. 제정 러시아의 통치 시대에 상트페테르부르크의 건축가에 의해 1894~1900년 사이에 설계된 이 교회는 탈린에서 가장 거대하고 화려한 러시아 정교회 건물이다. 교회는 러시아에 의한 압제와 억압의 상징적인 건물인지라 에스토니아인들이 가장 싫어하는 곳이기도 하다. 그렇기에 1924년에 에스토니아 당국이 철거 계획을 세웠지만 자금 부족으로 인해 실행에 옮기지 못했다. 러시아로부터 독립한 후에는 지방 정부가 교회를 수리해서 현재까지 보존 중이다. 아이러니컬하게도 현재는 톰페아 언덕 위의 대표적인 건물이 되었다.

선명한 컬러의 알렉산드로 네프스키 교회는 건물만 보면 러시아의 어느 도시에 와 있는 것 같았다. 탈린의 건물 양식과는 전혀 조화가 되지 않는 뜬금없는 건물이었다.

교회의 실내에는 3개의 화려한 제단이 있었고, 건물의 바닥은 비싼 화강암으로 되어 있었다. 창문 또한 탈린에서는 보기 드문 스테인드글라스로 장식이 되어 있었다. 겉모습과 마찬가지로 탈린과는 어울리지 않는 무척이나 화려한 모습이었다.

교회의 화려한 모습과는 달리, 혹은 부유한 교회여서인지 교회의 입구에는 허리가 굽은 집시 여인이 안쓰러운 모습으로 동전을 구걸하고 있었다.

알렉산드로 네브스키 교회를 나와서 톰페아 언덕의 중심에 서 있는 돔 교회*Toomkirik*에 들렀다. 동정녀 마리아의 성당이라고도 한다. 돔 교회는 에스토니아에서 가장 오래된 교회이며 에스토니아의 주요 종교인 루터교 교회이다. 1233년 이전에 설립된 이 교회는 17세기의 화재에서 살아남은 톰페아의 유일한 건물이다. 그 후, 시대가 지나면서 반복적으로 재건축되었기에 교회 건축 양식이 혼합이 될 수밖에 없었던 곳이다. 돔 교회뿐만 아니라 건축 기간이 긴 건물들은 건축 양식이 혼합되는 경우가 유럽에서는 흔한 일이다.

탈린의 많은 건물들이 그러하듯이 이곳 역시 외벽에는 페인트칠이 군데군데 벗겨져 있었다. 교회의 기둥과 제단 양쪽의 벽에는 중세 길드들이 사용한 고풍스럽고 다양한 모양의 문장들이 여기저기 걸려 있는 것이 이채로웠다.

골목길을 지나서 탈린시를 한눈에 내려다볼 수 있는 톰페아의 5개의 전망대 중 한 곳에 도착했다. 언덕 아래에는 오렌지색 지붕들이 가득한 예쁜 탈린 구시가지가 펼쳐져 있었다. 멀리 왼쪽으로는 성령 교회*Pühavaimu Kirik*가, 우측으로는 뾰족한 시청사 건물이 보였다.

다시 길을 걸어서 톰페아의 또 다른 전망대에 도착했다. 멀리 발트 해와 함께 성 올라프 교회*Oleviste Kogudus*가 보였다. 전망대에서는 관광객들이 서로 멋진 배경으로 사진을 찍으려고 했기에 내 차례가 되기까지는 제법 기다려야 했다.

고지대 구경을 마치고 다시 저지대로 내려왔다. 어느 골목길에 '탈린 구시가지의 날'이라고 쓰인 플래카드가 눈에 띄었다. 골목길로 들어서자 피에로 아저씨가 아이들을 위한 풍선 마임을 하고 있었다. 온 동네 아이들이 피에로 아저씨 앞에 다 모인 듯했다. 피에로는 아이들에게 풍선을 만들어 주기도 하고, 어느 여인에게 다가가서는 무릎을 꿇고 구애를 하는 퍼포먼스를 했다.

다시 길을 걸었다. 어느 골목길 끝에 전망대에서 보았던 성 올라프 교회가 있었다. 유럽 여행을 하면서 보아 왔던 것 중에서 가장 검소하고 단조로운 느낌의 교회였다. 12세기에 지어진 고딕 양식의 이 교회의 첨탑의 높이는 논란의 여지가 있긴 하지만 1549년에서 1625년까지는 세계에서 가장 높은 건물이었다고 한다. 성 올라프 교회의 첨탑은 바다를 항해하는 선박들의 이정표 역할을 하였다. 하지만 여러 번 번개에 맞은 교회는 불행하게도 세 번씩이나 전소가 되었다. 1830년에 화재가 발생한 후에 재건된 것이 현재 우리가 보는 이 교회의 모습이다. 첨탑의 현재 높이는 123.8미터로 그리 높지는 않지만 탈린의 중요한 상징으로 남아 있다.

점심 식사는 저지대의 어느 골목길의 노천카페에서 치킨 샐러드로 간단히 먹었기에 저녁은 에스토니아 전통 음식을 맛볼 수가 있다는 올데 한자*Olde Hansa* 식당에서 먹기로 했다. 올데 한자 식당은 시청 광장 근처에 있었다.

밖은 여전히 환하건만 촛불로 조명을 밝힌 식당의 실내는 제법 어두웠다. 실내에는 에스토니아 전통 음악이 흐르고, 종업원들은 전통 옷을 입고 있었다. 메뉴판의 글씨체나 색, 일러스트는 중세의 느낌이 물씬 났다. 겨우 유리문 하나를 밀고 들어왔을 뿐인데 나는 어느새 중세 시대 깊숙이 들어와 있었다.

메뉴에는 중세 시대에 사냥꾼이 사냥을 해서 먹었던 토끼나 사슴 요리 등이 있었다. 종업원에게 추천을 해 달라고 했더니 곰 고기, 엘크 그리고 사슴의 조합인 모둠 고기 요리인 'Game Fillet of the Burgemeister'를 추천했다. 고기 요리는 사냥꾼의 운에 따라, 또는 제철에 많이 잡히는 것으로 메뉴가 결정되기에 그때마다 메뉴가 달라진다고 했다. 어릴 적에 먹어 본 사슴고기 외에는 다 처음 먹어 보는 것인지라 조금 적응하기가 어려울 것 같았지만 어디 가서 또 이런 요리를 먹어 보겠나?

투박한 토기처럼 생긴 접시에 담아져 나온 모둠 고기는 생각과 달리 다 부드럽고 잡냄새 없이 맛있었다. 메인과 함께 나온 새콤한 장아찌 종류들은 좀 짜고 달았지만 고기 요리와 잘 어울렸다. 이곳에서 직접 담근 레드 와인과 함께, 중세 에스토니아인들이 먹었던 음식을 체험해 본다는 것은 여행이 주는 커다란 즐거움이자 귀한 경험이었다.

식당 앞에는 에스토니아 전통 옷을 입은 올데 한자 직원이 중세 시대에서 방금 튀어나온 듯한 손수레에서 탈린의 명물인 아몬드를 버무리고 있었다. 시식을 권해서 몇 개 맛을 본 아몬드는 계피와 설탕으로 버무려서 볶은지라 굳이 사 먹지 않아도 될 만큼 무척 달았다.

그날 밤, 밤이 왔던 것 같다. 어쩌면 밤이 없이 아침이 왔던 것도 같다. 어둠이 내리지 않는 도시이기에 그저 시계 바늘만 보고 하루를 마감했었다. 내가 돌아본 곳 중 가장 높은 위도의 도시에 내가 있었다.

사색의 도시

다음날, 아침 식사 후에 타르투*Tartu*를 가기 위해 길을 나섰다. 탈린 구시가지를 대충 훑으면서 버스 터미널로 향했다. 버스 터미널을 찾느라 꽤 오래 걸었다. 숙소에서 터미널까지는 걸어갈 거리가 아니었다는 것은 나중에야 알게 되었다. 트램을 탔어야 했던 것을.

지나가는 사람들에게 물어물어 걷다가 포기할 즈음에 나타난 버스 터미널. 국내선 매표소는 1층이며 국제선은 2층의 유로라인 영업소에서 판매하고 있었다. 타르투 행 버스표를 산 후, 나온 김에 2층 국제선 매표소에서 며칠 후에 향할 라트비아의 수도인 리가 행 버스표도 예매했다.

타르투는 에스토니아의 남쪽 지방의 에마외기*Emajogi* 강 유역에 자리 잡고 있으며 탈린에서 약 186킬로미터 떨어진 곳이다. 1030년에 세워진 타르투는 발트 3국에서는 가장 오래된 도시 중 하나이며 최고의 대학인 타르투 대학이 있기에 타르투 인구 중 20퍼센트는 학생들이다. 그러하기에 타르투는 대학과 젊음의 도시라고 불린다. 문화와 교육의 도시로도 불리는 타르투는 에스토니아에서 두 번째로 큰 도시이며 풍부한 역사적 유산을 보존한 도시이다.

에스토니아가 소련으로부터 독립을 찾은 것은 1991년이었다. 에스토니아 국민들은 소련의 통치에 반대하고 독립을 쟁취하기 위해서 한목소리로 노래를 불렀다. 그들은 광장에 모여서 폭력 대신에 독립의 염원을 담은 노래로 그들의 메시지를 전했다. 그것이 바로 무혈 혁명인 '송 페스티벌'이며 타르투는 바로 '송 페스티벌'의 발상지이다. 에스토니아의 문화가 태어났으며 에스토니아의 지적 자본인 타르투는 끝도 없이 많은 수식어가 붙는 도시이다.

타르투 시민들은 젊은 정신이 깃든, 매력적이고도 오래된 대학 도시에 자부심을 가지고 있으며 또한 여행자들에게 있어서 타르투는 남부 에스토니아를 가기 위한 관문이기도 하다.

타르투 버스 터미널에서 구시가지의 중심부로 향하는 길을 걷노라니 우측 인도에 이곳의 주요 관광 포인트인 '부자상*Skulptuur Isa ja poeg*'이 서 있었다. 키가 똑같은 아버지와 아기가 벌거벗은 모습으로 손을 잡고 걷고 있는 조각상이었다. 부자상은 조각가인 윌로 으운*Ülo Õun*에 의해 만들어졌으며 2004년 6월 1일, 어린이날에 타르투에 세워졌다. 초기에는 탈린에 세우기로 계획되었지만 타르투 시가 이 조각상을 구입했다. 조각상의 아버지는 조각가 윌로 으운 자신이며 아들 역시 그의 한 살 반 되는 실제 아들을 모델로 했다. 아버지와 아들의 현실적이지 않은 비율은 아마 어린이의 중요함을 강조하기 위해서 그렇게 만들지 않았을까 짐작해 본다.

조금 더 걸으니 광장이 나왔고 타르투 시청사가 시청 광장에 있었다. 타르투 시청 광장은 클래식한 스타일로 지어진 건물들로 둘러싸여 있었으나 타르투의 유구한 역사에 비해 건물들이 상당히 깔끔해 보였다. 타르투는 1775년에 발생한 대화재 시에 거의 모든 마을이 타 버렸으며 화재 이후에 현재 우리가 보고 있는 모습으로 다시 지어졌다고 한다. 그래서인지 깨끗한 건물에서는 세월의 흔적이 그다지 보이지 않았다.

시청사 광장에는 타르투에서 유명한 '키스하는 학생상*Suudlevad Tudengid*'이 분수 속에 서 있었다. 역시 젊은이의 도시다웠다. 키스하는 학생상은 1998년에 세워져서 타르투의 상징이 되었다고 한다. 타르투를 방문하는 커플들은 이곳에서 동상과 같은 포즈를 취하며 동상을 배경으로 사진을 찍기도 한다.

골목길을 걷던 중, 시장기가 느껴졌다. 길에서 만난 어느 학생에게 식당 추천을 부탁했다. 그는 'Crepp'이라는 곳을 강력히 추천했다. 타르투 대학생들에게 인기가 있는 식당이며 팬케이크와 파스타가 맛있다고 했다.

골목길에 위치한 Crepp에 들어섰다. 식당은 분식집처럼 작고 아늑했다. 조용히 대화를 하고 있는 손님들은 대부분 현지인이거나 혹은 휴일인데도 타르투를 떠나지 못한 타르투 대학생들로 보였다.

생선 파스타를 주문하고 물도 주문했다. 종업원은 병에 든 판매용 생수가 아닌, 얼음을 채운 컵에 물을 담아서 가져다주었다. 수돗물이기에 무료였다. 유럽에서 물을 달라고 했을 때 이런 물을 받아 보기는 처음이었다. 종업원은 다른 유럽 국가의 수돗물과는 달리 마셔도 이상이 없다고 했다.

주문한 파스타가 나왔는데 양이 엄청나서 보기만 해도 턱하고 숨이 막힐 듯했다. 대학 부근이라 가격은 달랑 6유로였다. 가격에 비해서 맛은 좋았으나 양이 많아서 아무리 먹어도 도대체 줄어들지 않았다.

식사 후, 시청 광장에서 우측으로 난 길을 걷다가 보니 타르투 대학 본관 건물이 나왔다. 1632년에 건축된 본관 건물의 정면에는 굵고 하얀 6개의 기둥이 삼각형 지붕을 받치고 서 있었다. 그 모습은 그리스의 신전을 연상시켰다. 별 특색 없이 반듯반듯하고 소박한 이곳 타르투의 건물과는 좀은 어울리지 않는 건물이었다.

그 앞에서 어느 현지인 노신사가 두 명의 외국인 여행자에게 대학 건물에 대한 설명을 하고 있었다. 대학 건물 내부를 안내를 해 주겠다고 하기에 얼떨결에 그들과 함께 내부를 잠시 구경할 기회가 생겼다.

타르투 대학의 본관은 에스토니아 고전 건축의 가장 훌륭한 예제 중 하나라고 했지만 건물 외벽은 특별한 디자인 없이 밋밋하고 깨끗하기만 했다. 내벽 역시 페인트칠만 깔끔하게 되어 있어서 고풍스런 멋은 없었다. 그러나 노벨상을 비롯하여 역사에 길이 남을 많은 학자들을 배출한 훌륭한 대학이라고 했다.

흥미로운 것은 그 건물 4층에 대학 감옥이 있다는 것이다. 외부에서는 4층이 보이지 않았는데 다락방이라서 보이지 않는다고 했다. 대학 감옥은 담배를 피우거나 싸움을 하거나 등등 교칙을 어긴 학생들을 감금하는 곳이다. 남학생들은 남자다움을 과시하기 위해서 졸업 전에 일부러 말썽을 피워 한 번 정도는 감옥에 다녀온다고 했다. 아쉽게도 주말이라 감옥은 구경할 수가 없었다. 월요일에 다시 오면 구경을 할 수가 있을 것이라고 했지만 월요일에는 국경을 넘어야 하는 날이기에 일찌감치 포기해야 했다. 비공식적으로 구경을 하는 것이어서 내부 사진은 찍지 않았다. 대학 감옥을 구경하려면 대학 본관에 있는 안내소에 문의하면 가능하다.

길을 걷노라니 옆으로 넘어갈 듯이 삐딱하게 서 있는 3층 건물이 눈길을 끌었다. 영어로는 'Leaning House'라고 하는데 직역하면 '기대고 있는 집'이겠고, 에스토니아어로는 'Viltune Maja'라고 한다. 한때 건물이 기울자 이 건물과 옆 건물과의 사이에 지지대를 설치해서 완전히 쓰러지는 것을 방지했기에 영어로는 '기대고 있는 집'이라고 불렀던 것 같다. 나는 '기울어진 집'이라고 부르기로

타르투 미술관

했다.

기울어진 집은 1793년에 세워졌으며 현재는 타르투 미술관으로 사용 중이다.

건물이 이렇게 기울게 된 이유는, 강으로 향한 건물의 세로 벽은 구도시의 건축법에 기초하여 지어졌으나 반대편 벽은 나무더미 위에 지어졌기에 결국 나무더미 위에 지어진 벽은 세월이 흐르면서 눈에 띄게 기울어지게 된 것이다. 이 건물의 기울기는 5.8도로 피사의 사탑보다 더 기울어졌다고 한다. 그런데 재밌는 것은 출입문은 수평이 맞게 똑바로 달려 있다는 것이다. 아마 기울어진 후, 출입시의 불편함 때문에 고쳐 달았던 것 같다.

타르투는 유명 관광지가 아니기에 자유여행이 아니면 방문하기가 쉽지 않은 곳이다. 관광지가 눈을 현혹하거나 카페 종업원들의 호객 행위가 없는 곳이기에 정말 조용했다. 타르투는 대학의 도시라는 이름에 걸맞게 사색을 하기에 적당한, 무척 차분한 곳이었다. 살림이 넉넉하진 않지만 뭔가 지적인 듯한 학자의 도시. 조용한 골목길을 걷고만 있어도 내면적으로 충만해질 것 같은 곳이었다.

* 탈린-타르투: 2시간 30분 by 버스

* 타르투 버스 터미널-타르투 시청: 도보로 약 10분 소요.

IT 강국 에스토니아

에스토니아에서 국경을 넘어 라트비아*Latvia*의 수도인 리가*Riga*로 넘어가는 날이다. 그동안 친절을 베풀어 주었던 숙소 스태프인 일리아에게 자석이 붙은 작은 하회탈을 선물로 주었다. 그는 크게 감동을 했다.

버스로 라트비아의 리가까지 이동을 하는 동안에는 식사를 할 기회가 없을 것 같았기에 미리 도시락을 준비하기로 했다. 중간에 한번 휴게소를 간다고 할지라도 시간도 부족하거니와 시골인지라 차라리 이곳에서 도시락을 사서 가는 것이 나을 것 같았다. 숙소를 떠나기 전에 비루문 근처의 맥도날드에서 버스에서 먹을 햄버거를 샀다.

숙소에 다시 돌아와서 일리아에게 콜택시를 부탁했다. 약 5분 후, 숙소 앞에 나갔더니 벌써 택시가 와서 기다리고 있었다. 택시 기사는 30대 초반인 듯했는데 영어를 아주 잘했다.

택시는 좁은 중세의 골목길을 지나서 비루문을 통과하더니 버스터미널로 달리기 시작했다. 영어에 능통한 기사이기에 그동안 궁금했던 것들을 물어보기로 했다. 일단 처음 도착한 날에 바가지를 쓴 택시비부터 물어보았다. 그는 앞에 언급했던 것처럼 공항에서 구시가지에 위치한 숙소까지는 5~6유로가 나오며 버스터미널까지도 거의 비슷하게 나온다고 했다. 35유로를 지불했다고 했더니 그는 지나가는 택시들을 가리키며 이런 택시, 저런 택시는 타지 말라고 했는데 결론은 택시 지붕에 택시 회사 이름이 적힌 사인판이 없는 택시는 타지 말라는 말이었다.

에스토니아의 트램 생산은 어떠한지를 물었더니 트램은 자국에서 생산을 못하며 오래전부터 체코에서 수입해 왔다고 했다. 그런데 트램을 들여온 지가 너무 오래되어서 이제는 교체해야 할 만큼 아주 많이 낡았다고 했다.

창밖으로 지나가는 탈린 시내의 자동차들은 모두 외제차였다. 에스토니아에서는 자동차 생산을 하지 않으니 수입 자동차가 비쌀지라도 살 수밖에 없는 형편이라고 그가 말했다. 구소련 치하 이후로 길거리에는 소련제 자동차가 대부분이었지만 현재 그것들은 대부분 사라지고, 대신 벤츠나 BMW, 아우디, 볼보, 푸조 등등 그 외에 내가 모르는 외제차들 일색이라고 했다. 그는 내가 한국인인 것을 알고는 현대 자동차와 기아 자동차도 이곳에서 꽤 평판이 좋다고 했다.

에스토니아는 IT 강국이다. 길거리에 나가면 느린 유럽답지 않게 어린아이들조차도 스마트폰을 들고 다니는 나라가 에스토니아다. 그런 강점이 있는 나라인데도 기사는 거기까지는 생각이 나지 않았는지 자랑을 하지 않았다.

평소에 한국의 대기업들에 대한 관심이 없을지라도 외국에 나가 보면 대기업들의 활약상을 제대로 느끼게 된다. 유럽의 숙소마다 비치되어 있는 우리 대기업의 전자레인지, 냉장고 그리고 길거리의 자동차들. 우리에게 덜 알려진 룩셈부르크나 에스토니아라는 나라에서조차도 눈에 띄는 한국 제품들을 보면 우리 기업들 참 대단하다는 생각을 저절로 하게 된다.

버스 터미널에 도착해서 콜라 한 병을 사서 버스에 올랐다. 에스토니아라는 나라가 IT 강대국이란 것은 사실 버스 안에서 실감했다. 버스 앞쪽으로 일반 좌석이 약 2/3가량 있었으며 버스 뒤편의 나머지 좌석은 유리문으로 칸이 분리된 인터넷 전용실이 있었다. 그곳은 대략 6개 정도의 테이블이 있었고, 콘센트에 노트북 전원을 연결하여 와이파이를 무제한 사용할 수 있는 공간이었다. 노트북이 없는 사람은 일반 좌석에 앉아서 스마트폰으로 인터넷을 할 수 있는 것은 물론이다. 체코와 인근 국가로 운행하는 체코의 스튜던트 에이전시 버스에도 충전할 수 있는 콘센트가 있고 와이파이도 가능했지만 에스토니아의 국경을 넘는 버스는 그야말로 신세계였다.

시골길을 달리며, 국경을 넘으며, 인터넷으로 한국 소식을 듣기에 장거리 버스 여행이 전혀 지루하지 않았다. 버스에는 국경을 넘는 버스인 만큼 계단을 몇 개 내려가면 화장실이 있고, 화장실 내려가기 전의 작은 코너에는 손님들이 자유롭게 마실 수 있는 차도 준비되어 있었다.

예전에 스페인의 론다에서 말라가로 버스로 이동하던 중, 아슬아슬한 낭떠러지 길에 혼이 났던 기억이 생생해서 그 이후로는 버스로 하는 이동에 무척 부정적이었다. 하지만 발트 3국 간의 이동은 버스 외에는 다른 선택이 없었다. 다행히도 그런 무서운 낭떠러지 길은 없었고, 아름다운 들판을 달릴 뿐이었다.

라트비아로 가는 길에는 노란 꽃이 활짝 핀 유채밭이 자주 보였다. 늘 봄이면, 에스토니아뿐만 아니라 유럽 전역에서는 드넓은 유채밭을 볼 수가 있었다. 창을 통해서 찍는 것이라 별 기대를 할 수가 없다는 것을 알면서도 노란 유채밭을 향한 셔터질을 멈출 수가 없었다.

* 국경 이동 버스표를 예매할 때에는 꼭 여권이 필요하므로 미리 준비해야 한다.
* 국경을 넘는 교통편은 비수기라도 늦어도 하루 전에 미리 예매를 하는 것이 안전하다.

라트비아

Latvia

레지스탕스의 아지트

에스토니아의 탈린을 떠나 라트비아*Latvia*의 수도인 리가*Riga*에 도착을 했다. 버스 터미널에서 약 5분을 걸으니 호스텔이 나왔다.

리가의 호스텔은 역과 관광지로의 접근성이 뛰어난 숙소였다. 하지만 숙소와 리셉션이 각각 다른 건물에 있었고 숙소 내에는 주방이 없었다. 주방은 리셉션이 있는 건물의 지하에 있어서 무척 불편했다. 게다가 도로에 인접한 숙소 건물과 리셉션이 있는 건물 사이에는 빵집이 하나 있었다. 내가 읽었던 어떤 리뷰에서도 그러한 것들에 대한 언급이 없었다.

샤워 후, 아침 식사를 하기 위해서 주방을 가려면 젖은 머리카락을 무겁게 휘날리며 빵집을 지난 다음에야 주방으로 진입을 할 수가 있었다. 리가의 직장인들이 출근을 하는 시간이었기에 아침부터 그런 꼴로 길거리에 나서는 것은 실로 고역이었다.

리셉션이 있는 건물의 어둑한 바에 들어서면 카운터가 있었고, 바에는 생맥주가 나오는 탭이 달려 있었다. 몇몇의 손님들은 맥주 대신, 늘 노트북으로 조용히 인터넷을 하고 있었다. 카운터 오른쪽의 고서가 빽빽이 꽂힌 책장을 옆으로 주르륵 밀면 지하 주방으로 통하는 나선형 계단이 나타났다. 영화에서나 보았던 비밀 문이었다. 아마 오래전부터 어떤 특별한 목적에 의해서 만들어진 비밀 문인 듯했건만 머무는 동안 왜 그 문에 대해서 물어보지 않았는지 모르겠다. 유럽의 숙소들은 대부분 예전의 건물들을 그대로 사용하기에 비밀 문이 있는 이곳은 분명히 사연이 있었던 것 같은데 말이다.

고서가 꽂힌 책장을 밀고 주방으로 내려가니 뭔지 알 수 없는 매캐한 냄새가 훅 올라왔다. 공장에서 나는 화학약품 냄새 같았다. 그럼에도 몇몇의 여행자들은 그 매캐한 지하 주방의 낮은 조명 아래에서 마치 레지스탕스처럼 조용조용 대화를 하며 식사를 하고 있었다. 마치 흑백 영화 속의 한 장면 같았다. 아마도 그곳은 구소련 지배 시에 레지스탕스들의 은신처가 아니었을까 짐작만 할 뿐이었다.

짐을 풀자마자 리가의 거리로 나섰다. 라트비아는 발트 3개국 중 하나이다. 북쪽은 에스토니아, 남쪽은 리투아니아, 동쪽은 러시아, 남동쪽은 벨라루스와 국경을 접하고 있다.

라트비아도 우리나라처럼 참으로 많은 외세에 시달린 나라이다, 13세기에서 20세기까지 이어진 외국의 통치에도 불구하고, 라트비아 민족은 그들의 언어와 전통 음악을 통해 여러 세대에 걸쳐 그 정체성을 유지해 왔다. 라트비아와 리투아니아는 수세기에 걸친 소련의 통치로 인해, 두 나라는 많은 러시아인들의 고향이기도 한 공통의 역사가 있다.

숙소에서 5분 거리인 리가 중앙시장Rīgas Centrāltirgus을 둘러보았다. 리가 중앙시장은 1930년에 문을 연, 유럽 최대의 시장이며 리가의 심장부에 자리 잡고 있었다. 옛 독일의 체펠린Zeppelin 비행선의 격납고를 재사용한 중앙 시장은 5개의 원형의 지붕으로 된 파빌리온으로 이루어져 있었다. 1998년 리가 구시가지와 함께 유네스코 세계 문화유산에 등재된 리가 중앙시장은 각각의 파빌리온마다 육류, 생선, 유제품, 채소, 과일 등 각각 다른 품목들을 팔고 있었다.

리가 관광의 시작점이라고 할 수 있는 구시가지의 시청 광장에는 건드리면 부서질 것 같은 지붕이 삐죽삐죽한 정교한 건물들이 있었다. 그 건물 중 하나인 검은 머리 전당Melngalvju Nams은 리가의 주요 관광지이다. 검은 머리 전당은 1344년에 건축되었으며 길드 상인들의 여관이나 공연장으로 사용되었다. 파괴와 철거를 거친 후, 리가 도시 탄생 800주년을 기념하기 위해서 2001년에 재건되었다. 현재는 박물관과 연주회장으로 사용되고 있으며 리가의 주요 건축물이 되었다.

광장에서 왼쪽으로 난 길로 조금 들어가니 세월의 흔적이 묻어나는 녹색의 탑이 있는 베드로 성당*Rīgas Sv. Pētera Baznīca*이 있었다. 13세기에 지어진 이 성당의 첨탑은 리가의 랜드 마크로써 현재는 구시가지를 내려다볼 수 있는 전망대로 사용되고 있었다.

첨탑의 꼭대기에는 수탉 모양의 풍향계가 있었다. 닭의 울음소리는 밤을 지배하는 악령을 쫓아낸다는 의미가 있기에 겨울이 긴 리가의 첨탑들 위에는 수탉을 올려놓았던 것 같다. 첨탑뿐 아니라 리가에서는 레스토랑이나 가게의 쇼윈도에도 닭 모양의 장식품을 자주 볼 수가 있었다.

골목길을 걷다가 웨딩드레스 촬영을 하는 현지 프로 촬영 팀을 만났다. 리가의 유서 깊은 중세 건물을 배경으로 하는 모델 촬영은 내게는 꿈만 같은 일이기도 했지만 모델이 상당히 마음에 들었다. 촬영 팀에게 허락을 구하고 그들과 함

께 열심히 촬영을 했건만 집에 와서 보니 사진들의 가운데가 뿌옇지 뭔가. 모델 사진뿐만 아니라 그날 리가에서의 사진들은 다 그 모양이었다. 탈린에서 리가로 이동시, 가방 속 렌즈 부근에 넣어둔 햄버거가 원인인 듯했다. 햄버거에서 빠져나온 기름이 묻었던 것 같았다. 그 후에 렌즈가 비를 맞지 않았다면 아마도 여행 중에 찍은 사진들이 다 그랬을 것이다. 비를 맞으면 그나마 한번 닦아주기에.

한적한 길에 붉은 벽돌로 쌓아올린 리가 돔 성당*Rīgas Doms*이 보였다. 검은 첨탑 지붕 위에는 역시나 황금빛의 수탉이 앉아 있었다. 리가 돔 성당은 중세시대에는 라트비아와 발트 지역에서 가장 크고 오래된 교회이다. 리가 돔 성당은 라트비아의 루터교 교회의 역할을 하는 동시에 리가의 음악 생활의 중심지이다.

돔 천장을 한 교회의 실내는 단조로운 하얀 벽으로 이루어져 있었고, 에스토니아에서는 보기 드물었던 섬세한 스테인드글라스가 그 벽을 장식하고 있었다. 교회 기둥에 설치된 설교단의 조각이 무척 화려했다. 또한 한쪽 벽에는 세월의 무게만큼 육중한 모습의 파이프 오르간이 매달려 있었다.

리가의 유명한 관광지인 삼형제 건물*Trīs Brāļi*을 찾아보기로 했다. 삼형제 건물은 세 건물이 나란히 붙어 있다고 해서 그렇게 이름을 붙인 것이다.

지나가는 사람들에게 물었으나 다들 모른다고 했다. 연세 지긋한 분들께 영어로 물었으니 그랬을 것이다. 리가의 젊은 사람들의 영어는 대부분 훌륭했다. 그 후로는 젊은 사람들만 붙잡고 길을 물어보았다.

다행히도 한적한 골목길에 혼자 앉아 있던 어느 여학생이 삼형제 건물의 위치를 알려 주었다. 얼굴에는 혈색이라곤 하나도 없는 여학생은 목소리도 가늘고 힘이 없어서 이 동네에 사는 몸이 많이 아픈 소녀인 것 같았다.

한참을 걸어가고 있는데 뒤에서 누군가가 뛰어오는 발소리가 나더니 곧 다급하게 부르는 소리가 들렸다. 좀 전에 만났던 여학생이었다. 길을 잘못 가르쳐 줬다며 골목길을 한 200미터는 달려왔던 것이다. 그녀는 동네의 아픈 소녀가 아닌, 벨라루스에서 혼자 여행 온 학생이었다. 길을 알려 주고 돌아서서 걷던 여학생이 되돌아오더니 이메일 주소를 물었다. 인사를 하고 돌아서 가던 여학생은 골목길 귀퉁이에서 한참이나 손을 흔들고 서 있었다.

벨라루스는 발트 3국의 바로 아래에 있지만 비자가 필요한 나라여서 갈등 끝에 여행지에서 제외했던 곳이다. 마음 따뜻한 사람들이 사는 벨라루스를 여행지에서 제외한 것을 후회한 순간이었다.

삼형제 건물은 작은 골목길에 위치했기에 자칫 그냥 지나치기 쉬운 곳이었다. 삼형제 건물은 리가에서 가장 오래된 중세 주거형의 주택으로써 그 의미가 있다. 세 건물들이 나란히 붙어 있지만 세 건물의 건축 시기가 각각 다르며 건축의 양식 또한 다르다는 것이 흥미를 더했다. 세 건물 중, 왼쪽의 건물이 1490년경에 지어진 가장 오래된 것이다. 당시 리가는 네덜란드 상인들과 긴밀한 관계를 맺었기에 도시의 건축물들은 네덜란드 르네상스 건축의 영향을 받았음을 보여 주고 있었다. 삼형제 건물의 가운데 건물은 1646년에 세워진, 이 세 건물 중 가장 부유한 주택이며 17세기의 가장 전형적이면서 가장 현대적인 주거지 중 하나이다. 비문이 있는 정면은 네덜란드 매너리즘 스타일을 특징으로 한다. 마지막으로, 오른쪽의 건물은 17세기 후반에 지어졌으며 각 층마다 작은 아파트가 있으며 삼형제 건물 중에서 가장 좁고 작은 건물이다. 리가의 건물들은 탈린과는 달리 외벽이 좀 더 입체적이고 가끔은 섬세하기도 했다.

삼형제 건물에서 가까운 골목길에 있는 식당에서 저녁 식사를 하기로 했다. 쌀쌀했지만 노천 좌석에 앉았다. 영어를 잘하는 여종업원은 유머도 있었고, 아주 친절했다. 그녀의 추천으로 송이버섯을 곁들인 돼지고기 요리를 주문했다. 이 동네의 맛집이라고 해도 과언이 아닐 만큼 음식은 훌륭했다.

저녁 9시가 지났지만 하늘은 여전히 밝았다. 때때로 여종업원과 수다를 떨며 느린 식사를 즐기고 있던 참이었다. 바로 옆 좌석의 남성들이 인사를 했다. 사복을 입은 건장한 두 명의 남성들은 라트비아 공군들이라고 했다. 관광객도 귀한 이곳의 뒷골목에서 제집인 양 편한 모습으로 밥을 먹고 있는 동양인을 만났으니

삼형제 건물

신기했을지도 모르겠다.

늘 그렇듯이 대화의 순서는 국적으로부터 시작되었다. 그들 중의 한 명이 우리나라의 역사를 꿰차고 있었다. 군인답게 그는 한국전쟁을 주제로 대화를 시작했다. 그는 한국전쟁이 일어난 상세한 날짜와 시간까지 암기하고 있었다. 휴전협정이 이루어진 날짜는 물론이고, 남과 북으로 나누어진 군사분계선인 38선도 언급했다. 그들의 군대에서는 전쟁에 관한 대한민국의 기록들을 달달 외우게 하는 것 같았다.

보스니아 경찰관도 그랬지만 이쪽 나라 사람들은 우리나라에 관해서 너무나 많은 정보들을 가지고 있었다. 우리는 그들을 모르는데 말이다.

전쟁이 일어난 나라임에도 불구하고 끝내는 눈부신 발전을 이루어 낸 대한민국이기에 그들은 우리나라를 본보기로 삼고 있는 것 같았다.

* 탈린, 에스토니아-리가, 라트비아: 4시간 25분 by 버스

비요일의 소풍

체시스 성*Cēsu Ordeņpils*을 보기 위해서 라트비아의 시골 마을인 체시스*Cēsis*를 방문하는 날이다. 아침부터 하늘이 잔뜩 찌푸려 있었다.

버스는 리가 시내를 통과하더니 곧 1차선 시골길로 접어들었다. 버스에서는 아메리칸 올드팝이 흘러나오고 있었다. 에스토니아와 라트비아의 버스에서는 대부분의 버스기사들이 60~70년대의 아메리칸 올드팝을 듣고 있었다. 흘러간 팝을 들으며 낯선 나라의 시골 길을 달리고 있으니 마치 시간을 거꾸로 달리고 있는 것 같았다.

작은 마을인 체시스에 도착하자마자 찌푸렸던 하늘에서 조금씩 비가 내리기 시작했다. 비가 내리니 기온이 금세 떨어지기 시작했다.

수도인 리가에서 북쪽으로 약 90킬로미터 떨어져 있는 체시스는 라트비아에서 가장 아름다운 마을 중 하나이며 비제메*Vidzeme* 지역의 중심에 위치하고 있다. 1206년 처음으로 역사 문헌에 체시스가 언급되었으며 허물어진 중세의 체시스 성은 이 마을의 상징이다. 15세기에 한자동맹의 일원이 된 체시스는 그림 같은 가우야*Gauja* 강의 계곡에 위치했기에 현재는 레저 스포츠 지역으로 개발되었으며 19세기 러시아 치하 때에는 온천 마을로도 잘 알려졌다. 제1차 세계 대전 시에 폭격을 받았으나 제2차 세계 대전 후에 도시를 복원했다. 전쟁이 끝난 후, 성탑에 라트비아의 국기를 꽂은 라트비아 최초의 도시가 바로 체시스이다.

체시스 성을 찾아서 마을 속으로 길을 걷고 있으려니 바람과 함께 굵은 빗줄기가 마구 떨어지기 시작했다. 비가 내리는 체시스는 5월 말인데도 마치 늦가을처럼 싸늘하고도 축축하게 나를 맞이했다. 비를 품은 나무들은 더욱 진한 색으로 풋풋한 향기를 발산하고 있었다. 우산을 든 손이 시릴 정도로 추웠지만 신록이 주는 싱그러움이 있기에 그리 나쁘지만은 않았다. 곧이어 바람까지 세차게 불기 시작하니 사진은 접고 그저 우중 소풍을 즐기기로 했다.

짙푸른 하늘과 두둥실 구름이 가득한 전형적인 하절기 유럽의 하늘을 기대했었건만 라트비아에서부터 시작된 비는 이번 여행 내내 정말 지겹도록 계속되었다.

마을을 두 바퀴 돌고서야 체시스 성으로 들어가는 길을 찾아냈다. 체시스 성은 1209년 독일 출신의 수사들로 구성된, '검의 형제 기사단'이 건설했다는 기록이 전해진다. 1577년 러시아의 이반 4세에 의해 성은 함락되었으며 1620년에는 스웨덴에 정복되었다가 재건되기도 했다. 1703년 대북방 전쟁 때에는 러시아군의 공격을 받으면서 크게 파괴되었다. 체시스 성은 여러 번 재건되고 확장되었으며 16세기 초에 현재의 건축 형태를 갖추게 되었다. 1949년부터 박물관으로도 사용되고 있는 체시스 성은 역사와 예술을 전시하는 라트비아에서 가장 오래된 지방 박물관 중 하나이다. 현재는 반쯤 부서진 성터 유적이 남아 있다.

체시스 성 입구에 있던 직원이 촛불이 든 램프를 한 개 건넸다. 대낮이지만 성 안이 어둡기에 램프가 필요하다고 그가 말했다. 굳어진 촛농이 겹겹이 쌓여 있는 램프는 세월의 흔적이 그대로 묻어 있었다. 그런 램프를 들고 어두운 중세의 성안에 들어간다니 묘한 기분이 들었다.

먼저 건물을 통과해서 뒤뜰로 나간 다음, 다시 목조 다리를 건너야 성 안으로 입장할 수가 있었다. 앞서가는 사람들도 없고, 가이드도 없으니 혼자서 대충 돌아다녀야 했다.

뒤뜰에는 여전히 많은 비가 내리고 있었다. 짝 없는 오리 한 마리가 중세의 허물어진 성을 배경으로 홀로 잔디에서 서성이고 있었다.

목조 다리를 지나서 꼬불꼬불한 미로 같은 성의 계단을 올랐다. 복원한 체시스 마을과는 달리, 군데군데 허물어져 있는 체시스 성은 중세의 모습을 그대로 보존하고 있었다. 돌과 흙으로 된 체시스 성은 대낮에도 컴컴하고 쥐 죽은 듯이 고요했다. 촛불이 흔들거리는 램프를 들고 있으려니 어딘가에서 중세 기사의 유령이 툭 튀어나올 것만 같았다.

성 관람이 다 끝날 무렵에 한 무리의 단체 관광객들이 보였다. 어두운 성 속에서 처음 만나는 사람들이었다. 그들과 함께 온 가이드가 성에 대한 설명을 하고 있었다. 비가 내리고 있으니 그의 목소리는 성벽에 부딪혀서 성안을 빙빙 돌아다니고 있었다. 성터에 올라서서 빛을 등진 채 설명을 하는 가이드, 그리고 그를 중심으로 램프를 들고 경청하는 사람들의 실루엣이 인상적이었다. 그 모습은 마치 구세기의 어느 성자와 그의 설교를 듣고 있는 사람들의 모습 같았다. 영화

에서 본 듯한 장면이었다.

체시스 성터 관람을 마친 후, 출구 부근에 다다르니 전망대로 오르는 계단이 있었다. 나선형 계단을 한참 오르니 전망대가 나왔다. 체시스 마을을 한눈에 볼 수가 있는 전망대였지만 이리 보아도 저리 보아도 다 비가 내리는 뿌연 체시스였다. 비에 가려진 가우야 국립공원의 연두색 숲이 마을 저 너머로 희미하게 보였다. 심한 비바람에 우산이 휘청거리더니 결국 뒤집어졌다.

체시스 성을 나와서 다시 길을 건노라니 13세기 후반에 지어진, 비제메 지역에서 가장 큰 교회인 성 요한 교회*Svētā Jāņa baznīca*가 위풍당당한 모습으로 빗속에서 있었다. 성 요한 교회는 라트비아의 가장 오래된 중세 유적지 중 하나이다. 성 요한 교회는 라트비아에서 여섯 번째로 큰 콘서트용 오르간을 소유하고 있기에 오르간 연주자들을 위한 콘서트장으로 사용되기도 한다. 많은 수식어가 붙는 교회이지만 화려함과는 거리가 먼 체시스 마을과 참으로 잘 어울리는 검소한 모습이었다. 금이 가고, 칠이 벗겨진 교회의 내부는 세월의 흔적을 고스란히 간직하고 있었다.

점심시간이 훨씬 지나 버린 것도 모르고 있었다. 성 요한 교회와 인접한 광장의 식당에 들어갔다. 비바람에 떨었던지라 우선 몸을 녹여 줄 토마토 수프를 주문했다. 따끈한 수프를 마시니 차가워진 몸이 조금씩 따뜻해지기 시작했다. 메인으로는 송어 버터 구이를 주문했다. 녹은 버터를 이불 삼아 누워 있는 송어의 장식이 예술이었다. 맛도 일품이었다. 유럽에서는 송어로 만든 요리를 주문해서 실패한 적이 한 번도 없었다.

쌀쌀한 날씨에 어울리지 않게 광장의 바닥에서는 분수가 솟아오르고 있었다. 지나가던 아이들이 춥지도 않은지 분수에 온몸을 적시며 한참 동안 장난을 치다가 사라져 갔다.

비가 너무 많이 내려서 더 많은 곳을 돌아보기를 포기하고 다시 리가로 돌아

가기로 했다. 체시스 성이 목적이긴 했지만 비로 인해서 체시스에서는 정말 체시스 성만 보고 왔다. 날씨가 멋진 날에 다시 한 번 방문한다면 그때는 천천히 제대로 돌아보고 싶은 조용한 마을이었다.

* 리가-체시스: 2시간 by 버스

세 번째 히치하이킹은 투라이다에서

아침부터 또 비가 내렸다. 춥고 을씨년스러운 것이 완전 겨울비였다. 옷을 몇 겹이나 껴입고 길을 나섰다. 투라이다 성*Turaidas pils*을 보기 위해서 시굴다*Sigulda*로 소풍을 가는 날이다.

리가 버스 터미널에서 버스를 타고, 전날 다녀온 체시스로 향하던 그 길을 약 1시간을 달렸을까? 그 즈음에 시굴다가 있었다. 시굴다는 리가에서 53킬로미터 떨어져 있는, 비제메 지역의 가우야 강줄기에 위치한 작은 마을이다. 시간을 절약하려면 시굴다를 들렀다가 다시 체시스로 간다면 하루에 이 두 곳 모두 돌아볼 수도 있다.

시굴다 버스 터미널에 내렸더니 여전히 비가 내리고 있었다. 투라이다 성을 가기 위해서는 내린 곳에서 다시 버스를 타야 했다. 버스는 한참 있어야 온다기에 추위와 비를 피하기 위해 여행 안내소에 들어갔다. 직원이 국적을 물었다. 그냥 지나가는 말로 묻는 게 아니라 방문자 통계 자료를 만들기 위함이었다. 한국 사람들이 자주 오느냐고 물었더니 극히 드물게 온다며 한국으로 돌아가면 많은 홍보를 부탁한다고 했다.

한참을 기다려서 다시 투라이다로 가는 버스를 탔다. 비를 가르며 숲으로 난 길을 달리던 버스는 마을 한가운데에 나를 떨어뜨리더니 멀어져 갔다.

투라이다 성 입장권을 사서 한적한 오솔길을 걸었다. 나무에서 떨어지는 싱그러운 빗소리 외에는 어떤 소리도 들리지 않는 곳이었다.

라트비아는 5월의 마지막 날이었다. 한국은 야외활동하기에 근사한 6월의 첫째 날이었을 거다. 다들 산으로 들로 반팔 셔츠를 입고 마구 쏘다니고 있을 것이다.

카메라를 든 손이 시렸다. 시린 손을 입김으로 녹여 가며 셔터를 눌러 보았지만 별로 신통하지는 않았다. 더구나 한쪽 어깨와 머리는 젖은 우산이 짓누르고 있었다.

숲길을 조금 지나니 투라이다 언덕에 자리 잡은 작은 투라이다 교회*Turaidas Evanģēliski Luteriskā baznīca*가 보였다. 투라이다 교회는 1750년에 지어진 가장 오래된 목조로 된 루터교 교회이다. 체험 학습으로 온 듯한 초등학생들이 막 교회를 빠져나오더니 우산도 없이 비를 쫄딱 맞으며 숲길로 들어가고 있었다. 학생들이 빠져나온 교회로 들어가려고 했더니 어느새 문이 잠겨 있었다. 몇 번 노크를 하다가 발걸음을 돌리려는 순간, '찰카닥' 하고 안에서 문이 열렸다. 전통 의상을 입은 후덕하게 생긴 여성 안내원이 나를 맞이했다. 안내원이 입은 불룩한 전통 의상이 특이해서 사진을 좀 찍고 싶다고 했더니 흔쾌히 승낙을 했다. 조용한 교회에서 하루 종일 손님을 기다리는 것이 지루했던 그녀는 나에게 한국에 대해서 이것저것을 물어보았다. 역할이 바뀌어 버렸다.

교회를 나와 다시 길을 걸으니 멀리 붉은 벽돌로 지은 투라이다 성이 보이기 시작했다. 성의 입구 즈음에 한 여성이 서 있었다. 역시 전통 의상을 입은 여성은 내리는 비를 맞으며 누군가를 기다리는 것처럼 보였다. 가까이 가 보니 입장권을 받는 연세 지긋한 아주머니였다. 그녀의 동그란 안경의 유리알에는 빗방울이 동글동글 맺혀 있었다. 그녀는 멀리서 걸어오는 나를 발견하고 대기하고 있던 중이었던 것이다. 그녀는 입장권을 받더니 재빨리 피신처로 들어가 버렸다.

좀 빨리 걸어올 걸 그랬다.

투라이다 성은 가우야 강 반대편에 있는 중세 요새이며 1214년, 리가의 대주교 거주지로 건립되었다. 그 후, 시작된 성의 확장 공사는 16세기까지 지속되었다. 투라이다 성과 성을 둘러싼 지역은 13세기에서 16세기 동안 외세로부터 잦은 침공을 받았다. 그렇기에 투라이다 성은 외세로부터 나라를 방어하기 위한 라트비아의 아주 중요한 요새였다. 투라이다 성은 성을 지키던 수많은 군인들이 처절하게 죽어 간 곳이며 정치적 협상을 한 장소이기도 했다. 피비린내 나는 전장이었건만 세월이 흘러 이제는 가우야 계곡의 아름다운 풍광을 전망할 수 있는 평화로운 전망대가 되었다.

뚱뚱한 투라이다 성탑에 오르니 사방이 초록으로 덮인 멋진 풍광이 펼쳐졌다. 성과 성터도, 내가 걸어왔던 오솔길도 보였다. 회색 하늘이 진회색으로 내려앉더니 더 많은 빗줄기가 초록 속으로 떨어지고 있었다. 그래도 지평선 끝을 바라보니 가슴이 시원해졌다.

성탑을 내려 와서 박물관으로 꾸며진 건너편에 있는 성으로 들어갔다. 바람 불고 비가 내리는 바깥과는 달리 실내는 아주 아늑했다. 중세 병사가 창에 찔려서 피를 흘리고 있는 인형이 특히 눈에 띄었다. 당시 상황을 그대로 재현을 한 인형은 매우 사실적이어서 작았지만 상당히 섬뜩했다. 사진 촬영을 금한다는 사인이 붙어 있기에 촬영을 하지 않고 구경만 하고 있으려니 내 카메라를 본 아주머니 안내원이 괜찮으니 사진을 찍으라고 했다. 투라이다는 많은 홍보를 원하는 듯했다.

중세 시간 여행을 마치고 마을을 돌아보기로 했다. 투라이다 성에서 멀지 않은 곳에는 넓은 조각 공원이 보였으나 그냥 지나쳤다. 얼마간을 걸으니 인적이 드문 마을에는 작은 호수가 있었고, 호수 주변에는 털이 많고 키가 작은 말들이 축축한 풀을 뜯어 먹으며 평화로운 시간을 즐기고 있었다.

말을 담고, 호수를 담으며 마을에서 얼마나 놀았는지 모르겠다. 손이 시린 줄도 모르고 옷과 카메라가 흠뻑 젖도록 놀았다. 비 내리는 예쁜 마을에 반하지 않을 사람이 얼마나 되겠나? 하지만 더 늦기 전에 리가로 돌아가기 위해서는 마을을 떠나야 했다.

리가로 가기 위해서는 시굴다로 나가야 하는데 버스가 통 오지를 않았다. 버스 정류장 주변에 늘어선 노점을 기웃거리며 작은 기념품 몇 개를 사고 나서도 버스가 오지 않았다. 결국 시굴다까지는 걸어가기로 했다.

높이를 가늠할 수 없는 거대한 나무들이 길 양옆에 빼곡히 서 있었다. 아무도 없는 길을 터벅터벅 걸었다. 우산을 든 손이 다시 시려오기 시작했다. 시굴다까지는 약 4~5킬로미터이지만 주변이 아름답고 날씨만 괜찮으면 걸어갈 만한 거리였다. 하지만 도로변에는 보행자를 위한 길이 없어서 차들이 지나갈 때마다 위험을 느끼곤 했다. 그것보다 더 심각한 것은 비로 인해 마구 곤두박질한 기온이었다. 비는 더욱 세차게 내리기 시작했다. 카메라가 든 배낭의 겉면은 이미 많이 젖어 있었다.

히치하이킹을 하기로 했다. 몇 대의 차들이 속도를 내며 지나갔다. 얼마 후, 느리게 달리는 차 한대를 겨우 세웠다. 그 동네 분인 듯한 아주머니가 창문을 열고 얼굴을 삐죽 내밀었다. 손가락으로 길을 가리키며 "시굴다?" 했더니 타라고 손짓을 했다. 차 뒷자리에는 삽과 곡괭이 같은 것들이 가득한 걸로 보아 농부의 아내임이 분명했다. 시굴다는 알아들었겠지만 버스 터미널로 간다는 말은 못 알아들으니 손짓으로 대화를 할 수밖에 없었다. 한참만에야 생각이 난 'Autobuss 버스'라는 단어로 나의 목적지가 버스 터미널이란 것을 알아챈 아주머니. 문제 해결이 되자 그제야 뭐가 그리 우스운지 우리는 깔깔거리며 웃었다.

손을 입에 갖다 대고 호호 불었더니 아주머니는 고맙게도 히터를 세게 틀어주었다. 간만의 따뜻한 공기로 까딱하면 그대로 잠이 들 수도 있겠다 싶었다.

서로 언어가 되진 않지만 보디랭귀지로 웃고 떠들다 보니 버스 터미널이 보였다. 큰길에 내려달라고 했는데도 그녀는 굳이 버스 터미널 한가운데까지 진입을 해서 내려 주었다.

고마움에 보답하기에는 너무나 보잘것없지만 이럴 때를 대비해서 가지고 다

니던 한국산 작은 기념품을 건네는 것 외에는 내가 가진 것이 너무나 없었다.

여행을 하면서 참으로 많은 사람들을 귀찮게 했던 것 같다. 내가 좋아하는 여행을 한답시고 지구촌 사람들을 피곤하게 만드는 것은 아닌지 모르겠다.

* 리가-시굴다: 1시간 by 버스

* 시굴다 버스 터미널-투라이다: 10분 by 버스

리투아니아

Lithuania

스마일링 빌니우스

발트 3국 중 가장 남쪽에 위치한 리투아니아는 위로는 라트비아, 옆으로는 벨라루스 그리고 아래로는 폴란드와 인접해 있는 나라이다. 수도인 빌니우스*Vilnius*는 리투아니아의 남동부에 위치하고 있으며 발트해 연안에서 두 번째로 큰 도시이다. 다양한 양식의 건축물들을 보존한 빌니우스의 역사지구는 그 가치를 인정받아서 1994년, 유네스코 세계 문화유산으로 지정되었다.

버스 터미널에서 약 5분을 걸으니 'Come to Vilnius' 호스텔이 나왔다. 호스텔 주변의 다른 건물들은 대부분 페인트칠이 벗겨져 있었지만 호스텔 외관만 민트색으로 단정하게 새로 칠이 되어 있었다. 호스텔의 문에서 실내로 이어진 짧은 계단의 양옆에는 붉은 꽃이 핀 화분들이 정갈하게 놓여 있었다. 위치도, 스태프도 완벽한 곳이었다. 유럽 여행 중, 가장 허름한 숙소 중 하나였지만 가장 인상적이었던 호스텔이었다.

중세의 건물을 그대로 보존하고 사용하는 유럽의 숙소에 체크인을 하면 먼저 열쇠 꾸러미를 받는다. 그리고 각각의 열쇠들과 세트인 문들을 숙지한 후, 묵직한 아날로그식의 열쇠로 문을 여는 방법을 배우게 된다.

역시나 열쇠 꾸러미를 내게 내민 숙소 주인인 유리우스가 문을 여는 시범을 보여 주었다. 열쇠 구멍에 열쇠를 넣어서 돌리는 것도 힘들지만 열쇠와 세트인 각각의 문들을 기억하는 것은 디지털 도어록에 익숙한 한국인에게는 꽤 힘든 일이다.

낡은 문은 단번에 열리는 경우보다는 열쇠 구멍 속 어딘가에 걸려서 몇 번 덜거덕거려야지 겨우 열리곤 한다.

짐을 숙소에 두고 저녁 식사 전까지 잠시 빌니우스 구시가지를 돌아보기 위해 길을 나섰다. 날씨가 흐려서 상당히 추웠지만 장시간 버스에서 구겨진 몸이었던지라 길을 걸으니 가뿐하고 상쾌했다. 이곳 역시 라트비아의 리가에서처럼 가끔 뭔가를 요구하는 부랑자들이 나타나기에 여행자처럼 보이지 않기 위해서는 웬만하면 카메라를 눈에 띄지 않도록 하며 길을 걸었다.

내가 유럽을 좋아하는 이유 중 하나는 바로 하늘이다. 짙푸른 하늘을 배경으로 각양각색의 구름층 아래에 펼쳐진 지붕들은 사진만 보아도 가슴이 설레곤 한다.

발트국 여행에서는 대부분 밋밋한 잿빛 하늘을 배경으로 비가 내리고 있었다. 하늘의 모습에 따라서 도시의 전체적인 분위기가 상당히 달라지곤 한다. 비 아니면 흐림인 날씨가 리투아니아에서도 계속되었기에 빌니우스는 초라해

보였는지도 모르겠다. 그래도 빌니우스는 전반적으로 깔끔하고 차분한 분위기였다.

숙소 주인인 유리우스에게 추천받은 리투아니아 전통 식당에서 첫 저녁 식사를 했다. 그다지 매력 없는 시큼한 양배추 수프와 이름 모를 고기 요리로 대충 저녁 식사를 하고 숙소로 돌아왔더니 룸메이트가 있었다. 룸메이트는 컴퓨터 관련 공부를 하기 위해서 장기 투숙 중인 21세 프랑스 청년이었다. 그는 여느 프랑스인들과는 달리 북미 악센트의 영어를 능숙하게 구사했다.

저녁에 숙소에 돌아오면 그는 늘 조용히 컴퓨터만 들여다보고 있어서 조심스럽기도 했지만 나중에는 음식도 나눠 먹거나 간간히 대화도 하며 며칠을 함께 평온하고 조용하게 지냈다.

밤이 되자 창밖에서 빗소리와 함께 천둥소리가 크게 들렸다. 빗소리를 들으며 잠이 들었다. 아침이 되어도 여전히 비가 내리고 있었기에 계획했던 트라카이 일정을 취소하고 이곳, 빌니우스 구시가지 구경을 먼저 하기로 했다.

빌니우스 구시가지의 어느 길 옆에 사진 갤러리가 있었다. 리투아니아인들은 어떤 사진을 찍는지 궁금한 마음에 문을 열고 들어갔다. 갤러리는 사진가인 주인아저씨의 작품 전시와 동시에 사진집, 그리고 사진엽서들을 파는 가게이기도 했다. 다른 기종의 카메라를 사용하는 주인아저씨가 내 카메라를 만지작거리더니 그의 사진집과 컴퓨터에 저장된 사진들까지 일일이 보여 주며 설명을 덧붙이기도 했다. 우리는 한동안 사진과 카메라에 대한 주제로 대화를 나누었다. 어차피 비가 내리는 오늘 하루는 이 동네에서 종일 시간을 보낼 것이기에 급할 것이 없었다.

낯선 사진가의 갤러리에서 사진에 대한 대화를 하리라고는 여행을 떠나기 전에는 생각지도 못한 일이었다. 그것도 리투아니아라는 생소한 나라에서 말이다. 여행만이 줄 수 있는 매력이다.

갤러리를 나와서 다시 길을 걸었다. 빌니우스 대성당*Vilniaus katedra* 근처쯤 왔을 때였다. 10대 소녀들이 '코리아 넘버 원!'이라는 구호를 외치며 걸어오고 있었다. 이곳은 한국인들이 드문 리투아니아라는 나라이다. 처음에는 잘못 들은 줄 알았다. 무슨 일인지 몰라도 그렇게 반가울 수가 없었다. 아마도 그들은 K-POP 콘서트에 다녀오는 건지도, 혹은 구시가지 광장에 열린 국제 민속 박람회의 한국관에서 놀다가 오는 중이었는지도 모르겠다. 우산도 없이 비를 쫄딱 맞으며 걷는 소녀들이 걱정스러웠지만 잠시 그들을 불러 세워서 사진을 찍었다.

유럽에서 불고 있는 한류 열풍으로 대한민국의 국가 이미지가 매년 더 좋아지고 있다는 것은 여행을 하면서 자주 느끼게 된다. 유럽에서는 싸이와 강남 스타일을 모르는 사람이 없다. 한류 스타들 덕분에 가끔 우쭐해질 때가 있는 것이 사실이다. 진정한 애국자는 한류 스타들이라고 해도 과언이 아닐 것이다.

전망대 겸 박물관인 게디미나스 탑*Gedimino Pilies Bokštas*에 가 보기로 했다. 게디미나스 탑은 빌니우스의 멋진 파노라마를 감상할 수 있는 가장 좋은 장소이다.

게디미나스 탑은 국립 박물관 안에 있기에 박물관 입장권과 푸니쿨라 티켓을 사서 푸니쿨라에 탑승했다. 올라가는 동안 푸니쿨라의 창을 통해서 네리스*Neris* 강과 함께 도시의 아름다운 풍경도 감상할 수 있다. 하지만 푸니쿨라의 창을 세차게 때리는 빗줄기로 창밖 풍경은 그저 빗물로 어른거리고 있었다.

푸니쿨라에서 내리니 반질거리는 돌바닥이 성탑으로 연결되어 있었다. 체험학습을 온 꼬마들이 탑에서 쏟아져 나오고 있었다. 꼬마들은 고스란히 비를 맞으며 망아지처럼 뛰어다니고 있었다.

전망대에 오르니 비가 내리고 있는 빌니우스가 한눈에 들어왔다. 빌니우스의 구시가지와 신시가지 사이에 네리스 강이 휘어져 흐르고 있었다. 강을 중심으로 구시가지와 신시가지의 경계가 너무나 뚜렷했다.

탑의 박물관에는 게디미나스 탑이 있는 언덕과 주변 지역의 고고학적 발견을 보여 주는 자료와 함께 14세기에서 17세기에 걸친 빌니우스 성의 모형, 군비 및 빌니우스의 역사와 도시의 상징적인 자료들이 전시되어 있었다.

탑에서 내려와서 비오는 빌니우스 거리를 발길 닿는 대로 걸었다. 걷다가 보니 빌니우스 대학도 나오고 대통령궁도 나왔다. 어느 여행자의 부탁으로 대통령궁을 배경으로 그들의 사진을 찍어 주고 나니 대통령 궁 앞에 있는 다양한 국민들의 소리들이 보였다.

그 중, 'Hands off the girl소녀를 건드리지 마라'이라는 플래카드가 눈에 들어왔다. 나중에 숙소 주인인 유리우스에게 물었더니 어느 정부 관리가 한 소녀를 성추행했는데 법원이 그 정부 관리의 편을 들어주자 국민들이 들고 일어난 사건이라고 했다. 쉽게 풀릴 사건이 아닌 것 같다는 말을 그가 덧붙였다. 일부 몰지각한 남성들에 의한 지저분한 사건들은 라트비아도 피해 가지 못했나 보았다.

비가 워낙 많이 내려서 온몸이 으스스해지고 있었다. 몸도 녹이고 배도 채울 겸 구시가지에 있는 식당에 갔다. 노천 테이블에 아무도 없는 걸 보니 리투아니아인들도 추운가 보았다. 6월에 접어들었는데 왜 이렇게 추운지 모르겠다.

치킨 요리와 함께 째펠리나이를 맛보기로 했다. 째펠리나이는 리투아니아의 전통 음식으로 감자로 만들었다고 하지만 감자 전분으로 만든 것 같았다. 회색으로 맨질맨질한 것이 감자떡 같아 보였지만 반죽 속에 고기 다진 것이 들어 있으니 만두 같기도 했다. 째펠리나이는 소화하기가 힘들어서 리투아니아 사람들은 그것을 먹은 다음에는 소화를 시키기 위해서 노래와 율동을 했다고 한다. 따뜻한 식당에서 뜨끈하고 시큼한 양배추 수프도 함께 먹었더니 스르르 잠이 올 것만 같았다.

아침에 일어났더니 목감기에 제대로 걸리고 말았다. 전날 바람이 목을 마구 훑고 지나가는데도 목에 스카프를 하지 않았던 것이 원인인 듯했다. 목에서 쇳소리가 나고 말도 잘 나오지 않았다. 주방에서 유리우스를 만났다. 목이 엉망이 되었다고 했더니 허브 꿀 차를 타 주겠다고 했다. 그는 허브차를 내리더니 꿀을 타 먹으라며 아끼는 듯한 꿀을 내실에서 병째로 내어 왔다. 그의 친절을 첨가한 허브 꿀 차를 한잔 뜨겁게 마셨더니 기분부터 한결 좋아졌다.

이 숙소에서는 사람들을 만나는 유일한 장소가 주방이었다. 벨라루스에서 온 제드라는 여성을 주방에서 만났다. 그녀와 이런저런 얘기 끝에 그녀가 사진 모델이라는 말을 듣고 얼른 카메라를 들고 왔다. 아침부터 세수도 안한 부스스한 모습을 다른 이의 카메라에 담기고 싶지 않겠지만 제드는 좁은 주방에서 열심히 포즈를 취해 주었다. 그녀는 내가 목감기에 걸린 것을 알고는 목캔디 두 줄을 들고 와서 내 손에 쥐여 주었다. 라트비아의 리가에서 만난 벨라루스 여학생도 그렇고 제드도 그렇듯이 벨라루스 사람들은 무척 정이 많은 것 같았다. 제드는 현재 뉴욕에서 유명 사진 모델로 활동 중이다.

이 호스텔은 아침 식사 제공이 안 되는 곳이었지만 유리우스의 아내인 레나는 아침마다 팬케이크를 구워서 테이블 위에 예쁘게 차려 놓았다. 그녀가 직접 구운 과자와 여러 가지 홈메이드 잼도 빠지지 않았다.

어느 날 아침, 아침 식사가 당연히 포함된 건 줄로 착각한 어느 손님이 주방을 들여다보며 식사 준비가 다 되었는지를 물었다. 팬케이크를 굽고 있던 레나가 경쾌하게 대답했다.

"네~ 조금만 기다리세요~!"

레나는 보고만 있어도 행복해지는 사람이었다. 레나와 유리우스 부부는 친절하고 부지런한 사람들이었다. 허름한 숙소였지만 떠나기 싫어질 만큼 내면이 아름다운 부부가 운영하는 깨끗하고 기분 좋은 숙소였다.

주인이 좋아서 그런지 손님들도 다 좋았다. 아침마다 호스텔이 떠나갈 듯이 웃던 리투아니아 여성 조종사인 소피아, 벨라루스에서 온 모델인 제드, 그 외 이름이 기억나지 않는 미국인 가족들. 규모가 작은 숙소여서 손님들이 다 모여도 대여섯 명 정도였던 것 같다.

손님들은 아침마다 작은 주방에 모여서 레나가 구워주는 팬케이크와 함께 도란도란 얘기를 나누는 것으로 여행지에서의 하루를 시작하곤 했다.

* 리가, 라트비아-빌니우스, 리투아니아: 4시간 35분 by 버스

"트라카이에 유람왔습네까?"

비 때문에 취소했던 트라카이Trakai를 방문하기로 했다. 하늘은 잔뜩 내려앉았지만 다행히 비는 내리지 않았다.

역은 한산했기에 트라카이 행 표는 금세 살 수가 있었다. 기차표를 손에 든 불안한 표정의 어느 할머니가 타임 테이블과 기차표를 번갈아 보고 계셨다. 할머니는 내게 다가와서 리투아니아어로 뭐라고 하셨지만 내게는 트라카이라는 단어만 겨우 들렸다. 할머니의 기차표를 받아서 살펴보니 나와 목적지가 같았다. 나는 내 기차표에 적힌 시간과 타임 테이블에 적힌 시간을 짚어 가며 목적지가 같으며 아직 시간이 남아 있으니 걱정 마시라고 했다. 두 사람 다 서로 다른 언어로 말을 하고 있었지만 할머니도 나도 서로의 언어를 이해하는 듯했다. 함께 기차에 올라 자리에 앉자 할머니는 그제야 안심을 하시는지 좌석의 등받이에 등을 기대셨다.

기차는 빌니우스를 떠나서 트라카이로 달리기 시작했다. 빌니우스에서 몇 정거장이 지난 어느 역이었다. 긴 머리의 여학생이 포장도 안 된 붉은 장미 다발을 들고 올랐다. 기차가 달리는 내내 그 여학생과 좌석 위에 아무렇게나 놓아 둔 장미 다발에 눈길이 가곤 했다. 누구를 만나러 가는 길인지 문득 궁금해졌다.

동유럽에서는 유난히 많은 사람들이 꽃을 들고 다니는 것을 볼 수가 있었다. 이쪽 나라에서는 꽃집을 해도 괜찮겠다는 생각을 잠시 했다.

기차는 초록빛이 선명한 6월의 들판을 달렸다. 트라카이에 도착하니 비바람이 심해지고 있었다. 기차에서 만난 리투아니아인들과 함께 우산을 나눠 쓰고 한참을 걸었다. 강풍에 우산이 뒤집어지니 우산을 쓴 건지 아닌지도 모를 정도였다. 리투아니아인들을 인솔하는 가이드가 빌니우스로 돌아갈 때에는 버스 터미널이 기차역보다 가까우니 버스를 탈 것을 권했다. 이동 시간 역시 버스가 기차보다 조금 더 빠르다고 했다.

트라카이는 리투아니아의 수도인 빌니우스에서 서쪽으로 28킬로미터 떨어져 있는 매우 작은 마을이다. 트라카이는 14세기 초에 빌니우스로 천도하기 전까지 리투아니아의 수도였으며, 리투아니아의 중세 역사를 이끌어간 대공작들이 거주했던 곳이다. 수도인 빌니우스에 인접한 역사적인 도시이자 호수가 있는 휴양지이기에 리투아니아 최고의 관광명소이기도 하다.

역에서 한 20분을 걸었을까? 트라카이 성*Trakų salos pilis* 주변에 도착했다. 이런 악조건의 날씨에도 호수 주변에는 웨딩 촬영을 하는 신혼부부들이 있었고, 나무 아래에서는 피리를 불며 동전을 기다리는 소년이 있었다. 호수 한쪽에서 비를 피하고 있던 백조들은 느긋한 표정으로 지나가는 사람들을 구경하고 있었다.

비에 젖은 목조 다리에 다다르니 붉은 벽돌로 지은 트라카이 성이 갈베*Galvė* 호수 위에 우뚝 서 있었다. 15세기에 완공된 트라카이 성은 중세 시대가 배경인 영화에서 자주 등장하는 난공불락 요새의 형태를 그대로 담고 있었다. 트라카이 성은 독일 기사단의 끊임없는 침략으로 숱한 전투를 겪은 곳이다. 리투아니아인들이 가장 추앙하는 역사적 인물인 비타우타스는 바로 이 성에서 생을 마쳤다. 독일기사단들의 침략이 한풀 꺾이고 수도마저 빌니우스로 옮겨지자 트라카이 성은 쇠락의 길을 걷게 되었다. 그 이후로 수십 차례의 전쟁을 겪으면서 완전히 폐허가 된 채 역사 속에서 잊혀 가던 트라카이 성은 복원 사업을 거치면서 현재의 모습으로 완성되었다.

'ㅁ'자 모양을 한 성의 마당에 추적추적 비가 내리니 빛이 모자라는 성이 더욱 어두워졌다. 수많은 죽음이 있었던 곳에 날씨까지 더해지니 당시의 처절하고 암담했던 분위기가 되살아나는 듯했다.

기차에서 만난 리투아니아인들과 그들의 가이드와 한 팀이 되어서 여러 번 계단을 오르락내리락하다 보니 성 관람이 끝이 났다. 성의 내부에는 리투아니아 최후의 대공작인 비타우타스 대공작 외에 리투아니아 귀족들의 흔적들과 유리 공예품들도 전시되어 있었다.

성에서는 결혼식이 있었다. 결혼식을 끝낸 신부가 앞장을 서고, 신랑은 신부의 드레스를 잡은 채 중세의 성 안을 걸어 다니고 있었다. 어두운 분위기의 중세 성이 배경이 되니 신랑의 하얀 양복과 신부의 웨딩드레스는 눈이 부시도록 더 하얗게 빛이 나고 있었다.

성을 나와서 호수와 성이 잘 보이는 전망 좋은 식당에 들어갔다. 얼마나 떨었던지 꽁꽁 언 몸은 좀처럼 녹을 생각을 하지 않았다.

음식을 주문하고 기다리고 있던 중이었다. 빡빡머리의 뚱뚱한 남성을 포함한 네 명의 동양인 남성들이 들어왔다. 그들은 내 테이블 뒤에 서서 순서를 기다리고 있었다. 나와 눈이 마주치자 일행 중 한 명이 내게 말을 건넸다. "안녕하십네까? 우리는 조선족입네다!" "트라카이에 유람 왔습네까?" "서울에서 왔습네까?"

'유람'이란다. 묻지도 않았건만 자신을 조선족이라고 먼저 밝히는 조선족은 처음이었다. 경계심이 생긴 나는 시선을 피하며 단답형의 대답만 했다.

그들은 나중에 합류한, 가이드로 보이는 어느 서양인 남성과 함께 호수 쪽 창가에 자리를 잡고 앉았다.

리투아니아는 예전 러시아가 통치하던 나라였고, 현재는 남북한 모두와 외교관계를 수립하고 있는 나라이다. 북한과 수교를 한 나라를 여행할 시에는 너무 겁을 먹을 필요는 없지만 만일의 경우를 위해서 주의를 하는 것이 나쁘지 않을 것이다.

생크림을 넣은 호박 수프와 가지를 곁들인 고기 요리는 일품이었다. 따뜻한 음식이 몸속에 들어가니 온기가 돌기 시작했다. 훌륭한 전망에 친절한 종업원과 맛있는 음식이 있는 'Bona Lounge'는 완벽한 식당이었다. 날씨가 좋은 날, 호숫가의 테라스에서 식사를 한다면 더없이 완벽할 것이다.

식사를 끝내고 호수 주변을 걷노라니 왁자지껄한 소리와 함께 죄수 복장을 한 청년들이 걸어오고 있었다. 비를 쫄딱 맞은 그들은 대학생들이라고 했으며 직접 만든 가짜 운전 면허증을 팔고 있었다. 그들은 운전 면허증들이 뒤죽박죽 담긴 주머니를 열어서 보여 주었다. 운전 면허증들은 가격이 정해지지 않았고, 그저 재미 삼아 파는 거라고 했다. 나 역시 재미 삼아 1유로를 내고 수염 난 남자의 사진이 있는 운전 면허증을 샀다. 실은 여자 얼굴이 있는 면허증은 한 장도 없었다.

다들 사교성이 너무나 좋은 유쾌한 학생들이었다. 그들의 죄수 의상과 행동이

특이해서 포즈를 부탁했다. 그들은 죄수의 콘셉트와는 달리 한결같이 신이 난 표정으로 첫 번째 사진에 담겼다. 두 번째 사진은 죄수복에 걸맞게 화가 난 표정을 해 달라고 그들에게 부탁했다. 몇몇은 알아듣고 주문대로 했지만 대부분은 자기들 말소리에 내 말을 채 듣지도 못했다. 일부는 찡그리고, 또 나머지는 여전히 웃고 난리가 아닌 상태로 그들은 내 카메라에 담겼다. 그런 그들의 모습이 담긴 사진은 내가 좋아하는 사진 중 하나가 되었다. 지금도 그 사진을 보면 절로 미소가 나온다.

트라카이 성에서 버스 터미널로 향하는 거리 양쪽에는 터키계 타타르인들이 살았던 알록달록한 목조 가옥들이 늘어서 있었다. 버스 터미널까지는 약 3킬로미터 정도 걸어가야 하지만 독특한 모양의 목조 가옥들을 감상하며 걷다 보니 지루한 줄 모르고 갈 수가 있었다.

빌니우스로 돌아오는 버스였다. 앞자리에 여자와 함께 앉은 서양 남자가 돌아

보더니 나의 국적을 물었다. 사교적인 사람이라고 생각했다. 잠시 동안 일상적인 대화들이 오간 후, 부탁을 해도 되겠느냐고 남자가 물었다. 초면에 부탁이라니? 그는 서울의 누군가에게 아주 작은 물건 하나를 전해달라고 했다.

우유부단하게 대답을 하다가는 말만 길어질 것 같았기에 기분이 상하더라도 일찌감치 포기를 시키는 것이 낫겠다고 생각했다. 남의 물건을 대신 운반했다가 감옥에 갇힌 어느 억울한 사람의 이야기를 그에게 해 줬다. 그렇기에 부탁을 거절한다고 말했다. 그는 내가 우려하는 물건이 아니며 물건을 내게 다 보여 주고 확인시켜 줄 것이니 걱정하지 말라고 했지만 정중하고 단호하게 거절을 했다.

외국 여행 시에 금해야 될 일 하나가 남의 물건을 대신 운반해 주는 일이다. 그것이 아무리 작은 것일지라도 절대로 하면 안 된다. 잘못했다가는 나도 모르는 사이에 마약 운반책이 될 수도 있기 때문이다.

* 빌니우스-트라카이: 40분 by 기차
* 트라카이 성의 개방 시간은 계절마다 조금씩 다르며 매주 월요일은 휴관이다.

꽃보다 아름다운

리투아니아에서 폴란드로 국경을 넘는 날이었다. 하늘은 흐렸지만 다행히 전날 내리던 비는 잠시 멈춘 것 같아 보였다.

전날 기차역에 가서 폴란드 행 기차표를 예매하려고 했지만 창구 직원이 당일 와서 사도 된다고 해서 예매를 하지 않았다. 그런데 숙소 주인인 레나가 기차보다는 버스가 더 빠르다고 하지 뭔가.

팬케이크를 굽고 있던 레나에게 버스 회사 사이트에 들어가서 표가 남아 있는지 좀 봐 달라고 하고, 나는 그녀가 굽고 있던 팬케이크를 대신 굽기로 했다. 변명일 수도 있지만 내가 사용하던 조리 기구가 아니어서 그런지 팬케이크의 모양이 삐뚤빼뚤한 것이 난리가 아니었다. 팬케이크를 본 레나가 크게 웃음을 터뜨렸다.

그런데 버스표를 알아본 레나가 버스표는 매진이 되었다고 했다. 결국 바르샤바까지는 처음 계획대로 기차를 타고 가기로 했다. 조금 늦어진다고 해도 기차를 선호하는지라 별 상관이 없었다.

폴란드까지 기차로 이동하는 시간이 10시간 이상으로 제법 길 것이었다. 보통 이런 긴 이동이라면 야간 기차를 타야 하루를 절약할 수가 있지만 연일 비가 내리는지라 그날은 종일 기차 속에서 보내는 것도 나쁘지 않을 것 같아서 오전 기차를 타기로 했다.

호스텔 식구들과 둘러앉아서 빌니우스에서의 마지막 아침 식사를 한 후, 전날 슈퍼에서 사 온 음식을 팬에 데워서 기차에서 먹을 도시락을 만들었다.

기분 좋은 숙소 주인 부부에게 아쉬운 작별을 고하고, 오전 11시 15분 기차로 폴란드의 바르샤바로 출발했다.

하늘이 참으로 변덕스러웠다. 빗방울이 후드득거리며 기차의 창을 때리더니 다시 쨍하고 파란 하늘이 보이다가를 반복하고 있었다.

기차 옆자리에는 러시아, 상트페테르부르크의 어느 성당에 재직 중인 '안나'라는 수녀님이 앉아 있었다. 고향인 폴란드에 계신 어머니가 아주 많이 편찮으셔서 러시아의 상트페테르부르크에서 폴란드까지 기차로 밤낮을 달리고 있는 중이라고 했다.

그녀는 짧은 영어 실력에도 절대 굴하지 않고, 영어 사전을 찾아가며 자신이 하고 싶은 말을 끝내곤 했다. 영어사전을 동원한 그녀의 말에 의하면, 러시아에서는 러시아 정교회의 존재로 인해서 가톨릭교회는 그들의 눈치를 보는 것은 물론이고, 외출 시에는 가끔 신변의 위험을 느낀다고 했다. 또한 성당의 재정 상태가 좋지 않기에 그곳의 수녀님들은 성당 관련 일뿐만이 아니라 부업이 필수적이라고 했다. 안나 수녀님은 일자리를 구하지 못한 상황이며 아기들을 돌보는 보모직을 꼭 구하고 싶다고 했다. 가톨릭교회의 살림이 그리 넉넉지 않다는 것은 익히 알고 있었지만 그곳에서는 매우 심각한 수준이었다. 그럼에도 긍정적인 모습으로 성직자 생활을 하는 안나 수녀님이 참으로 대단해 보였다.

없는 형편에 편찮으신 어머니를 만나러 길고도 넉넉하지 않은 여정을 홀로 하는 안나 수녀님. 그녀는 길 위에서 만난 그 누구보다도 밝고 맑았으며 또한 유쾌했다. 안나 수녀님은 나에게 그녀의 어머니를 위한 기도를 부탁했다. 나는 나의 여행을 위한 기도를 그녀에게 부탁했다.

안나 수녀님은 골동품 같은 가방에서 역시 골동품 같은 mp3를 꺼냈다. 그녀

는 돌돌 말려 있는 이어폰 줄을 풀더니 이어폰 한쪽은 자신의 귀에, 또 한쪽은 내 귀에 꽂았다. 그리고는 나를 위해 영어로 된 성가를 틀었다. 우리는 성가를 함께 흥얼거리며 리투아니아의 초록색 들판을 달리고 또 달리고 있었다.

빌니우스에서 약 한 시간을 달려 기차는 카우나스*Kaunas*에 도착했다. 기차를 갈아탔다. 갈아탄 기차는 다시 한참을 달리더니 리투아니아의 국경 도시인 세스토카이*Šeštokai*에 도착했다. 또 한 번 갈아타는 역이다.

갈아탈 기차가 늦어지고 있었다. 기차를 기다리다가 플랫폼 옆의 화장실에 갔다. 들어가야 할지 말아야 할지 참 고민이 되는 화장실이었다. 화장실은 시멘트 바닥에 동그랗게 구멍이 파져 있어서 아래가 훤히 보이는 완전 재래식 화장실이었다. 발을 조금이라도 삐끗한다면 나는 리투아니아의 화장실 귀신이 될지도 모를 일이었다. 결국 볼일도 못보고 부르르 떨며 돌아서야 했다. 안나 수녀님에게 화장실을 묘사했더니 그녀는 배꼽이 빠질 듯이 웃었다. 그녀는 그런 화장실에 익숙한 모양인데 두 팔과 두 손을 이용한 나의 과한 설명이 우스꽝스러웠나 보았다.

갈아탄 기차가 달리기 시작하자 나는 아침에 숙소에서 만들어 온 도시락을 꺼냈다. 혼자 먹을 분량이었지만 안나 수녀님과 나눠 먹기로 했다. 수녀님의 주머니 사정이 대충 짐작이 되기에 그녀가 여러 번 사양을 했지만 나답지 않게 집요하게 권했다. 결국 적은 양이지만 참으로 행복한 마음으로 감사하게 나눠 먹은 점심 식사였다.

바르샤바 도착 얼마 전 즈음이었다. 안나 수녀님이 그녀의 낡은 손가방에서 과자 두개를 꺼내더니 내게 건넸다. 쌀로 만든 것 같은 밍밍한 맛이 나는 소박한 과자였다. 바르샤바에 도착하면 그녀는 지인의 집에서 하룻밤 신세를 지고 곧 고향집에 도착할 것이니 자신은 더 이상 그 과자가 필요 없다고 했다.

그것이 그녀의 점심 도시락이었던 것이다! 돈도 없고, 어머니는 편찮으신, 참

으로 암담하고 우울한 상황이었건만 어쩌면 그렇게나 걱정 없는 아이의 느낌이 나던 사람인지. 천성인지 혹은 종교의 힘인지. 내 눈에는 그 어떤 꽃보다도 안나 수녀님이 더 아름다워 보였다.

길 위에서 아름다운 영혼들을 만났을 때, 나의 여행은 더욱 풍요로워지곤 했다.

폴란드

Poland

장미를 사랑하는 사람들

리투아니아의 빌니우스에서 10시간 36분을 달려 폴란드의 수도인 바르샤바 *Warszawa*에 도착했다. 제2차 세계대전 중에 지어서 유명하다는 호스텔인 Helvetia에 짐을 풀고서 다시 낯선 침대에서 잠을 청했다. 내가 비를 몰고 다니는지 바르샤바에도 비가 내리기 시작했다.

파란만장한 역사를 지니고 있는 폴란드와 수도인 바르샤바에 대해서는 조금 짧은 듯, 긴 설명을 덧붙이고 싶다. 폴란드는 중부 유럽의 국가로 북쪽으로는 발트 해와 닿아 있고, 시계 방향으로 리투아니아, 벨라루스, 우크라이나, 슬로바키아, 체코 그리고 독일에 둘러싸여 있는 나라이다. 폴란드는 프로이센, 러시아 제국 및 오스트리아에 의해 분할이 되어 국가가 지도에서 사라지는 치욕을 겪기도 했으며 제2차 세계 대전 시에는 나치의 침략을 받았다. 나치의 침공이 시작된 지 약 1개월 만에 바르샤바는 항복해야 했고, 나치 치하의 고통스러운 시기가 본격적으로 시작되었다.

바르샤바를 점령한 나치 독일군은 주민들에게 바르샤바를 떠나라고 명령했고, 그들은 폴란드 국민의 영웅주의에 대한 보복으로 도시를 조직적으로 파괴하기 시작했다. '영웅주의'라는 것은 바로 폴란드 국민의 '나라 사랑'이었고, 히틀러는 그것을 모조리 파괴하고자 했다. 1만 6천 명 이상의 폴란드 군인과 약 18만 명의 민간인이 바르샤바에서 목숨을 잃었다. 그중에서도 특히 바르샤바 유대인들은 문명화된 세계에서 그 전례가 없는 큰 규모의 희생자들이 되었다.

바르샤바 구시가지는 제2차 세계 대전 동안 수많은 사상자와 파괴가 있었음에도 불구하고 전쟁이 끝난 후에 거의 완벽에 가까운 모습으로 재현되었다. 전쟁의 잿더미 속에서 맨손으로 도시를 일으켜 세운 폴란드인의 투지에 감탄을 금할 수가 없다. 그리하여 1980년, 유네스코 세계 문화유산 목록에 올랐다. 바르샤바 구시가지의 완벽한 재건은 폴란드 국민들의 나라 사랑이 건재하다는 것을 여실히 보여 준 것이다.

아침이 되니 비는 그쳤지만 역시 잔뜩 흐린 날이 시작되었다. 호스텔에서 차려 주는 아침 식사를 맛있게 먹은 후, 프레데릭 쇼팽 박물관*Muzeum Fryderyka Chopina*으로 향했다. 숙소에서 도보로 6분 정도의 거리에 작은 쇼팽 박물관이 있었다. 쇼팽의 음악을 듣거나 비디오를 보며 천재 피아니스트가 살았던 그 시대와 그의 삶을 엿볼 수가 있는 좋은 기회였으나 박물관 내의 멀티미디어 전시품들의 절반 정도가 작동하지 않았기에 많은 실망을 하고 나왔다. 그래도 괜찮다는 쇼팽의 팬이라면 한 번쯤 가 보는 것도 나쁘지 않을 것이다.

박물관을 나와서, 코페르니쿠스 동상이 있는 코페르니쿠스 기념관 앞을 시작으로 신세계 거리*Nowy swiat*를 걸어 구시가지까지 걸어가기로 했다.

신세계 거리 좌측에 성 십자가 교회*Kościół Świętego Krzyża*가 있었다. 깔끔하고 단정한 느낌의 성당이었다. 이 성당에도 스테인드글라스는 보이지 않았다. 스테인드글라스라는 것이 내게는 마치 중세 시대의 부의 척도라도 되는 듯했다. 성당에만 가면 그것부터 살피곤 했는데 발트 국가들을 방문하면서 생긴 나쁜 버릇이다.

성당의 중앙 기둥에는 쇼팽의 심장이 안치되어 있었다. 기둥에는 '여기 쇼팽의 심장이 잠이 들다.'라는 글이 새겨져 있었다. 프랑스에서 활동을 하다가 생을 마감한 쇼팽의 유언에 따라 그의 심장은 이곳 바르샤바에 안치된 것이었다. 쇼팽의 몸은 파리의 페흐 라쉐즈*Père-Lachaise* 공동묘지에 묻혀 있다.

하얀 기둥 앞에 놓인 검붉은 장미는 마치 그의 음악에 대한 뜨거운 열정을 말하는 듯했다. 쇼팽의 음악을 사랑하는 사람이라면 파리의 페흐 라쉐즈 공동묘지와 함께 이곳 역시 한번쯤 방문할 가치가 있는 곳이다.

성 십자가 교회에서 길을 건너니 폴란드의 명문 바르샤바 대학교가 공원처럼 자리하고 있었다. 바르샤바 대학은 1816년에 설립된, 폴란드에서 가장 큰 대학교이며 2010년, 2011년, 2014년에 폴란드 최고의 대학으로 선정될 만큼 폴란드 최고의 대학 중 하나이다.

교정을 걷다가 건물 안으로 들어가 보기로 했다. 학생들은 강의실을 찾아가느라 바쁜지 낯선 방문객에게는 전혀 관심을 보이지 않았다. 학생들의 영역을 침범하는 듯해서 조심스러웠기에 투명 인간이 된 것이 오히려 편하다는 생각을 하며 조용히 그들을 훔쳐보았다. 폴란드에서 가장 바쁜 사람들은 바로 바르샤바 대학교에 있었다. 대학의 학생 식당에서 식사를 할 수도 있다고 들었지만 구시가지 식당에서 점심 식사를 하고 나서야 그 생각이 났다.

앞서도 언급했지만 동유럽 사람들은 꽃을 무척 좋아하는 것 같았다. 특히나 바르샤바에서는 더욱 그랬다. 기차역에서나 길거리에서 꽃을 들고 누군가를 기다리는 남자들을 자주 볼 수가 있었다. 기차에서 내리는 연인에게 장미꽃과 함께 포옹을 하는 그들의 모습은 마치 오래된 영화의 한 장면 같았다.

바르샤바의 잠코비 광장*Plac Zamkowy*에는 곱게 싼 장미꽃 한 다발을 옆에 두고서 누군가를 기다리고 있는 남자가 있었다. 흐린 날에 선글라스를 쓴, 제법 멋을 낸 남자였다. 남자가 누군가를 기다리는 시간 동안, 나는 아무 데나 걸터앉아서 몰래 그를 카메라에 담기 시작했다. 어쩌면 남자보다 내가 더 여자를 기다리고 있었는지도 모르겠다. 꽃을 든 폴란드 남자가 아름다운 여자를 만나는 로맨틱한 순간을 찍을 기대로 괜스레 설레곤 했으니 말이다.

자신을 겨누는 카메라를 알아챈 남자는 가끔 나를 돌아보며 여유로운 미소와 함께 모델이 되어 주고 있었다. 하지만 기대와는 달리 1시간이 지나도록 아무도 나타나지 않았다. 보는 사람이 더 초조해지고 있었다. 기다리다 못해 결국 내가

먼저 자리를 뜨고 말았다.

얼마 후, 다른 골목에서 그가 지나가는 것을 보았다. 그가 가지고 있던 꽃다발은 어디론가 사라지고, 혼자서 빈손으로 걷고 있었다. 여자는 결국 나타나지 않았고, 그의 사랑은 새드 엔딩으로 끝나고 만 것인지.

잠코비 광장에는 르네상스식의 바르샤바 왕궁*Zamek Królewski w Warszawie*이 광장의 한쪽을 크게 차지하고 있었다. 폴란드를 다스렸던 역대 폴란드 왕들과 대통령의 궁이기도 했던 왕궁은 붉은 색의 건물로 그다지 멋스럽지 않은 외관이었으나 그 속은 겉과 달리 화려했다.

특히 이탈리아에서 태어나서 폴란드의 바르샤바에서 생을 마감한 베르나도 벨로토의 방에서는 파괴되지 않은 18세기 바르샤바를 사실적으로 그린 작품들을 볼 수가 있었다. 그가 그린 바르샤바는 훗날 제2차 세계대전 이후 폐허가 된 바르샤바 재건 시에 더없이 큰 도움이 되었다.

바르샤바 구시가지가 그렇듯이 왕궁 역시 히틀러의 명령으로 폐허가 되었지만 여느 유럽의 왕궁에 뒤지지 않는 화려한 모습으로 재건해낸 폴란드인들이 참으로 대단해 보였다.

왕궁의 옆으로 난 골목길을 걸어서 구시가지 광장에 도착했다. 다락방이 있는 4층 높이의 건물들이 광장을 빙 둘러싸고 있었다. 광장 한가운데에 있는 인어 동상의 뒤편 건물들은 주변의 다른 건물들에 비해서 무척 부드럽고 은은한 컬러를 지니고 있어서 친근하면서도 포근한 느낌이 들었다. 내가 바라보고 있는 바르샤바 구시가지의 모든 건물들이 폐허에서 맨손으로 재건한 것이라는 사실에 건물들을 바라보는 느낌이 여느 때와는 아주 달랐다.

광장은 체험 학습을 나온 아이들과 비둘기로 가득했다. 물장난을 치는 남자 아이, 작은 카메라로 친구를 담는 여자 아이, 그리고 칼과 방패를 든 인어 동상 앞에서 단체 사진을 찍는 아이들.

하늘은 흐렸지만 간만에 비가 내리지 않으니 춥거나 덥지도 않아서 벤치에 앉아 있기에 아주 적당한 날씨였다. 구시가지의 작은 광장에서 아이들과 비둘기가

노는 것을 바라보며 아주 오랫동안 앉아 있었다. 시간은 내가 알아채지도 못하게 참으로 빠르게 흘러가고 있었다. 어느새 상점들은 하나둘씩 불을 밝히기 시작했다.

* 빌니우스, 리투아니아-바르샤바, 폴란드: 10시간 36분 by 기차(카우나스와 세스토카이에서 갈아 탐)
* 폴란드와 리투아니아와는 1시간의 시차가 있다.

다시 찾은 크라쿠프

바르샤바에서 기차로 3시간을 달려서 크라쿠프 중앙역*Kraków Główny*에 도착했다. 바르샤바에서 왕복 기차표를 산다는 것을 깜빡했다. 크라쿠프 역에 내려서 일단 바르샤바로 돌아가는 기차표부터 예매를 해야 했다. 역내 정식 매표소가 아닌, 지하 통로의 작은 부스에서 기차표를 팔고 있었다. 줄에서 기다리던 중, 어떤 남성이 혹시 뭔가 도울 일이 없느냐고 물어 왔다. 내 표정이 그리 자신감이 있어 보이지 않았나 보았다. 보통은 기차역 창구에서 기차표를 사는데 그런 곳에서 기차표를 판다니 미심쩍을 수밖에 없었다.

크라쿠프에 살고 있는 캐나다인이라고 자신을 소개한 그의 설명으로 안심하고 그곳에서 기차표를 샀다.

캐나다 남성의 말에 의하면 크라쿠프는 반나절로는 절대로 돌아볼 수가 없으며 바벨성만 도는 데에도 서너 시간이 소요된다고 했다.

크라쿠프는 폴란드에서 두 번째로 크고 가장 오래된 도시 중 하나이며 17세기 초반, 수도를 바르샤바로 옮기기 전까지는 폴란드 왕국의 수도였다. 크라쿠프는 비스와*Wisla* 강 상류에 위치하며 500년간 폴란드의 학문, 문화 및 예술 생활의 중심지이다.

세계 문화유산으로 등재된 구시가지는 제2차 세계 대전을 겪었음에도 중세 고성과 교회들이 옛 모습을 고스란히 간직하고 있었다. 나치의 총독부가 주둔한 크라쿠프는 바로 '태풍의 눈'과 같은 곳이었기에 전쟁으로부터 안전할 수가 있었다.

제2차 세계 대전이 시작될 즈음, 크라쿠프에 거주하던 유대인들은 나치에 의해 크라쿠프 게토*Kraków Ghetto* 지역으로 강제로 쫓겨났다. 그들은 다시는 돌아올 수가 없는 곳인 아우슈비츠*Auschwitz*와 프라우작*Płaszów*과 같은 나치 수용소에 보내졌다.

크라쿠프는 유대인 학살을 다룬 영화인 〈쉰들러 리스트〉의 배경이 된 곳이기도 하다. 슬픈 역사가 있음에도 불구하고 고딕, 르네상스 및 바로크 건축물 등의 광범위한 문화유산이 잘 보존된 크라쿠프는 유럽에서 가장 아름다운 도시 중 하나이다.

몇 년 전에 방문했을 때에도 크라쿠프의 날씨는 그다지 좋지 않았다. 7월이었음에도 쌀쌀하고 흐린 날씨였다. 두 번째로 방문한 크라쿠프는 종일 비가 내리고 있었다.

역에서 길을 걸어 시장 광장*Rynek Główny*에 들어섰다. 전에는 그 광장에서 여유로운 오후를 즐기는 많은 사람들과 인형극을 하는 남자들, 그리고 거리 연주자들의 모습을 볼 수가 있었지만 궂은 날씨로 인해 광장에는 간간히 우산을 든 사람들이 지나갈 뿐이었다.

시장 광장에 인접한 성 마리아 대성당*Bazylika Mariacka*을 찾았다. 성 마리아 대성당은 '성모 승천 성당'이라고도 하며 나무로 만든 실내의 제단으로 유명한 곳이다. 성 마리아 대성당은 13세기 초에 지어졌으나 몽골의 폴란드 침공으로 파괴된 후, 14세기에 재건된 고딕 양식의 교회이다. 성 마리아 대성당은 높이가 다른 두 개의 첨탑으로도 유명하며 첨탑 위에서는 매시 정각에 나팔을 연주한다.

평범한 붉은 벽돌로 된 겉모습과는 달리, 성 마리아 대성당의 내부는 그동안 보아 온 유럽의 어느 성당과도 비교할 수 없을 만큼 아름다운 곳이었다. 차분하고 낮은 조명 아래에서 금색으로 빛이 나는 화려하고 섬세한 장식들은 경이로움마저 들었다. 발트 국에서는 자주 볼 수가 없었던 스테인드글라스는 온갖 화려한 모습으로 유럽 성당의 당당한 자태를 뽐내고 있었다. 성당 내부를 촬영하고 있으려니 직원이 다가와서 5즈워티의 촬영요금을 요구했다. 직원은 돈을 받더니 카메라에 붙이는 스티커를 건넸다.

경건한 분위기를 뒤로하고, 성당의 첨탑에 오르기로 했다. 성 마리아 성당 첨탑까지는 목재로 된 계단으로 이어져 있으며 올라갈수록 계단의 경사가 심해지고 있었다.

첨탑에 이르자 크라쿠프 시내가 시원하게 한눈에 들어왔다. 시장 광장답게 가운데에는 우중임에도 불구하고 장이 서 있었고 우측으로는 옷감 시장인 직물회관*Sukiennice*이 보였다.

성당을 내려와서 바벨성*Zamek Królewski na Wawelu*으로 발걸음을 옮겼다. 비스와 강변의 언덕 위에 위치한 바벨성은 11세기에 지어지기 시작해 16세기에 완성된 왕궁이자 성곽이며 많은 건물과 요새로 이루어져 있다.

성 마리아 대성당에서 내려다본 시장 광장

바벨성은 폴란드 국왕들의 거처로 사용되던 곳이었다. 17세기에 수도가 바르샤바로 옮겨진 뒤에도 대관식만은 이곳 대성당에서 거행될 만큼 폴란드 국민들에게는 성스러운 곳이다.

나치 총독인 한스 프랭크의 거주지가 되기도 했던 바벨성은 현재는 예배당 및 국립 박물관으로 사용되고 있다. 바벨성 건물의 뒤편에는 폴란드인이라면 누구나 자랑스러워하는 교황 요한 바오로 2세의 동상이 서 있었다.

시간이 여유롭지 않아서 바벨성은 대충 둘러보고 나왔다. 역에서 만났던 그 캐나다인의 말처럼 바벨성은 빠른 시간에 돌아보고 끝낼 곳은 아니었다.

역으로 돌아가던 길에 플로리안스카 문*Brama Floriańska*을 지나고 있었다. 중세시대의 크라쿠프는 성벽으로 둘러싸인 도시였으나 현재 성벽은 사라졌다. 성으로 들어가는 통로인 플로리안스카 문만 덩그렇게 남아서 그곳에 성벽이 있었음을 증명하고 있었다.

플로리안스카 문에서 젊은 여성이 바이올린 연주를 하고 있었다. 빗소리를 반주 삼은 그녀의 연주를 듣고 있던 중, 갑자기 음악이 뚝하고 그쳤다. 경찰 두 명이 연주를 하던 그녀에게 다가가서 뭔가를 보여 달라고 하는 것 같았다. 그곳에서 연주할 수 있는 허가증 제시를 요구했으리라고 짐작한다. 곧 경찰이 물러가고 그녀는 다시 연주를 할 수가 있게 된 것 같았지만 웬일인지 더 이상 연주를 하지 않았다. 아쉬움을 달래며 역을 향해 발걸음을 돌렸다.

* 바르샤바-크라쿠프: 3시간 by 기차

지옥의 한가운데에서

아우슈비츠의 폴란드명은 오슈비엥침Oświęcim이다. 오슈비엥침은 세계 문화유산으로 지정된 크라쿠프에서 약 50킬로미터 떨어진 곳에 위치해 있다. 오슈비엥침은 작은 공업도시이며 바로 아우슈비츠Auschwitz 수용소가 있는 곳이다.

아우슈비츠 수용소는 유대인뿐만 아니라 폴란드 정치범, 러시아인, 동성연애자들, 집시 또는 히틀러가 지어낸 말도 안 되는 이유로, 수백만 명의 사람들을 수감하고 또 강제 노동을 시켰던 곳이다. 끝내는 인간이 만든 가장 계획적이고 가장 잔인한 방법으로 그들을 학살한 곳이기도 하다.

아픈 과거를 간직한 채 이제는 박물관이 되어 나치의 야만성을 알리고 기억하는 장소가 된 아우슈비츠 수용소는 이제는 세계 각국의 여행자들뿐만 아니라 독일의 과거를 반성하는 많은 독일인들도 방문을 하는 곳이 되었다.

'노동이 너희를 자유롭게 하리라.'라는 너무나 어이없는 문구가 걸린 수용소 정문을 지나니 붉은 벽돌로 지어진 수용소 건물들이 여러 채 서 있었다. 나치의 대량 학살을 상징하는 곳인 만큼 그 입구부터 무거운 분위기였다. 관람을 온 사람들도 이곳에서만큼은 말수를 줄였으며 하늘도 회색빛으로 침묵하고 있었다.

회색 하늘 아래에는 그보다 더 짙은 회색 건물이 있었다. 마지막 남은 가스실이었다. 수용자들에게 샤워실이라고 속인 나치는 그곳에서 아이들을 비롯해서

POŻAR

노동의 능력이 없는 사람들을 학살했다. 그 속에서 죽어 간 수많은 희생자들의 아우성이 들리는 것 같았다.

소각장이 함께 설치된 가스실 창에는 누군가가 꽂아 둔 노란 장미꽃 한 송이가 있었다. 빗물을 머금고 있는 노란 장미꽃 한 송이가 슬픔을 더해 주고 있었다.

수감자들이 생활을 했던 막사를 둘러보았다. 비좁은 공간에서는 수많은 사람들이 함께 생활을 했다고 한다. 매일 밤, 그들은 차가운 막사에 누워서 언제 끝날지 모르는 지독한 공포에 시달렸을 것이다. 어느 막사 안에는 부뚜막과 같은 모양에 구멍을 뚫어서 만든, 수많은 개방형의 변기가 길게 늘어서 있었다. 인간의 존엄성이라고는 찾아볼 수조차 없는 공간이었다. 나치에게 있어서 수감자들은 인간이 아니었다.

당시 수용소의 기둥과 기둥 사이에 쳐진 철조망에는 탈출을 막기 위해서 높은 전류가 흐르고 있었다고 한다. 현재도 철조망과 벽에는 전류가 흐르고 있다는 사인이 여전히 남아 있었다.

수용소 건물 안에는 이유도 모른 채 수용소에 끌려왔다가 목숨을 빼앗긴 많은 사람들의 흔적이 그대로 보존되어 있었다. 탈색된 머리카락, 꺾어진 안경테, 나막신, 가죽 신발, 의족, 목발 그리고 가죽으로 된 낡은 여행 가방들이 각각의 유리방 속에 산처럼 쌓여 있었다.

그곳의 공기는 참으로 묘했다. 그들의 흔적들이 전시된 방과 관람객 사이에는 유리창으로 막혀 있었건만 참혹한 과거의 냄새가 퀴퀴하게 나는 듯했다. 날씨가 습하고 더웠기에 더욱 그랬을지도 모르겠다. 점점 가슴이 답답해지면서 당장 그곳을 뛰쳐나가야겠다고 결심을 할 즈음에 드디어 암울했던 다크 투어가 끝이 났다.

홀로코스트 관련 영화를 여러 편 보아서 그 참혹함을 이미 알고 있었음에도, 현장에서 직접 그 흔적들을 본다는 것은 영화와는 비교할 수 없는 크나큰 충격이었다. 충격은 그곳에서 나던 뭔지 모를 냄새의 기억과 함께 지금까지 내 가슴의 한 구석을 짓누르고 있다. 내가 둘러보고 있었던 그곳은 '인간이 만든 지옥'의 가장 한가운데였다.

* 아우슈비츠 수용소는 크라쿠프에서 기차로 약 2시간 이동 후, 오슈비엥침 역에서 다시 버스로 약 10분간 이동한다.
* 크라쿠프 버스 터미널에서 수용소까지는 한 번에 가는 버스가 있으며 기차보다 운행 편수가 자주 있으니 버스로 이동하는 것이 더 편리하다. 버스 터미널은 크라쿠프 역과 연결되어 있다.
* 수용소 실내에서는 사진 촬영을 금지한다. 금지하지 않는다 하더라도 희생자들을 기리는 마음에서라도 촬영은 스스로 하지 말자. 간혹 플래시를 터트리며 촬영하는 사람들은 눈살을 찌푸리게 한다.

오스트리아

Austria

모차르트는 애국자ing

잘츠부르크Salzburg는 오스트리아에서 네 번째로 큰 도시이자 잘츠부르크 연방주의 수도이다. 우리에게는 영화 〈사운드 오브 뮤직〉으로 잘 알려진 도시이기도 하다.

제2차 세계 대전 시, 잘츠부르크 기차역 주변의 많은 건물들을 비롯하여 잘츠부르크의 건물 중 46퍼센트가 연합군의 폭격으로 파괴되었다. 다리와 대성당의 돔 역시 파괴되었지만 다행히도 바로크 양식의 건축물들은 대부분 손상되지 않았다. 그리하여 잘츠부르크는 현재까지도 많은 중세 건축 양식이 그대로 남아있는 몇 안 되는 도시 중 하나이다. 바로크 양식의 건축물들이 잘 보존된 잘츠부르크의 구시가지는 1997년, 유네스코 세계 문화유산으로 지정되었다.

숙소에서 가까운 미라벨 궁전Schloss Mirabell을 시작으로 잘츠부르크를 돌아보기로 했다. 도로를 가운데에 두고, 미라벨 궁전을 마주 보고 있는 성 안드레 성당Kirche St. Andrä이 먼저 눈에 들어왔다. 성 안드레 성당은 잘츠부르크와는 어울리지 않는 평범한 모습으로 인해 현지인이나 관광객에게는 큰 관심을 받지 못하는 듯했다.

성 안드레 성당 앞에 전통 장이 서 있었다. 각종 와인, 꽃, 채소 등이 가득한 활기찬 유럽의 시장이었다. 특히 오전임에도 와인 가게 앞에서 연세 지긋한 현지인 남성들이 와인을 마시고 있는 모습이 눈길을 끌었다.

시장을 한 바퀴 돌고 난 후, 길을 건너 미라벨 궁전으로 향했다. 미라벨 궁전은 사랑하는 여인 잘로메 알트*Salome Alt*에 대한 사랑의 표식으로 1606년 대주교 볼프 디트리히*Wolf Dietrich Von Raitenau*에 의해 지어졌다. 원래 이름은 알떼나우 성*Schloss Altenau*이었으나 후에 바로크 풍으로 개축이 되면서 이름도 미라벨로 바뀌었다. 미라벨은 이탈리아 여성의 이름에서 왔다고 하며 '훌륭하다'의 'mirabile'과 '아름답다'의 'bella'의 합성어이기도 하다.

미라벨 궁전의 잘 가꾸어진 아름다운 정원은 영화 〈사운드 오브 뮤직〉에서 마리아와 아이들이 '도레미송'을 부르던 곳으로 유명한 곳이기도 하다.

장미꽃들이 흐드러지게 피어 있는 정원에는 많은 사람들이 사진을 찍고 있었다. 미라벨 궁전은 잘츠부르크를 방문하는 사람이라면 꼭 한번 방문을 하는 곳이지만 현지인들에게는 매일 조깅하기에 좋은 공원이었다. 운동복을 입고 달리고 있는 현지인들의 모습을 종종 볼 수가 있었다.

사랑의 증표로 탄생한 자물쇠들로 인해 세계 유명 관광지의 죄 없는 다리들이 수난을 겪고 있듯이 잘츠부르크 신시가지와 구시가지를 연결하는 다리 중 하나인 마카르트 다리Makartsteg의 난간 역시 다리가 무너질 정도의 많은 자물쇠가 달려 있었다. 다리 아래로는 잘자흐Salzach 강이 평화롭게 흐르고 있었다.

마카르트 다리를 건너 잘츠부르크 구시가지의 중심인 게트라이데 거리Getreidegasse에 들어섰다. 게트라이데 거리에서 가장 흥미로운 것은 바로 간판 구경이라고 할 수가 있다. 각 가게나 건물의 목적과 잘 어울리는 개성이 넘치고 화려한 철재 간판들은 하나하나 훌륭한 예술 작품들이었다. 세상에서 가장 아름다운 간판들은 바로 잘츠부르크의 게트라이데 거리에 집결해 있었다. 혹 글자를 모르더라도 간판을 보면 어떤 종류의 가게인지 금세 알아차리게 된다. 오스트리아인들의 탁월한 미적 감각과 아이디어는 도대체 어디에서 나오는 건지 정말 궁금하고 부러웠다.

게트라이데 거리를 걷다 보니 노란 건물의 볼프강 아마데우스 모차르트Wolfgang Amadeus Mozart의 생가가 나왔다. 모차르트가 태어나고 17살까지 살면서 많

은 곡들을 쓴 곳이다. 현재는 모차르트 박물관으로 꾸며져서 그가 사용하던 악기와 어린 시절에 작곡한 악보, 그리고 그의 초상화가 전시되어 있었다. 모차르트 생가의 창문에서 내려다보는 길거리는 그 길에 서 있을 때와는 또 다른 느낌이었다. 마치 모차르트가 되어서 창밖을 내려다보는 기분이었다.

천재 작곡가 모차르트가 탄생한 도시인 만큼 잘츠부르크에서는 역시 모차르트였다. 폴란드의 쇼팽이나 독일의 베토벤과는 달리, 오스트리아의 잘츠부르크는 온통 모차르트로 도배가 된 듯했다. 초콜릿 포장마다 모차르트의 얼굴을 인쇄한 모차르트 초콜릿은 예쁜 디자인과 그 명성으로 인해 관광객들은 초콜릿을 위해 기꺼이 그들의 지갑을 열곤 했다. 잘츠부르크는 버스커들이 연주하는 모차르트의 선율로 가득했다. 버스커들의 연주 실력은 수준급이었다. 생생한 모차르트의 음악을 무료로 감상할 수 있음에 잘츠부르크를 걸어 다니는 내내 무척 행복했다. 18세기의 모차르트는 21세기에도 여전히 국가를 위해 지대한 공로를 세우고 있는 애국자임이 분명했다.

지도가 없어도 게트라이데 거리를 돌아다니다 보니 잘츠부르크에서는 나도 모르게 유적지로 흘러 들어가기도 했다. 사람들로 북적이는 모차르트 광장에서 겨우 5분 거리이건만 딴 세상처럼 조용한 성 페터 대주교청 교회*Stiftskirche Sankt Peter Salzburg*에 들어섰을 때였다. 어디에선가 천사의 목소리와도 같은 합창 소리가 들려오고 있었다. 소리가 나는 곳으로 홀린 듯이 걸어갔다. 건물의 1층 어느 방에서 피아노를 가운데 둔 남녀 성가대가 성가 연습을 하고 있었다. 마침 성당에서 울려 퍼지는 묵직한 종소리가 합창과 섞이니 형용할 수 없을 만큼 신비스러운 분위기가 만들어지고 있었다. 영화의 한 장면 속에 들어와 있는 것 같았다.

성 페터 대주교청 교회 옆에는 페터 수도원 묘지*Petersfriedhof*가 있었다. 잘츠부르크도 산 자와 죽은 자와의 공존을 아주 자연스럽게 받아들이고 있었다. 훗날 나의 묘지도 마을 한가운데에 있어서, 가끔 사람들이 놀다가 간다면 죽어서도 외롭지 않으리라는 생각을 해 봤다.

오스트리아는 인접한 바다가 없다. 독일, 체코, 슬로바키아, 헝가리, 슬로베니아, 이태리, 스위스 그리고 작은 나라인 리히텐슈타인으로 둘러싸인 나라이다. 그러하기에 그들의 식사는 대부분 육류 위주일 수밖에 없었다. 게트라이데 거리를 돌던 중에 해산물 식당인 노드제*Nordsee*를 발견했다. 노드제는 독일과 오스트리아에 있는 캐주얼한 해산물 요리 체인점이며 여러 종류의 생선 튀김이나 새우 요리와 샐러드를 파는 식당이다. 해산물을 선호하는 내게는 가뭄에 내리는 한 줄기 단비 같은 곳이었다. 각종 채소와 함께 버무려진 새우 샐러드와 생선 튀김을 저렴한 가격에 먹을 수 있었다.

잘츠부르크를 내려다보기 위해 호엔 잘츠부르크*Festung Hohensalzburg* 성으로 향했다. 경사진 언덕을 푸니쿨라로 오르니 온통 초록색으로 빛나고 있는 잘츠부르크가 한눈에 들어왔다. 아름다운 자연과 세련된 회색 지붕을 한 웅장한 건물들이 너무나 조화로운 잘츠부르크였다. 이러한 아름다운 자연을 가진 나라이기에 〈사운드 오브 뮤직〉이라는 명작이 탄생한 것은 너무나 당연한 일일 것이다.

〈사운드 오브 뮤직〉의 도시답게 호스텔의 라운지에서는 매일 밤 10시에 〈사운드 오브 뮤직〉을 상영했다. 세계 각국에서 온 여행자들이 영화를 보기 위해서 매일 밤 라운지를 가득 메우고 있었다.

몬드제에서 산책을

숙소의 스태프에게 작은 마을을 추천해 달라고 부탁을 했다. 그는 몬드제 *Mondsee*를 추천했다. 몬드제는 잘츠부르크에서 약 30킬로미터 떨어진 곳에 위치하며 초승달 모양의 호수가 있는 작은 마을이라고 했다.

미라벨 정원 근처의 미라벨 플라츠*Mirabellplatz* 버스 정류장에서 포스트 버스로 출발했다. 몬드제로 가는 길은 푸른 초원이 길 양옆으로 시원하게 펼쳐져 있었고, 초원 위에는 예쁜 집들이 드문드문 앉아 있는 그림 같은 풍경이었다. 축복받은 스위스의 자연과 비교해도 전혀 뒤지지 않는 오스트리아였다. 몬드제로 가는 길이 이토록 아름다우니 정해진 목적지가 없더라도 드라이브 삼아 버스를 타고 휘 다녀오는 것도 좋을 것 같았다.

몬드제는 잘츠부르크에서 가깝기에 주말에는 많은 오스트리아인들이 방문하는 곳이다. 마을 가운데에 있는 성 미하엘 성당*Basilika St. Michael*은 영화 〈사운드 오브 뮤직〉의 결혼식 장면을 촬영한 곳이기에 매년 2만 명이 넘는 사람들이 교회를 방문하고 있다. 따라서 성 미하엘 성당은 전 세계에서 가장 사진이 많이 찍힌 교회 중 하나라고 한다. 오스트리아는 모차르트와 〈사운드 오브 뮤직〉이 먹여 살린다고 해도 과언이 아닐 것 같았다.

예상과는 달리 몬드제는 참으로 조용한 마을이었다. 성 미하엘 성당 안에 들어가니 길에서는 보이지 않던 사람들이 사진을 찍으며 조용히 관람하고 있었다. 성 미하엘 성당은 영화 촬영을 했다는 자랑의 흔적은 보이지 않았고, 시골의 작은 성당임에도 화려한 인테리어로 꾸며져 있었다.

성당을 나와서 동네 한 바퀴를 돌아보기로 했다. 산자락에 자리 잡은 주택가는 인적이 드물었기에 새소리를 들으며 산으로 난 길을 천천히 걸어도 좋았고, 키 큰 나무가 그늘을 만드는 긴 길을 따라서 호수로 향하는 산책도 좋았고, 몬드제 호숫가에 멍하니 앉아 있어도 그저 좋았다. 호숫가에는 웨딩 촬영을 하는 신랑 신부와 사진사, 그리고 근처 벤치에서 쉬고 있는 어느 노부부가 전부였다.

호숫가에서 망중한을 보내다 보니 시장기가 느껴졌다. 광장 근처에도 식당들이 있지만 마을 주민의 추천으로 마을에서 가장 스파게티를 잘한다는 맛집에 가기로 했다. 주택가로 조금 걸어 들어가니 'Vini E Panini'라는 이름의 깔끔한 이탈리안 식당이 있었다. 몇몇 테이블의 사람들을 보아하니 다 동네 주민들인 듯

성 미하엘 성당

했다.

화이트 와인과 갈릭 스파게티를 주문했다. 양이 좀 많았지만 아주 훌륭했다. 오스트리아의 어느 시골 식당, 현지 주민들 틈에서의 식사는 진정 멀리 떠나왔음을 제대로 느끼게 해 주었다.

* 잘츠부르크-몬드제: 50분 by 포스트 버스

로맨틱 할슈타트

할슈타트*Hallstatt*는 오스트리아의 잘츠캄머구트*Salzkammergut* 지역에서 가장 아름다운 곳 중 하나이다. '오스트리아의 진주'라고도 알려진 할슈타트는 할슈타트 호수*Hallstätter see*와 주변의 산, 그리고 예쁜 카페와 가옥들이 잘 어우러진 곳이기에 오스트리아의 아주 중요한 관광 명소이다. 또한 유네스코 세계 문화유산에 등재된 곳이기도 하다.

보통 잘츠부르크에서 당일치기로 다녀오기도 하지만 나는 할슈타트의 저녁을 여유롭게 즐기기 위해서 호수가 보이는 예쁜 게스트 하우스에서 1박을 하기로 했다.

잘츠부르크의 숙소에 짐 가방을 맡기고, 작은 배낭 하나에 카메라를 비롯해서 1박 2일간 필요한 최소한의 물건들을 담았다.

잘츠부르크에서 버스를 타고, 바트 이슐*Bad Ischl* 역에서 기차로 갈아탄 후, 다시 배로 이동하면서 보이는 할슈타트는 가슴이 뛸 만큼 아름다웠다.

시장 광장에 위치한 빨간 게스트 하우스의 객실은 무척 깔끔했고 주인장의 세심한 손길을 거친 세련되고 로맨틱한 분위기였다. 할슈타트 호수가 보이는 객실과 시장 광장이 보이는 객실 중에서 선택을 해야 했는데 나는 가격이 조금 더 비싸지만 호수가 보이는 객실을 선택했다. 다시 생각해 보면 시장 광장이 보이는 객실도 심심하지 않아서 좋을 것 같았다. 지나다니는 사람들을 열린 창문으로 살펴보는 것도 꽤 흥미로울 것 같았다.

동네 한 바퀴를 돌아보았다. 진회색 지붕의 아름다운 가옥들이 할슈타트 호수를 따라 이어져 있었고, 호수에는 창문마다 제라늄 꽃들이 활짝 핀 가옥들의 반영이 물결과 함께 일렁이고 있었다.

할슈타트는 마을의 중심인 시장 광장을 시작으로 짧은 골목길을 지나면 좌측에는 백조들이 노니는 할슈타트 호수가 펼쳐지고 있었고, 길의 우측으로는 가게와 카페들 그리고 가게 뒤편의 언덕에는 오밀조밀한 가옥들이 들어선 입체적인 마을이었다.

호수에는 많은 백조들이 서식하고 있었다. 사람이 호숫가로 접근하면 백조들이 다가오곤 했는데 먹이 없이 빈손으로 가면 백조들이 큰소리를 내며 화를 내기도 했다. 순한 모습과 다르게 할슈타트의 백조들은 꽤 성깔이 있었다. 먹이를 던져 주는 관광객들에게 익숙해져 있어서 그런 것 같았다.

동네를 한 바퀴 돌고 있을 때였다. 호숫가의 어느 노천 식당에서 오래된 한국 가요가 들렸다. 한 무리의 한국인 중년 남녀들이 식당에 둘러앉아 박수를 치고 있었고, 그 중의 어느 여성이 노래를 부르고 있었다. 동네가 워낙 조용한지라 장단을 맞추는 박수 소리와 함께 노래 소리는 무척 크게 들렸다. 그들은 주변에서 식사하는 다른 손님들을 전혀 의식하지 않은 채, 아주 자유롭게 즐기고 있었다. 그동안 여행을 다니면서 처음 보는 광경이었다.

할슈타트는 한국인들에게 인기가 있는 곳이다 보니 비수기임에도 많은 한국인들을 볼 수가 있었다. 길을 걷노라면 한국어가 자주 들려오곤 했기에 마치 한국의 어느 유원지에 온 것 같기도 했다.

숙소는 식당을 겸하고 있어서 점심과 저녁 식사는 숙소 식당의 노천 테이블에서 했다. 호수를 바라보며 먹는 송어 구이와 화이트 와인 한 잔은 더 없이 훌륭했다. 숙소와 음식, 그리고 뷰, 모든 것이 완벽했다.

저녁 식사 후, 조금씩 비가 내리기 시작했다. 비가 오지 않으면 저녁 8시에 시장 광장에서 관악대의 연주가 있을 것이라고 게스트 하우스의 스태프가 알려 주었다.

조금씩 어두워지자 다행히 비가 그쳤다. 단체 여행객들이 떠난 할슈타트는 조

ZIMMER

용하고 평화로운 마을로 변하고 있었다.

비가 그쳤으니 광장으로 향했다. 자그마한 시장 광장에는 여러 개의 줄에 매달린 노란 백열등이 크리스마스 트리의 꼬마전구처럼 행복한 빛을 만들고 있었고, 광장의 가운데에서는 제복을 차려입은 관악대의 멋진 연주가 시작되고 있었다. 어른들은 아무 데나 걸터앉아서 음악을 감상하고, 아이들은 천진난만하게 광장을 뛰어다니며 놀고 있었다. 마치 한여름 밤의 꿈인 듯, 아름다운 할슈타트의 밤이 깊어 가고 있었다.

아름다운 밤이 지나고 아침이 되었다. 호수 위에는 옅은 안개가 피어오르고, 부지런한 백조들은 먹이를 찾느라 분주한 모습이었다. 테라스에서 바라보는 할슈타트의 아침 풍경도 꿈처럼 아름다웠다.

얼굴에 물 칠만 하고 숙소를 나섰다. 식당과 카페가 있는 길에서 언덕으로 난 계단을 오르니 마을 아래와는 다른 세상이 펼쳐지고 있었다. 그곳에서는 아름다운 산의 반영이 있는 빛나는 호수를 한눈에 볼 수도 있었고, 누구에게도 방해 받지 않고 조용히 산책하기에도 좋았다.

어느 집 마당의 빨간 장미 덩굴 아래에서 잔뜩 웅크리고 있는 검은 고양이를 보았고, 졸졸 흘러내리는 지하수에는 손을 담그기도 했다. 이른 아침부터 어느 게스트 하우스의 2층 창문으로 얼굴을 내민 주인아주머니와 숙소 가격을 흥정하고 있는 여행자들도 보았다. 손수레 바퀴를 수리하는 시골 할아버지를 만나면서 언덕에 위치한 숙소도 괜찮겠다는 생각을 했다. 다음에 또 올 기회가 있다면, 진회색 지붕과 호수가 내려다보이는 언덕 위의 숙소에서 머무르리라.

* 잘츠부르크-할슈타트: 총 2시간 정도 소요

* 1. 잘츠부르크의 미라벨 플라츠-바트 이슐: 1시간 30분 by 버스(150번 포스트 버스)

* 2. 바트 이슐-할슈타트 기차역: 30분 by 기차

* 3. 할슈타트 기차역-할슈타트: 5분 by 배

희미한 기억을 더듬다

할슈타트에서 1박 2일을 보내고 다시 잘츠부르크로 돌아가던 길이었다. 버스로 한참을 달리던 중, 도로 우측에 낯익은 마을이 보였다. 급하게 버스에서 내렸더니 장크트 길겐*Sankt Gilgen*이라는 마을었다.

장크트 길겐은 볼프강*Wolfgangsee* 호수의 북서쪽에 위치해 있으며 할슈타트와 함께 잘츠카머구트 지방의 아름다운 마을 중 하나이다.

잘츠부르크에서 약 29킬로미터 거리인 장크트 길겐은 쉬운 접근성 덕분에 당일치기 여행자들에게 인기가 좋을 뿐 아니라 볼프강 호수를 끼고 있는 아름다운 마을의 경치로 인해 여름에는 피서객들이 즐겨 찾는 곳이다. 또한 모차르트의 어머니인 안나 마리아 모차르트의 출생지이며 모차르트의 외가가 있는 조용한 마을이다.

오래전에 이곳에 온 적이 있었다. 그때는 배를 타고 볼프강 호수를 통해 마을에 들어갔었다. 거대한 볼프강 호수 위에서 바라보는 주변 마을과 풍광은 잠시도 카메라 셔터를 누르지 않고는 견딜 수가 없을 만큼 너무나 아름다웠다.

당시에 장크트 길겐 마을을 돌다가 길을 묻기 위해서 골목길 코너에 있는 기념품 가게에 들어 간 적이 있었다. 그 가게에서 크리스틴이라는 금발의 아름다운 여성을 만났다. 그녀는 그 가게의 주인이었고 우리는 한동안 대화를 나누었다.

그녀는 오스트리아 밖으로는 한 번도 나가본 적이 없다며 세상 구경을 하고 있는 나를 부러워했었고, 나는 그림 같은 마을에 살고 있는 그녀를 부러워했었다. 우리의 대화는 가지에 가지를 치면서 한참 동안 서로의 얘기에 빠져 있었다. 혹시나 영업 방해를 한 것은 아닌가 싶어서 가게를 떠나기 전, 작은 기념품을 하나 사고자 했다. 극구 말리던 크리스틴은 뭔가 예쁘게 포장을 하더니 그것을 내게 내밀었다. 도자기로 된 예쁜 마그넷이었다. 예상치 못한 곳에서의 예상치 못한 선물에 얼굴이 빨갛게 달아올랐다. 유럽에서 처음으로 느낀 '정'이었다.

그 후로 유럽을 생각할 때마다 그녀가 떠오르곤 했다. 다시 한 번 오스트리아에 간다면 그녀를 만나 봐야겠다고 생각을 했지만 그런 날은 쉽게 오지 않았다. 그러던 중, 9년 만에 나는 다시 오스트리아를 방문했고, 추측만으로 그녀의 마을에 내렸던 것이다.

마을 속으로 걸어 들어갔다. 눈에 익은 마을이 나타나자 괜스레 가슴이 설레기 시작했다. 크리스틴의 가게를 찾아보기로 했다. 예쁜 시골집처럼 생긴 시청이 있는 광장은 아름다운 호텔과 전통 건물들로 둘러싸여 있었고, 그 가운데에는 바이올린을 연주하는 어린 모차르트의 동상이 서 있었다. 모차르트의 동상은 전에는 못 봤던 것 같았다.

시청 광장을 지나 다시 길을 걸으니 예전 모습을 그대로 유지하고 있는 공동묘지가 있는 성당이 나타났다. 좀 더 길을 걸으니 모차르트의 외가가 보였다. 요트가 떠 있는 볼프강 호수까지 걸어갔으나 크리스틴의 가게가 어딘지 통 기억이 나지 않았다. 마을을 몇 바퀴나 돌았다. 눈을 감으면 그녀의 가게 위치가 늘 선명하게 떠오르곤 했었건만 기억만으로 그곳을 찾는 것은 결코 쉽지가 않았다.

마침 식사 때가 된지라 볼프강 호수가 보이는 어느 식당에 들어갔다. 그날 아침에 잡았다는 신선한 송어 요리로 배를 채운 후, 주인아저씨에게 기념품 가게를 하는 금발의 크리스틴에 대해서 물어보았다. 유럽은 우리와는 달리 변화가 그다지 없기에 크리스틴은 여전히 같은 가게를 운영하고 있을 것이라는 확신이 있었다. 아름다운 금발에 혹시 키가 크지 않느냐고 아저씨가 내게 재차 확인을 했다. 그는 어디로 가면 그녀의 가게가 나올 것이라고 했다. 다시 가슴이 뛰기 시작했다.

카메라가 든 배낭을 식당에 맡긴 후, 그녀의 가게를 찾기 위해 다시 길을 나섰다. 성당 옆이라고 했었건만 내가 잘못 들었는지 성당 옆에는 그런 가게가 보이지 않았다.

길을 걷다가 바자회를 하는 마을 주민들을 만났다. 그들은 꿀, 수예품 등등 집에서 만든 모든 것을 내다 팔고 있었다. 물건을 팔고 있던 어느 여성에게 다시 크리스틴에 대해서 물어보았다. 그녀는 주변인들에게 정보를 수집하더니 고맙게도 아예 장사를 접고 나를 인도하기 시작했다.

드디어 크리스틴의 가게에 도착했다. 바자회를 하던 곳에서 약 30미터 정도의 거리였다. 여성은 장사를 위해서 급하게 돌아가고 나는 내 기억과는 완전히 다른 모습의 어느 가게 앞에 혼자 서 있었다. 내 기억이라는 것은 정말 믿을 것이

못 된다는 것을 확실하게 깨달으면서.

갈색의 앤티크 문만 열고 들어가면 크리스틴을 만날 수 있을 줄 알았건만 가는 날이 장날이라더니 가게는 닫혀 있었다. 마침 토요일인지라 토요일 1시 이후에는 문을 닫는다는 사인만 가게 문에 붙어 있었다.

쪽지라도 하나 남기고 올 걸 하는 생각은 잘츠부르크로 돌아가는 버스 속에서 났다. 인생이나 여행은 늘 후회의 연속인가 보다. 그래도 인연이 된다면 언젠가는 그녀를 다시 만나리라. 그때쯤이면 두 사람의 머리에는 희끗희끗하게 서리가 내려 있겠지만.

가게를 뒤로하고 마을을 둘러보고 있을 때였다. 막 결혼식을 마친 신랑 신부와 하양, 파랑 풍선을 손에 든 한 무리의 결혼식 하객들이 시청에서 쏟아져 나왔다. 대부분 원색의 의상을 차려입은 하객들은 악사들의 연주에 맞춰서 마을 곳곳을 돌며 행진을 하기 시작했다. 맨 앞에 선 악사들이 어느 가게 속으로 들어가니 신랑 신부와 하객들도 줄줄이 따라 들어갔다. 그것이 그들의 결혼 풍습인지 그들은 떠들썩하게 가게를 한 바퀴 돌아서 나오는 것이었다.

마을을 돌던 그들은 볼프강 호숫가에 도착하더니 커다랗게 원을 만들었다. 악사들은 다시 연주를 시작하더니 하객들을 원 안으로 끌어들이며 춤추기를 유도했다. 하객들이 선뜻 나서지 않자, 악사 중 한 명이 사진을 찍는 나에게 다가오더니 원 안으로 들어와서 춤을 추라고 권하지 뭔가! 왜 하필 나란 말인가? 깜짝 놀란 나를 보던 하객들이 웃음을 터트렸다. 드디어 신랑 신부와 하객들은 원 안으로 들어가서 춤을 추기 시작했다.

결혼식도 축제로 만드는 그들의 모습이 보기 좋았다. 비록 크리스틴을 만나지는 못했으나 현지인의 축제 같은 결혼식으로 인해 유쾌한 기억으로 남는 장크트 길겐이 되었다.

할슈타트에 비해 장크트 길겐에는 관광객들이 많지 않았다. 할슈타트에서는 그렇게도 많던 한국인들을 포함한 동양인들이 장크트 길겐에서는 왜 한 명도 보이지 않는지 이해가 되지 않았다. 장크트 길겐은 할슈타트에 결코 뒤지지 않는 아름다운 곳인데 말이다.

* 할슈타트-장크트 길겐: 1시간 10분 by 배+기차+포스트 버스

* 잘츠부르크-장크트 길겐: 1시간 by 포스트 버스

브뢰헬을 만나다

잘츠부르크에서 빈Wien으로 가는 날이다. 빈까지는 웨스트반Westbahn을 이용하기로 했다. 잘츠부르크에서 빈, 또는 그 반대 방향으로 이동시에는 오스트리아 연방 철도인 OBB보다는 민영 철도 회사에서 운영하는 웨스트반을 이용하는 것이 좋다.

웨스트반은 OBB보다 절반가량 저렴하고 더 깨끗했다. 좌석 지정 없이 그냥 빈자리에 앉으면 되고, 표는 미리 사거나 기차에 올라서 승무원에게 살 수도 있다. 나는 기차 내에서 승무원에게 직접 표를 샀다. 무료 와이파이 서비스를 이용할 수 있으며, 220볼트 콘센트가 있어서 충전도 자유로웠다.

빈은 오스트리아의 수도이며 왈츠의 아버지인 요한 슈트라우스와 슈베르트가 태어났으며 세계적인 음악의 거장들이 살기도 한 음악 도시이다.

화강암과 사암으로 만든 빈의 건물들은 그 규모가 유난히 웅장한 동시에 세련되고도 날렵한 선을 가지고 있었다. 오래된 사암으로 된 건물들은 거멓게 때가 묻어 있기도 했지만 그 또한 세월의 흐름을 보여 주는 것이기에 그 모습 그대로도 보기 좋았다.

하지만 빈은 큰 규모와 인파로 인해 사람을 일찌감치 지치게 하는 것 같았다. 요한 슈트라우스 동상이 있는 빈 시립 공원, 고대 그리스 건축 양식의 국회 의사당, 호프부르크 왕궁, 쇤부른 궁전 등 대부분의 유명 장소는 첫 번째 빈 방문 시에 이미 다녀온 적이 있었다. 그러므로 빈에서는 카페에 앉아서 사람 구경을 하거나 국경에 인접한 체코의 도시를 방문하며 4일을 보내기로 했다.

빈의 중심부에 있는 쇼핑 거리인 캐른트너 거리*Karntner Straße*는 빈을 방문하는 사람이라면 한번은 걷게 되는 길이며 슈테판 광장*Stephansplatz*에서 남쪽으로 길게 이어지고 있었다.

슈테판 광장에는 거대한 성 슈테판 성당*Domkirche St. Stephan*이 우뚝 서 있었다. 비엔나의 상징인 성 슈테판 성당은 오늘날 오스트리아에서 가장 중요한 고딕 양식의 건축물 중 하나다.

합스부르크 왕가의 상징인 두 마리의 독수리 모자이크가 있는 성 슈테판 성당의 지붕은 화려하고 다양한 컬러의 타일들로 덮여 있었다. 성 슈테판 성당은 모차르트와 콘스탄체의 결혼식을 올린 것으로도 유명하다. 또한 시신 없이 모차르트의 장례를 치렀던 곳이기도 하다.

성 슈테판 성당 주변에는 클래식한 마차들이 손님을 기다리고 있었고, 멋진 말이 끄는 마차들은 중세 귀족이 아닌, 세계 각지에서 온 관광객들을 실어 나르고 있었다.

슈테판 광장 주변은 관광객들이 많이 모이는 곳인지라 저마다 다른 버스킹을 하는 버스커들이 많은 곳이다. 하얀 천사 복장을 한 남자는 공중에 뜬 채로 노골적인 호객 행위를 하고 있었고, 구경꾼들의 원을 작게 만들어서 공짜 손님이 볼 수 없도록 교묘히 차단하는 5인조 클래식 밴드도 있었다.

빈은 세계에서 가장 살기 좋은 도시 중 하나라고 하지만 건물과 사람들로 빼곡한 빈 중심가는 내게는 명동의 느낌이 나는 곳이었다.

빈에 머물던 어느 날, '베들레헴의 인구조사'로 관심이 생긴 피테르 브뢰헬*Pieter Bruegel*의 그림들이 보고 싶어졌다. 특히나 '아이들의 유희'에는 230명이 넘는 사람들을 그려 넣었다고 하니 감상이라기보다는 눈으로 한번 확인을 하고 싶었다. 마리아 테레지아 광장*Maria Theresien Platz*에 있는 빈 미술사 박물관*Kunsthistorisches*

*Museum Wien*은 시청 뒤에 위치한 숙소에서는 도보로 8분 정도인지라 쉽게 갈 수가 있었다.

빈 미술사 박물관은 마리아 테레지아 광장을 사이에 두고 자연사 박물관과 마주 보고 있었고 빈의 여느 건물들처럼 규모가 대단했다. 웅장한 대리석 계단을 걸어서 빈 미술사 박물관의 2층으로 올라갔다. 'ㅁ' 자 구조의 2층은 큰 전시실들이 각각의 방으로 만들어져서 미로처럼 연결되어 있었다. 그곳에는 루벤스, 렘브란트, 뒤러, 카라바조, 라파엘로를 비롯한 많은 거장들의 작품들이 전시되어 있었다.

여러 화가들의 전시실을 거친 후, 직원에게 물어서야 겨우 브뢰헬의 전시실을 찾을 수 있었다. 아쉽게도 내가 처음 브뢰헬에게 흥미를 느끼게 되었던 '베들레헴의 인구조사'는 이곳이 아닌, 벨기에 왕립 미술관에 보관되어 있었다.

브뢰헬의 전시실에서 가장 인상에 남는 작품은 역시 '아이들의 유희'였다. 작품 속에는 개미같이 작고도 많은 사람들이 저마다의 행동을 하고 있는 모습이 현장감 있게 잘 표현되어 있었다. 팽이를 치는 아이들, 싸움을 하는 아이들, 어른에게 혼나는 아이들, 와인 통에 올라탄 어른들, 굴렁쇠를 돌리고 있는 어른들, 나무 봉에 거꾸로 매달린 아이들 등등 수많은 사람들이 각각 저마다 다른 행동을 열심히 하고 있기에 어떻게 보면 난장판 같기도 했다. 하지만 그럼에도 산만하지 않고 깔끔한 느낌이 나는 묘한 작품이었다. 다양한 놀이와 사람들의 행동 하나하나를 살펴보는 재미가 큰 작품이었다. 브뢰헬의 다른 작품인 '눈 속의 사냥꾼' 앞에서는 그의 작품을 모사하고 있는 여성 화가들을 볼 수 있었다.

거의 브뢰헬의 작품만 감상했는데도 2시간 이상이 걸렸다. 다른 화가들의 작품들까지 본다면 최소한 4시간 이상 소요될 것이다. 감상이 끝나면 돔 천정이 아름다운 박물관 카페에서 차 한 잔 하는 것도 또 다른 즐거움일 것이다.

* 잘츠부르크-빈: 2시간 20분 by 기차

거꾸로 가는 기차를 타다

체코의 브르노Brno에 머물 때였다. 갑작스레 일정 변경을 했기에 브르노에서의 하루가 그대로 비었다. 브르노에서 오스트리아의 빈까지는 기차로 겨우 1시간 30분 정도로 가까우니 그날은 국경을 넘어 빈에서 점심을 먹고 오기로 했다. 그 전 방문 시에 놓쳤던 벨베데레 궁Schloss Belvedere도 볼 겸해서였다. 아침은 체코에서, 점심은 오스트리아에서 먹으리라. 얼마나 멋진 유럽인가!

카메라와 렌즈의 무게로 피곤해질 것을 대비해서 가방에는 작은 미러리스 카메라만 한 개 넣고 길을 떠났다.

브르노 역에서 기차표를 사고, 플랫폼 위치도 확인을 했으니 느긋하게 기차가 오기만 기다리면 되었다. 모든 것이 완벽한 것 같았다.

출발 30분 전쯤이었다. 미리 확인해 둔 플랫폼에 다시 가 봤더니 기차가 한 대 서 있었다. 혹시나 빈 행 기차가 미리 도착했는지도 모를 일이었다. 기차의 계단을 올라 승강구 입구에 서 있는 어린 여승무원에게 물어보기로 했다. 기차는 오스트리아의 빈에서 체코의 브르노를 거쳐 프라하로 가는, 반대 방향의 기차라고 승무원이 말했다. 영어는 서툴렀지만 친절한 승무원이었다.

그런데 내리려는 순간, 그만 기차의 문이 닫히고 말았다. 아무리 열려고 해도 문은 열리지 않았다. 나만큼 당황한 승무원은 독일어와 영어를 섞어서 다급하게 뭔가를 말했다. 아마도 기관실에서 제어를 하는지라 자신은 어쩔 수가 없다는 말 같았다.

그녀와 나는 다음 칸의 문으로 달려갔으나 그곳도 닫혀 있었다. 문이 닫히고도 기차는 한참 동안 플랫폼에 서 있었건만 문을 열 수가 없다는 것이 도대체 이해가 되지 않았다. 기관사에게 통신을 해서 열어 보라고 했으나 무슨 일인지 불가능한 일인 것 같았다. 얼굴이 빨개져서 당황하는 승무원을 보니 어린 그녀도 처음 겪는 일인 것 같았다.

드디어 기차가 움직이기 시작했다. 기차는 내 마음도 모른 채 마치 거짓말처럼 프라하를 향해 달리기 시작했다. 브르노 역은 이미 지나 버리고, 창밖에는 낯선 마을들이 휙휙 스쳐 지나가고 있었다. 눈앞이 캄캄해졌다. 평소에도 핏기 없는 얼굴은 분명히 창백해졌을 거다.

잠시 후에 검표하는 승무원 아주머니가 다가오더니 너무 걱정하지 말라고 했다. 여승무원에게서 상황을 듣고 온 것 같았다. 흥분을 꾹꾹 누르며 "문을 열어 줄 시간이 충분했음에도 왜 문을 열어 주지 않았냐?"라고 물었다. 아무리 침착한 척 말을 해도 표정을 숨기지 못하는 내 얼굴에는 이미 많은 말들이 써져 있었을 거다. '미치겠다.' '돌아 버리겠다.' 등의 말들이.

내 질문에 그녀는 이유는 말하지 않고 스트레스를 너무 받지 말라는 말만 영어로 반복했다. 그녀는 기차가 한 30분 후에 다음 역에 정차를 할 것이니 그곳에 내려서 반대 방향의 기차를 타면 된다고 했다. 하지만 다음 역에서 다시 얼마간 기차를 기다려야 할 것이고, 빈에서 브르노로 돌아오는 막차는 저녁 7시인지라 빈에서 머물 시간이 턱없이 짧아지게 되는 것이었다. 살면서 이렇게 어이없는 일은 또 처음이었다.

포기하고 복도에서 창밖을 바라보며 멍하니 서 있으려니 70이 훨씬 넘어 보이는 어느 할아버지가 말없이 생수 한 병을 내게 건넸다. 그 모든 것을 다 본, 카트로 간식을 파는 매점 할아버지였다. '타국에서 얼마나 당황스럽겠나, 진정하라.'라는 말을 하고 싶었을 거다. 너무나 고마웠다. 하지만 이 기차가 빈이 아닌 프라하로 간다는 사실을 받아들이기가 너무나 힘이 들었던 나는 목구멍으로 물 한 방울 넘길 여유조차 없었다.

잠시 후, 승무원 아주머니가 다시 오더니 나를 좌석으로 인도했다. 그녀는 좌석에 앉은 승객들 중에서 믿을 만한 사람을 고르더니 지적인 외모의 어느 여성의 옆자리에 나를 앉도록 했다. 승무원은 그 여성에게 나의 사정을 대충 말하고, 다음 역에서 내가 잘 내리도록 도와주라고 하는 것 같았다. 체코어인지 독일어인지 잘 모르겠지만 아무튼 그런 것 같았다. 그리고 다시 한 번, 걱정하지 말라며 나를 진정시켰다.

이 모든 것은 승강구에 올라간 내 잘못으로 벌어진 일이라고 생각을 하니 서서히 마음이 편해지기 시작했다.

옆자리의 지적인 여성이 새 티슈 한 팩을 내게 건넸다. 혹시 울고 싶으면 이것으로 닦으라는 것인지. 사실 엉엉 울고 싶었다.

프라하까지 절대로 멈추지 않고 달릴 것 같던 기차는 한참만에야 다음 역에 도착을 했다. 승무원 아주머니와 인사를 나누며 낯선 기차역에 내렸다. 역 이름은 기억도 안 나지만 역의 플랫폼에는 찬바람이 쌩쌩 부는 것 같았다. 그녀는 안심이 안 되었는지 플랫폼에 내려서 근심 가득한 얼굴로 걸어가는 나를 지켜보고 있었다. 그제야 나도 웃고 그녀도 웃으며 서로 크게 손을 흔들었다.

승무원 아주머니와 매점 할아버지, 그리고 옆자리의 여성 등 기차 속의 그들은 낯선 이방인에게 너무나 따뜻한 사람들이었다. 큰일을 겪었지만 그들로 인해 마음 한구석은 온기로 가득했다. 내가 탈 기차인지 확실히 알기 전에는 절대로 기차에 오르면 안 된다는 교훈을 얻은 사건이기도 했다.

낯선 기차역에서 아주 한참을 기다려 다시 빈으로 가는 기차를 탔다. 시간은 계획과는 다르게 이미 속절없이 흘러가 버렸다.

기차는 드디어 오스트리아의 수도인 빈 중앙역에 도착을 했다. 1년 만에 다시 방문한 중앙역이었기에 낯설지가 않다는 것이 그나마 위안이 되었다. 다행히 빈 중앙역에서 벨베데레 궁은 도보로 5분 정도의 거리였기에 다녀오면 막차를 탈 수 있을 것 같았다. 중앙역 안내소의 아저씨가 막차까지 시간은 충분하니 천천히 다녀오라고 나를 독려했다.

체코의 시골 마을을 돌아다니다가 빈의 크고 웅장한 건물들을 만나니 압도되는 기분이었다. 거꾸로 가는 기차를 탔던 암담했던 기분은 어디로 사라지고, 벨베데레 궁으로 향하는 나의 발걸음은 무척이나 경쾌했다.

시간에 쫓겨서 비록 클림트의 그림들을 보진 못했지만 우여곡절 끝에 방문하게 된 빈의 벨베데레 궁은 기차에서의 그 사건을 잊게 하기에 충분히 아름다웠다.

상궁과 하궁 사이를 연결하는 프랑스식 정원인 벨베데레 궁의 정원은 1.7킬로미터에 달하는 규모임에도 잘 손질이 되어 있었다. 정원에서는 멀리 빈의 중심에 위치한 슈테판 대성당이 보였다.

정원에서 만난 우크라이나 여성과 서로 사진을 찍어 주며 한 바퀴를 돌고 난 후에 다시 빈 중앙역으로 돌아왔다. 빈 중앙역 안내소의 아저씨가 지나가는 나를 용케도 기억하고는 구경은 잘했느냐고 큰 소리로 물었다.

체코의 브르노로 돌아가는 막차를 기다리며 그제야 밥 생각이 났다. 그러고 보니 아침을 먹은 뒤로 저녁이 되도록 아무것도 먹지를 않았다. 점심 식사를 하기 위해서 국경을 넘었건만 식사 생각은 할 수도 없었던 하루였다. 빈 중앙역의 플랫폼에서 기차를 기다리며 점심 겸 저녁 식사로 먹은 생선 초밥은 잊을 수 없을 만큼 최고의 식사였다.

좌충우돌의 시간이었지만 여행이란 것은 가끔 이런 일도 있어야지 진정 여행스럽고 오래 기억에 남는다고 스스로 위로를 하며 덜컹거리는 기차에 몸을 맡겼다. 기차의 창으로 펼쳐지던 진한 노을은 이날따라 너무나 애처롭게 아름다웠다.

* 브르노, 체코-빈, 오스트리아: 1시간 27분 by 기차

체코

Czech

보헤미안 시골 처녀 같은 마을에서의 하룻밤

프라하에서 남서쪽으로 200킬로미터 떨어진, 오스트리아와의 국경 근처에 위치한 체스키 크룸로프*Česky Krumlov*는 도시 전체가 유네스코 세계 문화유산으로 등록된 만큼, 체코 중세 마을의 특징을 가장 잘 볼 수가 있는 곳 중 하나이다. 체스키 크룸로프는 이보다 더 동화 같은 마을을 떠올리기가 어려울 만큼 완벽하게 아름다운 곳이다.

첫 체코 방문 시에 이곳을 놓쳤기에, 몇 년 후에 다시 찾은 체코에서의 중요한 미션은 바로 체스키 크룸로프 방문이었다.

체스키 크룸로프에서 1박을 하기로 했다. 큰 짐은 프라하의 호텔에 맡기고, 작은 배낭 속에 1박 2일 동안 필요한 옷, 세면도구와 카메라를 담았다.

프라하 역을 출발한 기차는 아름다운 들판을 가로질러 달리기 시작했다. 기차 여행은 늘 낭만적이지만 유럽의 시골 기차는 재미있기까지 하다. 역마다 다 정차를 하는 완행열차이기에 오르고 내리는 현지인들을 구경하는 것도 흥미롭고, 정차하는 역마다 잠시 내려서 플랫폼을 밟아 보는 것도 소소한 재미이다. 또한 시골을 달리는 기차들은 대부분 창문을 열 수가 있어서 신선한 공기를 들이마실 수도 있거니와 유리창을 통하지 않고도 사진을 찍을 수가 있다는 것이 가장 큰 매력이다. 열려진 창문에 카메라를 얹고 풍경을 담는 그 기분은 바로 '자유'다.

2시간가량 아름다운 시골길을 달려서, 갈아타는 역인 체스케 부다요비체*Česke Budějovice* 역에 도착했다. 체스케 부데요비체에서 다시 50분을 달려, 기차는 체스키 크룸로프 역에 도착했다. 구시가지까지는 다시 버스로 잠시 이동을 했다.

체코에서 가장 긴 강인 블타바*Vltava* 강변의 골목에 위치한 현지인 게스트 하우스에 짐을 풀었다. 주인은 친절했고, 방은 작았지만 아담하고 깨끗했다. 마당이 있는 게스트 하우스는 한국의 시골집과 비슷하게 생겼다.

이 마을은 홈메이드 맥주가 유명하다고 했다. 내가 묵은 이 숙소에서도 홈메이드 맥주가 있다기에 한 잔 마셨다. 칠링은 되지 않았으나 깊고 씁쌀한 맛이 일품이었다. 체스키 크룸로프에 머문다면 한번쯤 홈메이드 맥주를 맛보는 것도 좋을 것이다.

숙소에 도착해서 가장 먼저 향한 곳은 체스키 크룸로프 성*Zamek Česky Krumlov*이었다. 전망대에 오르려면 오후 5시까지 입장을 해야 한다고 해서 서둘러 성으로 올라갔다.

13세기에 지어진 고딕 양식의 체스키크룸로프 성은 14세기에 확장되었으며 16세기에 르네상스 양식으로 재건, 17세기와 18세기에 다시 바로크 양식과 로코코 스타일로 개조되었다.

체스키 크룸로프 성의 전망대에 오르니 오렌지색 지붕들이 빽빽한 마을이 내려다보였다. 블타바 강 위에 놓인 나무로 만든 작은 이발사의 다리*Lazebnicky most*, 마을을 휘감고 흐르는 블타바 강, 그 강에서 래프팅을 하는 사람들, 그리고 오밀조밀 골목길과 그 속의 사람들이 한눈에 들어왔다. 동화 속 마을이거나 레고로 만든 마을인 듯한 체스키 크룸로프는 전망대 어느 각도에서 바라보아도 다 그림이 되는 곳이었다.

성 관람을 마친 후, 라트란*Latran* 거리로 내려오는 길에는 예쁜 상점들이 많았다. 체스키 크룸로프는 보헤미안 크리스털로 유명하지만 라트란 거리의 어느 보석 가게에는 죄다 짙은 녹색의 몰다바이트*Moldavite*라는 보석들이 진열되어 있었다. 상점 주인의 설명에 의하면 몰다바이트는 이곳 보헤미아 중심부에 운석

이 떨어질 때에 형성된 녹색 유리 모양의 보석이다. 그는 이 신비의 보석인 몰다바이트를 몸에 지니고 있으면 행운이 온다고도 했다. 워낙 많은 사람들이 운석을 캐기 위해서 땅을 파헤쳤던 적이 있어서 현재는 나라에서 채굴 금지를 하고 있다고 했다.

구시가지의 골목길을 돌아다니다가 어느 식당으로 갔다. 날씨가 쌀쌀했기에 주인이 실내 좌석을 권했지만 노천 좌석에 앉기를 고집했다. 그때쯤부터 하늘이 점점 어두워지기 시작했다. 갑자기 기온이 뚝 떨어졌다.

식사를 막 시작할 즈음에는 온 사방이 칠흑처럼 캄캄해지더니 강한 바람과 함께 폭우가 쏟아지기 시작했다. 테이블 위로 천막이 쳐져 있었지만 가장자리 테이블인지라 비바람이 마구 몰아쳐 들어오기 시작했다.

비를 피하기 위해서 옆자리의 오스트리아에서 온 3인 가족과 나는 각자의 테이블을 천막의 가운데로 이동시켜서 서로 맞붙인 뒤 옹기종기 모여 앉았다. 그래도 바람의 방향에 따라서 가끔씩 비가 들이치기도 했기에 조금씩 옷이 젖고 있었다. 그럼에도 불구하고 무슨 일인지 그들과 나는 다들 실내로 들어갈 생각을 하지 않았다. 그 싸늘한 온도와 폭우, 그리고 세찬 바람을 온전히 즐기려고 작정한 사람들 같았다.

우리는 우산을 쓰고 줄지어 지나가는 여행자들을 구경하거나, 자동차의 헤드라이트가 궤적을 만드는 것을 즐기거나, 또는 맞은편 선물 가게 아가씨의 작은 행동 하나하나를 관찰했다. 비 사이를 뛰어다니는 뚱뚱한 가게 아저씨의 날렵한 묘기에 우리는 휘파람과 함께 환호를 보내기도 했다.

내 옆에 바짝 붙어 앉은 오스트리아 가족의 17세 된 딸이 별안간 그녀의 점퍼를 내게 벗어 주겠다고 했다. 긴 팔 옷을 입었음에도 내가 많이 추워 보였나 보았다. 역시 얼굴에 핏기가 없는 사람은 어딜 가도 동정을 받는 모양이었다. 하지만 그녀의 엄마는 민소매 티셔츠 한 개만 입고 있었기에 나는 감히 그 점퍼를 넙죽 받아 입을 수가 없었다. "나보다는 너의 어머니가 더 필요할 것 같다."라고 했더니 그녀는 "엄마니까 괜찮아요."라고 말했다. 아, 어머니는 강하다고 했던가? 그녀의 말에 다들 웃음이 터졌다. 하늘에 새가 날아가기만 해도 그저 웃음이 터질 사람들일 것 같았다. 여행이란 것은 사람을 들뜨게 만드는 마술사가 분명했다. 그녀의 어머니에겐 미안하지만 결국 나는 오스트리아 여고생의 점퍼를 뺏어 입고 유쾌한 우중 식사를 즐겼다.

식사를 하고 나니 강풍과 폭우는 거짓말처럼 사라지고 더욱 강한 햇살과 드라마틱한 구름이 마을을 감싸기 시작했다. 보기에는 이른 저녁이지만 9시가 훨씬 넘었으니 시간상으로는 밤이 내리고 있었다.

비가 그친 체스키 크룸로프의 하늘은 점점 잉크색이 되어 가고 있었다. 하늘은 멀리는 옅은 색으로, 가까이는 진한 색으로, 느리게 또는 빠르게 가슴 속으로 파고들기 시작했다. 아름답지 않은 것이 없는, 마치 영화 세트장 같은 마을의 풍경을 나는 가슴속에 가득가득 담고 있었다. 이발사의 다리를 지나 어느 석조 다리 위에 올라서니 이 마을의 랜드 마크 중 하나인 성 비투스 성당*Kostel sv. Vita*이 잉크빛 하늘을 배경으로 창백하게 서 있었다. 그림이었다.

숙소로 발걸음을 옮기던 중, 작은 창에서 불빛이 새어 나오고 있는 선술집이 보였다. 노란 백열등 불빛이 가득한 창문 속에는 도란도란 사람들이 앉아 있었고, 그들은 무척 행복해 보였다. 불현듯 나도 그 무리 속에 들어가고 싶어졌다. 용기를 내어 선술집 속으로 돌진을 했다.

문턱을 넘자 따뜻한 전등 아래에 앉아 있던 각종 컬러의 눈들이 죄다 내게로 향했다. 체스키 크룸로프에는 당일치기로 방문하는 동양인들이 많다 보니 나는 그 시간, 그곳에서는 보기 드문 동양인이었다.

한쪽에서는 폴란드 바이크 동호회 회원들이 TV로 유로 축구를 시청하며 응원을 하고 있었고, 여기저기 시끌벅적한 것이 사람 냄새 물씬 풍기는 선술집이었다.

좌석이 많지 않으니 다들 합석을 하고 있었다. 나는 이 마을 남녀 주민들과 합석을 했다. 그들은 선한 얼굴을 하고 있었기에 참 좋은 사람들이라는 것을 한눈에 알아볼 수 있었으나 대화가 되지 않는다는 것이 우리 사이의 큰 문제였다. 그들의 언어를 하나도 못 배우고 온 것이 그렇게 불편할 수가 없었다.

그들과 다소 힘든 대화를 하던 중, TV 시청을 끝낸 폴란드 바이크 동호회 회원들이 합석을 했다. 폴란드 바이크 동호회 사람들의 영어는 완벽했기에 막혔던 숨통이 그나마 터지는 것 같았다.

그들은 폴란드에서 체코의 체스키 크룸로프까지 바이크로 왔다고 했다. 그들 중 한 명은 폴란드 역사에 대해서 아주 상세히 설명을 했는데 역시나 바르샤바 대학의 역사학 교수라고 했다.

나는 그동안 두 번 폴란드를 방문했고, 이번에도 폴란드에서 체코로 넘어왔다고 말하자, 그들은 늘 지니고 다니던 폴란드 국기를 나에게 선물했다. 폴란드 국민의 지극한 나라 사랑은 히틀러도 증오했다지 않나! 큰 영광이었다.

다음 날, 아침부터 또 비가 내렸다. 프라하로 돌아갈 때에는 버스를 이용하기로 하고 오후 5시 버스를 예약했었다. 하지만 계속 이렇게 비가 내린다면 차라리 좀 더 일찍 프라하로 돌아가는 것이 나을 것 같았다.

스브로노스티*Svornosti* 광장의 관광 안내소에 가서 교환 수수료 10코룬을 내고 1시 출발 버스로 바꿨다. 이 마을에서는 스브로노스티 광장에 있는 관광 안내소에서 모든 교통편을 해결해 주고 있었다.

숙소 체크아웃을 하고, 버스 출발 시간까지 다시 골목길 탐방을 하기로 했다. 비가 내려서 날씨가 제법 쌀쌀함에도, 함성을 지르며 래프팅을 즐기는 사람들이 자주 보였다. 흙탕물이 된 블타바 강을 온몸으로 느끼고 있는 사람들이야말로 자연을 제대로 즐길 줄 아는 사람들이었다.

골목을 돌다가 체코 보헤미안 크리스털 제품을 파는 가게 앞에 섰다. 눈 내리는 크리스마스 풍경을 담은 크리스털 종이 진열장 속에서 나를 유혹하고 있었다. 나 홀로 여행은 짐이 무거워지면 고생이 몇 배가 되기에 쇼핑을 할 수가 없다. 하지만 어느새 나는 가게 속에 들어가서 크리스털 종을 만지작거리고 있었다.

뒷모습은 아가씨 같은, 긴 생머리의 할머니가 가게 주인이었다. 그녀는 중국제가 아닌, 완벽한 체코 보헤미안 크리스털로 만든 종이라며 보증서까지 보여주셨다. 깨어진다고 포장을 얼마나 튼튼하게 해 주시던지 떨어트리면 공처럼 마구 튀어오를 정도였다.

프라하가 화려하다면, 체스키 크룸로프는 수줍음 타는 예쁘장한 보헤미안 시골 처녀 같은 모습이었다.

순박하고 친절한 체코인들과 맛있는 음식, 집집마다 맥주가 익어 가는 평화로운 이 마을에서 살아보는 것도 괜찮을 것 같았다. 작은 선물 가게 하나 하면서.

* 프라하-체스키 크룸로프: 3시간 by 기차

* 체스케 부데요비체에서 갈아탐.

* 기차요금에 좌석 표 비용은 불 포함인지라 좌석 표를 따로 구매하지 않으면 입석이다.

* 기차를 타야 할 특별한 이유가 없다면 버스를 타는 것을 추천한다. 갈아타지 않기에 여행 초보자에게는 기차보다 더 쉽고, 빠르고, 저렴하다.

브르노는 충분히 아름다웠다

프라하에 이어 체코 제2의 도시인 브르노*Brno*는 남부 모라비아의 전원 지역으로 향하는 관문이며 모라비아의 수도라고 불린다. 또한 브르노는 국경을 넘어 슬로바키아의 수도인 브라티슬라바와 오스트리아의 빈과도 이동이 용이한 도시이다. 그러하기에 브르노의 버스 터미널은 국내는 물론이고 국경을 넘는 많은 버스들이 출발과 도착을 하거나 또는 환승을 하는 곳이기에 늘 많은 사람들이 들락거리는 곳이다.

그러한 브르노는 단지 모라비아 시골 마을로의 이동을 위해서 머물기로 한 곳이었기에 교통 정보 외에는 아무런 관심이나 기대가 없었던 곳이었다.

체코의 모라비아 지방은 이탈리아의 토스카나 지방만큼 아름다운 구릉지로 유명하다. 특히 봄이나 가을의 모라비아의 구릉지 풍경은 경이로울 정도다. 그런 모라비아를 꼭 한번 카메라에 담아 보고 싶었다.

브르노에 베이스캠프를 정하고, 대중교통이 다니지 않는 시골 마을들은 렌터카로 돌아보며 사진을 찍기로 계획했다.

렌터카는 여행을 떠나기 전에 미리 예약을 했고, 먼저 그곳을 다녀온 사진가의 도움으로 촬영할 마을들의 좌표도 어렵게 확보했다. 또한 체코를 자주 방문하는 슬로바키아에 사는 교민의 도움으로 체코의 교통 시스템이나 주유 방법까지 공부를 마쳤다. 자동차를 픽업해서 내비게이션에 좌표를 찍고 훌훌 떠나면 될 정도로 완벽하게 준비를 해 뒀다.

브르노에서의 이틀째 저녁이었다. 다음 날 오전 10시에 자동차 픽업을 해야 하는데 점점 자신이 없어지기 시작했다. 그렇게 완벽하게 준비를 해 뒀었건만 낯선 시골길을 홀로 운전을 한다는 게 큰 걱정으로 다가오기 시작했다. 조수석에 누군가 앉아 있기만 한다고 해도 걱정이 없을 것 같았다. 걱정들이 머릿속에 산더미처럼 쌓이기 시작했다. 여자 혼자라는 것이 이렇게 걸림돌이 될 줄은 미처 생각하지 못했다. 저녁 내내 고민을 하다가 결국 렌터카를 취소했다. 너무 늦게 취소했기에 환불은 한 푼도 받을 수 없었지만 마음은 너무나 가벼워졌다. 모라비아 시골에서의 방대한 계획을 다 포기하고, 남은 시간 동안 그저 편안하고 여유로운 일정을 소화하기로 했다.

브르노에서는 마침 내가 가는 날에 맞춰서 축제가 열리고 있었다. 축제 기간 동안, 자유 광장*Náměstí Svobody*의 상설 무대에서는 매일 저녁 세계 각국의 민속 공연이 있었고, 특산품 장을 비롯해서 다양한 이벤트가 가득했다. 또한 골목길에서도 각국의 민속춤을 볼 수가 있었다.

자유 광장을 뒤로하고 트램길을 따라 브르노를 걸었다. 오래된 건물과 유리로 된 현대식 건물이 드문드문 섞여 있는 자유 광장을 시작으로, 5층 정도의 별 특징 없는 건물들이 길을 따라 이어져 있었다.

마을 사람들은 죄다 자유 광장의 축제에 가 버렸는지, 길을 걷는 사람들은 그다지 눈에 띄지 않았다. 브르노 중심에 난 길을 걸어 거대한 광장에 이르자, 왼쪽으로는 브르노 법원 건물이, 오른쪽으로는 성 토마스 교회*Kostel svateho Tomaše*와 체코에서 두 번째로 큰 미술관인 모라비안 미술관이 보였다. 성 토마스 교회 앞에는 2층 건물 높이 정도의 큰 기마상이 서 있었다. 주변의 건물들은 그저 밋밋한 것이 그다지 시선을 끌지는 않았다. 단아한 인테리어의 성 토마스 교회만 둘러보고 다시 자유 광장으로 돌아왔다.

자유 광장의 축제는 여전히 진행 중이었다. 나는 무대가 보이는 광장의 노천 식당에 자리를 잡고 저녁 식사를 주문했다. 날씨가 워낙 더우니 노천 식당의 천막에서는 태양열이 식을 때까지 시원한 미스트를 분사시키며 더위를 조금이나마 식혀 주고 있었다.

어둠이 내리니 브르노는 적막한 도시가 되었다. 트램이 간간이 광장을 가로지르고 있을 뿐이었다.

브르노는 전반적으로 조용한 편이었고, 동양인들은 한 명도 못 봤거니와 여행자들의 모습도 보이지 않았다. 그러하기에 카메라를 들이밀기에는 현지인들의 시선이 조금 부담스럽고, 조심스러운 곳이었다.

브르노의 숙소는 기업식으로 운영하는 아파트인지라 호스트는 함께 기거하지 않고 출퇴근을 했다. 출퇴근이라기보다는 손님이 입실을 할 때에만 숙소에 들렀다는 게 정확한 말이겠다.

이틀 동안 숙소는 무서울 만큼 조용했다. 저녁마다 불이 꺼진 캄캄한 집에 혼자 들어가는 것은 그야말로 고역이었다. 때론 멀찌감치에서 불이 꺼진 집을 보다가 다시 돌아서서 나온 적도 있었다. 옆방에 세르지오라는 이름의 점잖은 스페인 남성 여행자가 머물고 있었지만 그는 브르노에 사는 사촌들을 만나서 관광을 하느라 매일 밤늦게야 돌아왔다. 늦은 시간에 그가 방으로 들어가는 문소리가 그나마 위안이 되곤 했다.

그러던 어느 날, 그는 프라하에 다녀온다더니 결국 그날 밤에는 방에 들어가는 소리가 들리지 않았다. 다음날 아침에 만난 세르지오는 프라하에서 늦게까지 노느라 버스를 놓쳤다고 했다. 역시나 한번 발을 들여놓으면 쉬 빠져나오기 힘든 곳이 바로 프라하이다.

3일째 되던 날에 포르투갈에서 온 마그다라는 여성이 입실을 했다. 사람을 만나니 너무나 반가웠다. 그녀는 브르노의 어느 회사에 영어 통역가로 취업이 되어서 집을 구할 때까지 이 숙소에서 머문다고 했다. 그녀가 오고부터 사람 사는 냄새가 나기 시작했다.

그녀는 종종 내 창문 밖에서 경쾌한 목소리로 나를 테라스로 불러내기도 하고, 때론 함께 아침 식사도 했으며, 밤에는 함께 와인을 마시기도 했다. 저녁마다 아파트에 들어가는 것이 더 이상 괴롭지 않았다.

아침부터 부슬비가 내리고 있었다. 구시가지를 향해 발걸음을 옮겼다. 며칠 동안 브르노에 머물면서도 낮에는 주변 도시를 다녀오느라 둘러보지 못한 브르노의 구시가지는 브르노를 떠나는 날에야 돌아보게 되었다.

브르노 여행의 시작점이라고 하는 구시가지 광장에는 양배추 시장*Zelný Trh* 광장이 있었다. 비가 내려서 시장을 찾는 사람들은 그다지 보이지 않았지만 다양한 채소들이 손님을 기다리고 있었다.

광장에는 브르노 시청사와 체코에서 두 번째로 크고 오래된 박물관인 모라비안 박물관*Moravské Zemské Muzeum*이 있었다. 박물관은 1817년 7월에 설립되어 6백만 개 이상의 과학과 문화 분야의 수집품들을 소장하고 있다.

17세기에 지은, 브르노에서 가장 주목할 만한 바로크 양식의 기념물 중 하나

인 파르나스 분수*Kašna Parnas*가 양배추 시장 광장의 중앙에 있었으나 공사 중이었다.

파르나스 분수의 조금 위쪽으로는 삼위일체 상*Sousoší Nejsvětější Trojice*이 서 있었고 그 안쪽으로는 실험 극장 센터*Centrum Experimentálního Divadla*가 보였다. 실험 극장 센터 3층의 창틀에는 하얀 조각상이 비 내리는 브르노를 내려다보며 앉아 있었다. 비가 내려서인지 그 모습이 무척 쓸쓸하게 보였다.

조용한 구시가지 골목길을 지나 계단을 오르니 성 베드로와 성 바오로 대성당*Katedrála svatých Petra a Pavla*이 페트로브*Petrov* 언덕 위에 우뚝 서 있었다. 이 대성당은 체코의 문화 기념물이며 남부 모라비아에서 가장 중요한 건축물 중 하나이다. 대성당은 작은 마을의 골목길에 비해서 그 규모가 무척 컸기에 84미터 높이의 첨탑까지 한 프레임에 넣어서 사진을 찍기는 무리가 있을 정도였다. 대성당의 실내는 간결하면서 묵직한 분위기였다.

전통적으로 이 대성당의 종은 대부분의 성당과는 달리 정오가 아닌 오전 11시에 울려 퍼진다. 그 이유가 재미있었다. 유럽의 종교 전쟁인 30년 전쟁 중, 스웨덴군이 브르노를 포위했다. 8월 15일 정오까지 그들이 도시를 점령하지 못하면 공격을 중단하겠다고 스웨덴군이 약속을 했다. 브르노의 일부 영리한 시민들은 정오에서 1시간이 빠른, 오전 11시에 종을 쳐서 스웨덴군을 속였다고 한다. 그리하여 결국 침략자인 스웨덴군을 빈손으로 떠나게 만들었다는 설로 인해 지금까지도 성당은 정오가 아닌, 오전 11시에 종을 친다고 한다.

대성당을 나와서 구시가지의 골목길을 걸었다. 구시가지의 건물들은 칠이 벗겨지긴 했지만 갈라진 곳 없이 대부분 깔끔했다. 잘 보존을 한 것 같았다.

골목길에 있는 노천 식당에서 점심 식사를 하기로 했다. 따끈한 수프와 그간의 체코 여행 중, 한 번도 먹어 보지 못한 체코 전통 음식인 스비치코바*Svíčková*를 주문했다. 부슬비를 바라보며 골목길을 지나가는 사람들을 친구 삼아 먹는 점심 식사는 나름대로 훌륭했다.

브르노를 관통하는 트램이 자주 다니긴 하지만 브르노는 웬만해선 다 걸어서 다녀도 될 정도의 규모였다.

작지만 있을 것 다 있는 브르노의 구시가지는 나의 예상과는 달리 무척 아름다웠다. 처음부터 브르노에 대한 기대를 하지 않은 것은 나의 착각과 오만이었다.

* 프라하-브르노: 2시간 30분 by 버스
* 브르노-올로모츠: 1시간 20분 by 버스
* 브르노-레드니체: 1시간 30분 by 기차
* 브르노-텔츠: 1시간 55분 by 버스

태양을 피해

레드니체*Lednice*를 가기 위해 브르노 역에서 기차를 타고 약 1시간을 달리니, 갈아타는 역인 브레츨라프*Břeclav*에 도착했다. 브레츨라프에서 다시 레드니체로 향하는 자주색의 한 칸짜리 클래식한 기차에 올랐다. 승객들은 나를 포함해서 4팀이었다. 한 팀은 두 아이를 동반한 체코인 부부였고, 또 한 팀은 체코의 브르노에서 온 4명의 가족들, 그리고 한 팀은 대화를 하지 않아서 모르겠지만 역시 체코인들인 듯했다.

잘 웃는 차장 아저씨는 보조 차장으로 보이는 8살 남짓한 사내아이를 데리고 다니며 검표를 했다. 작은 가방을 한쪽 어깨에 멘 사내아이는 승객들의 표를 꼼꼼히 살피며 자신의 역할을 의젓하게 해내고 있었다. 차장 아저씨는 손님 중 유일한 외국인인 나를 보자, 그동안 갈고닦아 온 영어 실력을 뽐내듯 계속 말을 시켰다. 그는 특별 선물이라며 레드니체 궁의 사진이 담긴 엽서 한 장을 건넸다.

1948년에 만들어진, 브레츨라프와 레드니체를 오가는 이 한 칸짜리 기차는 2009년에 정기 운행을 중단했다. 현재는 레드니체 성을 방문하는 관광객들을 위해서 하절기의 주말과 공휴일에만 하루 4번 운행하고 있다. 기차는 처음 만들어졌을 때의 모습 그대로 보존되어 있었다.

낡을 대로 낡은 기관실의 모습은 시간을 완전히 거꾸로 가는 듯했다. 기관사가 앉는 의자는 바닥에 고정이 되지 않은, 이동도 가능한 의자였다. 객실 의자는

다 목재로 되어 있었다.

한 칸짜리 자주색 기차는 레드니체를 향해 달리기 시작했다. 어쩌면 기차는 영화 〈미드나잇 인 파리〉에서처럼 지나간 어느 시간의 한가운데로 나를 데려다 줄 것만 같았다.

상상과는 달리 기차는 레드니체 역에 무사히 승객들을 내려 주었다. 기차에 탔던 사람들과 함께 조용한 주택가를 약 10분 정도 걸으니 레드니체 성으로 들어가는 입구가 보였다.

날씨가 너무 더우니 밝은 노란색으로 단장한 레드니체 성을 보는 순간 더위가 몰려오는 것 같았다. 관광을 하기 전, 우선 입구에 있는 카페에서 더위를 식히기로 했다.

레드니체는 체코 남부 모라비아의 마을이다. 르네상스 시대에 지은 궁전인 레드니체 성은 13세기 중반에는 유럽의 작은 나라인 리히텐슈타인 왕가의 소유가 되기도 했다. 17세기에는 리히텐슈타인 왕자들의 여름 별장으로 사용되었다.

현재에는 많은 관광객들이 찾아오는 체코의 관광 명소이지만 한국인들에게는 다소 생소한 곳이다.

잘 꾸며진 영국식 정원 끝에 우뚝 선 네오고딕 형식의 레드니체 성은 노란색의 건물로, 마치 영화의 세트장 같기도 했다. 체코에서 흔히 보는 세월의 흔적을 간직한 건물들과는 제법 다른, 좀은 가벼운 느낌이었다.

성의 내부에는 세계 각국에서 수집한 장식품과 리히텐슈타인 가문의 가구들이 전시되어 그 시절 리히텐슈타인 왕국의 부유함을 엿볼 수 있었다. 과감한 푸른색 벽지로 단장된 방과 정교한 조각의 나선형 계단이 특히 눈길을 끌었다.

레드니체는 체코어로 '냉장고'라는 뜻이다. 그만큼 레드니체가 다른 지역보다 시원한 곳이라고 들었으나 사실은 레드니체에서의 태양이 가장 뜨거웠다. 태양을 피해 광활한 공원 속의 숲길을 천천히 걷기도 하고, 아름드리나무에 매달린 그네에 앉아서 땀을 식히기도 했다.

무더위에도 체코와 국경을 넘어온 유럽인들이 드넓은 공원을 가득 채우고 있었다. 유람선이 떠다니는 작은 수로가 큰 공원을 가로지르고 있었다. 유람선으로 공원을 한 바퀴 돌아볼 생각으로 선착장에 갔으나 방금 떠났다고 했다. 그늘도 없는 곳에서 다음 유람선을 기다린다는 건 아무래도 무리였다. 옆에 있는 매점에서 소시지 요리로 늦은 점심 식사를 했다.

체코의 숨겨진 보석을 찾아낸 성취감을 맛보기에는 날씨가 너무나 더웠다. 8월에 여행을 하는 일은 난생처음이었다. 역시 여행은 봄, 가을에 하는 게 정답이다.

자전거를 빌려서 주변의 시골 마을을 돌아볼까도 했으나 습하고 더운 날씨로 인해 그저 그늘만 찾아다닌 레드니체에서의 하루였다.

* 브르노-브레츨라프: 1:06 by 기차

* 브레츨라프-레드니체: 20분 by 기차
* 브레츨라프에서 레드니체로 가는 기차는 하절기(4~9월); 주말과 공휴일에만 운행한다.
* 다른 계절에 간다면 브르노에서 기차를 타고 포디빈*Podivin*에서 버스로 레드니체에 도착할 수가 있다.
* 체코 여행 시에는 'IDOS'라는 교통 어플을 사용하면 체코 전역으로 가는 버스와 기차의 모든 교통 정보를 정확하게 보여 주므로 아주 유용하다.

이보다 더 행복할 수가!

어느 날, 유럽의 어느 작은 마을이 사진 속에서 나를 유혹하고 있었다. 체코의 소도시인 텔츠*Telč*였다. 긴 삼각형 모양의 자하리아스 광장*Namesti Zachariase z Hradce*이 텔츠의 중심에 있었고, 각각 다른 컬러의 르네상스 및 바로크 풍의 주택들이 광장을 중심으로 길게 늘어서 있었다. 다닥다닥 붙어 있는 작은 주택들은 너무나 매력적이었다.

텔츠는 13세기에 세워진 체코의 모라비아 남부에 있는 마을이다. 당시에는 보헤미아, 모라비아 및 오스트리아를 오가는 상인들이 교차하는 곳이었기에 상당히 붐볐던 마을이었으리라고 짐작한다. 하지만 현재는 그러한 과거를 상상할 수도 없는 무척 조용한 곳이다. 텔츠는 13세기의 모습을 지금까지도 완벽하게 보존하고 있기에 유네스코 세계 문화유산으로 지정된 곳이기도 하다.

브르노에서 출발한 버스는 텔츠 버스 터미널에 도착했다. 터미널이라기보다는 시골 버스 정류장 같은 터미널이 노란색의 작은 기차역 바로 앞에 있었다.

텔츠에서 내린 사람은 상당히 큰 짐 가방과 함께인 어느 서양인 중년 여성과 나뿐이었다. 그녀와 나는 지도를 보며 자하리아스 광장에 위치한 숙소를 찾아서 걷기 시작했다. 인도가 울퉁불퉁하기에 짐 가방을 끌고 걷는 게 상당히 힘들었다.

작은 골목을 통과하자 드디어 사진 속에 있던 긴 삼각형 모양의 자하리아스 광장이 나타났다. 햇빛이 쨍쨍해서인지 광장은 사막처럼 고요하고 넓어 보였다.

함께 걸어온 여성은 '폴레인'이라는 이름의 호주인 간호사였다. 그녀는 그녀의 62세 생일을 보낸 후, 6주간의 여행을 하는 중이라고 했다. 그 다음 해, 다시 그녀의 생일이 지나면 평생 직업이던 간호사를 그만두고 휴식을 할 거라고 했다. 또한 그녀의 여행은 그때부터 다시 시작이 될 거라고 했다.

그날부터 그녀는 텔츠에 머무는 동안 나의 든든한 식사 파트너가 되었고, 이후에 프라하에서 만나 또 다시 식사 파트너가 되었다.

폴레인 여사는 식사를 하기 전에 늘 혼자서 먼저 식당 답사를 한 다음에 나의 의견을 물어보곤 하던 완벽주의자였다. 그러한 그녀 덕에 텔츠에 머무는 4일 동안은 참으로 편안하고 맛있는 식사를 했다. 아무 데나 들어가서 먹곤 하던 나와는 무척 달랐기에 그녀의 그런 적극성이 참으로 좋아 보였다.

숙소인 'Pension Telč No. 20'은 자하리아스 광장에 다닥다닥 붙어 있는 예쁜 건물 중 하나였고, 내가 머물게 된 방은 여자라면 한번쯤은 꿈꾸는 유럽의 예쁜 다락방이었다. 작은 중정이 보이는 창문에는 꽃무늬 커튼이 가지런히 늘어져 있었고, 창을 통해 오후의 긴 햇살이 방으로 쏟아져 들어오고 있었다. 안락한 싱글 침대 역시 앙증맞은 꽃무늬 침대 커버로 덮여 있었다. 하얀 서랍장 위에는 요즘은 구하기도 힘든 브라운관 TV가 놓여 있었다. 잘 꾸며진 욕실의 천장으로 난 창문에는 텔츠의 푸른 하늘이 가득 들어와 있었다. 작지만 없는 것 없이 완벽하게 갖춘 곳이었다. 사진에서 본, 바로 그 르네상스와 바로크 풍의 주택에 내가 머물게 된 것이었다.

짐을 풀고 폴레인 여사를 다시 만나서 함께 이른 저녁 식사를 하기로 했다. 내가 관광 안내소에 들러서 다음 방문지의 버스표를 예매할 동안, 행동이 빠른 폴레인 여사는 식당 답사를 하러 갔다. 덕분에 아주 편하게 식사를 할 수가 있

었다.

식사 후, 근처 구멍가게에서 간식거리며 각자의 숙소에서 마실 와인 한 병씩도 잊지 않았다.

밤이 되자 마을은 너무나 고요했다. 밤에는 특별히 할 것이 없는 곳이니 숙소의 방에서 쉬거나 광장의 몇 개 안 되는 식당에서 와인을 마시며 대화하는 것이 전부인 곳이었다. 폴레인 여사와 나는 각자의 숙소에서 쉬기로 했다.

숙소의 창문을 열자마자 커다란 쇠창을 머리에 단 대형 모기가 습격을 했다. 모기는 요란한 사이렌 소리를 내며 방을 돌아다니고 있었다. 유럽의 모기를 처음 본 밤이었다.

텔츠에는 아름다운 3개의 연못이 있다. 다음날 새벽, 연못 주변의 그림 같은 풍경을 보기 위해서 숙소를 나섰다.

광장 옆으로 난 골목길을 조금 걸어가니 목조다리가 있었다. 다리를 건너니 이슬이 촉촉한 숲길이 울리츠키 연못*Ulicky rybnik*을 빙 돌아서 이어졌다.

연못에는 8월 말인데도 물안개가 모락모락 피어나고 있었고, 잠에서 덜 깬 오리들은 물안개 속에서 비몽사몽 목욕을 하고 있었다.

물안개 너머로 아름다운 텔츠 성*Statni zamek Telč*이 나타났다. 눈부신 아침 햇살이 연못 위에 드리우자 뽀얀 물안개가 조금씩 열어지기 시작했다. 울리츠키 연못 속에는 또 하나의 완벽한 성이 거꾸로 내려앉아 있었다.

인적 없는 연못을 돌아 커다란 나무들이 빽빽한 숲길을 걸었다. 슬리퍼를 신은 발이 어느새 차가운 이슬로 기분 좋게 젖어 있었다. 중세의 성을 끼고 한 바퀴 돌고 나니 슈테프니츠키 연못*Štěpnicky rybnik*이 시작되고 있었다. 유럽에서 이보다 더 평화로운 아침을 나는 본 적이 없었다.

꿈같은 시간을 보내고 숙소에 도착을 하니, 정원이 있는 중세 모습의 식당은 진한 커피 향으로 가득했다. 다양한 치즈와 살라미를 비롯해서 요거트와 과일, 채소 등등 깔끔한 조식이 나를 기다리고 있었다. 비싼 숙소가 아니었음에 전혀 기대를 하지 않았건만 식사는 완벽했고, 스태프 또한 너무나 친절했다.

브르노 의대를 다닌다는 '루치에'라는 단기 스태프가 식사 내내 말동무가 되어 주었다. 곧 개학을 하면 다시 브르노의 대학으로 돌아간다는 그녀는 유럽인들이 거의 다 알고 있는 그 흔한 강남 스타일도 모른다고 했다. 예쁘고 순박한 시골 처녀였다. 그래도 영어는 곧잘 했고, 영어로 대화하는 것을 무척 즐기는 것 같았다. 루치에는 그날 이후로 조식 때마다 식탁에 마주 앉아서 혼자 식사하는 나를 심심하지 않게 해 주었다. 상쾌한 산책 후, 좋은 사람과 함께하는 아침 식사는 그야말로 꿀맛이었다. 간만에 느껴 보는 행복한 아침이었다.

텔츠 전체를 보기 위해서 성 야곱 성당*Kostel sv. Jakuba*의 전망대에 오르기로 했다. 전망대 입구에 도착을 했더니 방문자는 한 명도 보이지 않았다. 계단은 좁고 어두컴컴한 것이 혼자 오를 자신이 없어지기 시작했다. 만약에 전망대로 오르는 입구의 작은 문이 닫혀 버리기라도 한다면 중세의 탑 속에 영원히 갇혀 버릴 것 같았다.

입구에서 한참을 머뭇거리다가 다시 길거리로 나왔을 때에 마침 그곳을 막 지나고 있는 동양 여성을 만났다. 웃을 때에 덧니가 무척 귀여운 '히로코'라는 일본 여성이었다. 그녀는 야곱 성당의 전망대에 아직 오르지 않았다고 했다. 함께 오르자고 제의를 했더니 다행히도 그녀는 흔쾌히 수락을 했다.

그녀는 여행 중에 휴대폰을 잃어버린지라 휴대폰에 여행 정보를 저장할 때의 그 기억만으로 여행을 지속하고 있다고 했다. 휴대폰만 믿고 카메라를 안 가지고 온 그녀는 사진도 한 장 남길 수가 없는 상황이었다.

영어를 아주 조금밖에 못하는 그녀였기에 이상하게도 나는 그녀 앞에서는 불쑥 한국어가 튀어나오곤 했다. 같은 동양인이어서 그런 것 같았다.

우리는 허리를 굽혀 가며 성 야곱 성당의 전망대에 올랐다. 아름다운 텔츠가 고스란히 시야에 들어왔다. 텔츠 마을의 세 개의 연못은 예쁜 오렌지색의 지붕들이 가득한 마을을 곱게 감싸고 있었고, 멀리에는 남 모라비아의 푸른 들판이 샘이 날 만큼 아름답게 펼쳐져 있었다. 렌트카를 취소하지 않았다면 그림 같은 저 들판을 달리고 달렸을 건데 말이다.

카메라로 마을을 담고, 그 마을을 배경으로 히로코를 담았다. 찍은 사진들은 그날 밤에 히로코에게 메일로 보냈다. 내가 프라하에 머물고 있을 때에, 고국으로 돌아간 히로코로부터 답장이 왔다. 그녀의 메일에는 고맙다는 말과 함께 영어 공부를 열심히 해야겠다는 다짐이 있었다.

여행을 하면서 영어에 대한 갈증을 느끼는 사람들이 더러 있다. 히로코도 그것을 느꼈던 것 같았다. 여행을 하기 위해서는 영어의 단어만이라도 웬만큼 안다면 유럽 나 홀로 여행은 그다지 문제가 없을 것이다.

체코의 숨은 보석인 텔츠는 '동화 같은 마을'이라는 수식어로는 부족할 만큼 너무나 아름다운 곳이었다. 텔츠는 관광객들로 북적이지도 않으니 몸도 마음도 절로 느려지는 것 같았다. 마을에서 만났던 현지인들은 모두 친절했다. 힐링이 되는 곳, 텔츠에서의 4일은 너무나 행복했다.

* 브르노-텔츠: 1시간 55분 by 버스
* 이곳에서 다른 도시로 가기 위한 스튜던트 에이전시 버스표는 마을 내에는 파는 곳이 없으니 미리 스튜던트 에이전시 버스 어플이나 인터넷을 통해서 사야 한다. 나는 무슨 일인지 카드 결제가 되지 않아서 관광 안내소 직원이 자신의 신용 카드로 프라하 행 표를 대신 사 줬다.
* 스튜던트 에이전시 버스*Student Agency bus*는 체코의 브르노에 본사를 둔 체코의 버스 회사이다. 이름과는 달리 학생들을 위한 운송 수단은 아니다. 체코 국내뿐만 아니라 가까운 주변국까지 운행을 한다. 버스마다 조금 다르지만, 와이파이가 가능하고, 버스 내에서는 음료나 간단한 스낵을 판매한다.

잊혀진 마을

체코의 남쪽에 위치한 미쿨로프*Mikulov na Moravě*는 오스트리아와 인접한 작은 국경마을이기에 오스트리아의 빈에 머물던 중, 당일치기로 다녀온 곳이다.

미쿨로프로 가기 위해 빈 중앙역 창구에서 미쿨로프 행 기차표를 사려고 했으나 줄이 너무나 길었다. 포기를 하고 돌아서던 중, 자동 티켓 판매기를 발견하고 빠르게 기차표를 샀다. 징검다리도 두드려보고 건너는 성격인지라 역내 안내소에 가서 제대로 된 표인지 봐달라고 했다. 안내소의 직원은 이 기차표로는 미쿨로프에 갈 수가 없다고 했다. 그는 "왜 다들 자동 티켓 판매기에서 기차표를 사는지 이해가 안 된다."라고 덧붙였다. 그의 말에 따르면, 자동 티켓 판매기는 만약의 경우를 계산하지 못한다는 것이었다. 예를 들어, 선로 공사를 하는 구간이 있어서 노선이 취소가 된다고 해도 자동 티켓 판매기는 그것을 모른 체 기차표를 판다는 것이었다. 그 말에 화가 났다. "그렇다면 왜 자동 티켓 판매기를 설치했으며, 왜 아무런 경고 문구도 없이 기차표를 판매하느냐?"라고 했더니 그 직원은 아무 말도 하지 못했다.

귀찮지만 창구에 가서 기차표를 교환해야 했다. 미쿨로프 행을 포기할 생각이 들 만큼 아주 한참 동안 줄을 선 후에야 드디어 창구 직원을 만날 수가 있었다. 기차표를 교환하기 위해서는 먼저 산 기차표를 취소해야 했고, 취소하기 위해서는 서류 작성을 해야 했다. 서류 작성 후에 다시 제대로 된 왕복 기차표를 사서 아주 늦게야 미쿨로프로 출발을 할 수가 있었다.

국경을 넘는 기차이건만 시골스러운 완행열차였다. 창문을 열고 완행열차의 낭만을 한껏 즐기다 보니 갈아타는 역인 체코의 브레츨라프*Břeclav* 역에 도착했다.

브레츨라프 역의 한쪽 구석에 허름한 환전소가 있었지만 무시하고 미쿨로프 행 기차에 올랐다. 미쿨로프 행 기차는 기관실을 포함한 두 칸짜리 작은 기차였다. 앞좌석 창의 유리는 넓고 둥글게 되어 있어서 주변 풍경 구경을 쉽게 할 수 있었다. 그러고 보니 유럽에서는 다양한 모양을 한 아날로그식의 기차들을 탈 기회들이 많았던 것 같다.

미쿨로프는 역사적인 건물들이 많이 있는 아름다운 마을이지만, 와인의 유명세로 인해 마을은 과소평가된 곳이다. 그러하기에 미쿨로프와 미쿨로프 성은 관광지로써는 그다지 주목 받지 못하고 있는 현실이다. 미쿨로프는 체코의 유명 와인 산지인 만큼 미쿨로프 성의 지하에 있는 와인 저장고에는 엄청난 양의 와인이 저장되어 있으며 포도 수확기가 되면 와인 축제가 열리기에 그때에는 전국에서 사람들이 몰려온다고 한다.

미쿨로프는 오스트리아 국경과 가깝기에 빈에서 방문하기에 좋은 곳이다. 도시라기보다는 작은 마을인 미쿨로프는 여러 번의 심각한 화재로 많은 건물들이 손상을 입거나 파괴되는 일을 겪곤 했으나 재건축을 반복하여 지금의 모습을 하고 있다.

미쿨로프 역에 도착을 해서 마을까지는 대중 교통수단이 없기에 한참을 걸었다. 푸른 잔디밭 사이로 난 작은 오솔길은 언덕으로 이어지고 있었고, 그 언덕 위에는 미쿨로프 성이 우뚝 서서 마을을 지키고 있었다.

동네 구경을 하면서 천천히 도착한 미쿨로프 성은 운이 나쁘게도 국가 공휴일이었는지 개방이 되지 않았다. 나를 포함한 몇몇 소수의 방문객들은 성 주변을 거닐며 사진을 찍는 일이 전부였다. 성벽에 앉아서 남 모라비아의 초록 들판을

바라보거나 이름 모를 보라색 꽃을 카메라에 담으며 여유로운 시간을 보내는 것도 그리 나쁘지는 않았다.

마을로 내려오는 길에는 현지인들의 주택들이 죽 이어지고 있었지만 다들 어디로 사라졌는지 마주친 사람들은 몇 없었다. 휴일에는 유명 관광지를 제외한 대부분의 가게들은 문을 닫기에 중요한 일정을 계획하고 있다면 날짜 계산을 잘해서 휴일과 겹치지 않도록 해야 한다.

마을의 중심에는 미쿨로프 광장이 있었다. 하얀색의 성삼위일체 탑과 분수대가 광장 한가운데를 지키고 있었고, 예쁜 르네상스 양식의 건물들이 광장을 둘러싸고 있었다. 성삼위일체 탑에는 삼위일체를 표시하는 것 외에도 믿음, 소망과 사랑을 상징하는 천사들이 장식되어 있었다. 미쿨로프 광장 옆, 두개의 탑이 있는 건물에는 미쿨로프를 통치했던 디에트리슈타인 가문의 무덤*Dietrichsteinská hrobka*이 있었다. 쌍둥이처럼 생긴 2개의 탑과 철문이 달린 건물 위에 장식된 예수상과 천사 조각상이 인상적이었다.

그 뒤로 보이는 성스러운 언덕*Svatý kopeček*은 미쿨로프에서 가장 중요한 랜드 마크 중 하나이다. 약 20분 정도를 걸어 올라간 성스러운 언덕에는 아주 소박하고 자그마한 성 세바스챤 교회*Kaple sv. Šebastiána*와 종탑이 장난감처럼 서 있었다. 그곳에서는 올망졸망한 미쿨로프 마을이 한눈에 내려다보였다.

오스트리아에서 넘어온지라 수중에는 유로밖에 없다는 것은 시장기를 느끼면서야 겨우 알아차렸다. 점심시간이 한참이나 지났기에 뭔가 먹긴 해야 하는데 환전소를 포함한, 광장에 인접한 대부분의 식당과 가게들이 문을 닫았다. 문이 열린 구멍가게를 발견했으나 신용카드를 받지 않는다고 하니 그때부터 위장이 아우성을 치기 시작했다. 환승역인 브레츨라프 역에서 환전을 하지 않은 것을 그제야 후회하기 시작했다. 그곳에서 나는 한 푼도 없는 거지였다.

미쿨로프 역에 내려서 마을로 오던 길에 세계적인 마트인 테스코를 봤던 것이 생각났다. 다행히 테스코에서는 신용카드를 사용할 수가 있어서 바게트 샌드위치와 음료수를 살 수가 있었다.

미쿨로프 역의 플랫폼에서 샌드위치로 늦은 점심 식사를 했다. 잡초가 무성한 철로를 바라보며 먹는 점심은 또 다른 추억을 남겨 주었다.

미쿨로프는 작은 마을을 찾던 중에 알게 된 마을이다. 조용히 산책하기 좋았으며 칠이 벗겨진 집들마저도 아름다웠다. 오스트리아 빈의 웅장한 건물들을 보다가 잠시나마 차분한 체코의 정서를 느낄 수가 있어서 더욱 좋았다. 다만 그날이 체코의 국경일이었는지 문을 닫은 곳이 많았다는 것이 가장 아쉬운 점이었다.

* 빈 중앙역-미쿨로프: 1시간 50분 by 기차

* 브레츨라프 역에서 환승

알렉스

프라하*Praha* 구시가지 광장에서 겨우 1분 거리인, 300년 전에는 궁전이었던 아파트에 짐을 풀었다. 프라하 카렐 대학교가 바로 옆이었다. 궁전답게 대리석 계단이 많아서 아파트까지 많은 계단을 올라야 하는 단점이 있었지만 호스트도 훌륭했고, 숙소는 깨끗했으며, 무엇보다 넓은 창문이 여러 개 달린 방이 가장 마음에 들었다.

창문 속에는 하벨 성당*Svatý Havel*의 녹색 탑과 함께 프라하의 오렌지색 지붕들이 마치 그림처럼 가득 가득 들어 있었다. 하루 종일 하는 일 없이 창밖만 바라보고 있어도 질리지 않을 것 같은 숙소였다.

아침마다 하벨 성당에서 들려오는 종소리로 잠에서 깨어나면, 홀린 듯 창가로 다가가서 넋을 잃고 창밖을 바라보곤 했다. 때로는 창문에 걸터앉아 평화로운 중세 마을의 지붕을 바라보며 아침 식사를 하곤 했다.

프라하의 아침 하늘은 수시로 변하고 있었고, 앞집의 지붕 위에서는 비둘기들이 잠에서 깨어 광장으로 출근할 준비를 하고 있었다. 가끔 음식 타는 냄새가 나기도 했지만 매일 아침 아랫집에서 올라오는 음식 냄새는 사람 사는 것 같아서 마음이 편안해지기도 했다.

숙소의 발코니에서는 틴 성당도, 천문 시계탑도 보였고, 천문 시계탑 위의 전망대에 오른 사람들도 보였다. 하벨 시장도 지척이었고 전철역도 가까운 완벽한 숙소였다. 그런 아파트에서 특별한 일도 없이 십여 일을 머물렀지만 한 달 정도 살아보고도 싶었다.

사실 이 아파트는 두 번째 방문이었다. 처음 며칠을 머물다가 체코 남부 지방을 돌아본 후에 다시 머물게 된 곳인지라 다시 오니 마치 집에 온 듯이 아주 편안했다.

아파트의 호스트인 알렉스는 러시아에서 온 유학생으로 카렐 대학에 재학 중이었다. 그는 내가 머물 동안 많은 도움을 주며 가족처럼 지냈다.

알렉스는 한국에 대해서 궁금한 것이 많았다. 특히 연령에 따른 인사법에 대해서 질문을 하기에 머리를 숙여서 인사하는 법을 가르쳐 주었다. 몸과 목이 따로 움직이는 괴이한 알렉스의 모습은 웃음을 참기가 힘들었다. 그러고 보니 알렉스는 수줍음을 많이 타는 귀여운 남학생이었다. 늘 뭔가를 말을 할 때에는 목을 움츠리며 어깨를 살짝 올리는 것을 반복하거나, 발뒤꿈치를 콩콩거리며 웃으며 말을 하곤 했다.

유럽에는 엘리베이터가 있는 건물이 흔치 않기에 계단을 오를 때에는 누군가의 도움이 절실하다. 체코의 시골에서 지내다가 알렉스의 아파트를 다시 찾은 날에는 내 짐 가방을 올려 주기 위해서 알렉스는 외출도 하지 않고 나를 기다려 주었다.

그날 저녁, 알렉스와 함께 외식을 하기로 했다. 한국에 한 번도 가 보지 않은 그는 비빔밥을 좋아한다고 했다. 그는 혼자서 가끔 한식을 먹으러 간다고도 했다.

그와 함께 운겔트*Ungelt* 골목길에 있는 어느 한식당을 찾았다. 한식당이라고 말은 하지만 일식과 중식과 한식이 섞여 있는 국적이 없는 식당이었다. 그리 늦지도 않은 시간임에도 곧 문을 닫는다는 식당은 그 시간에 가능한 음식이 많지 않았다. 비빔밥 대신에 우리는 간단하게 초밥과 와인 한잔씩을 시켜서 늦은 저녁 식사를 했다.

알렉스가 그간 내게 베푼 고마움에 보답을 하고자 식사비를 내려고 했더니 그는 완강히 거절을 했다. 협박과 설득으로 참 어렵게 계산을 하고, 프라하에서 며칠 동안 먹을 식료품을 사러 슈퍼마켓에 갔다.

알렉스의 조언에 따라 치즈와 햄, 과일과 요거트, 크루아상 등을 골라서 계산대에 가려는데 바구니를 들고 있던 알렉스가 빠른 걸음으로 계산대에 가더니 어느새 계산을 하고 있었다. 그는 행여 내가 돈을 준다고 할까 봐서 계산대 옆에 있는 쓰레기통에 영수증을 버리는 치밀함까지 보였다.

전에도 느꼈던 것이지만 서양 사람들은 신세를 지고는 견디지 못하는 것 같았다. 며칠 먹을 식료품을 어린 학생이, 그것도 집을 떠나서 유학 중인 학생이 계산을 해 버리니 고마움을 넘어 마음이 참으로 편치 않았다.

아파트에서의 여러 날이 지나고 프라하를 떠나는 날이 되었다. 슈퍼마켓에 다녀왔다는 알렉스가 나에게 뭔가를 내밀었다. 화이트 와인을 좋아한다는 내 말을 기억한 알렉스는 체코의 즈느이모 산 화이트 와인을 한 병 사 왔다는 것이었다. 학생이 무슨 돈이 있다고 이런 걸 다 사 왔냐는 내 말에 그는 아르바이트를 해서 돈이 많다며 수줍어하면서도 허세를 부렸다. 감동이었다.

내가 프라하를 떠난 얼마 후에 그는 어머니와 함께 이탈리아를 여행 중이라고 했다. 알렉스는 1년에 한 번씩 러시아에 계신 어머니와 함께 여행을 하는 착한 아들이다. 가끔 프라하를 떠올릴 때면 300년 된 궁전에 살고 있는 귀여운 알렉스가 생각난다.

마법의 도시

체코는 폴란드, 슬로바키아, 오스트리아와 그리고 독일로 둘러싸인, 유럽의 가장 중앙에 위치한 바다가 없는 나라이며, 서쪽의 보헤미아*Bohemia* 지역과 동쪽의 모라비아*Moravia* 지역으로 나눠진다. 체코는 역사적으로 많은 외세의 침략이 있었음에도 불구하고 아름다운 건축물들을 현재까지 잘 보존하여 동유럽 최고의 관광국으로써 지속적인 사랑을 받고 있는 나라이다. 또한 스메타나와 드보르작을 비롯하여 수많은 작곡가를 낳은 음악의 나라이기도 하다. 프라하*Praha*는 그러한 체코의 수도이다. 프라하는 로마네스크, 고딕, 르네상스, 바로크, 그리고 아르누보 등 다양한 건축물들로 가득하기에 도시 전체가 건축 박물관이라고 해도 과언이 아닐 것이다.

구시가지 광장에는 종교개혁을 주장하다가 화형을 당한 얀 후스 동상*Pomník mistra Jana Husa*이 있으며, 두 개의 쌍둥이 첨탑을 가진 틴 성당*Chrám Matky Boží před Týnem*, 성 니콜라스 성당*Chrám svatého Mikuláše*, 그리고 구시청사의 명물인 천문 시계탑*Pražský orloj*이 있어서 늘 관광객으로 붐비는 곳이며 프라하 관광의 중심지이다.

천문 시계탑은 매시 정각, 천문 시계탑의 해골인형이 줄을 당겨 종을 치면 예수님의 12제자가 차례로 나타난다. 30초간 진행되는 천문 시계탑의 쇼는 맨 위층에 있는 수탉의 날갯짓으로 끝이 난다. 이것을 보기 위해 시계탑 아래에는 항상 많은 사람들이 모여들곤 한다.

나 역시 군중들이 운집한 광장에서 가끔씩 천문 시계탑을 올려다보곤 했었

지만 두 번째 프라하 방문에는 정각이 되기 전에 일찌감치 천문 시계탑으로 올랐다. 그곳에서는 프라하를 360도로 전망을 할 수 있었다. 구시가지 광장을 중심으로 여러 갈래로 뻗은 골목길과 화약탑, 그리고 멀리는 프라하 성도 보였다.

정각이 되어 가니 사람들이 천문 시계탑 아래에 개미처럼 모여들기 시작했다. 위에서 아래를 내려다보는 것이 더 재미있는 것 같았다. 정각이 되니 중세 복장을 한 나팔수가 나타나 탑을 돌아다니며 트럼펫을 불기 시작했다. 중세 복장에 선글라스를 쓴 모습이 어울리지는 않았지만 그의 트럼펫 소리는 힘차고도 뭔가 애절한 느낌이었다.

어느 날 저녁, 프라하 구시가지 광장에 화려한 중세 복장을 한 많은 사람들이 나타났다. 걷거나 또는 말을 탄 그들의 행렬은 끝이 없을 정도로 길었다. 아이부터 노인까지 다양한 연령대의 그들은 카를교*Karlův most*까지 행진을 했다. 나도 아이처럼 그들의 뒤를 졸졸 따랐다.

다음날 저녁 무렵, 사람들이 구시가지 광장에 모래를 들이붓고 뭔가를 준비하더니 또다시 중세 복장을 한 그들이 나타났다. 체코인들의 중세 의상의 디자인과 컬러는 참으로 세련되고 정교하고도 아름다웠다. 기사가 입은 갑옷을 만져봤더니 플라스틱으로 대충 만든 것이 아닌 진짜 쇠로 만든 것이었다. 그런 무거운 것을 입고는 걷는 것조차 힘들 것 같았다.

프라하 중세의 건물들을 배경으로 중세시대 복장을 한 사람들이 눈앞에서 서성이니 마치 그 시대로 타임 슬립을 한 듯했다. 그날은 중세 기사들의 마상경기를 준비하는 듯했는데 식사 약속이 있어서 아쉽지만 돌아서야 했다.

구시가지 광장을 지나 카페와 선물 가게로 이어진 골목길에 들어서면 카를교로 향하는 각국에서 온 많은 사람들을 만날 수가 있다. 설령 길을 모른다고 해도 사람들을 따라서 걷다 보면 어느새 카를교에 도달할 수가 있다.

카를교로 이어지는 골목길은 수없이 많이 다닌 것 같다. 닳아서 매끈매끈한 돌이 깔린 이 길은 밤에는 노란 가로등불로, 햇살이 길게 그림자를 만드는 한낮에는 눈부신 햇살로 돌바닥이 늘 반짝거렸다. 비가 내리면 돌바닥은 비에 젖어 더욱 반짝이곤 했다.

그런데 어느 날부터 이 골목길 카페의 어린 종업원이 카메라를 멘 내가 지날

때마다 발을 걸곤 했다. 그는 분주히 음식 접시를 나르면서도 "오늘은 사진 몇 장 찍었어요?"라고 아주 크고 경쾌한 목소리로 물어오곤 했다. 그는 매일 똑같은 질문을 했다. 그는 인파 속에서도 어떻게 나를 알아봤으며 왜 그리도 내 사진에 연연했는지 모르겠지만 아마도 사진이 취미인 사람이라고 짐작해 본다.

카를교는 언제나 사람들로 북적였다. 카를교 위에서는 그림을 그려 주는 화가나 다양한 버스커들의 공연을 볼 수가 있었다. 사람들은 흰머리의 할아버지들로 구성된 밴드 주변에 모여서 음악을 감상하거나 다리 위의 성인들을 만지며 소원을 빌거나 또는 사진을 찍으며 그들의 여행을 한껏 즐기는 모습이었다.

여행자와 버스커들, 화가들과 상인들이 가득한데도 무너지지 않고 있는 것이 신기할 정도인 카를교였다.

카를교 위에는 다리를 따라 좌우로 30개의 성인의 동상이 있다. 그 중에서 가장 유명한 성 요한 네포무크*Jan Nepomucký*의 동상은 언제나 사람들로 둘러싸여 있었다. 성 요한 네포무크의 동상 아래에 있는 두 개의 동판을 만지면 소원이 이루어진다고 한다. 특히, 왼쪽 동판의 개를 만지면 다시 프라하로 돌아온다는 설이

있다. 첫 번째 프라하 방문 시에 그 개를 만진 후로 나는 2번이나 더 프라하를 방문할 수가 있었다. 이쯤 되면 믿어야 하는 것일지도 모르겠다.

카를교 위를 즐긴 후, 카를교 아래의 캄파섬으로 가 보기로 했다. 전에 들르지 못한 존 레넌 벽*Lennonova zed*도 보고 싶었다. 카를교에서 계단을 몇 개 내려가니 운하가 흐르고, 클래식한 보트들이 운하를 지나 블타바 강으로 흘러가고 있었다.

존 레넌 벽으로 향하다가 독일에서 온 4명의 가족을 만났다. 부부와 그들의 아들, 그리고 삼촌으로 구성된 그 가족도 존 레넌 벽을 찾고 있는 중이라고 했다. 그들과 함께 존 레넌 벽에 도착했다.

비틀즈의 멤버인 존 레넌 사망 후, 프라하의 젊은이들이 그의 죽음을 추모하며 낙서를 하기 시작한 곳이 바로 존 레넌 벽이다. 존 레넌의 곡인 'Imagine'은 평화를 노래하고 있기에 공산주의를 반대하고 평화를 원하는 공산치하의 체코 청년들에게 있어서는 무척 상징적인 노래였다. 그들은 낙서로써 자유에 대한 갈망과 염원을 표현했다.

존 레넌 벽은 다양한 컬러의 낙서와 그래피티로 빼곡했다. 사람들은 알록달록한 존 레넌 벽을 배경으로 카메라를 향해서 포즈를 취하고 있었다.

존 레넌 벽을 구경한 후, 독일 가족의 제의로 조용한 캄파 섬의 노천카페에 앉았다. 그들은 세상 급한 것이 없는 사람들이었다. 누가 독일인들의 유머가 재미없다고 했던가? 그들의 유머는 최고였다. 그들 덕분에 간만에 많이 웃을 수가 있었다. 혼자 여행을 하면 크게 웃을 일은 그다지 없지 않은가.

그들과 체코의 흑맥주와 담소를 즐기고 있을 때였다. 경찰차가 몇 대 들어오고 경찰들이 우르르 오더니 뒤이어 독일 국기와 피켓을 든 한 무리의 시위대가 조용하던 캄파 섬에 나타났다. 그들은 서양의 이슬람화를 반대하는 애국 유럽인 단체인 페기다*PEGIDA* 회원들이라고 독일 가족이 말해 주었다.

독일의 메르켈 총리가 근처의 궁을 방문했기에 페기다 회원들이 반이슬람화 구호를 외치면서 시위를 하는 것이었다. 하지만 그들의 시위는 과연 시위인가 싶을 정도로 전혀 심각하지 않았다. 웃으며 시위를 하는 모습은 난생처음 보았다. 그들이 들고 있는 피켓의 내용을 모른다면 메르켈 총리를 환영 나온 사람들이라고 해도 믿을 것이었다.

시위대를 보던 옆 테이블의 남성이 그들에게 소리쳤다.

"이기주의자들, 지금 당신들이 하는 짓이 얼마나 부끄러운지 알고는 있느냐?"

카를교 아래에서 우측의 마을로 이어진 골목길을 걸어가다 보니 블타바*Vltava* 강변에 이르게 되었다. 그곳은 카를교나 구시가지 광장에서의 인파를 피해 혼자만의 시간을 가질 수 있는 멋진 장소였다.

블타바 강에는 작은 운하에서 흘러나온 클래식한 보트들과 유람선이 지나다니고 있었고, 세일러 복장을 한 유람선의 직원이 선착장에서 손님을 기다리고 있는 모습을 볼 수가 있었다.

블타바 강에서 놀던 백조들은 어느새 강가에 올라와서 휴식을 하고 있었다. 백조들에게 줄 빵을 한 봉지 가지고 온 어느 남성이 나에게도 그의 빵을 나눠 주었다.

오스트리아 할슈타트의 백조들과는 달리, 관광객들의 방문이 잦지 않은 이곳 프라하의 백조들은 너무나 순했다. 하얀 백조들 사이에서 빵을 나눠 주고 있자니 영화 〈나 홀로 집에〉중, 눈으로 덮인 센트럴 공원에서 비둘기들에게 빵을 나눠주던 집시 여인이 된 듯한 착각에 잠시 빠지기도 했다.

멀리 카를교를 배경으로 백조를 담거나 백조들 사이에서 놀다 보니 저녁이 오는 것도 모르고 있었다. 그곳은 카를교로 향하는 골목길만큼이나 마음에 드는 곳이었다.

블타바 강의 서쪽 언덕에 자리 잡고 있는 프라하 성*Pražsky Hrad*은 프라하의 상징이자 체코의 상징이다. 체코의 왕들과 신성 로마 제국의 황제들이 이곳에서 통치를 했으며 현재는 체코 공화국의 대통령 관저가 있다.

프라하 성의 중앙에는 1344년 카를 4세 때 착공하여 1929년에야 완공된 성 비투스 성당*Katedrála Sv. Víta*이 있다. 성 비투스 성당은 광각 렌즈로도 겨우 담을 수 있을 정도로 그 크기가 어마어마했다. 성당 내부는 다양한 기법의 스테인드글라스로 장식되어 있었다. 그중, 알폰스 무하*Alfons Mucha*의 작품인 아르누보 양식의 스테인드글라스가 독보적이었다. 성의 규모만큼 실내도 압도적인 크기와 정교한 조각상들로 경이로움을 주는 성당이었다.

성 비투스 성당을 나와서 컬러풀한 가옥들이 나란히 줄지어 있는 황금소로*Zlatá Ulička*를 걸었다. 황금소로의 가옥들은 원래는 프라하 성을 지키는 병사들의 막사로 사용하기 위해서 지어졌으나, 16세기 후반에는 연금술사와 금은 세공사들이 살면서 '황금소로'라고 불렸다고 한다. 가옥들은 마치 난쟁이들의 집처럼 아주 작았다. 그곳에는 파란색의 프란츠 카프카의 작업실이 있었다. 그의 작업실에서는 오래된 흑백의 무성 필름이 돌아가고 있었다.

공산 정권을 몰아내는 계기가 된 '벨벳혁명'의 상징적인 장소이기도 한 바츨라프 광장*Vaclavske Naměsti* 또한 많은 관광객들로 붐비는 곳이다. 광장의 끝에는 국립 박물관*Národní muzeum*이 우뚝 서 있었다. 국립 박물관의 반대편으로는 백화점이나 유명 브랜드를 판매하는 매장이 많아서 쇼핑하기에 좋은 곳이다. 아직 한국에는 들어오지 않은 브랜드 매장도 보였다. 여전히 날씨는 더웠으나 신제품 부츠로 가득 진열된 매장도 보였다. 겨울이 긴 프라하는 9월에 접어들자 일찌감치 겨울 준비를 하고 있었다.

바츨라프 광장 좌측의 중앙 우체국 근처에는 프라하에서 수수료가 가장 싼 환전소가 있기도 하니 바츨라프 광장은 프라하에 머물 때에 꼭 가야 할 장소이기도 하다.

프라하는 인형극, 즉 마리오네트로 유명하다. 모차르트의 오페라를 원작으로 한 인형극인 돈 조반니는 짓궂은 인형으로부터 약간의 물벼락을 맞을지라도 유쾌하게 즐길 만했다. 프라하 구석구석의 소극장에서는 발레나 클래식 공연을 하므로 저녁 시간을 조금 할애해서 본다면 오래 기억에 남을 것이다.

구시가지 광장에서 가까운 하벨 시장*Havelské Tržiště*에서는 다른 곳보다 더 저렴한 가격에 기념품을 사거나 과일을 살 수가 있었다. 체리와 딸기를 사서 근처의 수돗물에 쓱쓱 씻은 다음에 길거리 구경을 하면서 먹는 여유도 누릴 수가 있는 곳이었다.

그동안 네 번의 체코 방문과 세 번의 프라하 방문을 했기에 프라하는 더 이상 새로울 것이 없을 것이라고 생각했지만 프라하는 매번 처음 오는 듯, 잠시도 지루할 틈이 없는 곳이었다. 프라하에서는 마치 중독이 된 듯, 늘 뭔가에 취한 듯이 돌아다닌 것 같다.

프라하는 골라 먹는 재미가 쏠쏠한 초콜릿 상자 같은 도시이다. 그만큼 프라하는 구석구석 매력투성이인 곳이며 골목길에서는 늘 무언가가 툭 튀어 나와서 "Surprise!"라고 할 것만 같은 '마법 같은 도시'이다.

* 프라하에서 수수료가 가장 싼 환전소인 PRAHA EXCHANGE는 바츨라프 광장을 바라보며 좌측의 골목길, 중앙 우체국 옆에 있다. 내가 갔을 때에는 사람들이 별로 없었으나 보통은 줄이 길다고 한다. 혹시 줄이 너무 길면 그 옆의 두 번째로 싼 환전소인 MANGO EXCHANGE를 이용해도 될 것이다. 구시가지 광장에도 환전소가 있으나 위치만큼 수수료가 비싸다. 구글맵에서 'PRAHA EXCHANGE'로 검색하면 위치가 나온다.

하늘을 나는 소시지

운이 좋아서 마침 프라하에서는 구석구석 많은 행사가 있었다. 캄파 섬에서는 서커스와 함께 먹거리 장터가 생겼다.

몇 년 전에는 보이지 않던 비눗방울 아저씨들도 이번에는 프라하 여기저기에서 많이 보였다. 캄파 섬에도 비눗방울 아저씨가 있었다. 비눗방울 아저씨 주변에는 어김없이 아이들이 뛰어다니고, 부모들은 사랑스러운 미소를 지으며 아이들을 카메라에 담고 있었다. 하루 종일 보고 있어도 질리지 않는 아름다운 순간들이었다.

캄파 섬의 어느 포장마차에서 굽는 소시지 냄새가 사람들을 유혹 하고 있었다. 유혹을 이기지 못한 사람들이 줄을 만들고 있었고 나 역시 어느 틈에 그 줄에 서 있었다.

그릴에 구운 소시지를 주문했다. 누런 종이 접시에 담아 준 빵과 잘 구운 소시지를 먹기 위해 야외 테이블에 자리를 잡고 앉았다. 테이블에 같이 앉은 사람들은 프랑스, 헝가리, 캐나다에서 온 여행자들이었다. 다들 여행자들인지라 어색한 것도 없이 다녀온 곳에 대한 정보들을 서로 공유하기도 했다.

바람이 불고 빗방울이 조금씩 떨어지고 있었지만 그들과 나는 개의치 않고 왁자지껄 기분 좋은 대화를 하고 있었다.

그런데 갑자기 돌풍이 불기 시작했다. 순간, 나의 소시지가 담긴 종이 접시가 돌풍에 날리더니 먹다 만 소시지도 함께 하늘로 휙 날아오르고 있었다. 앗, 하는 짧은 순간에 앞자리의 헝가리 청년이 날아오르는 내 소시지를 잡아챘다. 얼떨결

에 잇자국이 난 소시지를 손에 쥔 그는 어쩔 줄을 몰라 했고, 그 모습을 본 같은 테이블 사람들은 오랫동안 배꼽을 잡고 웃었다. 프라하에서는 소시지도 날 수가 있다는 사실.

루프탑에서 저녁 식사를

텔츠에서 만나 며칠 동안 식사 파트너가 된 호주인 폴레인 여사와는 텔츠에서 헤어졌다. 나는 프라하로 떠나오고, 그녀는 텔츠에서 이틀 더 머물다가 체스키 크룸로프를 방문한 뒤에 프라하에 온다고 했다. 헤어진 후에도 우리는 이메일을 통해 서로의 안부를 전하며 그녀가 프라하에 오는 날 저녁에는 다시 만나서 함께 식사를 하기로 했다.

프라하 구시가지 광장의 아름다운 경관을 보며 식사를 할 수 있는 루프탑 레스토랑이 있다는 정보를 알렉스로부터 얻었다. 천문 시계탑 앞의 호텔 유 프린스*Hotel U Prince*에 루프탑 레스토랑이 있다는 것이었다. 호텔 유 프린스의 1층 식당에는 새우 요리가 맛있어서 몇 번 간 적이 있지만 루프탑 레스토랑이 있는 줄은 전혀 모르고 있었다. 유명세로 인해 예약하기가 힘들다기에 이틀 전에 전화로 예약을 해 두었다.

체스키 크룸로프 여행을 마친 폴레인 여사가 프라하에 입성을 하고, 우리는 호텔 유 프린스에서 재회를 했다. 가는 날이 장날인지 그날 오후부터 비가 내리기 시작했다. 비가 내리니 역시나 기온이 뚝 떨어졌다. 우리 테이블 가까이에 난로가 있긴 했지만 비가 내리니 가끔씩 한기가 들곤 했다. 바로 건너편에는 조명이 아름다운 천문 시계탑이 보이고, 구시가지 광장은 물론이고 멀리 프라하성도 보였다. 소문처럼 로맨틱한 곳이었다.

여행 중인지라 늘 캐주얼한 복장이던 폴레인 여사는 모처럼 레이스로 된 우아한 검정 블라우스를 차려 입었다. 때와 장소에 따라 옷을 잘 맞춰 입을 줄 아는 사람이 나는 좋다.

스파클링 와인 한 병을 둘이서 나눠 마셨는데 체코산이어서 호텔임에도 가격이 무척 저렴했다. 직원들은 친절했고 음식은 무난했다.

예약하기가 힘든 곳이라더니, 비가 내리고 기온이 떨어진 탓에 식당은 오히려 한산한 편이었다. 촛불을 앞에 둔 두 여자는 그간의 여행담을 늘어놓기 시작했다. 두 여자의 여행담은 와인이 떨어질 때까지 한참 동안 이어졌다.

길 위에서 우연히 만난 호주와 한국에서 온 두 여자가 또다시 만나서 밥 한 끼를 함께한다는 것도 참으로 큰 인연인 것 같았다.

폴레인 여사는 내가 호주에 온다면 호주에서 만큼은 숙소를 찾느라 고생하지 말고, 과실수가 있는 정원과 빈방이 두 개가 있는 캔버라의 자기네 집에서 머물라고 했다.

곧 정년퇴직을 앞두고 있는 그녀는 퇴직을 하면 한국과 일본을 여행할 것이라고 했다. 그때에는 비록 정원은 없지만 내가 사는 집도 그녀의 무료 숙소가 될 것이다.

Good morning, Praha!

카를교에는 늘 사람들이 많아서 사진 찍는 것이 쉽지가 않았다. 조용한 새벽 시간에 카를교에 가 보고 싶었지만 게으른 탓에 한 번도 실천을 하지 못했었다. 세 번째 프라하 방문에서 드디어 일출도 볼 겸 카를교로 가기 위해서 새벽에 일어났다.

카메라는 물론이고, 여행 중 처음으로 가져간 제대로 된 삼각대를 메고 숙소를 나섰다. 카를교로 향하는 발걸음이 괜스레 빨라지기 시작했다.

아직도 컴컴한 프라하 구시가지 광장에는 예쁜 가로등이 켜져 있었고, 가끔 전조등을 켜고 지나가는 자동차와 조깅하는 사람이 있었다. 그들만 아니면 프라하 구시가지는 전부 내 거였을 정도로 텅텅 비어 있었다. 인파가 없으니 그제야 구시가지 광장이 제대로 눈에 들어왔다.

조용한 중세 골목길들을 돌고 돌아 카를교에 도착했다. 카를교 위의 30개의 동상들은 아직 잠을 자고 있었고, 성인의 동상 머리에는 비둘기가 앉아서 함께 자고 있었다.

프라하의 새벽하늘은 초를 다투며 변하고 있었다. 구름이 몰려왔다가 열어지다가 다시 사라지곤 했다. 카메라와 삼각대를 멘 사람들이 카를교 위에 하나 둘 나타나기 시작했다. 변화무쌍한 새벽하늘을 바라보며 한참을 기다리자 아시시의 성 프란체스코 성당*Kostel svatého Františka z Assisi*의 돔 뒤로부터 눈부신 태양이

떠오르기 시작했다. 너무나 눈이 부셔서 사람들의 실루엣 외에는 아무것도 보이지 않았다.

태양빛을 받은 블타바 강 건너의 기풍 당당한 프라하 성과 그 아래의 예쁜 집들이 밝고 진한 황금색으로 빛나기 시작했다. 그제야 잠에서 깨어난 비둘기들은 블타바 강을 가로질러 날기 시작했다. 그림 같이 아름답고 평화로운 프라하의 아침이었다.

숙소로 돌아오는 골목길은 그제야 조금씩 밝아지고 있었다. 오전 7시도 채 되지 않은 시간임에도 부지런한 어느 뜨르델닉*Trdelnik* 가게가 환하게 불을 밝히고 있었다. 일명 '굴뚝빵'인 뜨르델닉, 또는 뜨르들로*Trdlo*라고 부르는 빵은 간식은 물론이고 식사로도 가능한 체코의 국민 빵이다. 이른 시간임에도 뜨르델닉을 사기 위해 가게로 들어가는 사람이 있었다. 큰 가방과 함께인 모습으로 보아 일찌감치 길을 떠나는 여행자가 분명했다.

구시가지 광장에 들어서자 동양인 커플이 삼각대를 놓고 셀프 웨딩 촬영을 하고 있었다. 이른 아침의 긴 햇살에 예쁜 커플의 그림자는 아름다운 중세 광장에 길게 드리워져 있었다.

새벽과 아침, 그리고 낮과 밤. 프라하는 24시간, 모든 순간이 완벽하게 아름다운 곳이었다.

변화를 거부하는 유럽

유럽은 모든 것이 느리다. 유럽에서는 식당에서 식사를 주문하면 보통 30분은 기본이다. 그 누구도 음식을 재촉하는 사람이 없다. 우리처럼 테이블에 벨이 달린 식당은 상상할 수조차 없다. 식당에서는 "여기요~!"라는 소리를 들을 수가 없다. 빠르고 편리한 것을 선호하기보다는 주변 사람들에 대한 배려와 예의가 우선이기에 그럴 것이다.

유럽에서는 버스나 트램에 오르기 전에 기사에게 물어볼 것 다 물어보고 올라타도 눈치를 주는 사람이 없다. 개를 데리고 타도 눈살 찌푸리지 않는 마음 넉넉한 유럽이다. 인간이 그 땅의 원 주인이라는 오만한 생각을 하지 않기에 동물들과 땅을 나누며 사는 그들의 모습이 존경스럽기까지 했다.

유럽의 숙소들을 다니며 가장 신경이 쓰이는 것이 바로 숙소의 열쇠였다. 그들은 대부분 오래된 건물을 그대로 사용하기에 호텔, 그리고 브뤼헤의 호스텔과 뮌헨의 아파트 외에는 다 오래된 열쇠 타입이었다.

출입구와 개인실 문을 열기 위한 열쇠 2개는 기본이고, 최대 5개까지 있는 숙소도 있었다. 부다페스트 숙소의 4개의 열쇠들은 사이즈가 가장 크고 무거웠고, 300년 전에는 궁전이었다는 프라하의 알렉스네 아파트가 바로 5개의 열쇠가 필요한 숙소였다. 외부 철문, 공동 문, 공동 현관, 아파트 현관 그리고 개인실을 열기 위한 다양한 크기와 모양을 한 5개의 열쇠였다. 그런데 그 열쇠들은 마치 곡간 열쇠처럼 크고 무거운지라 휴대하기에도 불편했고, 오래된 문의 열쇠 구멍에 열쇠를 넣고 돌릴 때에는 한 번에 돌아가지 않을 때가 많아서 진땀을 흘린 적이 한두 번이 아니었다.

어느 날, 프라하 숙소의 호스트인 알렉스와 대화 중, 열쇠의 고충에 대해서 말한 적이 있었다. 알렉스는 내 말이 이해가 안 된다며 한국의 문은 도대체 어떻게 여는지 물었다. 한국에서는 대부분 디지털 도어록이 설치되어서 열쇠를 가지고 다닐 필요가 없다고 설명했다. 그제야 이해를 한 알렉스가 "아~ 그래서 한국 손님들, 특히 여성 손님들이 자기네 아파트에 오면 늘 방문 열기가 힘들다고 불평을 했구나!"라고 말했다. 아날로그 세상에 사는 알렉스로서는 한국 손님들의 불평이 이해가 되지 않았으리라. 알렉스는 앞으로는 한국인 손님들이 와서 방문을 열기가 힘들다고 하면 친절하게 알려 주겠다고 했다.

유럽은 변화를 거부한다. 그들은 열쇠뿐만 아니라 몇백 년이 된 건물들을 철거하지 않고 대부분 그대로 사용하고 있었다. 물론 철거하기에는 너무나 아름다운 건물들이다. 건물의 내부는 리모델링을 하는 곳도 많지만 그들은 외관만큼은 중세의 모습 그대로 보존하기 위한 노력을 하고 있었다.

중세 시대에 감히 4~5층짜리의 정교하고 견고하며 또한 아름답기까지 한 건물들을 지은 그들의 능력과 감각은 늘 부러웠으며 중세의 건물들이 현존하는 골목길을 걸을 때에는 경이로움마저 들곤 했다.

유럽에서는 에어컨이 있는 건물을 보는 것이 쉽지 않았다. 오죽하면 유리창에 '에어컨 구비하고 있습니다.'라는 글을 써 붙인 레스토랑이 아주 가끔 있을 정도였다.

같은 도시를 몇 년이 지나서 방문을 해도 건물들의 변화가 없기에 전에 다녀왔던 곳을 찾기에 별 어려움이 없는 곳이 바로 유럽이다.

어느 날, 프라하의 바츨라프 광장 부근에서 보도블록 수리를 하는 인부들의 모습을 본 적이 있다. 나는 한참 동안 인부들의 작업을 지켜보았다. 몇백 년 전의 돌바닥 그대로를 유지하기 위해서 그들은 무릎을 꿇은 채, 똑같은 모양의 돌로 부서진 보도블록을 메우고 있었다.

빠르게 변하는 시대에도 불구하고, 그들은 도대체 언제까지 조상들이 만든 것들을 그대로 보존할는지 참으로 궁금했다.

비록 무거운 열쇠 꾸러미를 가지고 다녀야 하고, 마룻바닥이 삐걱거리거나 샤워실이 유난히 좁아서 불편한 것이 많았지만 온통 새것으로 단장이 된 우리의 현재에 대해서 생각해 볼 수 있는 유럽이었다.

낡음이 문화가 되고, 또한 그것이 긴 역사가 될 수 있다는 사실을 인지해야만 더 나은 관광 미래가 있다. 옛 모습과 전통 문화가 잘 보존된 곳이라면 굳이 홍보를 하지 않더라도 세계 각지에서 관광객은 몰려오기 마련이다.

골목길 구경도 좋았고, 성이나 성당 방문도 좋았지만 자신과 다른 이들에게 배려를 하는 유럽의 선진 의식과 여유, 그리고 옛것을 보존하는 그들의 노력이 나는 가장 좋아 보였다.

돈과 시간을 들여서 간 여행이기에 후회 없이 즐기고 오는 것은 당연한 일이지만 이왕 넓은 세상에 나갔으니 그들의 좋은 점 또한 배우고 와서 실천으로 이어진다면 더없이 값진 여행이 되지 않을까 한다.

바람처럼 구름처럼

in 유럽

초판 1쇄 발행 2018년 12월 6일

지은이 서준희
펴낸이 이기봉
편집 좋은땅 편집팀
펴낸곳 도서출판 좋은땅
주소 경기도 고양시 덕양구 통일로 140 B동 442호(동산동, 삼송테크노밸리)
전화 02)374-8616~7
팩스 02)374-8614
이메일 so20s@naver.com
홈페이지 www.g-world.co.kr

ISBN 979-11-6222-871-5 (03810)

이 도서의 국립중앙도서관 출판시도서목록(CIP)은 서지정보유통지원시스템 홈페이지(http://seoji.nl.go.kr)와 국가자료공동목록시스템(http://www.nl.go.kr/kolisnet)에서 이용하실 수 있습니다. (CIP제어번호 : CIP2018038295)